岩波現代文庫／社会 269

喪の途上にて

大事故遺族の悲哀の研究

野田正彰

岩波書店

現代文庫刊行に寄せて

日本航空ジャンボ機が群馬県上野村山中の御巣鷹の尾根に墜落し、五二〇人死亡(四人が生存)したのは、一九八五年八月一二日のことであった。私はそれまで戦争、内乱、革命の混乱のなかで危機状況にある人びとの研究にたずさわってきていた。国内においては、倒産が切迫した経営者、大事故や災害の被害者・遺族の支援、総合病院精神科の臨床では自殺未遂者の精神療法にもたずさわっていた。重病で死が迫った身体疾患の病者の精神療法は、リエゾン精神医学と呼ばれる領域のひとつであり、それにも積極的に取り組んでいた。大阪伊丹空港へ向かっていた日航機は、私の住む関西圏に多くの被害者を出した。当然のように、私は呼ばれて相談にのるようになった。

個人の精神的危機あるいは精神病理を、社会科学の広い知識をもって、社会的文脈のなかで分析するのが、私の研究視点であった。当時、私はまだ四一歳。感受性も意欲も十分にあり、悲哀に耐える人びとの感情を温かく伝えたいと思った。精神医学的には先端の記述であり、文学としても読者の心に触れるものを書きたかった。

幸い本書は増刷を重ね一六刷(二〇〇六年五月)に至っている。癌で夫や妻を看取った人に、自死で悲哀に投げ込まれた遺族に、その後も年月をおいて襲ってくる大事故や大災害で家族を喪った遺族に読まれ続けてきた。後を追って死にたいほどの悲しみ、それは私だけでない。本書に出てくる人はどのように体験したのか。自らの悲哀は共振しあい、同時に少しだけ対象化して考えられるようになった、と言われた。あるいは、深い喪失の悲しみにある遺族に、この本がそっと届けられたとも聞く。大事故、大災害、あるいは小さな事故、小さな災害の度に、本書は読まれ、遺族ひとりひとりの悲しみのしずくを縫う細い糸になっていった。

版元切れになって五年になる本書が岩波現代文庫に収録されるにあたり、少し補足しておきたいことが二つある。

「喪の段階」の知識は、本書を通してよく知られるようになった。絶望、周囲への抑えがたい怒り、抑うつ。それぞれの精神状態に閉ざされていた人が、喪の過程の知識を得てこの苦しみもいつかは別の段階になると信じて耐えることができた、とも言われた。しかし「今はどの段階なの」と思って自分を責めたり、「今は怒りの段階なのだ」と周りから観られているのかと思うと、さらに苦しくなると反発される人もいた。

だが喪の段階という考え方は、多く人びとの悲哀の研究から抽出された、理念型でしかない。遺族は二つか三つの段階を往きつ戻りつするのであり、それぞれの段階の持続も強さも違う。それでよいのであり、喪の段階という考え方にしばられないでほしい。私たちは神話の登場人物でない、永遠に苦しむことはない。いつかは故人と共に、残りの月日を生きていこうと思う時がくる。私が死に、もしあの人が生き残っていたら、あの人はもっと悲しんだことだろう。私はあの人が悲しむのを引受けて悲しんでいるのだ。やがて、あの人の分も此の世の移ろいを感じとろうと思えるようになり、四季の変化を楽しもうとする時が来る。そう信じて悲哀のうちに生きてほしい。

第二の補足は、本書では紹介していないが、「心の傷」および「ＰＴＳＤ(精神的外傷後ストレス障害)」という概念である。「傷ついた」「傷つけられたわ」という言葉は、一九八〇年代の若者言葉として流行、定着していった。例えば「広辞苑」には「心の垢」「心の秋」「心の雨」……など多数のこころ言葉が拾われているが、「心の傷」はない。それがにわかに一般用語にまでなって普及していったのは、阪神大震災からであった。それまでは「心を傷つけずに」といった使い方をしており、その人の繊細さを表現する比喩であった。

ＰＴＳＤという概念は、一九七八年、アメリカ精神医学会がベトナム戦争復員兵の社会不適応に対して保険を下ろさせるために作った、限定的な概念である。絶えず攻撃的戦争を引き起こしてきたアメリカ社会が、性暴力被害などに精神的外傷の概念を拡大曖昧化しながら、退役兵を処理しようとした、極めて政治的概念であった。

私はＰＴＳＤ概念のアメリカ社会での固有性、すなわちアメリカ文化結合性精神障害であることを問題にせず、疑いを抱きつつも、どの社会、どの文化にも現象する精神障害として紹介してしまった。本書の延長にある北海道奥尻島津波(一九九三年七月)の災害救援報告、さらには阪神大震災の救援の考察へと続いた著作、『災害救援』(岩波新書、一九九五年)では、ＰＴＳＤについて詳しく紹介している。それまで日本の精神医学界でまったく関心のなかったＰＴＳＤ概念は、私の紹介を通して、まったく誤解されながら、序々に流行語になっていった。

だが災害や事故の被害者が侵入性回想、抑うつなどの症状を表すからといって、ベトナム戦争等で殺人を行った加害者と同じ精神障害に括ってしまうのは、あまりに無理がある。またベトナム戦争復員兵の多くがＰＴＳＤの診断を受けたとはいえ、より多数はそうなっていない。例えば、ソンミ村の村民虐殺を行った将兵がＰＴＳＤになったという報告はない。アメリカ軍以上にベトナム人を虐殺した韓国海兵隊員も、ほとんどＰＴＳＤになっていない。しかもアメリカの精神科医や復員兵は、自国のＰＴＳＤ患者をはるかに超えるベトナム人が今も外傷体験に苦しんでいることを想像もしない。

これほども自文化中心主義のＰＴＳＤという精神障害概念に、これ以上影響されてはならない。東日本大震災後、宮城、福島、岩手県の精神科医たちが「心のケア」センターなるものに群がり、マスコミや教育行政が「心のケア」なるものを現代の呪文として口ずさんでいる。でたらめな言葉は、本当に精神的危機にある人への配慮を妨害し、さらなる危機に追いやる。こころ産業にかかわる製薬会社、精神科医、ソーシャルワーカー、臨床心理士、記者、政府行政担当者たちは、無自覚なまま社会病理を進行させている。本書を通して、人が悲哀に生きるとはどういうことか、まだ抗うつ剤や抗不安剤漬けでなかった一九八〇年代に立ち戻り、反省してほしいと心から願う。

なお、山崎豊子の『沈まぬ太陽』において、三箇所、本書と酷似した場面が書かれている。冬の御巣鷹山へ日航の山男たちが登り雛祭りの歌を歌う場面は、ほとんど同一内容である。これを問題にした「週刊朝日」記者が、山崎に取材を申し込んだが拒否され、本の出版元の新潮社は「御巣鷹山は野田さんだけのものじゃない」と弁明したという。私は山崎を相手にするのは不毛だと思ったが、文芸の老舗出版社のこのような姿勢に驚いた。本書と山崎の本を上下対照にした著作が、鵜飼清『山崎豊子問題小説の研究』(社会評論社、二〇〇二年)として出版されている。

本書は第一四回講談社ノンフィクション賞を受賞した。精神医学と文学の先輩である加賀乙彦さん、日本のノンフィクション育ての親ともいえる柳田邦男さん、尊敬するお二人の選考委員に読んでいただいたことがとりわけ嬉しかった。ウィーン大学客員教授として外に出ていた私は、南ドイツ・アルプスのアイブゼーの湖畔に投宿したとき、受賞の電話を受けた。こんな遠くまで知らせてくれたのか、と思って驚いたことを思い出す。

本書は「世界」一九九〇年九月号から九一年一二月号まで一三回にわたって連載された。なお本連載の後、「続・喪の途上にて――バーネット碑ができるまで」(「世界」一九九四年一〇月)も書いているが、割愛する。編集担当してくださったのは相良剛さん、山本慎一さん。常に原稿枚数を超過する連載をやりくりしてくださったのは、編集長の山口昭男さんだった。今回、再び山本慎一さんの担当で現代文庫に入る。『喪の途上にて』の辿ってきた歳月を想いながら、序文とする。

二〇一四年二月一七日　雪の比叡をながめつつ

著　者

目次

第一章　日航機墜落後の遺族の仕事

墜落事故現場に残された機体の一部(共同通信提供)

はじめに

阪急電鉄の園田駅に下りると、Oさんが迎えに来てくれていた。

駅前の自転車置場を通って、殺風景な新道に出る。広い新道の横にはコンクリートで固められた流れがあり、川藻が揺れている。このあたりがまだ水田を残していること、だが遠からず暗渠となって都市のコンクリートに被われるであろうことを、小川と暗渠の中間にあるような直線の流れは伝えていた。

日曜日の昼下がり。時どき走り去る車の流れも、小川の藻の騒ぎも、まだ残暑の重い空の気配も、いつもと同じだ。

今日の不幸の特徴は、効率を求めて慌しい動きを止めない日常の傍らに、ふと、その人だけの不幸が停滞していることにある。人々も、友人や、知人も、親族も、近隣も、地域社会も……変らぬ日常に生き、その人の悲しみのために時間を少しだけ止めようとはしない。遺族もまた、日常的業務に多くの時間を奪われている。日常的業務が悲しみを紛らわすといわれるが、私はそれを現代の欺瞞だと思う。今の生活形態にあっては、一面の真実ではある。だがそれは、貧しい悲しみの紛らわし方にしかすぎない。悲哀は、日常の流れを断ち切って、全ての時間をしばし止めてこそ深く体験される。ところが今日の不幸は、奔流する日常の片隅に、陥穽のような空白を作っている。

白く乱反射する曇天の日曜日、大阪空港に近い園田の町で、「八・一二連絡会関西地区集会」がもたれるのも、そんな風景の一つである。

そして、日常と、去っていったかけがえのない人が残した空白の間を往き来していた遺族が、日常を処理することに何の意味があるかと自問するのも、今日の不幸の様式の一つである。

また、共同体が遺族と共に日常の時間を止めるかわりに、私のような「悲しみの専門家」を遺族集会に向わしめるのも、今日の不幸の表情の一つであろう。私もまた、悲しみを本当に体験し得ている者ではない。現代人の一人として、日常のなかに悲しみを拡散している者にしかすぎない。

ただ私は、悲しみについて過敏である。私の頭に浮んでくる原風景に、病院の裏庭で抱きあって嗚咽していた女たちの姿がある。父は外科の病院をやっており、戦後の貧困のなかで毎日何人かの手術が行われていた。病院の裏手は、そのまま私たちの住む家の庭でもあった。彼女たちは戦争で家族を喪い、一所懸命に働きながら、今またやっと復員してきた夫か、なんとか食物を確保し、自分が食べるよりもまず与え育ててきた子供の、大病に直面していたのである。どうして不幸は何重にも押し寄せることを止めないのか――抱きあった二人の女、母と娘か、姉と妹かは、泣きながら運命に抗議しているかのように、幼い私には思えた。受け止めかねるぎりぎりの悲哀、それを私はいつも見ていたわけではない。だが、うずくまって嗚咽する女たちの姿は、湿った苔の臭いと共に今も浮んでくる。

あれから二十数年たって、いつの間にか、私は他人の悲しみにつきあう仕事についていた。精神科医になったとき、私は精神の病理の研究者になろうとしていた。そして多くの精神病理学上の概念を頭に入れた後、結局、私のなかに残っている心情の特性は、悲しみに過敏なことでしかないと気付いたのだった。

悲しみに過敏な者が、必ずしも悲しみの本当の体験者であるわけではない。ただ私は、永い間、多くの人々の悲哀につきあってきた。抑圧しがたい葛藤によって錯乱状態になった人、耐えがたい苦悩で現実感を失った人を治療してきた。精神鑑定医として、肉親を殺して正気にもどった人の苦しみ、あるいはリエゾン精神科医（内科や外科の臨死患者の苦悩を、その科の職員にリエゾンする――伝える――仕事）として、ガンや重度の人工透析の患者に接してきた。

私は今日、悲哀の専門家として、「八・一二連絡会」の関西の遺族に講義をしようとしている。私は、停止することを忘れた日常から送りこまれた、非日常についての研究者である。悲哀は共に体験するものであって、知るものではないであろう。私はそのような矛盾した存在として、遺族に語りかけてみようと思う。遺族もまた、日常世界と悲哀を往復するという矛盾を強いられている。遺族の集会は日常世界で行われるが、そこに占める時間は死者と共にありたいという非日常である。私は悲哀という遺族の非日常に向かって、日常世界で蓄積された悲哀に関する知識を語りかけるわけだが、どこかで私は、悲しみに過敏であるという隠した性格を伝えてしまうかもしれない。遺族の生きる時間の矛盾と、私のそれとが交叉し、擦れ違っていくことに、今日の午後の意味はあるだろう。
そう思って、Oさんに促されるまま、尼崎市園田区民会館に入っていった。

夫の死を社会につなげたい

すでに墜落事故から二年がたっていた。日本航空株式会社所属のボーイング式747SR―100型JA8119が、群馬県上野村山中の御巣鷹の尾根――その後の死者検案書には、「群馬県多野郡上野村大字楢原本谷国有林七六林班ウ林小班」と書かれた――に激突したのは、一九八五年八月一二日一八時五六分二三秒だった。二年の歳月がようやくすぎたあの日、私はかけがえのない人を災害によって失った遺族の心理にも、ショック、否定、怒り、抑うつ、再社会化といった法則的な経過があることを、海外のいくつかの研究を紹介しながら語った。それは、未だに死別を受け入れかねていた何人かの遺族に、僅かな気休めになったようだ。

四人の娘のうち三人を喪った母親は、集会の一年後にこんな風に語った。

今、思うと、この三年間、どうやって過ごしてきたのか。思いだそうとしても、思いだせない。

藤岡の体育館に並んだ遺体を見て、叫んだ後、一年半の記憶が全く無い。とにかく、普通でいたくなかった。お酒で頭をぼやっとさせていたかった。はっきり、現実に戻りたくなかったのだと思う。飲めないお酒を飲んで、胃も痛いし、頭もガンガンした。裁ち鋏を逆さにして、頭を叩いたほどだった。

初めは、戒名にも腹が立った。「誰が、こんな名前に変えたの」って。仏壇に向って、お姉ちゃん(娘)の名前ばかり呼んでいた。

そんな時、主人に無理矢理、遺族会に連れていかれた。そこで、たまたまあなたの話を聞いて、「ああ、そうだったのか」と思えた。それまで、ただ我武者羅にやってきて、その時々の記憶もなかったけれど、先が見えてきたような気がした。あなたが説明してくれた「悲しみの心のステージ」は、私が辿ってきた、その通りだった。「ああ、私はこうだったのか。今はここにいるのか。次はこうなって、こういう辿り方をするのだな」と、わかった。それで、すごく救われた気持ちだった。

一二月(八五年一二月二〇日)の最終荼毘のあと、部分遺骨の一部(身元不明)を分けてもらえた。それが、たまたま頭蓋骨の部分だった。娘三人とも頭が無い。「これで、三人の頭も揃った」と、ほっとした。その晩、半年ぶりに夢を見た。倉庫みたいなところに二段ベッドがある。そこで、三人の娘が楽しそうに遊んでいる夢。

彼女の家は、大阪で石鹸工場をやっている。夢のなかの倉庫とは、家の裏にある古い懐かしい工場のことだろうか。それはまた、藤岡高校体育館に並んだ棺の列のようにも思える。

やっと彼女は、三人の娘の棺を、家のくすんだ柱の間に戻すことができたのだった。

あるいは、自らも遺族でありながら当時遺族から「お母さん」と呼ばれ、夜になると不安になり、「誰とも話したくない、ただ遺族とだけは話したい」と、電話をかけてくる人たちの聞き役になっていたNさんは、

講演を聞いて、遺族が一番ショックだったのは、「過去に何度も大惨事がありながら、日本にはそうした不幸の研究がなく、何ら教訓として生かされていない」という事実でした。私たちの体験を、今後のために社会的に役立ててほしい。夫の死を役立ててほしい。個人的にカウンセリングを受けている人もいるけど、かけがえのない人を喪った心の変化の話を聞いたことはなかった。カウンセラーはそんな知識を持っていない。

と言われた。その後、Nさんは、私を何度となく「遺族の気持を少しもわかっていない」と非難しながらも、調査を支えてくれた一人である。

こうして私は、三〇人をこえる八・一二事故の遺族から、平均して一人三時間近くの話を聞いてきた。また、一九八二年二月九日の日航機の羽田事故の遺族にも、一九八八年三月二四日の上海での修学旅行高校生の列車事故の遺族にも、同年七月二三日に横須賀沖でおきた潜水艦と遊漁船の衝突事故の遺族にも会ってきた。スーパー・マーケット火災の遺族や関係

者にも面接している。あるいは加害者側である日本航空の遺族世話役や、横須賀沖で沈んだ「第一富士丸」の船長の面接も行ってきた。当時の群馬県警察、上野村役場の職員、保険会社の職員、弁護士、その他関係者を加えると、死別と悲哀の話をどれだけ聴いてきたかわからない。

どの話も重く、またプライバシーにかかわるものであり、苦しい体験を再現してくれた遺族から早くまとめるように言われながら、月日がたってしまった。

事故から五年目の一九九〇年の夏。後述する川北宇夫《たかお》さんが始めた航空機安全国際シンポジウムの進行に励まされ、私もまた、この五年の年月の間に、事故を通して生きる意味を再発見していった人々のことを伝え始めようと思う。

事故死は悲惨であるが、その悲惨をもう一度汚すのもまた人間であり、会社であり、社会システムである。そして、もう一度生きてみよう、社会には意味があると思わせるのも、また人間である。

ある未亡人は、葬式の後、泣き叫んで、娘に八つ当りした。

「お父さんが生きていてくれればよかったのに。あんた達みたいな、こんなものが残って……」

今、まわりを見回して、世の中、あまりにも変っていない。アルメニア地震のように何もかもが引っ繰り返ってしまったら、少し気持がすむのではないかと思う。もしそうだったら、主人が亡くなって、自分も子供も人生が変ってしまったことを、少しは許せるのでないか、そんな気がする。

と心境を洩らしていた。

これは自分の不幸と合せて世界の消滅を望む、災害後「世界没落願望」といえよう。

あるいは私の研究を支えてくれた先のＮさんは、六〇歳すぎの上品な女性であるが、こう語った。

今年の三月、母が戻ってきてくれるまで、生活は目茶苦茶だった。二年で二キロのお米も無くなっていない。何を食べていたのか、わからない。いつ起きて、いつ寝たのか、全く乱れていた。髪も白くなってしまった。

母は八五歳でペースメーカーを心臓につける手術をした身で、私のために家に戻ってきてくれた。

だから、母のために三度の食事を作らないといけないので、生活にリズムができた。そんな母なのに、でも気が休まらない。耳の遠い母がテレビのボリュームを上げていると、苛々する。

「二人とも未亡人ね」などと慰められると、母を殴ってやりたくなる。「あんたは、私より二三年も余分に主人と暮したのに、一緒にされてたまるか」と思う。

そして……

近所の人に会いたくない。どんなに親切にされても、私の気持とはずれている。家から出る時は、誰も私を知らない遠くのスーパーへ車で買い物にいく。もう一年以上、電車に乗ったことがない。

彼女も、夫の死と同時に空白になった世界、二人で作り、二人で生きて行こうとしていた世界の喪失を許せないでいる。

しかし、世界没落願望を抱く遺族が「此の世」に繋ぎとめられるのも、事故とは無関係ではなく、事故を通して会った、あるいは出会い直した人間への信頼によってである。

遺体を取り戻す闘い

私はまず、遺族にとっての遺体の意味について述べ始めよう。それは、一人のすばらしい女性の壮絶な闘いを知るがゆえである。

私は何人かの遺族から、「完全遺体が見付かった者には、部分遺体しか戻らなかった者の気持はわからない」と言われた。遺族は一人ひとり、悲しみの絶対性を主張する。遺体の多少にそれほど意味があるのか、当初、私にはわからなかった。私も、投身自殺の壊れた頭蓋の修復整形をしたことがある。だが、日航機事故の死体は、最もひどい鉄道の轢《れき》死《し》体の想像さえ、はるかに越えたものだった。

それは、半年後にまとめられた日本赤十字社の『救護体験記―60・8・12日航機墜落事故現場から』、事故一年後に出た群馬県歯科医師会の『遺体の身元を追って――日航ジャンボ機墜落と歯科医師の記録』と、群馬県医師会による『日航機一二三便事故と医師会の活動』を見ると、よくわかる。

例えば、ある医師は次のように書く。

形あるものは全て砕かれたという感じ。皮膚の色は蒼白か、暗赤褐色か、炭化して黒い。人体とは到底思えない程、変色変形硬化して樹木状をなすものである。すでに小さな蛆虫が蠢めいている。頭部は申し合わせたように前頭部から上が消失し、頭皮は不規則に切れ、脳髄は脱出して無い。眼球は飛び出すか、めり込んでいる。肋骨はバラバラに折れ、脊柱も潰れて軀幹が円くなっている。腰の安全ベルトの為か、下腹部が大きく破れ、内臓が脱出し、股関節は挫滅或は切断されているものが多い。四肢は多発骨折か、切断か、挫滅創。（藤原由利夫医師、県医師会記録より。なお、「頭部上部が消失」というのは、衝撃によって、ベルトで固定された身体の頭部が前の座席にぶつかり、上顎より上部が破裂欠損されたためである。）

ただし、これは全身が揃っていたとしての仮定の所見であり、同医師は続けて、「部分遺体は大小様々で、どこの部分のものか見当のつかないものも多かった」と書いている。

別の医師は、それを次のように述べる。


柩から取り出したものは、透明のビニール袋二個に詰められた部分遺体であった。事故現場の土にまみれた左足と、皮膚が付着している砕けた骨盤の一部であった。土色をした肉塊には一五ミリから二〇ミリもあるウジがびっしりとたかって、うごめいていた。そこにあるのは腐敗が進んだ肉塊にしかすぎないが……。（狩野和夫医師、同上記録より。なお、法医学上、夏のウジは五日で一二ミリに成長し、そこでハエになるとされてきた。いかに真夏の山のウジの成長が早く、巨大であったことか。）


医師会の記録には、女性の部分遺体の所見、黒ずんでしぼんだ頭蓋底と左側頭部の一部を残す胎児の遺体など、多数の遺体所見の記述がみられる。

だが、ここで言う「完全遺体」とは、単に離断体でないというにすぎない。下顎の一部と躯幹の一部が、僅かに残る首筋の皮膚で繋がっているだけで、他は全て欠損していても完全遺体と呼ばれたのである。そのため、死体検案書の記載にあたった群馬県の医師たちは、死因について「全身挫滅」という、聞きなれない言葉をすら作っている。

こうして、遭難者五二〇人（乗客五〇五人、日本航空乗務員一五人）のうち、五体が一応揃っていた遺体は一七七体、他の遺体はすべて離断され二〇六五の部分になって収容されたのであった。

県医師会の報告では、全身挫滅二四七(四七・五%)となり、他の死因は頭部外傷一八八(三六・二%)、全身打撲による損傷四三(八・三%)、内臓破裂二〇(三・八%)、頸椎骨折一一(二・一%)、その他九(一・七%)となっている。そして、八月中に完全遺体として死体検案書が発行されたもの四三八、離断遺体は六〇である。その後、九月になって完全遺体として死体検案書が出されたもの四(離断遺体は一三)、一〇月には完全遺体二(離断遺体一)となっている。

なお、日本人一名、アメリカ人一名は部分遺体すら判明しなかった。

こだわりの背景

このように凄惨な遺体状態で、多くの遺族はなぜ遺体にこだわったのか。

それは、帰らぬ人になるとは毫《ごう》にも想わなかった家族が、つい先ほど出ていったばかりの家族が、帰ってこなかったからである。そこが、病院で病死した場合とも、さらには戦場に出ていって死んだ場合とも異なる。

まったく予期しなかった死のゆえに、少しでも多くの遺体が帰ってこなければ、あの人を家に戻して死者にしたことにならない。死の否定、ひいては現実感の喪失が永続することになってしまう。それは、遺体の多くを取り戻した家族が、亡くなった人は骨壺に、墓に、あるいは仏壇にいると思えるのに対比して、僅かの遺体しか見付からなかった遺族が、死者は御巣鷹に眠るという想いが強いことにも表われている。

また、他界観の違いもある。ヒンズー教(インド)のように、死者は別の輪廻の世界に往くと思っている文化では、遺体へのこだわりは少ないであろう。仏教やキリスト教も、教義上は死者の魂は別の世界、裁きの世界に往くことになっているが、その歴史は世界宗教成立以前の遺体への愛着と崇拝の歴史を掘り返し、新旧の混ぜ合せから豊かな文化を創造してきている。そのため遺体への愛着は、地域により、階層により、場合により、それぞれ強弱が異っているが、総じて強いとはいえるだろう。日本文化では、死者の霊は近くの山に住み、盆や新年に家に迎える「山上他界観」が基底にあり、とりわけ遺体を家に戻したいという想いは烈しい。

このような文化的背景を考えると、後日の慰謝料請求に、「遺体が破砕され、部分的にしか戻らなかったことへの慰謝」が問題にならなかったのが不思議なくらいである。

当初より、死に直面してダッチロールを繰り返す三十分間の恐怖に対し、「恐怖の慰謝料」が問題となった。そして、一九八五年一二月四日、日本航空は遺族会である「八・一二連絡会」に対し、「恐怖の慰謝料を別に払う必要はない」と文書回答したのである。しかし、遺体の破壊については慰謝の主題にはならなかった。(ダッチロールとは、機体が左右に大きく傾く動き〈ローリング〉と、機首を左右に振る動き〈ヨーイング〉と、さらに主翼の付け根付近を中心軸に、機首が上下に向きを変える動き〈ピッチング〉の三つが複雑に合成され、この舵行運動が短かい周期で繰り返される状態をいう。ダッチロールという名称は、昔のスケートの滑り方に似ていることから来ている。）

妻の回想

遺体の状態がどのようなものであったか、概略をつかんだ上で、Kさんの歩みを伝えよう。

Kさんに会ったのも、尼崎市園田の集会が初めてだった。気配りのいきとどいた、気性のはっきりした女性という印象を持った。彼女もまた、自分の体験を、次に同じ境遇に会うかもしれない人のために生かしてほしいと、進んで面接調査を支えてくれた一人である。講義から数日たって、私は彼女の家を訪ねた。

Kさんは、事故当時、四〇歳代の半ば。

朝鮮で生まれ、戦後に四国の山里に引きあげてきた。父は歯科医だったが、彼女が生れて三カ月の時、ニューギニアで戦死している。Kさんは生いたち、夫のことについて次のように話し始めた。

母と三人兄弟（彼女は末っ子）が身を寄せたのは、伯父夫婦のところだった。

伯父は歯科医でありながら、政党の幹事をしたり、市会議員をしたり、政治の世界で生きている人だった。その頃の記憶が、後述するように、今回の危機への対応力となって呼びおこされている。伯父夫婦には子供がいなかったため、彼女たち兄弟を自分たちの子供として育ててくれた。特に兄は跡継ぎとして期待されていた。

彼女は神社の境内や山の中を遊び場に、のびのびと育った。やんちゃで明るい女の子だった。だが、未亡人の母の苦労は大変なものだった、という。伯父夫婦のもとで経済的不安はないものの、伯母は気性の激しい人で、母は彼女に気遣い、何をいわれても、じっと耐えていた。昼間は教護院の教母をするなど、外で働き、夜は夜中まで家の仕事をしていた。

そんな母の姿を今でも思い出しては、励まされる、と微笑んだ。

学校をおえ、一年間働いた後、薬学部卒の彼と結婚。二子をもうけ、事故当時、息子は歯学部の大学生、娘は受験をひかえた高校三年生だった。

〔夫のこと〕　主人と私は同い年。薬局店の長男として生まれ、大手の製薬会社に入り、初めは開業医や公立病院を回る営業を担当した後、企画部に移って、この一〇年間は抗生物質の新薬開発を手がけてきた。死亡時は次長であった。

七年前から東京支店と兼務し、大阪と東京を往復する毎日だった。一時、東京にアパートを借りたこともあるが、アパートやホテル暮しは嫌で、事情が許す限り、私のところに戻ってきた。

彼は仕事一筋で、煙草もすわず、賭事(マージャン)もしないきっちりした人だった。付き合いで酒を飲むことはあっても、人前で崩れたりすることは決してなかった。趣味といえば食べることくらいだが、私の手料理に満足していた。「三〇歳で家を建てる」と言っていた通り、一七年前にローンで家を建てた。仕事で付き合った医者たちからも信用されていたよう。

そのかわり、家に戻ると甘えん坊だった。私を相手に、仕事のことから、何から何まで全て話してきかせる。おかげで主人の仕事の内容を、私はほとんど飲み込んでしまい、医者たちから「私設秘書」とからかわれるほどだった。

ちょっと怪我をしたり、風邪をひいたくらいでも「看てくれ、看てくれ」と大騒ぎする。十分に看てあげないと、おさまらない。三七度も熱が出れば大変で、抗生物質から何から茶椀一杯そろえないといけない。年中、どこかが痛いと騒いでいる。私も、歯学部に行っている息子も、口の中まで何度も見せられるのに、あきれていたくらい。その癖、私や子供の健康には無頓着だった。もっとも私は、怪我したくらいでは薬もつけずに放っておく方だが。

私は事故に直面する前の、夫との関係を十分に語ってもらった。辛いことを想い出してもらう前に、そして私も苦しい話を聞き始める前に、少しだけ彼女と息を継いでおきたかったからだ。

続けてＫさんは、
主人は家に帰るとゴロッとして、とにかく体を休めていた。高血圧を指摘されてから、私が散歩を勧めるくらいで、スポーツはしない。

家にいる間中、私を傍に置いておく。私を相手にいろいろ喋ることで、仕事のストレスを解消させていたよう。結婚以来二一年間、一度も喧嘩したことのない夫婦だった。だから今、こんな風に別れてしまったけど、こうしておけば良かったと思い残すことはない……。

と、彼女は自分自身に言いきかすように、口ごもった。外で几帳面に生きていた夫は、家では包容力のある彼女に依存し、満足しきって生きていたようだ。

余談になるが、アメリカの損害賠償裁判では、このような夫婦の情愛は重視される。これだけ愛しあっていた夫婦を引き裂いたのだから、残された配偶者にはそれを考慮した慰謝料を払うべきである、ということになる。ある主婦は八・一二の事故後、アメリカでボーイング社を訴えようとした。そこで弁護士から、結婚後の夫婦の写真とか、かわした手紙とか、ダンボール箱一杯になるほどの資料を求められて驚いている。結婚後、夫婦が築いてきた全てのもの、主人の社会的地位や将来性のみならず、精神的なものも含めて評価し、賠償額を決めるのである。事故は日常のビジネスの世界の出来事ではない。非日常の、しかも個人の生き方にかかわるものである。私は、日本のように前年度の年収とか、保険会社の計算表にあてはめるといった機械的で、遺族をさらに惨めな思いにさせる方法ではなく、被害者と加害者と社会が、個人の人間性を中心に対話できるような賠償のあり方を、望ましいものと思う。

畳に坐ったKさんは、お茶を入れながら、墜落したJA8119機が一九七八年六月二日におこした〝しりもち〟事故の時も、夫は同機に乗っていたことを話した。

同機は一五時〇一分ごろ、大阪空港に着陸の際、後部胴体の下部を滑走路に接触させ、機体を中破したのであった。事故により旅客二人が重傷、二三人が軽傷を負った。この時の中破した機体隔壁の修理ミスが、七年後の今回の墜落の原因の一つとされているのである。

〈通勤化した飛行機〉　七年前、東京と兼務になってから、往復はいつも飛行機を利用していた。新幹線は腰がだるいからと、嫌っていた。それに、家から空港まで車で一五分。私は運転できないので、息子が車を運転するようになってからは、いつも息子が送り迎えしていた。

JALとANAの両方のカードを持っていた。事故後、あの年に七二回も乗っていて、利用回数は主人が最も多いと雑誌に出ていた。会社にでも問いあわせたんでしょう。

大阪空港での尻もち事故の時も乗りあわせていて、「僕は畳の上で死ねんぞ」と冗談を言っていた。それから私は、主人が飛行機に乗る時は必ずテレビのスイッチをつける癖がついてしまった。言えば主人が気にするから、言葉には出さなかったが、心配はしていた。

妻に甘える夫の生活が、いかに飛行機漬けになっていたか語った後、彼女は事故の予兆らしいものを追想し始めたのである。人は突然、ある時を境に人生が変ると、その少し前に変化の予兆があったのではないかと、逆行性に追想したくなる。日本の、この年齢の主婦らしく、直前の過去の意味付けをしている。

それは、私たちの生活がさしあたっての効率と快適さを求めて、いつの間にかジャンボ機で大阪―東京を通勤するまでになってしまっていること、この状態がいつ迄も続かないのではないかという、潜在した不安の回想であったかもしれない。

〔予兆〕　今考えると、あの年になって、妙なことがいろいろあった。お正月、普段はめったに旅行にいかない主人の母が、主人の誘いで有馬温泉に同行した。何かあったのかと、主人がいぶかったほどだった。

七月の学会出席の際、扇子など使うことのない主人が、般若心経を書き込んだ扇子を買ってきた。一本しかなくって、他の人も欲しがったのに、主人だけ買えたという。その扇子が、後で遺品の鞄のなかに入っていた。

また、事故の二〇日前、主人の手の生命線がぐーっと掘れて、停ってしまっていた。体の変調については、普段から神経質な人で、「あれ、僕の生命線が切れてきたわ。先、永くないかもしれんぞ」と、気にしていた。

レーダー・アウト、そして……

こうして、一九八五年八月一二日までの生活の歴史を聴いた後、私は事故当日の経過に入っていったのだが……。

Ｋさんもまた、当日の想起と共に激しく泣きだした。言葉が詰って、濡れたハンカチーフがきつく握りしめられる。私は彼女の手が少し緩むまで待ちながら、苛酷な人間の体験を分析して、次の人に伝えるためとはいいながら、こんなことは人間に許される行為であろうか、という自責感に囚われる。

私は信仰者ではなく、神の名のもとに話を聴いているわけではない。精神医学という学問――学問はヨーロッパの伝統では女神である――に献身しようとしているわけでもない。私の理解の半分ほどは彼女に容認され、半分ほどは非難されるかもしれない、と思っている。それでもなお、他人の話を聴き馴れた私が、彼女の生き方の何かに感じ入り、それを微かに伝えることができたら、少しは許されるのでないだろうか。そんな自問自答をしながら、とぎれとぎれに語られる経過と、感情の変化について聴いていった。

〈事故当日〉　いつもは月曜日に東京で会議がある。あの日(月曜日)は、部長と主人と二人で東京に出張することになった。部長は真夏に背広をつけぬ人なので、主人も付きあって縞の背広の上着を置いていった。鞄の中味も、どこに何を入れると決めている人。私はいつもどおりに詰めて、その後で思い付いて傘をポンと加え、送り出した。日帰りの予定だった。

帰りの飛行機に乗る前に、いつものように電話があった。――「今から、帰るから」

その日に限って、私はテレビのスイッチを入れるのを忘れていた。

JA8119機は福岡を出て羽田に着陸した後、一八時一二分、定刻を一二分遅れて、再び羽田空港を離陸、大阪に向った。一八時二五分、東京管制所に異常事態発生の連絡が入る。

――Ah, TOKYO, JAPAN AIR 123 request from immidiate e…… trouble request return back to HANEDA descend and maintain 220 over.

そして、一八時五六分、レーダー・アウト。

七時一〇分ごろ、主人を迎えに行った息子から、電話が入った。「降りてこないよ」、と。それで初めてテレビをつけていなかったことに気付き、スイッチを押した。

いきなり、「レーダーから機影が消えた」というニュースが飛びこんできた。

とりあえず、息子に車を出て空港内に入るよう、指示した。まず、主人の両親に電話し、お盆で四国の嫁の実家に戻っている(主人の)弟夫婦に連絡した。

近くの公団住宅に住んでいる(主人の)妹夫婦に、空港まで車で送ってほしいと頼み、隣家にはまだ学校から戻っていない娘への伝言を頼んだ。

部長と一緒に出掛けたことを思い出し、部長の奥さんに電話した。彼女は北海道へ出張していると勘違いしていた。会社に確認して、初めて事態を知り、一緒に空港に行くことになった。

体は震えていたけど、頭だけは反対に冷静だった。長袖と半袖の両方に着れるツーピースの服を着て、お金だけ握って、車に乗った。丁度、帰ってきた娘と入れ違えになった。

主人があの飛行機に乗ったことはわかっている。事故があっても、必ず電話をしてくる。電話がないということは……。普段は無信仰だが、とにかく無事であってほしいと、ただ一心に祈っていた。

大阪空港はすさまじい騒ぎだった。すでに会社の人も来ていた。いつまで待っても、「墜落した。どこか山の中らしい」ということしかわからない。

翌朝一番に東京に向かう飛行機に乗れるよう、会社の人が手配してくれた。午前一時すぎ、とりあえず息子の車で家に戻った。四国の(彼女の)兄夫婦が、すでに家に来てくれていた。兄に、「しばらく入れなくなるから、風呂に入っておけ」と言われ、とりあえず入浴した。娘は泣いて困らせたけれど、息子は冷静だった。

眠れないまま、翌朝、彼女は息子と娘、(主人の)義弟と弟、(彼女の)兄の六人で現地に向うことになった。別便で会社の夫の所属する企画部と人事部の人も現地に向った。東京は東京支店長が責任者になって、分室や問屋からも、多くの人が集められたという。夫婦の日頃の人間関係の温かさの故に、手厚い態勢に守られて、彼女は現地に向っている。

〈現地へ〉　ずっと兄が付いていてくれたこと、会社が総出してくれたことは、心丈夫だった。

羽田からバスで現地に向かう途中、一一時ごろ、「生存者発見」のニュースがあった。「ひょっとして」と耳をそばだてていたが、やがて「四人、女性だけ」と伝えられ、がっかりした。

現地近くの学校で休憩しているところへ、警察が調書をとるという知らせが入った。武道館のような所へ連れていかれ、暑い中、長い調査をとられた。身体の特徴、服、鞄の中味などを尋ねられる。答えながら「これは普通の状態ではないな」と、覚悟した。

待機場所の藤岡第二小学校で待ち続けたが、一四日の夜になっても何の連絡もない。会社の手配してくれたホテルに戻ったが、落ち付かない。「もしかすると歯型がいるのではないか。胸のレントゲン写真も必要かもしれない」と頭に浮んだ。主人のかかりつけの歯科医と内科医に電話して、取りよせることにした。翌日、会社から、もう一日遅れて日本航空から、歯型とレントゲン写真がいるとの話が出た。

Ｋさんは飛行機事故の報せを受け「ショック」状態になる。四肢は震え、精神的に緊張し、過剰覚醒の状態になっている。「やけに冷静になっていた」と感じている。そして、張りつめた意識のまま、事実の確認――夫の遺体の探索に向う。

もともと彼女は観念や空想に生きることが少なく、現実志向の人である。与えられた条件のなかで、状況を良くするように努め、自分が参与することによって、改善された状況に適応していくことを好む。彼女はショックの後、茫然自失し、あるいは精神錯乱し、激しく事実を否認するよりは、異常な冷静さで事実確認に直進している。だが、異常な冷静さもまたある種の非現実感を伴うものであった。（そのことは、後で述べよう。）

〔遺体確認〕　同乗した上司の遺体は比較的早く確認されたが、主人の遺体は見付からなかった。

八月一六日、遺体の身元確認のために遺族の代表一人が確認作業に入れることになった。一人というのには遺族が反対し、結局二人が入れることになった。

翌一七日、息子と主人の弟が確認のため中に入った。私も入りたかったが、ひっくり返るのを心配して止められた。日頃から私は、死んだものが恐く、小さな虫の死骸にもさわれない。

二人の話では、後頸部だけの部分遺体ながら、主人と似たものが一つ見付かった、それ以外は何の手懸りもない、という。それで、私も確認に入ってみることにした。

主人は昔、柔道をしていたため、首が太い。その部分遺体は、首の形も髪のはえ際も似ているけれど、白髪が混っていた。主人は白髪が一本もない。それで、違うと思わざるを得なかった。

それからは、必死になって探し回った。「あんなに家が好きだった主人を、こんな所に置いておけない。早く返してあげたい」の一心。泣きながら見て巡った。

たまたま開けた女性のお棺に、似ている右手があった。右腕の肘から下の部分。縮んで小さくなっているけれど、主人の右腕に似ている。そのお棺の傍で番をしながら、指紋の照合を待った。

以前交通違反で捕まった時の指紋が、家の近くの警察にあった。

やはり、主人の右手だった。

そのお棺に一緒に入っていた、足首から先のない右足も気になった。添書には、縞模様のズボンの切れ端と、ベルト半分がついていたとある。ところが、それが付いていない。警察に問いあわせると、遺品置場の方へ回されたのだろうという。

検死場はどんな雰囲気だったのか。

例えば、一四日の藤岡市民体育館の様子を、遺体確認にあたった今成虎夫歯科医は、「広い体育館とはいっても、ジャーナリストの盗撮防止のため出入口をはじめ窓という窓はみな外部との遮断のために黒幕を張ってあるので、採光はすべて電灯と特設のスポットライト。その上撮影のフラッシュ、お線香の煙、押すな押すなの人込みと興奮の人いきれとで、場内はサウナそのもので室温は四〇度をこしていたのでないか」、そんな中で「だんなさんを亡くした奥さんであろうか、〝家の人を返せ！　馬鹿野郎！　なに、ぐずぐずしてやがるんだ！〟と日航職員を怒鳴りつける大きな金切り声に、ざわめいていた場内が一瞬、水を打ったようにシーンとなった」と述べている。

あるいは、Kさんが入った未確認遺体の置場であった藤岡工業高校と藤岡女子高校体育館について、浦野医師は、一八日の状況を、「無数の離断死体の中から父の、夫の、子の肉体の一片でもと求めて歩く遺族の執念とも言える姿勢に時には我々がたじろぐ場面もあった。第三者の目からは特徴が一致しそうに見えない場合でも、遺族は何とか自分の求める肉親のものと思いたい気持が強く、他人の否定的意見など容易に容れようとはしなかった」、例えば「次々に棺を改めて歩く一人の老人の異様な振る舞いが目を引いた。それはもはや遺体確認という目的を外れた無意味で乱暴な行為であったが、誰も制することは出来なかった。すべての棺を改め、肩を怒らせて去って行く老人の後ろ姿が今でも目に残っている」と書きとめている。

屍臭とクレゾール液や「ウジ殺し」の液の臭い、真夏の熱気、ざわめきと小さな叫び声、そして一瞬の静寂のなかで、時間がすぎていた。

Kさんが、五時間かかって夫の右手を確認した時は、夜も遅くなっていた。鑑識係の好意で、確認された右手だけでなく、未確認の右足も引き取り、判明した遺体を祭ってある安置所に移した。会社の人が、徹夜で番をしてくれたという。

彼女は続けて、

右足の方は血液型がB型らしく、主人のO型とは違うとのことで、また警察の人が引き取ってしまった。仕方なく、血液型の正確な確認を頼んだ。

翌一八日、遺品公開が始まった。パッと見て、縞のズボンの切れ端が見付かった。あの日、主人が置いていった背広の上着の布地の縞模様と一致した。鞄も、私が詰めたままの状態でみつかった。ポンと入れた傘だけが抜け落ちていた。

翌一九日、とりあえず——なんと、「とりあえず」という言葉の多いことか——見付かった右手とズボンの切れ端と鞄だけで、現地で茶毘にふすことになった。茶毘の場で傘も見付かった。

近所の奥さんが、般若心経を写経した着物を届けてくれた。しかし、右手だけでは着せようもない。

娘にも父の右手は見せておきたかった。お棺を開けると、ちゃんと人間の形になっている。日赤の看護婦さんが、ダンボールとシーツで人型を作ってくれていた。ほっとしてそれに着物をかけ、茶毘にふした。

彼女は右手だけの夫を抱きしめて、荼毘に送ったのである。

当時、四人の生存者の救護に始って、遺体の処置、整体作業にかいがいしく働き続けた日赤の看護婦たちは、ダンボールや三角巾で最後に遺体を作っていた。

金田和子婦長（日赤医療センター）は、幼児の頭部——耳と前髪を出してサラシを巻いているうちに、可愛想で思わず、その頭部を両手で大事に持っている自分に気付いたという。そして彼女は、骨折にボール箱を利用するのを思い出し、人間を造り始める。「下顎から胸のみの遺体で整体を作る。〝寝ているように納めて下さい〟との家族の希望で、どうしようと考えた。とにかく背中の支えを作る。身長、体重を聞き、長さを決めボール箱を開き、頭部を作製する。肘部から先だけの手を、あの広い柩の中に納めた時には、どうにもむなしくなって困る」、と述べている。

また、前田陽子さん（前橋赤十字）は、「綿と三角巾で作った頭は、生前のその人に似ているだろうか。〝こうしておけば、とれなくてすむ。遺族の前で遺体を持ち上げたら、首がとれた経験があってね。〟それだけを語り、黙々とわずかに残った首に三角巾の端を丹念に縫い続ける検視医の横顔に、声にならない怒りと空しさを感じ、縫合終了後、私もまた黙々とガーゼと絆創膏で縫合部を隠した」、という。看護婦も医師も、また現場の警察官も、自分たちが何を体験しているか、十分な言葉を持っていないが、無惨のなかで深く傷ついていたのである。

こうして彼女は、あまりにも軽いお骨を抱いて大阪へ戻る。二一日、自宅で葬式を出す。二〇〇〇人近くの人が訪れた。九月一〇日は、社葬があった。これには四〇〇〇人が集まった。彼女はひたすら、喪のスケジュールを処理していく。それが、さしあたっては彼女らしい、死んだ夫への世話であった。

九月二八日の四十九日まで、いつも二、三時間しか眠っていないことも、食事をきちんと摂ってないことも忘れて、行事をこなした。六〇〇〇人をこえる人に頭を下げ続け、疲れが重なり、めまいをおこす。血圧も一五〇／九〇を越え、周囲がぐるぐる回り始め、医師に三日間の安静を言いわたされる。しかし、じっとしていられない。一日横になっただけで、再び徹夜で四十九日のお礼の葉書を書いている。

事故後の遺族の度をすぎた気丈夫や勤勉には、自己破壊の衝動が隠されている。自分を傷めることによって、死者の苦しみを共有しようとし、また自分を置いて死んでいった死者の注意を呼びおこそうとするのである。

そして彼女は、彼のところに戻っていく。

〔再び現地へ〕　一〇月二日、やっと現地に戻ることができた。一〇月五日に確認不能の遺体を荼毘にふすという報せが届いていた。遺体のありさまを知っていたので、それも仕方ないだろうと思った。だが、警察に引き取られてしまった右足が、どうしても気になる。

着いてすぐ、問いあわせると、「B型らしい」のままで再確認もせず、すでに荼毘の所に回されているという。

それで腹が立った。

「なぜ、確認もしないで回したのか。問いあわせているものなのに！」

すると担当の警察官が、逆にカンカンに怒り出してしまった。

「あれは足首もないし、わからん！　どこにどうなってるかも、わからん」

ものすごい怒り方だった。日航の世話役も頼んでくれたが、警官は日航の職員を犯罪者扱いで、取り付く島もない。

私がなお喰い下がろうとするのを、世話役が止めた。

「ここで喧嘩すると、他のものも隠されるかもしれませんよ」

それで右足を取り返すのをあきらめた。ドライアイスも抜いてしまって、融け始めているだろう。「せめて、写真を見せてほしい」と頼んだが、それも駄目だった。

この警察官も相当に苛立っている。当時の遺体確認に関する遺族の怒りについて、歯の確認の指揮をとった大国勉（群馬県警察医会理事）は、次のように弁明している。彼は、一九七一年春の大久保清事件（八人の女性を暴行殺人）、翌年二月に発覚した連合赤軍のリンチ殺人事件などの検視にあたり、東京歯科大学の法歯学教室（鈴木和男教授）で歯による身元確認の研究を続けてきた歯科医である。不眠不休の作業で、八月二一日の夜には倒れて、五日間入院している。

そんな彼が、

遺族の方々からは、怒りといらだちが警察官たちを通じてぶつけられたが、カルテ、顔写真、レントゲン、作業用模型、学校の歯科検診票、母子手帳など、すべておのおの様式のちがう資料のため、資料整理は手作業以外には考えられなかった。「この情報の発達した時代に、なぜコンピューターを使わないのか。遺体を男と女に分けて並べたらどうだ。血液型でA型、B型、O型という遺体の分け方もあるはずだ」など、遺族の方々の要望はすべて理解できたが、この大惨事の中では「手作業」以外に出来ることは何一つなかった。

これほど航空機事故の遺体確認が困難をきわめるものか、また遺体と事故遺族との精神的意味も、十分にわかっていなかった時点では、手作業の傍でコンピューターにデータを入れるという作業は難しかったのであろう。しかし、それでもなお、事故後、遺体確認作業後の反省すべきことの一つとして残っていることは確かだ。

また、ここで注意しておかねばならないことは、救援者もまた精神的に傷ついていることである。接死の体験が救援者にも深い無力感、怒り、抑うつを引きおこすのである。「手の施しようがないという無力感、死傷者数から見た当該災害の規模の大きさ、当該災害の不慮不測性、死体の姿と匂い、犠牲者の家族の苦しみ、負傷者の苦しみ、それに極度のプレッシャーの下で作業しなければならなかったことなど」がストレス要因となることは、以前から指摘されている（オーストラリアの列車惨事に関する研究――ラファエル・B『災害の襲うとき――カタストロフィの精神医学』みすず書房）。

精神的外傷後のストレス障害が救急サービスに従事する人にどれだけ多いか、そんな研究もある。

精神的外傷後のストレス障害とは、アメリカ精神医学会の診断基準では次のようになっている。

第一は再体験で、反復的で意識に侵入的な事件を想い起こすこと、事件の反復的な夢、あたかもその外傷性事件が再び起きたかのような突然の行動や感情（いわゆるフラッシュ・バック）――この三項目の一つはあること。

第二に、外界に対する反応性の麻痺、あるいは係わりあいの減少がみられる。それは、重要な活動に対する興味の著しい減退、他の人から孤立し、あるいは疎遠になったという感覚、収縮した感情であり、その、三つの内の少なくとも一項目は認められる。

第三には、以下の六症状（その内、二項目があることを診断の必要条件にする。）、すなわち、過敏あるいは過度の驚愕反応。睡眠障害。他の人が死亡したのに自分が生き残ったことに関する罪責感、あるいは生き残るためにとった行動に関する罪責感。記憶の減退あるいは集中困難。外傷性事件を想起させるような活動の忌避。外傷性事件を象徴する、ないし事件に類似する出来事に身をさらすことによる症状の増悪、である。

ニューヨーク医科大学のブルーメンフィールド・Mは、上記の診断基準に基づいて、ニューヨークの救急隊員(警察官一三九人、消防士一〇一人、救急医療隊員八八人を無作為抽出)の面接を行っている。それによると、上記症状が一カ月以上継続していた者は、警察官の五・六％、消防士の二％、医療隊員の二〇％となっている。症状が一カ月以上にわたらない者ということになると、より多くの関係者が精神的外傷後ストレス障害に陥っている(アメリカ心身症医学会、一九九〇年度の研究発表)。

こういったことに警察トップが十分な知識を持ち、単なる激励と慰労ではなく、配慮された態勢を作っていかねばならない。災害救急にあたる者も、自分自身の精神の変化について知識を持たなければならない。そのことが、遺族の精神的外傷をさらに深めないためにも必要であるから。

Kさんは右足を奪われて、「このままでは、うやむやにされてしまう」と心に留め、それからは週の半分を藤岡に泊りこみ始めた。

こんな警察の対応にもくじけず、Kさんは残りの遺体を探すために、毎日、警察に行った。水曜から日曜まで現地ですごし、そして大阪と往復する生活だった。

その内、警察の担当者が変った。私の様子を見て、彼がデータの洗い直しをしてくれた。「比較的似ている」と彼が探してくれたのは、脊椎骨三本を含むお腹の部分遺体。推定年齢も血液型も主人と同じである。医者が綿を詰めて膨らましてあった。

主人は赤ん坊のころ、丹毒をしたことがあり、その跡が残っている。透かしてみると、小さな痕跡がみえた。解剖学の知識のある義弟をよび、係に事情を話して、中の骨も確認させてもらった。そして、椎骨と書かれたものは、胸骨と尾骶骨であり、腹部ではなく、背中の皮であることがわかった。さらに皮膚の端に、お臍が見つかり、そこから測ると、やはり主人と同じ位置に丹毒の跡が見付かった。

一〇月二七日、主人に訣れてから六三日目に、彼の胸とお腹の一部を引き取ることができた。

「荼毘をとめて！」

虫の死骸すらさわれなかった主婦が、ひとりだけの闘い――それは敵との闘いというより、自分の耐えがたい運命との闘いであったが――から、遺体確認にあたっていた医師の大部分が法医学の知識がなく、内科や外科の臨床医だったことを知る。彼女は法医学という言葉を初めて知る。「同じ医者でも、生きている人間を扱う内科医や外科医と、事故死体を扱う法医では、扱う対象が違う。今度の事故のような場合、遺体の確認は法医学を専門とする医者でないと難しい。まだ、未確認の部分遺体が沢山残っている。一体でも多く遺族の手に戻すためには、法医の専門医がきちんと係わらねば無理である」、と心に言いきかせる。

彼女は、(後述する)悲哀の六段階の内、ショックの後の否定、怒り、抑うつの段階を急速に飛びこえて、かけがえのない人の喪失の意味を社会化していった。自分の夫の遺体だけでなく、残っている遺体をなんとか遺族のものにしようという壮絶な社会的働きかけが、ここから始まる。警察、上野村役場、日本航空、運輸省を相手にする、一主婦の交渉へ直進していった。

まず、毎日曜日、ボランティアで遺体確認にあたっていた東京歯科大学の鈴木和男教授(法歯学)に、法医学の専門家をずっと通して派遣してくれるように頼みこむ。東京歯大には橋本正次講師という、航空機事故で死亡した遺体の骨を識別する研究をしてきた専門家がいた。

一方で、日本航空の高木養根《やすもと》社長にひとりで会いに行った。当時、現場の担当だった日航の岡崎彬氏も、一体でも家族に返そうと懸命になっており、遺族の生の声をきいてもらおうと、社長に会えるように労をとった。

だが、高木社長のかたくなな態度に絶望する。

「政府に、運輸省に、部分遺体の識別体制をとれるような能力のある法医学者を入れさせてください」

と、一途に頼む彼女に、日航社長は答えた。

「僕なんか、政府は相手にしてくれないよ。摘み出されてしまう」

「あなたが命がけでやれば、そんなに軽く扱われるはずがないでしょう」

命がけの彼女にとって、高木社長の言葉はあまりに遠くで響いていた。それでもなお、同じ答えが続くだけだった。年齢からも、硬直した日本航空に永年生きてきたことからも、重なる大事故からも、この老社長はすでに柔らかい感情を失っていた。彼は彼女と一緒に考えようとするのではなく、自分の不遇を繰り返し述べるだけだった。

「本当にそうなら、私を連れていけ！」

で、面会は終ってしまった。

仕方なく、彼女は直接運輸省に懸けあうことにした。これも日航の相談室のM氏が努力してくれる。彼のつてで、運輸省の責任者に会えた。だが、初めはまったく相手にされなかった。

「きちっと警察医を入れている。法的に不備なことは一切していない」

彼女は、ここでも食い下がる。遺体の写真もきちんと撮れていない、これほどまで遺体確認が杜撰である、と問題例をあげて訴える。だが、どうにもならなかった。

大阪と群馬を往復しながら、なお東京の運輸省の門を叩く。三度目に交渉に行ったとき、ついに「法医を入れよう」と返事が返ってきた。一二月一日のことだった。

ほっとして群馬に戻ってきて、新聞を開くと、一二月一八日の日航の臨時株主総会までに、残りの未確認遺体を合同荼毘にする、と出ていた。予定では、一二月一三日(金曜日)だった。

すでに東京歯科大から派遣された法医が、確認作業の見直しを始めていた。息子一家をすべて喪ってしまったお婆さんが、発見された靴についていた傷と、傷跡の連続する足の部分遺体が照合され、息子の足をとりもどし、成果が見え始めていたところだった。お婆さんは、「これで息子も完全になりました」と泣いて喜んでいた、という。

今度は荼毘の日を延期するように、Kさんの交渉が始まった。ドライアイスで凍結した遺体を解凍し、所見を取り直すのにかかる時間を測ると、じっとして居られない。運輸省、警察に対しては、法医のチェックが終るまで荼毘にしないように頼んで歩く。さらに、火葬の受け手である上野村に対し、遺体を引き取ってはいけない、と告げる。

東京の遺族にも応援を頼んだが、まだ遺族間の横の繋がりも全くない時期であり、現地の事情をよく理解する者はいなかった。一二月七日に結成された「八・一二連絡会」も、「一部の人のために、遺族の会として応援するのは無理」と断わられてしまう。

しかし、Kさんはこう言っている。

昔、父親がわりだった伯父の生活を、ふと思い出していたのでしょう。伯父は自民党の幹事だったので、政治家の出入の多い家だった。時の首相だった「岸さんがどうこう」とか、「佐藤さんがどうこう」といった話を、子供のころから耳にしていた。だから、後で後悔するより、同じ人間として言いたいことは言った方がいい、駄目でもともとではないか、と思った。

そう自分に言い聞かして、関係機関を説得し続けた。だが、運輸省の対策本部は、これ以上は彼女を相手にしない。

「延期しないのなら、裁判で茶毘を中止させる」

と必死に訴える彼女に、「そちらが弱いだけですよ。どうぞ」と答えたという。

彼女はなんとか、ひとつでも多くの遺体を、ひとりでも多くの遺族に返してほしかった。現地の遺族間で、遺体の取り違えや、ある人の腹部を火葬すると、のめり込んでいた誰かの頭部が出てきた話などが、流れていた。そんな話まで含めて、「絶対に許せない」と運輸省に迫った。

「そうしたら、青くなって、何とかしますと態度が変った」、とKさんはいう。

だが、私は担当者が彼女の言葉におびえたとは、必ずしも思わない。悲しみに狂える女ぐらいに、心の片隅では見ていたKさんに、やはり何かを感じたのであろう。そう思いたい。

群馬でも、Kさんはやっと県警の本部長に会うことができた。

それまでは、下の人にしか会えなかった。何を言っても、戦争中はもっとひどかったといった話など持ち出され、はぐらかされてばかりだった。

今度は、向うから本部長が会いたいといってきた。

そして、河村一男本部長は尋ねた。

「地元の人の感情もあるので、いつまでも遺体をそのままにしておけない。年内には茶毘にしないといけない。どのくらい延ばしたら、確認作業が終るのか?」

そこで彼女は、法医のグループと相談し、一二月二〇日まで待ってほしいということにする。医師には、血液型や傷跡など、遺体についてのデータを出来るだけ出してもらう。一方では、コンピュータに入れた遺族からの情報を照合する。こうした切迫した、しかし順序だった作業のなかで、改めて確認された部分遺体も多かったのである。

ついに彼女の夫の、右足の先の部分も見付かった。

この間、私は分かる範囲の遺族に電話で呼びかけ続けた。しかし、私の知り合った範囲は限られている。それで、日航の世話役(Kさん担当の三人目だった人)に、遺体についての細かなデータの一覧表を遺族全員に送るように、お願いした。だが彼は、「そんなもの持っていったら、怒られるだけだ」と取りあってくれなかった。そんな面はあるかもしれない。でも、後でわかったことは、なおも遺体を求める多くの遺族に、「群馬に行っても、もう無駄ですよ」と、日航は現地に行かさないように対応していた。

仕方なく、一二月二〇日の最終茶毘(第二次茶毘)を迎えてしまった。後日、事情を知った沢山の遺族から、「なぜ、もっと頑張ってくれなかったのか」と責められた。

群馬県警察医会の発表では、遺体の身元確認理由は、顔の面接六〇(一一・七%)、身体特徴三〇(五・八%)、着衣六四(一二・四%)、指紋二三〇(四四・四%)、歯型七八(一五・一%)、所持品五二(九・九%)、血液型四(〇・八%)で、合計件数五一八となっている。だが、彼女は、このように医師たちによって整理された数字の向う側で、僅かの遺体を取り戻す闘いを続けたのだった。それは数字の遺体ではない、遺族一人ひとりの心で憶えている遺体だった。

Kさんは一二月の荼毘を終えて、やっと大阪に戻ってきた。現地で遺体確認のために手を尽くす一方で、大学受験をひかえた娘のことや、これからの生活を考えねばならなかった。年が明けた一月、二月は、受験の娘に付きあって走り回った。父の急死のため、娘はそれまで一度も模擬試験を受けたことがないといった状態だった。

四月の入学式をすませると、今度は今後の生活の基盤を確立しないといけない。長男を一人前の歯科医にさせるのが、夫の遺志である。そのための資金は準備しないといけない。夫が残してくれたものを、彼女が殖やしていくしかない。それに歳とって、子供の重荷になりたくない。ひとりで生きていく基盤も作らないといけない、と彼女は考える。

本を読んだり、情報を集め、筑波の学園都市に学生向けのアパートを建てることにする。大阪がいいけれど、すでに彼女の手が届く額ではない。向いに住む同じ遺族のTさんが、筑波の地理に明るい。それで、彼女が案内してくれた。

筑波学園都市は国が力を入れている地域で、将来性もある。学生相手なら、こげつく心配もない。プレハブ住宅なら、将来の変更も簡単だ。管理は数パーセントの手数料で、建築会社がしてくれる。これなら、私でもやれる、と彼女は思った。

五月には筑波の現地を見に行き、土地を買い、アパートを建てることにする。その後、会社組織にして、近畿にも学生用のアパートを建てた。

こうして経済上の決断を下すと、翌八七年春より、Kさんはカウンセリングの学校にかよい始める。

カウンセリングの聴講生には、夫との問題、息子の登校拒否や家庭内暴力、娘の摂食障害など、自分自身の心理的問題をかかえた中年の女性が多い。自分の葛藤を隠して、勉強することによって知的に乗り越えようとしている。

遺族のなかでも何人か、他の遺族や不幸な人の相談にあたりたいという動機で、カウンセリング学校にかよっている女性に会った。それもまた、自分の受け入れがたい体験を消化し、社会のなかで位置付けなおしていく試みである。

Kさんは、カウンセリング学習を次のように語っている。


以前、遺族会のNさんが受講していたカウンセリング学校から、先生を招いて講演してもらった。しかし、あまりピンと来る話は聴けなかった。やはり、事故の当事者でないと遺族の気持はわからない。それならば、私が向うに飛びこんで、カウンセラーになれば良い。そう思った。

以前から、近所の奥さんに子供のことについて相談されたりすることがあった。同じ相談にのるなら、専門的知識に基づいてアドバイスできる方が良い。

でも、実際に勉強を始めてみると、手答えはない。カウンセラーの先生は、「フン、フン」と相手の話を聞いているだけで、気持が伝っていない。昔、教護院の教母をしていた母の方が、ずっと親身に相手の相談に乗っていたように思える。

現実感の喪失から立ち上がるとき

事故直後、部分遺体を取り返すために駆け回っていたとき、そして大阪に帰ってからと、日本航空の世話役と三つのレベルで彼女もつきあってきた。

日航は、一九七二年六月、ニューデリー空港近郊の墜落事故(八六人死亡)の際の教訓から、それ以後、同年一〇月のモスクワのシェレメーチェヴォ空港での事故(死者六二人)や一九八二年二月の羽田沖墜落事故(死者二四人)に、世話役をつけてきた。事故直後の現地世話役と、その後の補償世話役の二段構えである。

世話役については、後の章(第九章)で述べるが、ここではKさんと世話役の関係を、ひとりの遺族のまとまった体験の一部として、追っておこう。

現地で最初に付いてくれた世話役のAさんには、本当に感謝している。彼は羽田の整備の人で、主人と同年齢だった。何かにつけて、自分の体をいとわず、私たちのために動いてくれた。夜も寝ずに情報を集め、警察であろうが何であろうが、真先に飛びこんでいって、私たちの希望を伝えてくれた。もちろん、主人の会社の社員が気を配ってくれたが、その間を縫って、こぼれそうなことを全部拾ってくれた。彼からは、事故をおこして本当にすまなかったという気持が、ひしひしと伝ってきた。

四十九日を境に、別の世話役Bさんに変ってしまったが、その後も何かあれば飛んできてくれた。一〇月末、主人の背中の部分遺体が出てきた時も、来てくれていた。その時、私の方から気遣って聞いた。「いつまでもこちらに来ることで、あなたが職場で苦しい立場にいるのでないの」と。初めは否定したが、やっと「実は、プロジェクトから外されかかっている」と教えてくれた。それで、本当は彼と離れたくなかったけれど、「もう、十分だから」とお礼を言った。

彼が付いていてくれたおかげで、救われた。子供たちも、私の兄弟も、彼に対しては許していた。日航ということではなく、個人として完全に信頼できた。

ところが、それ以降の世話役や日航の対応は、彼の態度からは想像もできない、ひどいものだった。

次の世話役Bさんも、同じ整備部門の所属だったという。五〇すぎの年配の人。年より老けて見える。昔は営業にいて、今は窓際族らしい。別の遺族を担当して、拒否されていた。気が回らなく、こちらの気持が全くわからない。頭を下げたら、そのまま上げないような人。何のために頭を下げているのか、伝わってこない。とんでもないところで、ワッハハと笑う。自分でも、「僕は女性的ですから」と弁解している。あまりに酷いので、一年以上我慢したが、怒ってしまった。そうしたら、遺族相談室長が、「あなたのように激しく動く人には、とても彼はついていけない」と、世話役を変えてくれた。
三人目の世話役は、会社の言いなりで、自分の意見がない。腹が立ったのは、家に来ておきながら、仏様のお参りもしない。「お参りをされますか」と尋ねると、「お供え物を持ってきていないので」と言う。仕方なく上ってきて、しぶしぶお参りして帰ったけれど。

日航の世話役をみていると、かけがえのない人を喪ったということが遺族にとってどういうことなのか、想ってみようとしていない人がいる。ある遺族はたまりかねて、「死んだ人は物なんですか」と聞いたところ、「そうです」と答え、平然と壺になぞらえて、壊れた時の逸失利益うんぬんの説明を始めた世話役もいる。

私は何人かの遺族から、現場の整備関係の世話役と、営業出身の世話役の心の交流の差を聞いた。整備出身の人の方が、自分たちのミスではないかと深刻に受けとめていた、と思われるかもしれない。だが、私はそうではないと思う。お客との対応にそつない営業出身の方が、より人の心理に無理解であるとしたら、彼らはそれだけ日本航空という独占的な営利組織に組み込まれていたということでないのか。整備の人の方が、人間的に疎外される面が少なかったということだろう。

遺族でなくとも、その立場に置かれたら何を一番にしてほしいか、何をしてほしくないか、想像はできるはずである。最初の現地世話役とKさんとの間には、これもまた事故後に少なくない、被災者と救助者、被害者と加害者の一体化が生じている。企業は被害者の精神的援助を世話役に求める。だが、その一体性や共感が熟し、遺族が精神的に再出発するまでの時間を待ちはしない。遺族に理解してもらったとしても、次の補償交渉の早期決着に転化していかねば会社にとって意味がない。ここが、遺族の精神的援助を唱えながら、最初の世話役Aさんのような人の姿勢を継承していかない理由であろう。

私の研究についても、日航相談室の拒否の構えは強かった。遺族から、私に会うようにという求めが何度かあっても、日航としては無視してきた。自分の担当する遺族の精神状態を心配して、隠れて私に会いにきた世話役はいたが、組織としては拒否している。それは、Kさんを担当した第二、第三番目の世話役が、貴重な体験を通して自分を変えていこうとはしなかった、そんな姿勢を良しとする体制に繫っている。

Kさんは日航の組織としての体質にふれながら、遺族側の問題も話すことを忘れなかった。

日航は遺族に現地の情報を伝えないようにしてきた。八五年の荼毘の前に、あれほど頼んでも駄目だった。知らせれば、遺族が現地に来るための費用は一人一〇万円ほどを払わないといけない。相談室長は、「あなたが動くのはいいけど、皆に言わないでくださいよ」といっていた。八七年、その後に出てきたお骨の荼毘のとき、せめて通知だけ全遺族に出してほしいと、日航と上野村に頼んだ。だが、知らせが上野村から届いたのは直前だった。いつの間にか、私が遺族の代表として出席したことになっていた。

遺族を抜きにして、日航と上野村と警察が事を運んでしまってきた。

あんな遠くの、お参りにも行けないような所に埋めてほしくなかった。分骨して、経済的にも自分たちで祀れる場所に納骨したかった。遺族の困惑につけこんで、茶毘、納骨とどんどん進めてしまう。遺体は亡くなった人そのもの。それほど大切なものなのに、容赦なく失われていく。

私の母は、父が戦死したとき、何の遺品も手に入れられなかった。石が入っているだけの空の箱を拝んでいる。そのことを、母は生涯悔やんでいる。

遺族から、調べに行く前に焼かれてしまった、残念だ、と繰り返し繰り返し同じ電話がかかってくる。その度に、「気の毒に、母と同じ状態の人ができてしまった」と思う。遺体を見られなかった人のために、最後まで見続けた私が、頑張らねばならないと思ってきた。

しかし、遺族がまとまりきれず、茶毘をストップさせる力がなかった。遺族のなかにも色々な意見がある。「あんな状態で置いておくのは、死者への冒瀆だ」と茶毘を急がせる人。まだ見付からぬ遺体の部分を求める人。身元不明の骨の入っている棺から、分骨してほしいという人。私の家族の骨が混っているから、他所に行くのは嫌と反対する人。結局、分骨も出来なくなってしまった。

日航や警察、役場は、そういう遺族のまとまりのなさを前提に、「遺族の気持になって」と、事を進める。

とりわけ警察は部分遺体の荼毘の通知を出すことに反対した。「全部帰ってきたと近所の人に言ってあるのに、今さら帰ってきても困る、思い出したくない、という遺族がいる」、と警察が反対した。また、上野村と遺族の間に日航が入って、話が歪んでしまうことがある。遺族には、「お世話になった上野村を困らせてはいけない」という気持がある。警察にもお世話になったし、文句を言ってはいけないと言ってくる。八・一二連絡会の活動に対して、他の遺族が脅しの電話をかけてきたりする。

だから、その悔しさを私たちは日航にぶちつけている面もあるかもしれない。

彼女は夫の遺体を求めながら、他の家族の事故への恨みの感情に出会う。彼らの遺体を求め、分骨を求める気持を代弁しようとして、遺族の勝手な対応に苛立っている。

しかし、もう一度、とぎれとぎれに聴いてきた話をふり返って、彼女の事故後の歳月に私は感動する。

遺体はできるだけ遺族に返す、いかに破壊がひどくとも遺体を家族にみせる、遺族が納得するまで日常の時間感覚で事態を処理しない。そういった彼女が提出した問題は、私たちの前に重く置かれている。

聴きおえて、最後に、現在の心境について語ってもらった。

まだ足が地についていない。心と体が別々に動いているよう。主人はフッと、また帰ってくるような気がする。遺体を探しながらも、ふと空を見ると、主人の顔がチラチラしている。主人が傍にいるようで、心のなかで話しかけている。現実には冷静に行動しているんだけど、おかしな感じ。

一所懸命やっているのに、どこか他人事みたいで、現実のようでない。右手が出てきたときは、真から嬉しかった。本当は喜ぶことでないのに。バラバラになった遺体を一つでも多く見付けることで、主人を取り戻そうとしていた。

でも、一番大切な顔が見付かっていない。「見付からなくって御免なさい」とお参りしながら、何かはっきりしない。主人の死を認めていないのかもしれない。いつか、もし本当に認めたら、その時、自分がどうなってしまうのか、恐い。

あれから空腹感がなくなった。事故から一〇月ごろまでは、スープを飲むのがやっとで、一〇キロほど痩せた。四十九日を終えた一〇月初め、血圧が上がり、倒れてしまったし。年が明けて、(八六年一月から)生理が止まらず、婦人科に通った。ホルモンのバランスが崩れている、と言われた。それまでは丈夫で、医者など縁がなかったのに。

夜はずっと眠れない。寝つきはいいが、寝ついて二、三時間で、必ず眼が醒めてしまう。じっとしていられないので、起きて動いてしまう。

事故直後は、よく自分の泣き声で眼を醒ました。しばらくは、そうだった。しかし、このところ夢を見ていない。この間、久しぶりに自分の泣き声で眼が醒めた。新たに発見された部分遺骨を集めて、八七年一二月一六日に荼毘に付した。今でも雨がふるたびに、埋もれていた骨の一部が出てくる。一〇〇人ほどの遺族と参列して、送ってきた後、泣き声で眼を醒ます夜が一週間ほど続いた。何んの夢をみていたのか、覚えていないが。

　夢ではないが、今でも、現地の遺体の状態がありありと頭に残っている。遺体番号を思い出すと、足がどうなって、これがこうなってと、遺体の有様が浮んでくる。番号と遺体の姿が頭のなかに繋がっている。それを、どうやって消すことができるのだろうか。


　彼女は事故後二年をへてなお、現実感を喪失したまま生きている。夫の遺体を取り戻すという死の事実に付き合いながらも、共に生きていた人格としての夫の死は否定するという、二重の意識をもって生きてきた。つまり、心と身体が分離し、今ここに居ながらここに居ないといった非現実感は、夫の死を否認するための精神的な防衛手段であるともいえるだろう。動き続けること、てきぱきと物事を処理することによって、現実感の喪失のまま生きることを自分に負荷してきたのである。

　いつか、その現実感の喪失が無くなり始めるとき、彼女は動きまわるのを止め、深い心の疲れの内に夫の死に直面するのではないだろうか。そして、そこから立ち上がるとき、彼女は八・一二日航機墜落事故で自分のはたした重要な意味を知るだろう。

第二章　「死の棘」を焼く

夫に語りかける遺族の立看板(山男たちが作った)

隠された自責感の隠された意味

死とは死者の問題であろうか、残された生者の問題であろうか。私たちは自分自身の死について考え、また死者の死に方について思いを巡らしがちである。だが、死は死者の問題である以上に、残された者の問題である。

「死を自分自身のために受け入れることと、他人のために受け入れることとを区別せねばならない」、と歴史家アーノルド・トインビーは晩年に書いている。『死について』の結論部で彼は次のように述べる。

「死ぬ者に最も軽い試練を課するような死に方は、必然的に、あとに残る者の受ける衝撃を、最も激しいものにする死に方である」。そして聖書「コリント人への第一の手紙」の聖パウロの答を引用する。「死の棘は罪である」と。トインビーのいう罪とは、「私自身の人生がその人の人生と密接に結ばれている人よりも、あとまで生き残ることを、利己的にも望まなかったことの罪である。これが利己的なのは、死の棘が死別してあとに残る人にとってよりも、死ぬ人にとっては痛くないからである」、と説明している。

私たちは、事故の悲惨、死者の無念、遺体の破壊を思うあまり、「死の棘」が後日、永い時間をかけて遺族の心に何を残すか、よく理解していないようだ。とりわけ遺体と遺族の関係について、分っていない。検視にあたった多くの医師は、「もし自分の家族であれば、見るに耐えないものであった」と述べ、「あのような無惨な死体は遺族に見せるべきでない」とも言っている。遺体確認にあたった警察側も、数少ない五体の整った遺体をのぞいて、積極的に遺体を見せようとはしてこなかった。妻や母親に対しては、むしろ見せないようにし、また彼女たちの親族をして、彼女が対面をあきらめるように指導してきた。

しかし実際は逆に、前章のKさんのように、家族であればこそ、他人には見るに耐えない身体の破片に思えても、限りなく大切なのである。それは家族の死を確認し、後日、彼らが徐々に死別を受け入れ、現実感を取り戻すためにも必要である。

また、突然の死がもたらす「死の棘」の毒から、遺族が少しでも癒されるために必要である。死は何重にも遺族を苦しめる。単に死者への愛着、愛する対象が理不尽にも奪われたことの悲しみだけではない。悲しみのなかには、私を残し、子供を残して先に死んでしまった死者への非難も含まれる。

だが、死者への非難は正常な〈自我〉にとって許容されるものではなく、それは反転して自己非難となる。「私はあの人のために何をしてあげただろうか」と自分に問う。

「前日の夕食、楽しい時をすごさせてあげたであろうか。気持よく送りだしただろうか。もう少し、路の角ではなく、駅まで見送ってあげればよかった。旅行を止めるべきだった。あの航空便のキップを予約したのは私だった。もっと引き止めておけば良かった。なぜ私だけが、一足先に帰ってきたのか。一緒に死ぬことができればよかったのに、不公平だ。どうして、あの日の内に無理をして帰ってくるのを、止めなかったのだろう」と、自責の問いは際限なく続く。

それを、フロイト・Sは『悲哀とメランコリー』の中で、「メランコリー患者のさまざまな訴えをよくきいていると、しまいには、この訴えのうちでいちばん強いものは、自分自身にあてはまるのは少なく、患者が愛しているか、かつて愛したか、あるいは愛さねばならぬ他の人に、わずかの修正を加えれば、あてはまるものであるという印象をうけないではいられない。……このように、自己非難とは、愛する対象に向けられた非難が方向を変えて自分自身の自我に反転したものである」と分析したのであった。

繰返し繰返し、自分を此の世に置いて行ってしまった死者に、自己非難という形で語りかけているのである。その最も強い自己非難のひとつに、「私は遺体に会い、遺体を抱き、できるだけのことをして柩を送り出したか」、という問いがある。

一般的には、十分な看護をした上で家族と死別した場合、遺族の自責感は少なく、精神的安定も比較的容易である。反対に突然の死別は、それだけ激しく、――私は何をしてあげただろうか――と遺族を責めたてる。日航機一二三便のように、遺体が飛び散った場合はなおさらである。「私は本当にあなたを我家に帰したのだろうか、私の手に取り戻したのだろうか」と自問し、自責するのである。

前章のKさんは、夫の部分遺体を発見しようと全力を尽くすことによって、曽ての彼女自身を越えた人である。そこでは夫の部分遺体の発見、――つまり夫を事故から奪い返す闘いは、死の棘を消毒する作業にもなっている。
それでは、彼女のように、遺体を十分に確認することも、その後の部分遺体を見付けだす機会も得られなかった人はどうだろうか。

迷惑をかけても、主人の肌に

Nさん(事故当時、五九歳)は、事故のニュースを知ったとき、まず雨戸を閉め、外から見える燈火をすべて消したという。それほど気配りの行きとどいた女性である。

航空機事故ともなれば助かる可能性はほとんどない、夫は大企業の代表役員であり、乗客の名簿を入手してマスコミが訪ねてきたとき、事故の様子もはっきりせず、心の用意もできてないままに会うべきでない、と考えたからであった。
そんな初老の主婦の、事故直後から遺体確認までを追ってみよう。

夫の会社に電話をし、雨戸を閉めて後、彼女は弟に電話をする。だが、何を喋ったか覚えていない。後日、弟は「どうしたらいい、どうしたらいい、どうしたらいい」と三回言って切れた、と教えてくれたという。そのまま頭を血が流れていくのを感じて、気を失ってしまった。こうして気丈さと依存の間を揺れ動く彼女の闘いが始まる。

気がついた時は、ものすごく落ち着いていた。受話器はきちんとかけてあった。三人の息子たちに、家に集まるように電話をかけた。

まず駆けつけてきた次男の嫁に、「今は泣いている時ではない。事態を見定めるまで私も泣かないから、あなたも泣いてはだめ」と諭した。そして会社の人や、弟、息子が駆けつけるたびに、マスコミを警戒し、さっと扉を開け、中に入れた。

テレビを見ながら、うちにも大変なことだけれど、事故を起こした日本航空にとっても、これは一大事なのだ。日本航空は、この惨事にいったいどんな受け止め方をし、責任をとるのだろう……と、几帳面な主人の日頃の仕事ぶりを思いながら考えていた。主人の会社が事故を起こせば、それは主人の責任となる。それと同じことを、日航の場合も考えたのだった。

レーダーから消えた飛行機は、おそらく絶望にちがいない。だとしたら、明日からどう動けばよいのか、そう考え始めた。

深夜になって、会社を通して連絡が入った。「皆、ロイヤルホテルに集っている、どうするか」という伝言だった。それで、もう少しはっきりした情報が得られるまで家にいる、と断った。

翌朝、とりあえず弟と次男、それに会社の方に現地に行ってもらった。

ところが、家でテレビを見ていると、生存者がいる、との報道が飛びこんできた。ニュースを聞いた途端、私は取り返しのつかないことをしてしまった、と悔んだ。もし、主人に一瞬でも意識があったとしたら……、私が側にいないのは取り返しがつかない。現地にはまず私が行くべきだった。

気が動転してしまって、それから後のことはよく覚えていない。着のみ着のまま現地に向かったようだが、その間の記憶がはっきりしない。

彼女はまず社会的に地位のある「Nの妻」として、事態に対処する構えをとる。これはショックに続く、一種の離人体験ともいえよう。自分に生起している事件を、平静を装いながら遠くから見ているのである。取り乱して空虚を摑むには、あまりに生々しい。ところが、ここでの平静は、ショックのあまり茫然とする自分自身を傍で眺めている、精神的に強ばった平静である。

そんな彼女が、たとえ夫が瀕死の重傷でも、死の瞬間に自分がいてあげようとしていない、と気付く。込み上げる自責によって、装われた平静を突き破られ、そのまま崩れるように群馬県に向っている。

遺族の待機所でも、私は腑抜けのようになっていた。何かいわれるたびに、ただ「はい、はい」とうなずくだけだったという。遺体確認まで、くる日もくる日も待機所で待たされた。

八月一五日の夕刻、待ちきれなくなった遺族たちが「現場に行かせてほしい」と抗議するようになった。長男も、「お父さんは土に還ったのだから、家族で現場まで登って一度帰宅しよう」といっていた。

翌日、(抗議のこともあってか)遺体確認のために、犠牲者一人に遺族二人と限って、遺体が公開された。私が行くのは会社の人に止められた。息子たちが未確認遺体の安置場に行ったが、分らない。「賛美歌」をもってもう一度探したところ、一つだけ気になるお棺があった。開けてもらうと、靴は若者向きのリーガル社製で違っていたが、歯型、指紋の一部、血液型で確認された、と伝えられた。

だが、私は主人の遺体を直接確認していない。八月一七日、墜落から五日たって、私の目の前に置かれた主人の遺体は、生前の身長、体重にあわせて包帯で巻かれ、人型になっていた。「歯型で確認されたご主人です。ひどいお怪我ですから、包帯はとれません」と言われた。その時は、包帯の中味がダンボールで作られたものとは知らなかった。包帯を切って見たかったけれど無理はいえないと思った。柩の前で倒れ、救急車で運ばれていく遺族が沢山いた。私が倒れて、また迷惑をかけてはいけない、という常識が働いていた。

次男は納得せず、無理に一部の包帯を切ってもらった。白髪まじり髪の毛のついた首筋の辺りを見たらしい。「親父が風呂上りで、髪が濡れている時の感じと同じだから」と言ってくれた。三男は歯科医から説明を受けて、「先生も疲れて、気の毒だ」と言っていた。

それでも、茶毘になる時に、少しでもいいから自分の眼で確認しようと決心していた。一瞬でもいい、直接会いたいと思った。しかし、茶毘の前にお棺の蓋を開けてもらうのは、とても無理だった。

また、茶毘の後、欠損を確かめながら、一本残らず骨を拾いたかった。それすら許されず、私たちだけ別室で待つように指示され、待っているとワゴン車で骨壺が運ばれてきた。何故私たちだけ特別扱いされたのか、分らない。その時は、高崎の風習だろうと良い方に、良い方に解釈していた。しかし後で、大阪、東京と各地の習慣を調べてみたが、そんな違いはない。他の遺族は茶毘の後、直接骨を拾ったという。「部分遺体の説明と、実際の内容が違うからだろう」と、遺族に言われた。どうしてなのか、時間がたつにつれて疑問が大きくなっていった。

それから何度も何度も群馬県の特捜部に行ったが、主人の遺体状態ははっきりしない。主人の検死状況を記録したファイルをみながら、係の人が説明してくれたが、あいかわらず「完全遺体だが、離断している部分もある」と答え、ファイルは「奥さんが見たらひっくり返りますよ」と見せてもらえない。

一二月二〇日の最終茶毘の日に、もう一度確認したいと、日航側に頼んでおいた。だが、連絡がつかなかったのか、私を行かせぬようにしていたのか、呼ばれなかった。後で聞くと、群馬県警は私を呼ぶように伝えたと答えた。（この擦れ違いの話は、前章のKさんが伝える通りである。Kさんは、部分遺体のデータ一覧を遺族全員に送るように頼んだが、日航は取りあってくれなかったという。）

彼女は、主人の遺体を直接確認しなかったことが、いつまでも悔いになっていく。遺品の山のなかから、夫の手帳と、背広やネクタイピンの付いたネクタイの一部、名刺入れ、メガネを探しあてた。だから、死んだと思うしかない。しかし、……

もっと真剣に遺体を確認すべきだった。どんなにむごい遺体でも、一寸角でもいいから、主人の肌にじかに触れてあげるべきだった。

周囲に遠慮したり、良い方に解釈したり、皆が見させまいとするのに言いなりになってしまった。なぜ「確認しなさい」と勇気づけてくれなかったのか。たとえ貧血をおこし、失神をしてでも、そうすべきだった。この悔いを、私は一生背負っていかねばならない。

今も、箪笥を開け、主人の和服を手にして、「主人には何も着せてあげられなかった」と後悔する。

葬儀が終り、四十九日もすぎ、あるいは半年たち、故人の友人や周りの親族が日常にもどっていった後、私は本当にあの人に再会し、そして死の訣れをしたのだろうか、と思えてくる。とりわけ妻は、女性であるが故に壊れた遺体との対面を止められたのだが、逆に妻なればこそ夫の遺体を見つめ、最後に触れる者は私しかいないはず、それをしなかった私を私自身が許せないと思う。彼女たちの自己非難は、夫の欠けてしまった身体を際限なく愛撫しながら埋め合わせていく作業にもみえる。それはまた、死者となった夫が生き残った妻に彼女の身体を還していく——つまり「此の世」に還していく「死者の応答」ともいえる。

それ故に、これほど執拗な遺体未確認への自己非難は、夫を喪くした妻に特有のものに思える。子供を喪くした親、まして全身遺体が見つかった遺族にはよく理解できぬことであった。それは、遺族会のなかの感情的な溝にもなっていた。ましてや、面接を始めた当初の私には理解しがたいことであった。

だが、その後の面接では繰り返し繰り返し、遺された妻の遺体未確認への無念が聞き取られている。こうして私は遺体のもつ意味を十分に教えられていったのである。

続いて四〇歳代と五〇歳代の二人の妻の喪を追ってみよう。

「消えた」だけで「死んだ」と思えない

四〇歳すぎの主婦Tさんは、自分で未確認遺体の安置場に入りながら、最後に夫の遺体が確認された時は、見ていない。

一六日から遺体の公開が始った。弟、妹と三人で、五時間探したがわからなかった。

しっかりしなくてはと自分に言い聞かせていた。頭が冴え切ったような感じで、臭いも何も気にならない。手袋もしなかった。

確認されたのは一七日の夜中。指輪が決め手になり、遺体を確かめた弟が、「きれいだった」と言ってくれた。見ない方がいいという弟の勧めで、私は包帯姿を見ただけ。「もっと取り乱すかと思ったが、女は強いな」と弟にいわれるほど、その時はしゃんとしていた。

帰路、日航のスタッフに、羽田までヘリコプターにするか、車にするか聞かれて、一刻でも早くとヘリを希望した。ところがヘリは一杯だという。突然、腹が立ってきた。スタッフの言葉に、見つかったから少し遅れてもいいだろうという響きが感じとれた。それまでおとなしく、ぼーっとしていた私が、いきなり怒り始めたのに周囲も驚いて、すぐヘリを準備してくれた。

一八日に帰宅し、一九日にお通夜。二二日に密葬、二三日に社葬を兼ねて本葬を出した。

葬式の後の空虚さは、今思い出しても、あの思いを耐えられたら、他に何も怖いものはないくらい。暮れかかる夕闇が怖かった。勤め帰りの人で街は一杯になる。ふと、その中に混って主人がいるのではないかと思ってしまう。だから買物に出るのが嫌だった。

主人の夢をみたのは、百日過ぎてから。三、四回みた。何も喋らないでニコニコして傍らに居る。目が醒めて、ああ夢だったのか、やはり主人はいないんだと言いきかす。

一年くらいして、落ち着いてから、自分の眼で夫の遺体を確かめなかったことが、わだかまりとなっていった。

主人は「消えた」だけで、「死んだ」と思えない。どんなにつらくとも、自分も子供たちも現実を見ておくべきだった。弟はきれいだったと言ってくれたが、私を慰さめるための嘘だったのではないか。苦しみぬいて死んだのではないか、頭にいろいろなことが浮んでくる。

Tさんはショック、その次に、夫の事故死に直面した妻がとるべき役割——それらしい平静、遣る方ない怒り、の三つの精神状態の間を揺れ動き、ともかくも一連の葬儀に付き合った後、ようやく本当にひとりになって「喪の作業」に取りかかっている。そこで彼女は気付く。私はなぜ夫と対面しなかったのだろうか、と。

ほとんどの妻が同じことを述べた。もう一人だけ、Jさんの話を書きとめておこう。五〇歳代半ばの彼女には子供がない。かわいいお嬢さんが、成熟した男性と共にそのまま歳をとっていったような、柔らかい雰囲気の人である。

彼女の遺体確認は早かった。

一五日の昼に、遺体確認の呼びだしがあった。激突地点で発見され、バラバラだったと聞かされた。頭部と胸部以外はなく、歯型で確認されたという。包帯でぐるぐる巻きにされていたようだが、義弟や夫の会社の人に、「見ない方がいい」と押し出されてしまった。その時は私への心遣いだと思ったたし、振り払う気力もなかった。

確認されたのは夜中の一時をすぎていたが、お棺のすぐ傍で、二時間くらい調書をとられた。それをしないと遺体を返してもらえないと思ったから、必死だったけれど、すごくしんどかった。気分が悪くなって、水をもらったりしながら、なんとか付きあって、遺体を引きとった。

その時は、悲しいともなんとも感じなかった。早く確認できて、良かったたくらい。遺体が置かれていた体育館の場所も、形すら覚えていない。とにかく、皆がワーッと騒いでいたな——くらい。食事も食べていたのかどうか、覚えていない。夜は部屋の電気をつけっ放しで、ほとんど眠っていなかったと思う。

何も考える余裕もなく、気がついたら大阪に着いていた。お棺に付き添う自信がなかったので、東京までの自動車は、義弟に付いてもらった。新幹線で夫の実家に行き、一七日に密葬をすませた。翌一八日、家に戻って葬儀を出した。日航の世話役一人をのぞいて、日航関係者は断って、この時はひっそりと出すことができた。

九月六日、正式に葬儀を行った。会社が合同葬を出したいというのを断って、私が個人的に行う形にした。群馬県藤岡市から戻る途中、かつて会社の合同葬に出席した主人が、「あーいう葬式は嫌だなあ」と言っていたのを、思い出した。今考えると、主人のためにこれが一番いいことだった。主人や私の友人も沢山出席してくれた。

葬儀がすむまで、毎日のようにお参りの人が来て、その対応でバタバタしていた。相続税の手続きやローンのことで、役場や銀行に何度も通わないといけない。半年間は事務的なことに追いたてられていた。しなければならないことはしていたけれど、生活は目茶苦茶だった。

事故に直接関係することは近寄りたくなかった。事故以来の新聞も重ねてあるだけで、全く読む気がしなかった。慰霊飛行もいかなかった。友達に誘われるままに食事に行ったり、集りに出たり、ふらふら出歩いていた。夜は夜で、ひとりで車に乗って、あてもなく走り回っていた。家に戻らない日もあった。

私の様子を心配した妹が、精神科への紹介状をもらってきた。勧められるまま大学病院に行き、順番を待つ内に、愕然として我に返った。待ち合い室にいる周囲の人々は、どうみても正常に思えなかった。

「私はここに来るべきではなかった。あんな風に、他人に甘えてはいられない。自分で立ちあがらないといけない」、と自分の生活を反省した。精神科医にそのことを話すと、「それだけ分っておれば、十分でしょう」と言われた。

それからは、少ししっかりしようと自分を励まして頑張り始めた。翌二月、主人の還暦にあたる日に、事故後初めて、ひとりで現地へ行った。登山は冬で無理だったが、祭壇にお参りして、上野村の村長さんにも会った。この時は、降って湧いたような事故にもかかわらず、よくやってくれたと感謝していた。それで、やっと気がすんで、少し落ち着いた気持になれた。

　一周忌の合同慰霊祭の前日、御巣鷹の尾根に登り、墓標を建てた。墓標を建てたのは私が一番早かったように思う。

　事故から一年間は、夢のように過ぎてしまった。事務的なこと、法事がつらなって、追われるようにこなしていた。一周忌が終ってから、色々なことを考えるようになった。特に、部分遺体の確認を早くあきらめたこと。何度も現地に行って、遺体を探し続けていた遺族がいるのに、無念だ。

　あの時は、早く確認できて連れて帰れてよかったとしか思わなかったけれど、連れて帰れたのはほんの一部だけで、遺体のほとんどは見つかっていない。確認も他人にまかせて、私は見ていない。あれから、私がひとつひとつ探していたら、爪の形や何かで分ったことも多かったのに。他の遺族と比較して、「私は不十分だ。なぜもっと頑張らなかったのか。私は情が薄かった」という思いが強くなった。

　この頃、よく夢を見た。「見届ければよかった、もっと確認すればよかった」というような夢。主人の姿がすーっと現われて、目が醒めると涙が流れていたり。一度だけ、夢の中で主人の声を聞いた。大声で何か叫んでいる、何を言っているんだろうと思って、目が醒めた。駅の雑踏や街角のような所に、ふっと主人が現われて、「あれ、生きていたのかな」と思った途端、目が醒めてしまう。

「やはり主人はいないんだな」と、振り返るようになったのは、三回忌をすぎてから。

三回忌にやっとお墓ができた。仕事が趣味という人ではなかったのに、何の楽しみもなく、働いて働いて急に死んでしまった。かわいそう。少しは好きなことをして、のんびりさせてあげたかった。

母方の従妹に夫をガンで亡くした人がいる。でも彼女は、丸山ワクチンを打ったり、できる限りの世話をした。夫が亡くなったとき、「やるべきことは全部やった」と言っていた。彼女はすっかり立ち直っている。彼女に較べて、私は「何もしてあげられなかった」と無念の思いばかり。納得する時間があるのとないのと、同じ夫の死でも全く違う。

彼女は、二年後の冬に、元の家から遠からぬ駅前のマンションに移って、二〇年間夫と暮した家を壊している。「遺族から、随分荒療治ね、大丈夫、と言われたけれど、毎日毎日、主人の手垢の付いた手摺なんて見ていられない。ひとりであそこにいると駄目になる」、と考えた。しかし、新しい住居の玄関にはゴルフバッグが立てかけてあった。仏壇の横の床の間には、使い込んだ鞄が明日使われるのを待っているかのように、あるいはJ家の神器になってしまうのを暫したためらっているかのように、置いてあった。多数の故人の写真に囲まれて、今でも夫妻二人で一緒に生きていることが伝わってくる。

彼女は与えられた状況の下に、控え目に自分の位置を見出す人である。批判的に、さらにはむきになって物事に対処することを好まない。だが、自分だけの世界を完結しようとするのではなく、周りとの比較によって自分の位置を見ることも忘れない。保守的で、いきとどいた家庭を創ってきた女性である。

彼女もまた周囲に気遣いながら、「事故後の妻」の役割をこなしている。そんな経過のなかで、ひとつだけ自分の主張をはっきり出したことがある。会社との合同葬を断わり、自分だけが喪主になって葬儀を行ったことを、後で振り返って評価している。あの時は、すくなくとも夫と私は心がひとつになっていたのだ。何もしてあげられなかったけれど、会社だけで生きたのではない、私と生きたのだ――そんな思いが彼女の誇りになっている。

葬儀が終った後、事務的な仕事をこなしながら、長い抑うつ状態に陥っている。感情も意欲も湧いてこない、ただ迫ってくる月日を泳いでいるだけ。それは、どうしても必要な喪の生き方のひとつであった。こうして彼女は、夫の死の過程を共に体験しているのである。

夫は突然死んでしまった。彼女は夫の死にゆく時間が短すぎたが故に、死んでからなお死の過程をゆっくり行わねばならない。死にゆく時間を共有できなかった替りに、自らの感情や意欲を凍結させて、死後の夫の死にゆく過程を世話しているかのようである。事故後の遺族の抑うつ状態は、そんな意味を持っている。それに対し、周囲の人の励ましは無用であり、自我に穿孔していくような病的な「罪の意識」には、ある程度の危機介入をすることがあっても、事故が起こらないように配慮しながら、じっと見守る構えが求められる。

ところが、彼女自身、死別後の抑うつの意味を認めていない。すべての遺族がそうであるが、感情や意欲が湧いてこず、氷結した心を紛らすためにあてもなく彷徨いたくなる精神状態を、「甘え」として否定的に把えている。Jさんは精神科外来を受診して、そこに待つ狭義の精神病患者（精神分裂病や非定型精神病など）と自分は違う、彼らのように甘えていられないと反撥する。ここでは、彼女が自分を甘えていると自己非難していた心理が、周りの患者に移し置かれ、彼らもまた甘えから心の病になっている人々にされてしまっている。（なお、精神病は甘えによってなるものではない。しかし、ここでは彼女が、多くの日本人と同じく、精神病者を理解する余裕もなく、担当した精神科医もまた精神的外傷後ストレス障害に無知であったことも、触れないことにする。）

それから気を取り直し、自分を励まして、事故そのものを体験消化しようとしている。事故後初めて上野村に行き、上野村の人々に感謝することによって、事故と和解しようと努めるのだった。墓標を建て、夫との死別を直視しようとする。そうすると急に、「死後の夫に対してもしてあげることがあった。自分は遺体を取り戻すどれほどの闘いをしたのか。何もしていないのではないか」という自己非難が強くなっている。彼女の場合は、他の遺族の話を耳にすることによって、よけいに強く自分を責める面があった。彼女の夢の解釈は、夫がすーっと現われて消えていく、それは自分をもっと探してほしいと言っているように思われたのであった。

悲哀の癒しとしての遺体確認

三人の女性の、遺体を確認できなかった無念について述べてきた。次に、彼女たちと対照して、事故後の遺体確認の努力が遺族の心の癒しになっている事例を紹介しておこう。事故以前の社会的役割の延長線上に、強ばった平静を装って遺族の役割を遂行していくことは、喪の作業に役立っていない。遺体確認だけではないが、直接、事故に遭遇した家族を物理的にも精神的にも取り戻し、遺族の心のなかでもう一度、死の過程を歩んでいくことこそが、遺族の悲哀の癒しとなる。

Mさん(三四歳)は、前章のKさんほどではないが、遺体確認に残された気力の全てを当てた。

藤岡の中学校体育館で待機させられ、一体、どんなことになっているのか、想像もつかなかった。何故、現地まで行けないのか。どうして、いつ迄たっても主人が確認されないのか。苛々して、頭がはちきれそう。頭を切りたいくらい。でも、見つからないということは、もしかしたら生きているかもしれない、そう言い聞かせていた。

三日目、呼び出しがあった。「とうとう、来た。いよいよ、主人の遺体を見なければならない。」すごく緊張して安置所に行ったが、見せられたのは手帳だけだった。体の力が抜けていった。

翌日から遺体公開が始まった。義兄と二人で会場に入った。普通の状態ではないのは覚悟していた。私にしか主人を見付けられない。とにかく見付け出して、家へ連れて帰ってやらなきゃ。

二〇〇近い会場の柩の中に、パッと気になる柩があった。横に置かれたビニール袋の衣服が目についた。油まみれでごみみたいに置いてあったが、夢中で開けていた。本当は手袋をした上で、係官を呼んで開けてもらわないといけない。

ズボンの一部と、ベルトとハンカチが入っていた。主人のものに間違いはない。柩に入っていたのは、胴体の部分遺体だった。

すぐに引き取りたかったが、警官が許可してくれない。黒子とか手術痕とかの身体的特徴もない。私の証言だけでは本人と特定できない。

それで父に、スーツの共切れと二枚組のハンカチの片方を取りに、西宮の家まで戻ってもらった。ベルトは私の誕生日に、主人が贈ってくれたものだった。私が気に入らなかったので、主人が自分で使っていた。私のウエストに合わせた穴があいている。

やっと父の持ってきた布で、本人に間違いないことになり、翌日、遺体を引き取ることができた。現地で荼毘に付し、翌八月一九日、自宅で葬式をした。

葬式が終っても、割り切れない。忘れ物をいっぱいしているようで落ち着かない。普通の事故なら柩にとりすがって泣けるのに、私にはすがるべきものがない。主人の顔も、体も、ほとんど見付かっていない。必ずあるに違いない。関節ひとつでも、指一本でも、連れて帰ってあげないといけない。私にしか見付けられない。

あの日、主人は日帰りで東京出張だった。大阪空港まで、私が車で送って行った。空港が混んでいたので、国際線の前で主人を降ろした。スピードを出す私に、「帰りはしっかり減速していけよ」と注意した。子供たちが夏休み中なので、帰りはタクシーを拾うと気遣ってくれた。車を降りて、煙草に火をつけた主人の姿が最後になった。そこでプツンと時間が切れてしまっている。後は真白けの感じ。訳がわからないのに、私ひとりが取り残されて、周囲が勝手に動いている。

それで葬式から一週間後、再び現地に行った。それから毎週、西宮から群馬県藤岡まで通った。父か、兄が同行してくれた。

こうして、左腕、左足、頭部と少しずつ見付けることができた。頭部が見付かったのは、四十九日の供養の前日だった。前回気になりながら、(凍結されて)確認できなかった頭部の部分遺体を、日航世話役のHさんが修復しておいてくれた。今度は一目見て、主人だと分った。

主人は左利きだった。左側が全部出れば、主人もなんとか不便を感じないだろう……。

遺族の悲哀は、年齢によって濃淡が異なる。中年の遺族の悲哀は激しく、それだけ行動的である。五〇歳代をすぎた多数の人々の悲哀は、深い疲れた絶望に埋められ、Mさんのように毎週現地に行く気力を持っていない。彼女は若いが故に、死んだ夫への語りかけも鋭い。

葬式、四十九日、合同慰霊祭と勝手にすぎていく。頭ではわかっているが、心はついていけない。親戚も、父母も引きあげて、私一人家に取り残された。藤岡に通っていた時は、それなりに充実感があった。自分の所在があった。

でも今、家にぽつんと居て、自分の体と気持をどうしていいか、わからない。昼間は子供たちの世話があるが、夜ひとりになると、何んとも言えず空しい。主人を恨む。「私ばかり、しんどい思いをさせて。逆の方がずっとよかった」――仏壇の前でお酒を飲みながら、荒れていた。主人に文句を言い、泣いて怒った。

周囲の人の言葉に、いちいち頭に来たり、沈んだりしていた。「男の子がいるから、いいじゃない」――言われると、すごく腹が立った。子供は主人の替りにはならん。そんなのは慰めの言葉にならない。そんな簡単なことにしてほしくない。

主人の替りに子供が死んでくれた方がよかった。主人がいてくれたから、私は偉そうにしてこれた。一度でいいから、主人に会いたい。もう一度だけ、話しかけてほしい。主人にすがって、思いきり泣きたい。今、私には一緒にご飯を食べる人がいない。相談に乗ってくれる人がいない。安心して頼れる人、寂しいとき傍にいてくれる人がいない。

彼女は先だった夫への恨みを、生々しく語りかけている。しかし、八歳と四歳の子供に気遣いながらも、行くだけで丸一日かかる藤岡へ毎週かよい、夫の半分を取り戻したことが、彼女のなかの「死の棘」を焼く助けになっている。

（なお、彼女はその後の日航が遺族を分断したこと、乗客を荷物のように見ていることに怒っているが、現地の最初の世話役には心をかよわせている。「四〇歳すぎのコンピュータを扱っていた人だった。初めは、なんと気の利かぬ人と苛々した。他の世話役は書類を一杯もって説明しているのに、彼は何も持っていない。名刺すらきらしていた。しかし、よく知るにつれて、彼の誠実さが伝わってきた。遺体確認に最後まで走り回ってくれて、私たちの身になってくれた。日航とは別に、彼には今でも感謝している」という。）

こうして、遺族と遺体奪還の闘いとの関係を丹念に聴きとってくると、遺体の意味が文化や宗教によって違っているだけでなく、さらに人間の心理の根源に係わる問題であることが分ってくる。遺族は遺体を取り戻すことによって、死者をゆっくりと死なせることができる。それは事故死、突然死に対する、せめてもの復讐であり、自分の胸に奪い還した死者に、死への時間を与えることである。フランスの精神分析医ラガーシュ・Dの言葉を借りれば、「死者を殺す」喪の作業のひとつになっている。

行旅死亡人取扱法？

八五年日航機墜落事故の死亡者五二〇人の氏名ははっきりしている。だが部分遺体のそれぞれについては、誰なのか判明しなかったものが多い。未確認遺体については、一八九九年(明治三二)にできた「行旅病人及行旅死亡人取扱法」に基づいて、一九八五年一二月二〇日、すべて荼毘にふされた。本法律では、「行旅死亡人ト称スルハ行旅中死亡シ引取者ナキ者ヲ謂フ」と定義されている。しかし日航機事故の遺族は、「引取者ナキ者」という定義に納得できない。

引取者はあった。しかも引取を、その後の自分の生命の等価とまで思って、求めていた遺族がいる。問題は、前章のKさんの闘いが示すように、十分な法医学的確認の態勢も時間もとられなかったことである。

合同荼毘は急がれた。それは死者と遺族の時間ではなく、日常の業務に生きている者の時間によって、急がれたのだった。

また部分遺体は一括して荼毘にふされた。同法七条には、「其ノ所在地市町村ハ其ノ状況相貌遺留物件其ノ他本人ノ認識ニ必要ナル事項ヲ記録シタル後其ノ死体ノ埋葬又ハ火葬ヲ為スヘシ」とある。これは後日の遺体確認のための配慮である。

それすら守られず、骨は一二三の骨壺にまとめられてしまい、一周忌の慰霊祭に建てられた「昇魂の碑」の中に納められ、「あかずの扉」としてとざされた。「あかずの扉」とは、二度とそこに遺骨が入らないよう、再び大事故が起きないようにという願いであるという。だが、それは誰の願いであろうか。少なくとも、遺体を取り戻そうとする遺族の願いではない。事故関係者という日常の業務に生きている者の、貧しい抒情でしかない。現に、飛び散った死者はなおも御巣鷹の尾根に骨を顕わし、「あかずの扉」が閉められた後も、荼毘にふされている。このような一周忌後の遺骨は、「昇魂の碑」の右後方の小さな観音像の背後に置かれてきた。

「遺族の時間」と「関係者の時間」

もう一度、初めのNさんの無念の想いに戻ろう。彼女はその後、夫の遺体を確認しなかったこと、部分遺体を取り戻せなかったことの自責感を乗り越えて、自分の体験を社会に向って次のように語りかけている。

一九八七年六月二六日、東京の経団連会館で日本航空の株主総会が開かれた。私は昨年に続いて出席した。

その日、悲しいことにまたもや航空機事故が起きた。フィリピン航空国内便が墜落し、五〇名もの人が亡くなった。この事故を知った時、私は遺族の方に会いたいと心から願った。

ヘリコプターから遺体が降ろされ、担架に乗せられるのをテレビで見て、ああ、あの時と同じだと思った。そして、「誰さんの遺品が見つかりました」という報せに喜び、「手首で誰さんの遺体が確認されました」という無惨な報告にも、ああ良かったと思った。遺体が分ったというだけで嬉しいという表現は当らないだろうが、とにかくそう思えたのだった。

私はその後、マスコミの方にフィリピン航空機事故の遺族に会える道をつけてくれるように、お願いした。結局、それは叶わなかったが、私はテレビに向って祈った。「遺族の皆さん、悲しいでしょうけど、精根つきるまで遺体の確認を続けて下さい。わずかな遺体を貰っただけで、喜んで帰らないで下さい」と。

彼女は少し薄くなった髪を頭になでつけ、後ろで縛っている。「主人はパーマが嫌いだったので、結婚して二度しかかけたことがない」という。そんな彼女が、「Nの妻」としての役割に気遣い、次に茫然となり、その後には「たとえ貧血を起こし、失神してでも――いかに周りに迷惑をかけてでも――夫と対面すべきであった」と自分を責め抜いた上で、悲哀を彼女なりに社会化した祈りが、「悲しいでしょうけど、精根つきるまで遺体の確認を続けて下さい」であった。

私の前には、群馬県医師会、歯科医師会、日本赤十字社の報告書、運輸省事故調査委員会報告書など、多数の報告書が置かれている。遺族側の弁護士の日本航空告発の意見書もある。それぞれが自分の範囲内での仕事の遂行を自慢することはあっても、この事故を通して新しい遺族に出会ってはいない。死者と遺族の時間は、日常の業務の外に出てみようとしない者の時間と違うことを分っていない。

第三章　悲しみの時間学

1983年の大韓航空機撃墜事件の慰霊碑．稚内に建つ「祈りの塔」

「日薬」の研究のはじまり

時間は事件を運んでくるが、その事件を受けとめるための猶予も与えてくれる。事件と共にやってくる前方の時間はいつも突然で大きく、悲哀をつれて過去へ去っていく時間は、いつまでも細長く、尾をひく。去っていこうとする悲哀の時間を、残された者は必死になって引き止める。時の風化と遺族の激しい追想がぶつかり合ったところに、悲哀の時間が層をなして跡をとどめる。

陰暦五月五日は端午の日であり、野や山に、街や外国に遊ぶ風習へと引き継がれているが、かつては「薬日」ともいい、薬草を摘む薬猟《くすりがり》の日であった。その薬日をひっくりかえして、「日薬《ひぐすり》」というおかしな言葉が上方にはある。月日を薬という物質にみたて、病いを癒すのは、結局、時間であるとの知恵がこめられている。また、薬そのものについても、薬理学的効果よりも日薬として使われていた時代もあった。昔の人は、効きもしない薬草を丹念に煎じて飲みながら、病いの癒される月日を耐えていたのかもしれない。

それでは、どのような「病い」に日薬は効くのであろうか。人が過酷な喪失の体験をこなしていくには、どうしても日薬が必要である。私はこの日薬の作用経過の知識を「体験緩衝の時間学《クロノロジー》」と呼んできた。階層化した悲哀の時間についての知識である。

私たちの日常の時間は、いつも事件に向って歩んでいる。いつ遭遇するかもわからない喪失の体験のために、「体験緩衝の時間学」は誰もが知っていなければならない精神衛生の基本的知識であると思う。

肉親を喪った遺族の急性悲哀の研究は、アメリカのエリック・リンデマンの論文に始まる。マサチューセッツ総合病院の精神科医であった彼は、大火による被災者の医療にかかわったことから、急性悲哀の研究に向った。彼は、治療中に親族を亡くした精神神経疾患者、病院で死亡した患者の親族、ココナッツ・グローブ大火の被災者とその遺族、軍人の親族など一〇一人の観察から、次のような結論を出している。

(1)　急性悲哀は、精神的症状と身体的症状をともなう明確な症候群である。

(2)　この症候群は危機のあとすぐあらわれる場合もあれば、遅延することもある。あるいは誇張されることも、表面的には顕在化しないこともある。

(3)　典型的な症候群のなかに、歪められた病像が現われることもある。それらもまた、悲哀の症候群のある一面に他ならない。

(4)　適切な技法によって、これらの歪められた病像も正常な悲哀反応へ導き、解決することが可能である。

そうして、この結論に至る「悲哀の症候群」について正常なそれと、病的なそれに分けて記述をしている。やや長くなるが、古典的論文なので、翻訳して紹介しておこう。

正常な悲哀は、身体の苦痛、死んだ人のイメージに心が満たされてしまうこと、罪悪感、敵意の反応、日常行動がとれなくなることの五つにまとめられる。

まず、身体的苦痛は直後に二〇分から一時間ほど続く。のどが締めつけられるような感じ、胸がつまって息苦しい、ため息だけしかできない、お腹が空っぽになったような感じ、筋肉の力がぬけ、ただ緊張や精神的苦痛としか言い表しようのない、当事者だけが感じる激しい苦痛である。病者はやがて、これら波のようにおそってくる不快感が、訪問客や、死者について語られたり、同情を寄せられると現れることを知る。これらの症状から逃れるために、訪問客を断ったり、死者に関するすべての情報から遠ざかろうとする。

身体的苦痛のきわだった特徴は、次の三つである。一つは、深いため息であり、とりわけそれは、悲しみについて語ろうとする時に顕著となる。第二は、気力が湧いてこないことや消耗感をよく口にする。「階段を登ることすらできないように思える」、「手にするもの全てがとても重い」、「ちょっとしたことをしようとしても疲れた感じがする」、「少し外を歩いただけで疲れてしまう」という。第三に、胃腸について、こんな風にうったえる。「食物は砂のよう」、「食べたいって、どういうこと」、「食べなければならないので、食物をつめこんでいるだけ」、「唾液がでない」、「お腹のなかに入ったものは、すべてゆっくり動かなくなってしまうよう」と言う。

次に、故人のイメージが頭を占めてしまい、感覚全体がなんとなく変ってしまう。非現実のか細い感覚、他人から感情的に遠くにいるような感じになる。ただし、このような感覚をはっきり体験しない人もいる。

ココナッツ・グローブの惨事で娘を亡くした人は、娘が電話ボックスのなかにいて彼を呼んでいる、しかも大声をあげて彼の名を叫び助けを求めている光景で頭が一杯になり、周りを忘れていた。

さらに、罪の意識で満たされる。遺族は故人が死ぬ前にしなければよかったと思われることを詮索する。自分自身の不注意を責め、わずかな手抜かりを大変な問題に考える。火事による惨事のあと、若い主婦の話の中心は、夫が彼女との口論の後に死んでしまったということ、および妻を亡くした若い男が彼女を助けようとして倒れてしまったことであった(註・つまり彼女は自分の罪を責め、とりかえしのつかぬことをしてしまったと悔んでいるのである)。

また、他人との温かい人間関係の欠如、焦燥と怒りがみられる。友人や親族が思いやりを伝えようとするとき、あえて他人によってわずらわされたくないと拒否する。

このような敵意は本人にとっても驚きであり、説明のつかないことである。精神異常になりつつある徴候ではないかと心配になる。こんな精神状態をごまかそうとして、しばしば社会関係は形式化し、こわばってしまう。

最後に、苦悩のなかにある遺族の一日の行動は、激しい変化をみせる。言動は滞ることなく、故人について話すときはむしろせきこんで話す。落着きなく、じっと坐っていることができず、何かすることを求める。しかし新しいことを着手することも、まとまった活動を持続することもできない。いろいろと動き回るのだが、何を仕上げても満足感がない。遺族は日常のきまりきった仕事に固執するが、このような行動にはその人らしいなめらかさがない。断片化された行動それぞれが一つの仕事であるかのように、自分自身をかりたててやりとげねばならない。遺族はどれほど日常生活が故人との関係によって意味を持っていたかに気付き、今はむなしく思える。とりわけ、社交的な習慣――友達と会ったり、お喋りをしたり、他人と喜びをわかちあったりといったことは、消えてしまったようにみえる。この社交の消失が、活動に誘ってくれる人や色々と教えてくれる人への強い依存に導く。（Lindemann, E. Symptomatology and Management of Acute Grief. —American Journal of Psychiatry. 101巻. 1944年――これは一九四四年のフィラデルフィアにおけるアメリカ精神医学会百周年記念大会で発表された。）

病的な悲哀反応

リンデマンは、正常な悲哀反応の長さは、喪の作業の成否にかかっているという。そして作業の大きな障害は、多くの人々が悲哀の激しい苦痛を避けようとすること、また悲哀の感情の表出を避けようとすることにある。

二つの障害によって悲哀反応が病的になるとどうなるか。彼は、「病的悲哀」を「遅延反応」と「歪んだ反応」の二つに分けている。

遅延した反応は、遺族が何か重要な仕事をかかえていたり、周囲との関係で手をはなせなかったりして、当初、あまり悲哀を表さなかった場合におこる。遺族は何週間か後に、急に悲哀に陥る。

何年も前に亡くなった人に対する隠された悲哀が、新しい死別体験によって呼び起こされることもある。あるいは、患者が死者と同じ年齢になった時に、表れたりする。

続いて、リンデマンは「歪んだ悲哀反応」の症状を九つあげている。

第一に、喪失感なく過剰に活動的になる。むしろ健康で喜びにあふれ、活動は広がり、危険を好む。また死者の行動に似てきたりする。

第二は、故人の最後の病状を摂り込む。例えば、心疾患で父を亡くした娘に、心電図上の異常が現われたりする。それは、神経症の内の心気症やヒステリーと診断されるが、死別にともなう別の問題が含まれている。

第三は、心身症の領域とされる疾患になる。潰瘍性大腸炎、リウマチ性関節炎、喘息などである。特に四三人の潰瘍性大腸炎の患者の内、三三人が死別者であり、この観察が悲哀の研究のきっかけとなった。

第四は、友人や親族との付きあいが変り、苛々し、他人にわずらわされるのを嫌い、以前の社会的活動を避ける。興味のなさや批判的な態度が、友人に反感を持たれるのではないかとの恐れになる。社会的孤立が進むにしたがって、患者は社会的関係を取り戻すために相当な支えを必要とする。

第五は、特定の人に対する敵愾心がみられる。医師に向けられた、義務を怠ったという非難がその例である。

第六は、敵意を隠そうとして、精神分裂症様の矛盾した感情と行動に至る。日常の仕事はこなしているが、まるでゲームをしているようであり、あらゆる人に敵意が湧いてくる。表情はこわばり、ロボット様の動きをし、感情表出は乏しい。

第七は、社会関係のパターンを永続的に失ってしまう。休むことも、眠ることもできないのに、自分の意思で何かをしようとはしない。

第八は、見せかけの活動が、社会的、経済的生活に損害をもたらす場合がある。不必要に気前がよく、自分の持ち物を与えてしまい、馬鹿げた取り引きをしてしまう。それは罪の意識なしに、自分を罰しているのである。

第九は、最後に、焦燥の強い抑うつ状態になる。緊張、不眠、自分は無用であるという感じ、自己非難をともなう。こうなると、自殺の危険が高い。

こうして見てくると、リンデマンのいう「歪んだ悲哀反応」は「正常な悲哀反応」の質的な相違ではなく、量的なものといえる。私の多くの面接でも、正常な悲哀に見られなかった異質な心理と考えられるものはない。彼は論文の後に、処置について述べているが、要は遺族の悲哀の過程を精神科医が共に歩むことであるとし、特別な技法をあげているわけではない。

リンデマンの短い、だが記念碑的な論文が出て以降、遺族の研究はイギリスのパークス・Cによる未亡人の研究に受け継がれている。パークスの研究は長期間の未亡人の追跡調査であるが、急性の悲哀の記述については、リンデマンをこえるものではない。

悲哀のステージ

その後の精神医学的研究は、遺族の研究に限定されることなく、かけがえのない人との別離、役割の喪失、自分自身の生命の喪失への心構えなど――つまり、「対象喪失」の全般についての研究に向い、悲哀の心理の諸段階を分けるようになっている。ここで言う「対象」とは、かけがえのない愛する人、物、役割である。

たとえば、乳児の母性剥奪について、「孤立無援の時間学」が成立する。精神分析家ルネ・スピッツは、アナクリティク・デプレッション(依託喪失うつ病)の名のもとに、生後少なくとも六カ月は正常な母子関係にあった乳児が、母を奪われた際の精神障害について述べている。一カ月目――乳児は泣き、むずかり、観察者にくっついて離れない。二カ月目――叫び、体重が減じ、発育は止まる。三カ月目――接触拒否、ベッドに腹ばいになったままの姿勢となり、不眠、運動は緩慢となり、顔の表情は硬くなる。三カ月以後――顔面は硬直したまま、泣き叫びは止まり、まれにすすり泣きがみられ、動きはさらに遅く、嗜眠がちとなる。

しかし、三カ月から五カ月の間の臨界期が過ぎる前に、代理の母を見つけてやれば、障害は驚くべき速さでなくなっていくと、スピッツは書き加えている(『母子関係の成り立ち』古賀義行訳、同文書院、一九七〇年)。

このように、物言わぬ乳児の悲しみにも時間の法則が働いている。ましてや青年期の失恋には、体験緩衝の時間学が成り立つ。私はかつて、自殺未遂後の青年の精神療法を行いながら、失恋の経過を考察したことがある。依託喪失うつ病の場合は乳児であったために、生物としての時間経過が主であるが、失恋の場合は、それに文化的イメージや社会関係が重なる。かつて分析した「失恋の時間学」のノートを取り出してみよう。

ある日、気持が通じていた人から恋の終りを告げられる。あるいは街角で、私ではない別の人と楽しげに歩いている恋人を目撃する。最初は「ショック」に始まり、体の力が抜け、のどが乾き、空腹すら感じなくなる。

何を聞いたか、何を見たのかがはっきりしてくるにつれて、ショックはその事実の「否認」に移る。「これはいつもの気まぐれ」、「何かの間違いだ」と何度となく自分に言いきかせる。しかし事実はいくつかの角度から確認させられる。

否認しきれなくなると、「怒り」の時期に至る。それでもなお、相手とのはかないつながりを残しておきたいので、怒りは、恋人をさて置いて、恋人以外の人、恋人の親や友人に向いやすい。「親が妨害したからだ」、「友人が中傷して横取りをしようとした」……。

ひとしきり遣る瀬ない怒りにまかせ、手紙を裂き、泣いてみた後、「回想と哀しみ」――抑うつの時期に入る。ふと思い出の場所に佇んだりして、木陰に二人――恋人と自分の幻を見たりする。そしてひとり沈みながら、なお短い否認と怒りの感情が再燃するのである。怒っても悔んでもどうしようもないとわかった後は、他人のいたわりを避けて自分の中に閉じこもっていたくなる。時には死を想いもする。ただし、失恋時の多くの「ためらい自殺」は、怒りの段階にみられ、抑うつ時に至ると、実行は少ない。

この比較的長い抑うつの時期を経て、次第に心のエネルギーを取りもどす。相手と相手の愛する人、あるいは未来の配偶者への祝福をひとり心の中で行い、失恋と和解する「受容と許し」の時期にくる。こうして失恋の時は熟し、相手を許すことによって、自らを上昇させ、新しい生活へと「再出発」するのである。

死別に比べれば、失恋の時間経過はいかにもなまめかしい。しかし、恋人は恋人なりに、死ぬほど苦しい対象喪失の時間をたどっている。失恋の場合は、第一段階にショックがあり、第二に否認、第三に怒り、第四に回想と抑うつ、第五に相手の愛する人への祝福を行い、相手を許しながら、失恋を受容し、第六に再び恋の再生に向かって歩いていくのである。

中年になっても、対象喪失にいつ直面するかわからない。私はかつて、倒産者や倒産が切迫した経営者の研究を行ったことがある(その紹介は、私の著書『都市人類の心のゆくえ』日本放送出版協会、に載せている)。

また、アメリカの小児科医ドロタール・Dは、奇形児を生んだ両親の反応をモデル化している(Pediatrics. 1975)。両親は最初、予期せぬことにショックを受ける。第二に事実を否定し、第三に悲しみと怒り、第四に奇形児が生れたという事実を認め、第五に、この子のために生きていこう、この子たちを幸せにするために社会に働きかけていこうという再組織化の時期がくると述べている。

近年は、キューブラー＝ロスの著書『死ぬ瞬間』に書かれた、ガンの末期の死にゆく過程の研究がよく知られている。死にのぞんで失う対象とは、自分の生命に他ならない。彼女もまた、ショック、否認、怒り、さらには「取り引き」、抑うつ、受容、そしてデカセクシス(臨死のナルシズム)の七段階について語っている。

これら一連の研究のなかで、「喪の作業」全般について細かくステージ分けしたのは、年代が前後するが、カプラン・Gであった。彼は精神障害(ひいては身体疾患)への予防の視点から、喪の作業を七段階に分けていた。

第一期は、対象喪失を予期する段階。第二期は、対象を失う。第三期は、無感覚、無感動になる。第四期は、怒りの時期であり、対象を再び捜し求め、対象喪失を否認するなどの試みが交差する。第五期は、受容の時期で、対象喪失を最終的に受容し、断念する。第六期に至って、対象を自分から放棄し、第七期で、新たな対象を発見、回復するとした(『地域精神衛生の理論と実際』山本和郎訳、医学書院、一九六八年。原著は一九六一年)。

カプランの段階分けになると、あまりに図式的で紹介することがためらわれる。しかし、いずれにせよ、人は耐えがたい体験に対し、一定の緩衝装置をもって段階的に受けとめていくものである。どれかを飛ばすことも、抑圧することも、もう一度生き直していくための障害になる。

なぜ支えと感情表出が重要か

ここで、かけがえのない人を事故で喪った遺族の心理過程を整理し、段階ごとの看護や治療のあり方を述べておこう。第一段階はショックに始まり、第二段階で死亡という事実の否認、第三に怒り、第四に回想と抑うつ状態、そうして第五段階で死別の受容——と、段階を経ると要約できる。

まず、第一段階では、ショックでとり乱すとは逆に異常な平静さを装う人が少なくない。だが、よく診ていれば、平静と呆然が交代しているのが分るはずである。だから、一応平静に見えても内面はショック状態にあると考え、十二分な配慮が必要である。温かく幼児をつつみこむ思いで対処し、色々な決定を求めてはならない。事務的なことは周囲が代行し、重要な決断については、決断で疲れさせないために「こうしたらどうだろうか」という意見を添えて、遺族に伝えるべきである。

第二段階では、死という事実を客観的には知りながら、主観的にはなお生きているという想念を往き来している。もし、この時、あの人が生きているという希望や情景を遺族が語ることがあれば、無理な励ましや嘘の期待、事実による否定をしてはいけない。遺族の心の地平線に降りていって、死亡しているけれども生きて私に語りかけてくるという想いに、「そうね」と深く同意したい。遺族と同じ想いがしてきた瞬間に、「きっと、そうよ」とだけ言うことが、最大のいたわりである。

第三の怒りの段階では、攻撃的な言動を関係者は受容しなければならない。時には、あえて怒られ役になってあげることも必要である。怒りを外に導き出してあげるのである。加害者への怒り、理不尽な運命への怒りが表出されないと、攻撃性は反転して自己破壊に向いやすい。後を追って死ぬことを想い、危険にあえて飛び込もうとし、あるいは危険を感じる能力を抑えてしまう。また、自分の身体をいたわることを忘れ、いくつかの症状を無視することになる。

とりわけ怒りから、第四期の抑うつ状態への移行期は、自己破壊の衝動が突出しやすい。そっとしておくと同時に、二次的な事故がおこらないように、時々見守っていないといけない。

また第一期から第三期までの間に、自分が何について泣いているのか――故人の無念な思いを秘めた死についてか、自分から愛する人が奪われたことについてか、それとも自分がこれから先の人生を生きていきたくないと思って泣いているのか、いずれとも分らないままに、激しく泣くことは大切である。閉じこもって泣いている内に、悲しみが形をなしてくるといえる。

こうして、第四期の永い回想と抑うつの時期を通り抜ければ、事故の処理に向って立ちあがれるようになる。この期は、多くの時間をひとりにしておくべきだが、一日の内のある時間、黙って横に居てあげるのは良いことである。

それぞれの時期の精神状態に応じて、遺族が望むならば、少量の強力精神安定剤、抗うつ剤、入眠剤を投与するのは効果がある。

補償交渉などは、第四期がすぎてからにすべきである。今日のように、死別後すぐに補償の話を遺族に伝えるのは愚劣なことだ。この段階では、故人をカネと交換する気持にさせ、未解決の罪責感をさらに強める。また、多くの弁護士や代理人が行っているような、遺族の感情表出を認めない代行交渉は、喪の作業を阻害する。後述(第十一章)するが、多くの補償金を取ることこそが有能であると思いこんでいる代理人は、実は遺族の怒りや抑うつを遷延化させている。

私は、このようなマニュアル的な配慮について、書きたくはなかった。気遣いとは、相手と自分との個別的なものであるからだ。知識ではなく、両者の人間性の交渉だからだ。それでもなお、こうして述べたのは、今日の事故に係わる人々——加害者側、警察、マスコミ、社葬をすすめる人、親族などに、いかに遺族の喪を奪う行為が多いか、あきれるが故である。

家族そのものの消失

次に、自分をのぞいて家族全員が消失してしまい、悲哀反応が遷延し、抑うつ状態が四年間にわたって持続した男性について分析していこう。彼の喪を通して、男性と女性の違い、中年と初老の違い、配偶者を亡くした場合と家族そのものを失った場合の喪の違いを見ていきたい。

四〇歳になったYさんは、急に父母を続けて見送らねばならなかった。

その年の三月、父親が倒れ、二週間で他界した。結核の老齢期における再発と肺ガンの合併で、入院した時は手遅れだった。毎日、夫妻で交代しながら病院に通った。この時は、父は七四歳、歳も歳だし仕方がないと、さほどショックは受けなかったという。

ところが、翌四月、母親も父親を追うように他界してしまう。父親より一〇歳若い母親は、父親の死後、精神的にガクッときた。タバコも吸うし、前から症状もあったのだろうが、自覚していなかった。病院につれていくと肺ガンと診断され、やはり入院後二週間で死亡。

それでもYさんは、あまり動揺しなかったという。「ガンだから仕方がない」と思った。すでに家業を継いで久しく、自分の家族もしっかりできていたので、あわただしいけれど前の世代を見送るという心構えであったのであろう。

たて続けに葬式を二つ出し、相続税とかのゴタゴタも終って、一家で一息ついたところで、夏をどのように過ごすかということになった。

　父がたおれる前から、子供たちとディズニーランド行きの約束があった。ちょうど夏休み。葬儀は葬儀屋に頼み、私の姉妹がよく手伝ってくれたが、旧家の長男の嫁ということで、妻は気を遣った。私も疲れていたし、家族で遊びに行こうということになった。もっとも、私は仕事も兼ねて考えた。商売に有利な横浜方面の不動産を探しにいくつもりだった。

　八月五日、大阪空港に車を置き、夜の全日空便で東京に行った。四日ほど、横浜近辺の不動産を見たり、横浜市内の見物をした。子供たちは妻の里——九州に行く以外、遠出は初めてなのでとても喜んでいた。

　八月一〇日の夕方、ディズニーランドに行った。閉園ぎりぎりの一〇時まで、乗り物に乗ったり、買い物をしたりして、すごく楽しかった。

　その日は宿をとっていなかったので、タクシーで探してもらって、東京駅前の丸ノ内ホテルに泊った。妻たちは、ここを拠点に、もう一日東京見物をすることになった。一日、私だけ一足先に大阪に戻った。仕事もあるし、猫や金魚の世話をしないといけない。猫は娘が拾ってきて飼っていた。

　八月一二日の朝、妻から「日航の六時の便で帰るから、迎えにきて」と電話があった。夕方、到着の一時間前に大阪空港に着いて、ぶらぶらと待っていた。

電光掲示板を見ていたが、到着予定の時刻になっても、ＪＡＬ一二三便の標示だけ動かない。後の便は次々と到着ランプがついていく。

遅れているのだろう、と思っていた。その内、空港の玄関に二、三人の警官が立つようになった。当時、山口組の抗争事件があったので、その警戒のためかとも思った。それにしては機動隊もいないし、様子が違う。暫くして、電光板に「遅れ」と出た。

そうかなぁ……と思って見ていると、「未定」に変った。

未定？――何のことかと思って、総合インフォメーションに聞きに行ったが、受付は「分りません」と答えるだけ。デッキに出たり、空港内をうろうろして、テレビは見ていなかった。

七時すぎ、待合室に行くと、マスコミの人がわーっと群がり、待っている人を取り囲んでいる。何かあったのかな、飛行機と関係があるのかな、ぐらいでピンとこなかった。

再び総合インフォメーションに近寄ると、ＪＡＬのカウンターに行くように言われた。ＪＡＬのカウンターに行くと、二階のなんとかの間に行くように言われた。部屋に入ると、日航の職員と激しくやりあっている人がいる。「墜落したって、知っているんだぞ！」。

墜落。……墜落という言葉が耳に入って、急に足が震え出した。そのまま坐りこみ、控えの間でじっと蹲《うずくま》っていた。ここはテレビを置いていない。ほとんどの家族が下のフロアでテレビを見ていたようだが、私は見に行かなかった。何故か、見ても仕方がない、と言いきかせていた。

九時半すぎ、「燃えている」と喋っているのを耳にはさんだ。一瞬、「これからどうしよう」、「何から手をつけていいのか」と頭に困惑が浮んだが、すぐに、ものすごく冷静な気分になっていった。

よく乗り遅れることがある。すべて間違いであってほしい、と願った。

一〇時すぎ、日航から乗客名簿が発表された。妻、息子と娘の名前があった。やはり本当か、と思ったりした。

とりあえず、一旦、自宅(南大阪にある)に戻った。電話は私の住む家にあるだけ。屋敷は広く、姉二人と妹一人が(嫁がずに)別棟で生活しているが、電話はない。電話帳も家に置いてきている。まず連絡をしないといけない。

普段はよく道を間違えるのに、この時はスムースに車は流れていった。誰も乗せていない車は、なめらかに走って行く。カーラジオでも事故のニュースが流れている。乗客名簿が読み続けられている。三人の名前も呼ばれた。一瞬、苛々したような感じが襲って、過ぎて行った。うろたえていたのではないと思うが。

妻の実家に電話すると、テレビで事故を知っていた。体の悪い義父を残して、義母だけがくるという。群馬の待機場所で待ち合わせることにした。義母の声は、案外しっかりしているように聞こえた。

その後は、「とにかく現地に行かなくては」という思いでいっぱいだった。荷物も何も持たず、着のみ着のままで再び空港に戻った。一三日の夜中の二時ごろ、ロイヤル・ホテルから日航の手配したバスに乗って、現地に向った。

ショック時の「装われた冷静」

Yさんに会ったのは、事故から二年すぎてからだった。遺族会の方が、彼の今なお続く生活の乱れを心配しての面接であった。できれば治療につなげてほしいと頼まれていた。顔を伏せ、言葉はとぎれがちで低い。生命の影が周囲に溶けてしまい、やっと歩くことによって存在を伝えているかのようである。坐っていると、消えていくのではないかと、恐れる。

もともと、人生を拡大するように生きてきた人ではない。五代続く老舗も、戦後の農地改革で小さくなり、流通業の変化のなかで縮小傾向にあった。商学部を出て家業を継いだものの、時代の変化に流されながら地味に生きてきた。たまたま雑誌の文通欄で、九州の漁村から滋賀県の会社に就職していた快活な女性と知りあい、結婚している。

こうして枯れかけた大木のような旧家にあって、朗らかな妻を中心に新生の家庭ができていた。昭和五〇年に長男、五二年に長女が生れ、休日には家族四人でよくドライブや公園の散歩に行ったという。事故はY家の再生の芽ぶきを摘みとると同時に、Yさんの淡い生命力を枯れた側に追いやったように見える。

彼は家族と死別する直前の東京行きを、比較的詳しく語った。初めての家族旅行、一緒に遊んだディズニーランド。そこまでで、彼の生きている実感のある月日は停止してしまう。仕事のために先に帰ってきた自分を、それほど責めているわけではない。ただ、一緒にすごした遊園地の光景と、一緒に死ぬことができなかった墜落が、鋭い明暗の対立となってそそり立っている。

「今なお――二年をすぎて――よく夢をみる」ともいった。「うつらうつらした時。ほとんど墜落最中の飛行機のなか。妻と子供が一緒にいて。ドーンといってから、三〇分間の迷走だったり。ぶつかる瞬間だったり」という。それと、「天国で家族が楽しく遊んでいる夢をみますね」と続けた。

彼は、夢のなかで、何度も何度も一緒に死んでいる。家族三人の恐怖を想像しているのではなく、一緒に死ぬという願望を充たしている。夢のなかで希死がかなえられれば、時間が逆転して、事故前のディズニーランドの一日に戻るのである。こう語った後で、「天国ってあるんでしょうかね。一度死んでみないと、わかりませんね」と、初めて微笑んだ。

事故の夜について、「これからどうしよう、と一瞬頭に浮んだが、すぐに、ものすごく冷静な気分になった」と答えている。大事故の知らせを受けた直後の心理的変化を、多くの遺族は「意外と冷静だった」と振り返る。だが、ここで語られた「冷静」は、事故を認め、事態を効率よく乗り切る冷静ではない。それは、事態を非現実感によって隔絶し、「行動する自分」と「感じる自分」を無理やり切り離そうとする自分自身に強制した冷酷、さらに感情がこれまでの自分から去っていく冷たさ、に他ならない。

現にYさんが一二日の夜とった行動は、一貫した意味のある行動ではない。妻の実家への連絡だけなら、一時間以上かけて家へ戻る必要はない。テレビを見ないこと、乗客名簿を読む声を遠くに聞くこと、なめらかに車を運転していく自分を眺めていること。どれも非現実感に嵌り込んでいく過程である。こうして、現実を否認しながら、現実を認める二重の心理態勢を準備しつつある。先に述べたように、初期には必要に思われる以上に周囲が支えねばならないというのは、遺族の自我を感情と行動に極端に引き裂かないための予防である。

彼は、ともかくも家に戻り、家族が一緒に住んでいた家からやり直したかったのである。そして、物のようになって、運ばれて、藤岡市の神流小学校についた。

彼の待機所は藤岡第二小学校に割り振られる。だが、どう行けばいいのか分らない。日航の職員にタクシーで連れていってもらえないかと頼んだが、あわただしい対応のなかで、取りあってもらえなかった。土地の人に道を尋ねながら、彼は夕暮の道をひとりで歩いていった。


なんとか三人の遺体を探して、一刻でも早く帰りたかった。誰も助けてくれる人はいないし、僕が頑張るしかない、と思い続けていた。

待機場所には名前が張り出されていて、確認されるとマジックで消されていく。でも、いつまでたっても三人の遺体は見付からない。

何もすることはないし、真夏のことでもあり、暑くって苛々していた。タクシーで遺体置場と待機所を何度も往復した。朝早く出て、帰ってくるのは一二時すぎ。ずっとひとりで探していた。

四日目に、妻の母や弟、僕の親戚もきて、皆で探すことになった。それでも、見付からない。

体育館に一〇〇をこえる棺が並んでいた。入口にマスクとビニール手袋が置いてあり、それを付けることになっていたらしいが、気付かなかった。そこまで頭が回らなかった。棺の蓋に、男、右手などと書いた紙が貼ってある。ひとつひとつ棺を開け、ビニール袋を開いて、手にとって確認していった。臭いも全く気にならなかった。素手でさわると遺体が損傷すると注意されて、初めて医者や看護婦がマスクをし、手袋をはめているのに気付いた。

ずっと「これは嘘でないか」という気持で動いていた。しかし、とうとう妻と娘(九歳)の遺体がみつかった、と連絡があった。妻は顔の半分……。

交通事故でも、こんなにはならない。発見されて日もたっているし、薬で洗ってある。皮膚の色も感じも生前とは違っている。夫なんだから必要ないと、手袋をはずして手に取ってみた。「似ているな」という疲れた印象だけ。多くの専門家が判断するのだし、血液型もあっている。疑うわけにもいかなかった。

娘も部分遺体だった。

息子の遺体はあがらなくって、行きの全日空のチケットだけが出てきた。それを息子と思って、三人の茶毘を現地ですませた。

この間に、いつだったか、遺族の誰かが言いだしたのか、慰霊飛行があった。ヘリコプターで現地上空を飛び、花を投下する。義母と一緒に参加した。行けるなら亡くなった所を見たかった。でも二次災害をおこすと、遺族の登山は禁止されていた。

一度、大阪に戻って、一〇日たった九月八日、息子に似た遺体があがったと伝えられた。翌日、藤岡について対面した息子は、黒く焼けた右手首だけだった。これも印象だけで、息子と確認するしかなかった。


「本当は、当時のことは、あまり思い出したくないんですよ」と前置きしながら、彼は訥々と語っていた。

群馬の山間の町の夏の暑さも、本当には実感できなかったほどの、生きている疲れが伝わってくる。記憶は平面的で、白々としている。

こんな彼には、人に援助を求めることも、自分の精神的危機をうったえることもできなかったのであろう。二週間ほどの現地待機にもかかわらず、他の遺族が遺体確認のため何をしていたのか、警察などの事故対策関係者がどうだったのか、まったく印象に残っていない。日航の現地世話役とも心を通わせていない。

現地で世話役がついたが、警察から呼び出されるまで、何も頼むことがない。その人も何をしていいのか分らない様子だった。体育館(待機所)でも、遺族は遺族で待っているし、世話役は遠くの方に固まって、こちらを見ているだけ。呼ばないと近付いてこない。

まったく動こうとしない。表面的には丁寧だが、動作がのろいので、初めから印象が悪かった。遺体探しも熱心にしてくれない。妻や子供たちの特徴は伝えてあった。僕がひとつひとつ棺を開けて、取り出しているのに、彼は棺の上に貼ってある紙の説明を眺めているだけ。

妻の遺体が確認された時も、遠くから見ている。ちゃんと近付いて来て、せめて頭を下げるとか、礼を尽してほしかった。この時は、氷みたいな人間ばかりだ、と思っていた。その後、大阪に帰って次々に世話役が変った。会社の方針で、時々、花を持ってきたりするけれど、何にもならない。今、来るぐらいなら、なぜ現地でもっと動いてくれなかったのか……。

事故当時は、家族を失ったということだけで、何も頭になかった。でも時間がたって、情報が入ってくるにつれて、「殺されたなあ」、「日航の整備士にやられたなあ」と、悔しい思いがじーっと膨らんでくる。

こう語りながらも、Ｙさんは日航に激しく怒りを表しているわけではない。

「日航の職員の対応は無茶苦茶だった。でも、色々あったけど、思い出したくない」という。怒りは力を得ることなく霧散し、八月一二日から今に至るまで、常に死んだ家族の輪のなかに戻っていこうとしている。

死のなかの生

死別以来、彼は、妻の写真をポケットに入れている。事故後暫くは、いつも妻のセーターを着ていた。外出の時も着ていた。そうすると、妻と一緒に行動しているような気持になれるという。「うちのカミさんだったら、どう思うだろうな、どう言うだろうな」といつも考えている。死者に固着し、死者とのみ生きる生活は、どのような経過を辿ってきたのだろうか。

葬式、四十九日と過ぎても、家族がいなくなったことは少しも薄れない。だんだん大きくなるばかり。食べなければと思っても、食事が咽を通らない。夜も眠れない。仕事もする気になれず、店は閉めたまま。閉業というのではなく、品物もすべてそのままになっている。姉や妹のしてくれる世話も断って、ひとりで部屋に閉じ籠っていた。いつ死のうか、そんなことばかり考えていた。

昼間は絶対、外へ出なかった。人の多い場所は行けなかった。デパートとか公園とかは、家族連れが目に入る。夜、こっそりとコンビニエンス・ストアで買い物をすませた。

夜になると毎晩出歩いていた。車で海に行く。大阪湾、南紀伊、琵琶湖、須磨……、考えごとをするのに夜の海はいい。妻と行った思い出の場所を、車で回る。初めて出会った滋賀の石山駅、妻の通っていた工場の前、その近くの石山寺、近江八幡宮……。ほとんど一晩中、うろうろしていた。

あの時、本当なら一家全滅していたはずだ。死に遅れた、と思う。それで、自分の体がどれくらい耐えられるか試してやろうという気もあって、医者や薬には頼らない。眠れなくとも酒や薬を飲もうとは思わない。胃が痛くって夜中に目が醒めることもある。寝込んでも誰も助けてくれない。でも、何もしたくない。

家のなかのものは何ひとつ動かしていない。人は一切家に入れていない。娘の残した猫と金魚の世話、仏壇のお水やり、どれもひとりでやっている。

毎月、一二日の命日には、墓参りを欠かさない。上野村の行事は全て参加している。行かないと悔いが残ると思う。天国の家族に何か悪いことがおきそうな気がする。上野村に行くたびに、タクシーの窓の外に、つい妻の姿を探してしまう。もしかしたら、妻はこの辺で今も生きているのではないか、と思う。

また、近所の共同保育所やサッカー場を通ると、子供の姿が浮んでくる。

家の上は航空路になっているので、しょっちゅう飛行機が通る。見上げるとＪＡＬやＡＮＡのマークが見える。キーンというエンジンの音に、つい耳を澄ませてしまう。この間、トイレで爆発事故のあったタイ航空のジェット機も、エンジン音がおかしいのに気付いていた。忘れようとしても、忘れられない。

大災害や事故後に、後追い自殺する遺族は決して少なくない。日航機墜落事故の後も、息子をなくした母親(四九歳)が三カ月後に自殺している。彼女は、ショックや否定、怒りといった前半の喪の作業が終って後の自殺であった。母親は大阪での合同慰霊祭(一〇月二二日)が終った後、しきりに「疲れた」といい、「誰にも会いたくない」と閉じ籠るようになっていたという。抑うつ状態の移行期の自殺と考えられる。

多くは抑うつ期の初めの後追い自殺であるが、時には初期の否定や怒りの段階で実行する人もいる。例えば一九九〇年二月一八日、一五人の犠牲者を出した長崎屋尼崎店(兵庫県)の事故後、老妻を亡くした男(六八歳)が、八日後の午後二時——火災事故と同じ時刻に、自殺している。彼の妻は、スーパー長崎屋の関連会社の従業員として働いていて、事故に遭った。火災後の夫の「心の傷」を追っていくと、次のようになる。

夫は事故と妻の死をテレビ・ニュースで知ったのだが、遺体の安置された寺へ駆け付けることを拒否する。親族から再三にわたり「寺へ来るように」と電話を受けたが、「家をあけたくない」と拒んだ。この時はショックのあまり、妻の事故死という事実を否定し、朝出かけていった妻を家で迎えたいという想いが働いていたのであろう。他方、火災後間もなく、自宅に談話をとりにきた報道陣に、「妻は気丈で責任感が強く、子供を助けようとして逃げ遅れたんでしょう」と、かぼそい声で答えていたという。老人は事実を受け入れがたく否定しているのに、マスコミは彼を、「遺族の役割」に無理やり追い込んでいる。すべての人が、直ぐ遺族らしくなれるものでもないのだが。

二日後に、あわただしく葬儀が行われた後、夫は親戚や近所の人に、「妻が死んでしもうた。どないしたらええかわからん。早く妻のところに行きたい」と話していたという。この一週間、ほとんど外出せず、「死にたい」ともらしていたという。

この老人のように意図して自殺を実行しなくとも、Yさんのように「身体をいたわらない」という形で死に接近していく人は多い。そのためストレス性の胃炎や大腸炎、季節の変り目の風邪、慢性成人病としての高血圧や糖尿病などの症状を自覚しない。Yさんも結局、死別後三年して、不規則な食事と自虐の結果、肝炎になっている。遺族は死者の替りとなって、死者の分も生きてあげるため、あるいは死者を弔い続けるためにも、「自分がしっかりしなければ申しわけない」と思う。他方では、笑ったり、楽しんだりは勿論、自分の体をいたわることとも、死者の悲しみを共有していない負い目となる。こうして精神的にしっかりすることと、身体を無視することが相乗しあって、「潜行する自殺未遂」が形成されていく。

また、身体のいたわりの拒否は病気についてだけでなく、危険についても同じである。一般的には危険であると知りながら、自分自身に対する危険性については無視しようとする傾向がある。大事故後の遺族の二次災害には、このような心理が潜在している。例えば日航機墜落事故では事故後の九月一日、遺族が墜落現場へ登山中、落石事故で死亡している。それは偶然の事故であると同時に、危険を回避することを許さない自責感によるものであったかもしれない。

こうして自分の身体を喪ったまま、Yさんは妻との幻想の共生に回帰している。子供についてだけ想い浮べることは、そんなに多くない。子供を思う時は、家族全体の心象のなかである。圧倒的に心を満たしているのは、人格的交渉を持っていた妻についてである。しかも、それはできるだけ過去へ、知り合い、一緒に遊びに行った最初の月日へと帰っていっている。

追想は、つい先ほどの訣れと原初のころの体験が厚く、中間の永い年月のことが薄い。初めの出会いに帰ることによって、自分たち二人でそれから後に築いてきた人生の意味を、これから経験していく者の眼で追体験していくことができる。それは、出会ったころ、こんな訣れになるとは思いもよらなかったという否認の心理にもなっている。

ジャンボ機を聴きわける

事故前後については、ディズニーランドの想い出や、上野村で感じる妻の実存感、ジャンボ機の音についてYさんは語った。

日航のジャンボ機の音を区別できるという遺族に何人か会ったことがある。二〇歳前後の娘三人を亡くし、錯乱して酒に溺れていた母親を、看護し続けた夫(犠牲者の父親)は、次のように話していた。

ごく最近になって、やっと落ち着いてきたが、この三年間というもの、妻から片時も目が離せなかった。家事は勿論、食事もしないし、夜も眠らない。ずっと娘たちの帰りを待っている。朝、仏壇に灯明と御飯をお供えして、そのままじーっと座って泣いている。晩になって下げようとすると、「食べてくれない」と、自分も夕食をとらない。

家のベランダに上がると、上空を通る飛行機がよく見える。私には分らないが、妻にはJALのジャンボ機のエンジンの音がわかるらしい。他の会社のジェット機より音が高いという。娘達が乗った時刻の少し前から酒をもってベランダに上がり、最終便が見えなくなるまで、飛行機を見ながら飲んでいる。「あれ、鶴や。あれに姉ちゃん乗って帰ってくる」(赤い鶴は日航のシンボル・マーク)

浴びるほど酒を飲んで眠るが、朝早く目を醒ます。「わあ、勿体ない。寝ている間に姉ちゃんが帰ってきたら、かわいそう」と、あわてて起きる。娘達が外出した時は、妻はいつも眠らずに帰りを待っていた。いつ帰ってくるか、そればかりを考えて。

ジャンボ機のジェット音が所有会社によって違うかどうか、私には分らない。しかし、先の自殺した母親やYさんと同じく、こんなに鋭く飛行機音を聴いている人がいる。それはパイロットが聴きわける飛行機音とは、また違うだろう。死者に憑依した者のみが聴き分ける音である。

Yさんは、死別後四年、なおも喪のなかに生きている。

遺族からなぐさめの電話があり、誘われて遺族会に出た。遺族の連絡会は昼間なので、それをきっかけに日中、人前に出るようになった。連絡会に行くと、同じ気持なんだなあと思えた。でも、遺体の多くが見付かった一部の人と、部分遺体しか見付からなかった人との間には、気持の溝があり、別々のグループになってしまう。

遺族会での会話を聞いていると、女性は最初はすごく悲しく、泣いたようだ。でも僕は、不思議なくらい冷静だった。自分が頑張るしかないと思い続けていた。だが、全て終ってから、皆さんと数歩遅れて気が動転している。「あーもすれば良かった」、「こんなこともできたのに」と、益々思いが大きくなってくる。

もうそろそろ抜け出さないといけないが、次に生きる支えが見付からない。心配した遺族の誰かが、電話してきてくれる。話している間は少し気分が紛れる。でも、電話が切れた後がつらい。ほとんどが夫を失った女性なので、僕から電話しにくい。

死ぬ方も辛いけど、生きている方も辛い。誰かひとりでも生き残ってくれていたら、違ったと思う。いつまでもひとりだと、やりきれない。しかし、再婚する気はない。僕の人生はあの時点で終ったと思っている。

いつかは老人ホームの世話になる身になると思う。その時は、山よりも海の見える所にいたい。

私の脳裏には群馬県上野村の深い山が浮んできた。私の前を歩いていく遺族を時々霧が隠す。私の足は遺族より速い。つい追いこしそうになる時、カラマツの林からたちこめる雨や霧が私たちを隔てる。そんな時、Yさんは「山よりも海の見える所で一緒にいたい、一緒に死にたい」と語りかけているに違いない。せめて、夜の海が明るく晴れてくれることを祈る。

第四章　豊穣の喪

8月13日の朝，あの人はこの地で朝日を見たにちがいない
（御巣鷹の尾根から）

悲哀にも年齢がある

死別の悲しみもまた、年齢によって異なる。

老人の悲しみは枯れて、生命力は乏しいが、潜行する嘆きは永く続く。消えいるように自死を願うか、ひたすら故人の霊をなぐさめるために歳を重ねねばならないと思う。

中高年層の悲しみは、私がこれまで記述してきたように、最も深い絶望を内に秘めている。彼らはもはや、故人を喪って後に、人生のやり直しはあり得ないことを知っている。かといって、世俗的な役割遂行は放棄できない。これまで通りの自分の務めは、きちっとやらなければならない。何のため、誰のため、そしていつまで……。そんな否定的な問いをひきずりながら、なお大人の義務を果たしていかねばならない。それ故に、意欲や感情に負荷された抵抗は非常に高く、ちょっとした努力にも絶望の克服が伴っている。

二〇歳代から三〇歳代前半までの、いわゆる成人前期の人々の悲しみは燃えあがるように激しいが、しかしそこには生命の艶がある。

故人と緊密に一体化し、その勢いのまま自己破壊に突き進んでいくかと思うと、故人に「私はどうなるの?」と問いかけ、故人との対話の内に自分の生きる方向を見つけたりする。若い人の悲痛は鋭いが、それだけ痛みを洗う血も多く、正常な喪の過程をたどれば、再生の力も強い。私は今回、若い女性の喪の作業を追っていこうと思う。

しかし、成人についてだけではなく、死別が子供にもたらす精神的外傷について忘れるわけにはいかない。子供のころの愛する対象との喪失が、後日、大人になってからの精神障害——とりわけうつ病や神経症の原因になるという仮説は、よく聞かれる。前章の「急性悲哀の研究」のところで紹介したカプラン・G(一九六一)による細かい悲哀の段階分けも、「予防精神医学」の基礎としての考察であった。対象喪失による悲哀の各段階に対し、精神療法的な危機介入をすることによって、将来の精神障害の発生を積極的に予防しようと考えたのであった。

この精神障害の予防と危機介入という思想は、アメリカで受け継がれ、年齢に応じて不安や恐怖を表現させる技法が開発されている。例えば、国立精神衛生研究所(アメリカ)は『災害被害者への精神的援助の発展』(一九八五)という本を出しており、その中で子供についての援助プログラムに多くの頁を割り当てている。この本では、死別に限定せず、様々な被災体験がもたらす不安を表現させようとしている。絵を描かせたり、お話をさせたり、災害についての塗り絵をさせたり、人形や玩具をつかって遊戯療法を行ったり、集団療法で自己表現をすることなどが奨められている。(Lystad, M. ed.: Innovations in Mental Health Services to Disaster Victims, Center for Mental Health Studies of Emergencies—National Institute of Mental Health, 1985.)

また、大変に大胆な仮説では、幼少時の絶望の体験が成人になってからのガンの原因になる、というのもある。父母に安心して甘えることのできなかった子供は、その絶望の体験を過剰に克服し、特定の人間(配偶者や子供)や仕事への強い依存関係を持つようになる。もし、このような愛着する対象を失うと、再び深い絶望に至り、それはガンの精神的原因になるというのである(ローレンス・ルシャン『ガンの感情コントロール療法』田多井吉之介訳、プレジデント社、一九七九年)。

ルシャンの説は、飛躍した論理であり、このような安易な因果律的仮説をそのまま認めるわけにはいかないが、いずれにせよ幼少時の父母との死別、成人してからの配偶者との死別や離婚は人生の最大のストレスであることは、多くの研究が伝えるところである。

それでは、子供は死をどのように受け止めているのであろうか。何歳になれば、生と死の関係を正確に理解できるのであろうか。

残念ながら、私はまだ親を事故で喪った子供の個別面接をしていない。遺された妻の面接の後、彼女の許しを得て、僅かの時間、子供たちと話しあうことはあるが、系統だった研究にはなっていない。後でふれるように、もっぱら母親の眼を通しての「子供と死別」の理解である。

そこで、代表的な子供の死の観念の発達についての研究を紹介しておこう。

マリア・ナギーは、ブダペストとその周辺に住んでいる三七八名の子供に、死についての作文と絵を書かせ、一〇歳前後で死に関する見解が大人の水準に近づくと述べている。

死の性質についての子どもの観念の発達には、主として三つの段階がある。

第一段階――三歳から五歳までの子どもに見られる特徴であって、規則的で最終的な過程としての死を否定する段階である。死は出発であって、人は死んでも別の環境で生きていると考える。死はまた一時的なものと想像される。死の程度について区別がなされている。この年齢の子どもは、死そのものを生きている存在として認知している。自己中心的な仕方で、自己流に外界を想像する。したがって、外界において、生命のない物も、死んだ人びともすべて生きているものと想像する。生きているものと生命のないものとは、まだ区別されていない。このアニミズムを死に対しても拡大する。

第二段階――五歳から九歳の子どもに見られる特徴であって、死は擬人化され、人と見なされる。死は存在するが、子どもたちはまだ死を自分たちとは遠いところにあるものと考えている。死人が連れ去る人びとだけが死ぬ。死は不測の事件である。死と死者とが同一のものであるとする考え方も、少数ではあるが認められる。この年齢の子どもの中には、「死者」の代りに「死」ということばを一貫して用いる子どもがいる。この段階では、死はまだわれわれとは関係のないものであって、普遍的なものではないと考えられている。自己中心的な、あるいは人間中心的な考え方は、アニミズムの起源においてだけではなく、人為主義の形成においてもある役割を果たしている。世の中のすべてのできごとや変化は、人間に由来する。もし一般に死が存在するならば、それは死者である。死は死が存在する人、死者である。もし死が人びとにとって悪いものであるならば、なぜ人は死ぬのかについては、われわれは何らの答えも持ち合わせていない。

第三段階――九歳から一〇歳の子どもに顕著に見られる特徴である。死はわれわれすべてに起こる一つの過程であり、肉体的生命の崩壊という形で知覚しうるものであると認識される。この頃までに、子どもは死は不可避のものであることを識別する。この段階になると、死の概念作用がいっそう現実主義的になるだけでなく、子どもの一般的世界観もこの方向に変わってくる。子どもの死についての概念作用は、大部分彼の一般的世界像を反映するものである。(Nagy, Maria H.: "The child's theories concerning death", Journal of Genetic Psychology, 73, 1948.――本論文はファイフェル・H編『死の意味するもの』大原健士郎・勝俣暎史・本間修訳、岩崎学術出版社、一九七三年、に収められている。)

ナギーの論文は、死の理解が段階的に進んでいくこと、一〇歳前後にして早くも死の終局性、不可避性を知っていること、死を子供から隠すべきでないこと、また隠すことは不可能であることを伝えている。そして、「子供の面前で隠しだてのない自然な態度をとることは、子供が死に関して知った時に受けるショックを大いに減少させることができる」と結んでいる。子供と死別の問題については、第五章でもう一度たちもどることにしよう。

お腹をおさえて夫を待つ

今回は、成人前期の若い女性の喪の過程を追っていくことにしよう。

彼女は快活なスポーツ好きの女性であり、甘えることと頑張ることを上手に使いわける現代女性のひとりでもある。墜落事故当時、二九歳の彼女は妊娠していた。その後、出産し、男児を育てながら関西の遺族会に若い行動力を注いできたのだった。遺族会で初めて彼女を見かけたとき、ハッと眼をとめるほど輝いて映った。それは、ひたむきに自分の運命を切り開こうとする彼女の姿勢からくる輝きであることを、私は後日知った。

彼女は事故前から日記をつけており、事故後も書き続けている。それは、自分のため、子供のためのものである。「子供はお父さんの顔も声も知らない。子供が大きくなったとき、何も言わずに、この日記を見せようと思う。お母さんは、こんなことを思って生きてきたのよ、と伝えたい」ためである。日記には克明に夢が記されている。喪の過程をたずねながら後半で、「愛する人の死の夢」の分析にも入っていきたい。

彼女と彼(彼女と同年齢)の八月一二日の朝は、次のように始まる。

いや、その前に一〇日(土曜)、一一日(日曜)の二日の休みにふれておかねばならない。

夫は彼女のお腹が大きくなっても動きやすいように、家具の位置を変え、掃除をし、それからふたりで買い物をしたり、ゲーム・センターに入ったり、散歩をしたりして、のんびり過したのだった。例えば、こんな風に……。

夜はまた外にお出かけ。ビデオ・ショップに寄って、ビデオを返して、「スエヒロ」に行きました。

「今日の予算は？」なんて聞くから、「いいよ、好きなだけ食べたら」と答えると、「やっぱり、そう言うと思った」なんて言ってました。

お腹が一杯になり、夕暮でいい気持。セルシー広場の夜店で、氷を買いました。「毎夜、ふたりで同じものを買っているから、きっと憶えているだろうね」って言いながら、セルシーの屋上に上りました。日没の薄い夜景がよく見えます。

アベックが仲良さそうにしているので、Tちゃん(夫)が「俺らも横になって、イチャついたろか」なんて言っています。

そんなことを言っていたら、雨が降り出しました。そして、すごい雷。ちょっと雨やどり。紙袋に入ったズボンが置き忘れてありました。私が「そのままにしといたら」と言ったら、「ぬれたら、かわいそうやから」と言うのです。それで取りに行って、ガードマンに渡しました。

雨やどりを兼ねてゲーム・センターに入り、卓球みたいなゲームをふたりでしました。帰りの歩道橋、風が吹いて気持ちいい。ペアのTシャツを着て、ゲームで痛くなった手をつないで帰りました。

こうして一日を過ごし、帰宅の後、明日の日帰り出張の準備を一緒にしたのだった。一緒に行ったマニラで買ったアタッシュ・ケースに、書類と着換えと、ミッキーのハンドタオルを入れ、明日のネクタイにランセル、タイピンは彼女があげたゴールドのタイピンを添えたのである。楽しすぎた二日の休みは、なにごともなく終った。

翌八月一二日、——この日だけは、どうしてもスキップしてほしい一日が始まる。

朝六時におきて朝食をつくり、彼を見送った。雨がぱらついている。「雨ふってるし、洗濯もやめて、また寝とけよ」と言ってくれた。月曜日は「ゴミの日」なので、下の階まで一緒に降りていって、「行ってらっしゃい」と、送り出したのだった。

昼のテレビで薩摩芋のゴマ天ぷらをやっていた。今夜はこれとサーモンのステーキにしようと買い物に行った。暑い午後の昼さがり、歩道橋を歩きながら、「今日は下を通る車を見ていても、彼の車はやってこないんだ。東京だもの。昨日、一昨日はいい日だったな」と思った。

早目に夕食のしたくにかかり、待っていた。七時に空港着だから、七時二〇分には家につく。七時三〇分になっても戻らないので、ベランダから道路の車を見ていた。中央環状線で事故でもあって混んでいるのか、事務所に寄っているのか、それにしても遅い。天ぷらを揚げながら、足がガクガク震えて、変だなと思った。

八時になっても連絡がない。テレビは付けていなかった。少しして電話が入った。彼だと思って出ると、事務所の女の人だった。

「Tさん、帰られましたか」

「いえ、まだです。事務所に行ってます?」と答えると、唐突に、

「奥さん、テレビつけてもらえますか」

その時点で、「あれっ?」と思った。受話機をそのままに、テレビのスイッチを入れると、日航機事故を知らせるテロップが流れていた。

「何があったのか、教えて下さい」

「JAL一二三便が落ちたらしいんです。私がチケットを取りましたから」

すぐ後に、彼の上司から電話が入り、「妊娠している体で動かないでください。会社で動きますから」と言われた。

テレビには行方不明と出ている。画面を見ながら、知らぬ間にお腹を押えていた。心臓がドキドキして、涙が出てきて、どうしていいかわからない。「きっとどこかに不時着している。今、救助する人が向っている。絶対に大丈夫、大丈夫。まさかなんてことは、ない」と自分に言いきかせながら、実家に電話をした。

出てきた父は、すでに事故を知っていた。

「あの事故か!」と絶句して……、「今からすぐ行く」と電話を切った。

その後は、よく憶えていない。私は部屋をうろうろしていたよう。

いつも「腹へったー」と言って帰ってくる彼のために、テーブルにはお皿が並べてある。

「このままにしておこうか。でも皆が来るから片付けようか」

つまらないことを考えていた。「やはり皆が来るのが先かもしれない」と、片付けているところへ、兄たちが来た。次々と、両親、彼の兄、会社の上司、またバレーボールの仲間五人がかけつけてくれた。

フジテレビで発表された乗客名簿に彼の名前があったと、バレーボールの仲間から電話があった。一一時にはNHKでも乗客名簿が発表された。

しかし、乗っていたからといって、その人たちがどうなっているかは分らない。「どこかで助かっている。助けを待っているに違いない」と思った。

一一時半ごろ、日航から電話が入った。

「TOさん、二九歳は、JAL一二三便に搭乗手続をされておりました」

と、それだけ。女の人の事務的な声で、一言の謝りもない。私も「あーそうですか。ごくろうさま」と、何も言えずに切ってしまった。日航が確認されましたというんだから、もしかしたら事故は嘘でないか。ふと、そんな奇妙な錯覚に落ちた。

翌朝、東京に行く第一便の飛行機に三人乗っていけるという。真先に私が行きたかったけれど、母に止められた。「あなたが流産したら、一番悲しむのは誰なの」と。彼は絶対に生きていると信じていた。「じゃあ、彼が帰ってきた時のために、私がここで待っててやるわ」、とあきらめた。

兄と、夫の兄と、会社の上司の三人が現地に向うことになり、皆が引きあげて、私は両親と共に横になった。

彼女――夫とバレーボールの縁で結ばれた仲なので、バレーボールの頭文字をとって、Vさんと呼ぶことにしよう――、Vさんの面接は、墜落から二年半たった一月七日に行なった。晴れた大阪・千里の空は明るく、私はVさん夫妻が手をつないで歩いた、そして今なお彼女の世界のなかでは一緒に歩き続けている歩道橋を渡って、彼女の家を訪ねた。彼女は二歳の誕生日が近い息子を実家に預けて、私を待っていてくれた。

彼女は音楽とバレーボールが趣味で、会社のバレーボール・チームに所属。彼は外資系の梱包機器会社に勤めており、やはりバレーボール・チームのメンバーで、合宿先の琵琶湖で知りあった。

結婚後も、彼の属するチームの試合には必ず応援に行き、終ればチームの皆と食事をし、飲んで騒ぐのが楽しみだった。皆いい人で、友達には恵まれていた。彼とペアのトレーナーやセーターを着て、どこへ行くのも一緒だった。

毎朝、会社のカローラ・バンで出勤する彼を見送り、帰宅をベランダから手をふって出迎えた。そのカローラ・バンの助手席は彼女の専用席で、休みの日はあちこちに出かけた。東急ハンズにショッピングに行ったり、日本橋の電気店でビデオを買ったり、ゲーム・センターで遊んだり、ファミリー・レストランで夕食をしたり。ふたりでいるだけで楽しかった。カレンダーには、ふたりの記念日が今も一杯書き込んである。初めて会った日、ファースト・デートの日、プロポーズの日、入籍記念日……、どの日もふたりでお祝いをしてきた。

こうして、あの事故のあった八月、彼女は妊娠四カ月になっていた。三人兄弟の末っ子で育ち、一九歳で父を病気で喪った彼は、家族が増えることを心待ちにしていた。前日の朝も、先に述べたように彼女が動きやすいようにテーブルを移動してくれたのだった。

その年は、東京の見本市会場でパック・ショーが開かれていた。それで、月に一度は東京本社へ出張があった。新幹線を使ったことは一度もなく、いつもＡＮＡで往復していた。あの日だけ、珍しくＪＡＬの往復がとれたのだった。

彼も彼女も飛行機が好きだった、という。「空港というのは、独特の雰囲気がある。ちょっとリッチで、素敵な感じ。身近な乗物だけれど、格好がよくって夢がある」、これが八月一二日前までの彼女の空港イメージである。

年始めの冬休みは、年末からシンガポールに行って、飛行機から初日の出を眺めた。彼の母も一緒だった。「やっぱり、飛行機は良いね」と皆で話したのだった。

飛行機事故も多かったし、冗談では「飛行機に乗ったら、最後ね」と口にしたこともある。しかし、最後とは、どんなことだろうか。彼女は、「でも、あれほど無惨なことになるとは誰も思わなかった」と続けた。飛行機事故より、彼女は、車で出かけることの多い彼の交通事故の方を心配していた。

また、「出張は寂しいけれど、彼もそうだった」と、こんな想い出をはさんだ。

四日間の東京研修の時、三日目に彼から電話があった。「会いたいね。元気？」と。

彼女が、「淋しい?」と聞くと、「もう限界やから、こうやって電話してるんや」なんて言っていた。

出張の日は、いつもよりは帰りが早いので、嬉しくって、張り切って夕食の準備をしていた。あの日も、そうだった……。

こんなふたりのところに、災害はやってきたのであった。

待機する妻が行った「仕事」

以下に、日記を開きながらVさんが語った経過と心理を記録していくことにする。話のなかに一二の夢がでてくる。それも番号をふって、記述していくことにしよう。

翌八月一三日、朝五時に目がさめた。夢をみていた。「菜の花畑のような広々としたお花畑を歩いている、やわらかい夢」。目がさめて、今、自分がどこにいるのか、どうしてあんな夢をみたのか、不思議な気持だった。(夢1)
朝六時に、三人が家に集って空港に向った。彼の着ていたカッター・シャツやズボンの特徴をメモして渡した。どこかで倒れていたら、真先に見付けてほしい。涙は全く出なかった。「どうしてかな、どうしてこんなことになってるんかな」と、それればかりだった。

どのテレビも事故のこと。現場はまだ燃えているとか、何もかもバラバラだとか、不安なことしかわからない。電話のたびに私がびくっと飛び起きるので、母が電話を取りあげてしまった。

一〇時半ごろ、生存者発見の速報がでた。女性三人と男性一人。その男性は年齢も全て不明らしい。その時、初めて涙が出た。嬉しさと何かが混ぜこぜになった感じ。「助かった、男の人は彼に違いない」――しかし誤報で、全員女性だった。

「まあ、いいや」とすぐ思った。「これからどんどん助かる人が出てくるに違いない」

午後二時、兄から電話が入った。それから毎日、兄からの電話を待つ生活が始った。夜は心配した友達が泊ってくれた。彼女はしばらくいてくれる。本当に有難いと思った。

当時の彼女はなお、新婚の花園にいた。花園の夢は、変化していくが、後でも出てくる。最初の夢では事態を否認する願望がよく働いている。彼女は子供と共に花園を歩き、彼を待っている。あるいは、彼が降りたところは高山のお花畑かもしれない。やわらかく、怪我もしていない……といったように。

彼女は事態の否認が上手である。ファンタジーへ逃避し、そのなかで願望と事実を重ねあわせ、いずれに向けても対応可能にしておくのである。イメージは、ここでは、出来事を柔らげる機能をはたしている。

さらに、妊娠していることも、彼女の心理的構えに大きく影響している。彼女は一二日の夜、最初にテレビの画面を見たとき、思わずお腹をおさえていたという。それは、お腹の子と自分の運命を思って、お腹をおさえたのではない。子供を生み育て世話するという、彼女の人生のこの期における課題が、そのまま危機に対処し、彼の被災を保護するという課題に変ったといえようか。いわば、生殖性、生産性が、これからおこる死別という絶望的事態を包みこもうとしている。

子供をかかえた妻が、子供の世話とその成長に支えられて、悲哀から癒されることは多いが、彼女の場合はそれ以前の、妊娠という生理的―心理的状態が、上記のファンタジーを豊かにし、悲哀を美しいものにしている。

話をもどそう、

八月一四日　一日中テレビの前に座り、現地からの電話を待っていた。次々に遺体が運ばれて確認されていく。この中に混じっていてほしくない。彼だけは、きっとどこかに生きている、と信じていた。

警察が指紋を採りにきた。これで分かるならと、彼がさわったドライヤーとか、沢山だした。色々と忙しい。

夜、布団にはいって、心の中で言い続けた。「帰っておいでね、帰っておいでね、……絶対、帰ってくるでしょ」。反面、「もしかして」という気持が入り乱れて、寝つかれない。

八月一五日　兄から電話で、「前から五列目に乗っていた」と告げられた。ハッとしてこれでもう駄目かなあ、と思った。毎日、テレビで「前から突っ込んだ」といっていた。生存者は後の方だった。彼はいつもぎりぎりに空港にかけつけるので、後ろしか座れなかった。絶対、後ろだと思っていたのに。

彼に初めて会ったのが、三年前の今日だった。親友Yさんを相手に、彼との思い出話を一杯した。そうしていると、彼と一緒にいるようだ。こんな話をしている内に、彼がいつもどおり帰ってくるような気がした。

八月一六日　母と喧嘩する。テレビを見ると、現地にお腹の大きい女《ひと》も行っている。私だけ何故行けないのか。私さえ行けば、手懸りがつかめるのに。苛々して、「医者に、飛行機に乗っていいか聞いてみる」と言い出して、母にすごく叱られた。

八月一七日　豊中警察から電話があった。もう一度指紋を採らしてくれという。前にあんなに採っていったのに、無くしてしまって現地に届いていないという。カッとして、「そんなあやふやな仕事なら、警察の手なんていりません」とガチャンと切った。後で警察が来て、なだめられて再度採られることになった。

毎日、兄の電話を待ち続けていた。兄からの電話の妨げにならないよう、友達の電話もそこそこに切ってしまう。作業が進むにつれて、服の特徴、持物について、ひとつひとつ聞いてくる。日に何度も日航の人に来てもらい、メモをファクスで送ってもらう。私が現地にいさえすれば、と思いながらも、彼のことについて細々と尋ねられることが心の支えになっていた。

一歩も外に出ず、テレビと各社の新聞に目を通した。次々と遺体が確認されるのに、いつまでもウチだけは連絡がない。「このまま何も出てこなかったら、どうしよう」、と苛々していた。

でも、日記にはこんなことが書いてある。「今日は千里のテニス・コートでテニスをする日。私が一所懸命に取りにいったのに。Tちゃん、すごく楽しみにしていたのに、今日はいけないね。早く帰ってきてョ」

気分が不安定で、誰かのちょっとした言葉に、突然わっと波のような涙が出てくる。「そんなこと言うの止めてよ!」と腹を立てて、ふっと鎮まる。すぐ些細なことで、再び涙が出る。自分でも感情の起伏の激しさに驚く。

八月一八日　兄が彼の好きだったタバコ「キャビン」とバレーボールを持って、現地の山に登ってくれた。彼はきっと喜んでいる。日記には、「あのものすごく楽しくって幸せだった日曜日から、一週間です」とメモがある。

八月一九日　仕事のために一旦、兄が戻ってきた。登った山の土や、機体の破片を持ち帰ってくれた。兄は「登ってわかったけど、あれだけの山では、たとえ元気でも戻ってくるのは困難」という。しかし日記には、去年の研修三日目の、冒頭で述べた電話のやりとりを記して、「帰ってきたとき、すごく嬉しくって抱きついたネ。今度も早く帰ってきてヨ。長すぎるヨ」と結んでいる。

八月二〇日　テレビの取材があった。これまでも新聞、テレビから取材の申し込みが何度かあったが、一局だけ受けた。

父は「いいのか」と再三念を押しだけれど、私は喋りたかった。今、誰かに喋ることが大事だ。何年かたって忘れてしまう前に、覚えていることを喋って残しておきたかった。ずっと泊り込んでくれている親友に、彼との思い出を聞いてもらうことで救われていた。話していると、彼の姿がパーッと蘇って、生きていると思える。

今考えてみると、何もテレビの取材に応じなくとも、父に話してテープに取るとか、方法はあった。インタビュアーに向って、私は全部話したけれど、翌日放映されたものは酷かった。「妊娠中の妻が……」と、お涙頂戴のタイトルが流れ、話の趣旨も作り変えられている。二度とマスコミの取材は受けたくない、と思った。

それでも現地に行けない私にとって、テレビは最大の情報源だった。朝六時から夜一一時まで、ニュースはすべて見ていた。

一五日ごろからワイド・ショーで特集を組んでいた。「事故当時の機内の様子を検証してみましょう」と、勝手にドラマを作っている。「こんな気流の時に、酸素マスクが落ちてきた」と、緊急時の機内アナウンスが流れる。「ただいま緊急降下中、ただいま緊急降下中」それでバーンと酸素マスクが落ちてくる。

別のテレビでは、ダッチロールを再現していた。一般の人はおもしろいかもしれないが、私は見ていられない。やめてほしかった。

しかし、民放の事故特集も二〇日ごろからパタッとなくなった。以後は、NHKだけが定時ニュースに取り上げるくらい。それも高校野球の間に、五分間たらず流れるだけ。急速に忘れられていく。世間って、そんなものかなあ。一局だけでも、真面目にずっと事故を追ってくれてもいいのに。

この頃から、急に確認される遺体が出なくなった。月末には合同荼毘にふすという話も聞いた。そんなことになったら大変だ。何かひとつでもいいから出てきてほしい。反面、何も出てこないのは、もしかしたら生きているのではないか、とも思う。いつか見た映画のストーリーにも、そんな話があった。漁に出たまま何年も戻らなかった人が、生きていたのだった。

八月二二日　久しぶりに夢を見た。しかも初めて彼の夢を見た。早朝から深夜まで全てのニュースを見ながら電話を待つ緊張した毎日で、それまで夜は夢も見ずに眠っていた。

夢のなかで、彼がパッと横にいる。「生きていてよかったネ」、と抱きついて泣いたら、彼も「うん、本当に生きていてよかった」って言った。そこでパッと目が醒めた。やはり彼は生きていたんだ、と醒めながら思ったら、途端に現実に戻った。私ひとり、部屋に寝ている。嬉し泣きしたのに、何だ夢だったのか。すごく寂しく、心の中にパクッと穴が空いてしまったみたいだった。（夢2）

ここで初めて、生きている彼が現われる。この後しばらくして、夢では彼は生きているものの、他方では彼が死んでいることも知っている二重の認識の夢に移る。さらに再び、ふたりが溶けあったお花畑の夢に変っていくが、その分析は後にまわそう。

これらは私に語った話であり、日記にはこんなに詳しく書かれているわけではない。だが、そこでは思いきり恋人になり、生きている彼に語りかけるメモとなっている。彼女は人々にとり囲まれた自分と、日記や布団のなかの自分を使い分けている。日記は心をやわらげる手段になっている。また、親友に彼との思い出を語り続けたのも、話していると彼がいるように思えるからだった。（そのために、テレビ局に騙されたりもしているが。）日記で彼に語りかけ、親友に彼のことを話すことによって、死を否定し、そして生きて現われる彼の夢を準備している。

感情は非常に不安定で、彼女もまた動き回ること、彼のために働くことを求めている。しかし、妊娠中のため家で待つことを余儀なくされる。そこで彼女ができる僅かな〝仕事〟は、テレビを見続けることと兄からの電話を受けることだった。それは不安のためというよりも、夫の救助への参与である。夫の衣服や持ち物の確認は、死別の事実に近づくことになる。だが彼女は夫の死を否定しながら、持ち物について聞かれることが、心の支えになっていたと振り返る。

若い彼女は、夫の世話をすることを強く求めている。世話する人が生きているか、死んでいるか、そんなことはさしあたって問いたくない。そして、彼女なりの救助への参与、世話をすることは、いつかは彼の死を認めることにつながるのである。

なお、母親の対応は一般的で、彼女の悲哀を受けとめるのには役立っていない。「母の前では弱気を出せず、かえって頑張ってしんどかった」とも言っていた。彼女が、「医者に飛行機に乗っていいかどうか、聞いてみる」といったときは、その主張そのものよりも、苛々している感情に気を配るべきであった。「そう、行きたいのね」と強く繰り返して同意することや、実際に医師に聞いてあげる方がよかったと思う。勿論、母親も娘の突然の不幸に傷ついているのであり、やむを得ない面もあるが、付記しておこう。

一方、ここでは、親友がすばらしい聞き手になっている。彼女と彼の共通の友であったこともあり、泊りこんで彼女の追想と付きあっている。「他の人のように私に遠慮しないで、彼との思い出について冗談も言ってくれた。それで気分的に救われた」、と彼女は感謝していた。

豊かな喪の過程

八月二三日になって、彼女は「歯型で確認された」との電話を受けとった。鼻と歯の一部を含む顔の左半分と、骨盤から足の部分が見つかったという。足の部分を東京の医大で鑑定し、その上で荼毘にふすことになった。

彼女はそれを次のように述べる。

ああ、これでよかった、やっと私の元に帰ってくるという気持と、やっぱり生きては帰ってこないんだという死を認める気持の二つで、涙が出て止まらなかった。

日記には、「今日は入籍記念日です。Tちゃんと私がやっと一緒になった日です。その日に、ふたりが別れ別れになるなんて。でも、Tちゃん、この日にまた私の元に戻ってきたのかもしれません。これからは、いつもいつもずーっと一緒にいるように。入籍した日に遺体確認なんて、ほんと、できすぎている。Tちゃん、格好よくやりすぎてる」

彼女はそう書きながら、どれだけ泣いたか、ノートは伝えていない。

だが今、私にその日のことを話しながら、両の手の上に涙が雨のように落ちていた。私はその涙に悲しみと共に、若い女性の温かさを感じて、しばらく胸がつまってしまった。

私は苦しい面接には慣れているはずだが、実は彼女の面接から後三カ月、悲しい相談は日航機事故の遺族にかぎらず、避けてしまった。

八月二六日　診察のため、事故以来初めて外に出た。社葬の段取りの問いあわせがあったりして、このところバタバタしていた。

医者から「順調ですよ」と言われた。飛行機で東京に行っていいか尋ね、理由を聞かれた。「いいですよ」と返事の後、医者は「このままでいきますか？」と聞いた。何んのことか分からず、「もちろん」と答えた。

同じ質問を彼女は、後日、母や友人からもされている。「彼の子供を堕ろすなんて、私は全く考えもつかなかったのに」という。

こうして彼女は、東京に飛び、遺体と対面する。外の風景が彼女の心のなかに入ってくるにつれ、非現実感と、彼の行動の軌跡を自分もまた歩んでいるという喜びと、彼がそこにいるという想いが混り合う。

八月二八日　大阪空港に行った。何度か空港に見送りに行った時、ＡＮＡだった彼は右に向ったけど、今回は左の方へ歩いていったんだろうな、と思う。私も同じ道を通っているという、不思議な喜びがあった。救命胴衣の説明ビデオが流れたのが、辛かった。こんなもの、何の役に立つのか。彼が朝発ったのと同じ時間なので、機内食のサンドイッチとジュースが出た。きっと彼も同じものを食べたのだろうなあ、と思う。

羽田に着いて、空を見ると、まっ青。その青があまりに淋しくって、涙が止まらなかった。こんないい天気なのに、私はどうしてこんな所に立っているのか。

東急ホテルで義母に会った。「御苦労さま」としか言えなかった。そして遺品の時計とベルトのバックルを渡された。時計はあの日にはめていったもの。でも私がスケッチを送ったものと本当によく似ているけれど、バックルは違った。ああ、やはり私が見なければ駄目だ、現地へ行きたい、とつくづく思った。

ビルの体育館で、遺体と対面した。それまでは、やっと会えると思うと、どこか気持がはやるところがあった。話ができないのなら、彼に手紙を書こうと思って前夜に、ふたりで泊ったプエルト・アズール・ビーチ・ホテルの便箋一杯に、楽しかったふたりの思い出、ありがとうの言葉、「私がTちゃんを愛する以上に、Tちゃんは私を愛してくれました。いつまでも私はTちゃんと一緒だよ」、こんな言葉を書き、ふたりでお互いにお守にしていた私の分身も入れて、封をして持っていった。

彼はお棺の三分の一もなかった。鼻の部分だけ見せてもらった。Tちゃんだと分ったけれど、黒くなっていて、あの日の朝、出かけていった時とまるで違う。本当にそうなのか、と不安と不信が混りあった。

彼が好きだったタバコ「キャビン」、バレーボール、練習衣、前夜に書いたお別れの手紙、ティーバッグとお砂糖、そして花束を入れた。

斎場に向かう車中はずっと棺を抱いていた。降りる時、棺に最後のキスをしたが、木の堅い感じしか返ってこない。火葬の時も、あの中に入ってしまったら本当にお別れ、「行かないで」と叫びたい気持だった。

遺骨は少ししかなかった。虚しく熱い骨を抱いて、「こんなに小さくなっちゃった。でも大丈夫。ちゃんと抱いてあげるからね。どこにも行かないからね」と語りかけていた。

　帰りは最終便しかとれなかった。六時発、一二三便に乗りたかったけれど。それで、同便を東急ホテルから見送った。あんな風に、あの日も飛びたっていったのだろうな、何もなかったら、大阪についていたのに。

　最終便は、同じボーイング747。3Aのシートだった。彼と同じ5Bに乗りたかったけれど、別の人が乗っている。すぐ斜め後に見える。こんな前に乗るのは初めて。彼、喜んでいたかもしれない。（3番、5番は国際線のファースト・クラスにあたる、飛行機の頭部の席である。）

　約一〇分で大島上空。このあたりから、一二三便はフラフラとさまよって、行ってしまったんだな。どうせならUターンして、このまま御巣鷹に飛んでいってほしい。飛行機は少し揺れ、彼の母や兄は怖がっていた。でも、私はもっと揺れてほしかった。彼はもっと怖かったんだろう。夫婦で亡くなった人を想い、すごく羨ましかった。どうして私はあの時乗っていなかったんだろう……、と。

日記には、帰宅後を次のように続けている。

「Tちゃん、やっと帰ってきたヨ。やっとふたりの家に帰ってきたよ。永い間、ひとりにさせて御免ネ。いつもの部屋だヨ。

でも、何も言ってくれません。ただ、写真のTちゃんが笑っているだけ。

あの日以来、やっとTちゃんの横に寝ました。でも、手をつないで寝ることはできませんでした。

プロポーズされる少し前、神戸の須磨海岸でふたりでお喋りしました。『峠の群像』というテレビをたまたまふたりとも見ていて、多岐川裕美と松平健のような別れ方よりも、古手川祐子と郷ひろみのような別れ方が、私は幸せだと言いました。郷ひろみは赤穂義士の一人として切腹。でも、古手川祐子にはお腹に赤ちゃんがいたのです。彼女は『あの人が死んでも形見がいます』と言うのです。

まさか、自分たちのことになろうとは。まさに、この時と同じですネ。でも、私はそんなに強く生きていけそうにありません。人には弱いところを見せてはいけないと思って頑張ってるけど、やはり駄目です。誰かいないと、何もできない」

八月二九日　昼、会社の部長がきて、退職金、お見舞金、そして彼の楽しみにしていたキャンペーン報奨金をいただいた。報奨金でワープロを買うとか、ゴルフ・セットを買おうとか、とても楽しみにしていたのに。一緒にワープロを見に行こうって言っていたのに。

夜はお通夜。私がもらっても仕方がない。沢山の方がきてくれた。

八月三〇日　昼一時から、社葬。

嫁入りに持ってきた喪服を着た。

初めて喪服を着るのが夫のためだなんて。何のために、こんなもの持ってきたのか。

正面にデンと戒名があって、横に俗名TOと書いた札が立ててある。それが、すごく腹立たしかった。私の中ではちゃんと生きているのに、なんで戒名で呼ばれないといけないのか。

弔辞、みんな彼のことを思い出させてくれることばかり言ってくれた。「良かったね。Tちゃんの今までしてきたこと、皆わかってくれたんだよ。人のために何かしてきたんだネ」と話しかけていた。

でも、人に惜しまれても、もう戻ってこない。遺体が、死が確認されるまでも、何度も死にたいと思った。私の人生もここで終った。一緒に楽しんでくれる人がいないんなら、生きていても仕方がない。とにかく彼のところに行きたい。

(そして彼女は彼に語りかける。)「でもそんなことできないんだネ。ひとりになったって、生きていかなくちゃ。子供とふたりで頑張らなくちゃ。Tちゃん、いつも見ていてヨ。そして『ガンバレー』って声をかけてよ。いつものTちゃんのように、『Vならやれるヨ。オーイ、頑張れヨー』って励ましてネ。いつも、『そんなに肩はって生きるなよ。何をピリピリしてるねん。もっとぼーっとしていたらいいねん』そう言ったよネ。

この頃やっと、Tちゃんにくっついていればいい、何もかも私ができなくっていい、と思い始めていたのに。これからは、みんな私ひとりでやっていかなくちゃいけなくなったネ。誰の前で息を抜くの、誰に甘えたらいいの。私、もっとTちゃんに甘えたい、頼りたい、そしてもっと一緒に生きて、愛して、もっともっとすることがあったのに。短かすぎる。知りあって三年、結婚して一年一〇カ月なんて、あまりに短かすぎる。これからの方が、ずっと永いのに。どうして、ひとりで先に行っちゃうの。どうして、私だけひとりにするの。ずるいよ、死ぬ時は一緒に死にたいと言っていたのに。

この子、いらないから、引き替えてもいいから、かわりに帰ってきてほしい、と思った。

私ね、子供生んで、育てて、子供が三〇歳、つまりTちゃんと私と同じ歳になった時、その時にTちゃんのところへ行きたい。だから後三〇年、今まで私が生きてきたと同じ年月だけ頑張るネ。それまで待っててネ。でも、いつも一緒だヨ」

これは彼女が、愛するただひとりの人に語りかけたものである。誰もそれを聞くことは許されていない。ただ、彼女は自分の体験の過程を、これから体験する人のために、夫の死に意味を取りもどすために、話してくれた。私はそれを少し整理して、伝えているだけだ。これを読んでいる方は、彼女が心の中で語る言葉を、どんな音声として聴いているだろうか。

悲哀にも美しい悲哀と、病的な悲哀がある。人はいつでも自分の喪の体験を病的な悲哀に変えてしまう危険な橋を渡りながら、なおそれを美しい悲哀に完成させる作業をしている。私もまた、人の悲しみを聴くとき、私の対象喪失の体験が呼び起こされ、傷ついている。専門家故に、はっきりと傷ついているのを感じる。にもかかわらず聴き終えることができるのは、病的な喪の場合はそれを癒すにはどうすればよいのか、どのような歳月が必要なのか、考えるためである。だが、他方の正常な喪の場合は、美しい完成の過程に感動したいがためである。人は喪においても創造者であり得る。

私は彼女の喪の作業を美しいと思う。日本の文化のなかでの喪、成人前期の女性としての喪、豊かな時代の現代女性としての一般性を持ちながら、その上に、彼女は個性的な悲哀を創り出している。他人に対しては、その親疎の度合に応じて気丈さを装う一方で、死につつある夫には存分に甘えている。私はこの二つの配合と調和に、喪の芸術を聴きとる。それは、ひとりひとりの人間が内に秘める芸術である。優れた芸術家や、精神科医や宗教家であるからといって、成功するものではない。人間が置かれた状況のなかで創り出す精神の美である。

事物にも情がある

葬儀が終ってから五〇日ほどは、彼女は夢も見ず、意識的に心のなかで彼および彼を喪った自分自身と対話を続けていた。

事物や風景は今では見慣れたものではなくなっている。恋人時代、新婚時代の短い期間に、事物や風景は歓喜によって色付けられていたが故に、自分をとりまく事物の変容はそれだけ激しく感じられた。よそよそしくて色をなくした外界は、つい昨日までの楽しかった緑と赤と黄色の残像を、その輪郭の影にもっている。若い彼女の生命力は、現実感を失ってただそこに留まろうとする事物に対し、楽しかった彼との時を思いおこすことによって温かい情を吹きつけている。もし彼女に、それだけの生命力がなかったなら、事物は彼女から疎隔されたまま、冷たく外に停止したであろう。

私たちは常に、事物に対して自分に親しい感情を付与して生きている。私がいきいきと生きている時は、私と同じように外界もそれぞれ固有の生気を持っている。それは、私によって外界が生かされているからである。

生後すぐ、私たちは自己と外界との分離、および相互関係を学び始める。母親との関係、家族との交渉、友人・知人との対人関係、それらを包括する文化のなかで、自己についての感覚を育てていくと同時に、事物について感情の陰翳のつけ方を発展させてきた。自己感覚、自己の独自性や個別性の意識と、外界への意味付与が調和し対等な関係であれば、私たちは外界と自己との相互関係としてある現実を、ことさらに意識しないで生活することができる。だが両者の調和が崩れると、日頃なにげなく生きてきた「現実感」の重要性を初めて知るのである。

家族が災害に遭遇したという知らせを聞いたとき、一瞬、自己の感覚は低下し、逆に事物はとてつもなく大きく揺れ動きながら自分に被さってくることがある。これがショック時の感覚である。その後しばらく、事故に対処し葬の儀礼をこなしている期間は、自己の感覚は日常よりはるかに高いレベルに維持されている。その時外界は、逆に遠ざかり、色あせ、何故か小さく、自分と無縁なものになっている。もし外界が隔たって感じられるにつれて、自我もまた縮小していくならば、人は抑うつ状態になっていくのである。

現実感が喪失し、疎隔感が強くなるということは、事物がむきだしの機能のみになってしまうということでもある。例えば、食卓は単に料理を載せる台ではない。大きさ、厚さ、堅さと軟らかさ、色、傷、温度、位置など、つまり親しさの度合をもって私たちの前に存在している。私たちは様々な感情や欲望によって机を温め、それら過去の思い出によって机らしい机にしている。だから過去の意味付与を奪われ、料理を載せる機能だけになった机は、どうしても机とは思えないのである。

それぞれの事物は、機能と感情の比率をもっていると考えることもできる。意味付与が乏しくとも、何とか機能できるものと、その人によって意味付与されなければ、ほとんど機能しないものの両極の間に、多くの事物は散在している。喪の時には、身近な事物は死者と共に意味を見出したものであったがために、奪われた感情はそれだけ機能をむきだしにする。周囲の事物が機能だけになり、それに耐えられなくなると、遺族は転居したり家を建て替えたりする。機能を破壊することによって、意味喪失とのバランスをとろうとするのである。一方、故人の着けていた遺品は、機能が零に近づけば近づくだけ、意味付与が大きくなってくる。止った時計、焼けたベルト、水のにじんだ財布……それらは遺族にとって特別なものになる。

また、所有物と共同使用の物や公共の物とでは意味の付与が違うであろう。Vさんにとっての食卓や箪笥は、そのまま彼女の室内でたたずんでいる。なつかしい日々を想い出しては、何度となく対話することができる。ところが、二人で乗りまわした会社の車はただちに別の意味に変っていく。二人で手をつないで歩いた橋は、会社の車ほどではないとしても、人々によってかなりの速さで意味を変えられていく。

さらに、短時間で意味付与されやすいものと、長い時間をかけて意味を付加されていくものとがある。短時間で有情化されたものはあせやすく、繰り返されたものはゆっくりと私たちの歳月の変化を支えてくれるのである。

主役の欠けた結婚記念パーティ

ふたたび、彼女の事物との対話、目にふれた事物をきっかけに彼の思い出にひたっていく毎日にもどろう。以下、とびとびに九月以降の話を書きとめよう。

九月二日　大阪営業所に挨拶に行った。事故の前の日に、一緒に営業所に寄った。あの時と同じ机がある。引き出しの物を取り、カローラ・バンからお守りのクッションなどを出した。彼が帰ってくる時の車、いつも見なれた車、ふたりで出かけた車。もう横に乗ることもない。

その後、市役所で母子手帳をもらった。やっともらえた。彼に見せると喜んだだろう、不思議そうに中を読んだだろう。もっと早くもらいたかったのに。

九月五日　母が帰ったので、やっとふたりきりになって、祭壇の前でいろいろお喋りした。一番大切にしていた宝物、手術の時に渡してくれたテープを聞いた。彼のやさしい声、笑う声、そして私を思ってくれる愛情のすべてが、すぐ側にいるように聞こえてくる。そう思って話しかけても、返事が返ってこない。笑い声もない。

お布団もひとつしか敷かない。手を伸ばすけれど、手をつないでくれる人がいない。涙を流している内に、いつの間にか眠ってしまった。

九月七日　今日は千里のテニス・コートが取れている。八月一日、私が取りにいったのだった。今はコートがあってもする人がいない。

夕方からバレーボールの仲間が来てくれた。一緒にビデオで事故現場の様子を見た。彼らが来ると、彼もいるようで、気持が落ちつく。（この後も、数日おきに仲間が彼女を訪ねてくれている。）

九月八日　腹帯を巻いた。彼がいたら、ワイワイ言いながらやっただろう。

私のお腹がだんだん大きくなって、マタニティ・ウェアを着て、ゆっくりゆっくり歩く。そんな姿を楽しみにしていたんだと思う。

彼の嬉しそうな顔が見えてくる。

九月一〇日　彼の実家に行った。そこにも彼がいる。彼の家に行ったとき、今までは義父のためにお線香をあげていたのに、これからは彼にもあげる。本当なら、いつもふたりでお線香をあげていたのに。

九月一三日　皆で越前屋さんに仏壇を見に行った。まるで家具でも買いに行くよう。家に帰って、「あのネ、こんなの買ったヨ」って、話したいような気持。今にも帰ってきそうな気がする。

九月一四日　三五日たった。梅林寺で法要をした。まだ暑いけど、風はもう秋風。早いなあ、こんなに長い出張はなかった。「一カ月も会わないなんて、おかしいヨ、ずーっとずーっと待っているのに」、どうして？

九月二一日　友人に箪笥を動かしてもらった。いつか大きな家に住むようになったら、箪笥を横にならべて、その上にいろんなインテリアを置きたい、と話していた。その上に彼の仏壇を置くなんて……、どうしてこうなってしまったの。

九月二二日　バレーボールの九人制リーグ戦があった。「Tの追悼試合にするから」と、写真を飾って皆が頑張ってくれた。私も彼のユニホーム、シューズ、スポルディングの鞄、靴下、タオルを一式そろえて行った。私は彼が着ていた国体のトレーナーにえんじ色のジャージをはいて、応援した。

コートの彼のポジションには、別の人がいる。コートには、彼はいない。ベンチを見ると、写真の彼がいる。

あの声も、あのユニホーム姿もどこにもない。でも、ふとコートにいるような気がする。ベンチから舞い降りてきて、「頑張れ、このままやったら負けるぞ」と言っているよう。

彼がいなくても試合は進み、優勝した。涙がとまらなかった。「おめでとう、優勝したんだね」、嬉しい――と思って泣きながら、「彼がいたら、もっとやれたのに。亡くなったらこんなものだろうか。彼は何だったのか」と辛くなってくる。さらに涙があふれてくる。

試合が終って、いつもの寿司屋で「T君をしのび、Vさんをはげます会」がもたれた。皆四〇人ほど、いつになくたくさんのバレーボールのチームメイトが集まってくれた。皆で一所懸命はげましてくれ、随分盛りあがった。彼がいたら喜んだだろう、きっと「飲みすぎんなよ」と言ってくれただろう。

でも、夫婦で楽しくしているのを見ると、私はひとりだと思ってしまう。

九月二八日　四十九日のこの日まで、忙しくってバタバタしていた。喪主は私だからしっかりしていないといけない。お寺さんに来てもらい、仏壇の位牌に魂を入れてもらった。その時、義母から宮城県一関へ旅行した際に、イタコから聞いた話を聞いた。

「飛行機が落ちるまで苦しかったそうです。なかなか確認できなかったとき、辛かったそうです。声が出せたら『ここにいるよ』って叫びたかったそうです。そして、妻には『宝を大事にして、生きてほしい』と言ったそうです。いつまでも思われていると、僕自身も辛いので、早く立ち直ってほしいそうです。今までのような明るい家庭をいつまでも続けてほしいそうです」……と。

早く忘れて立ち直ってほしいと言うけど、なかなかできそうにない。「この事故にあわなくても、後一年か三年の運命だったそうです」という。どうして、それだけしか生きられなかったのだろう。でも、私は一日でも長く生きてほしかった。

一〇月四日は群馬県藤岡市での合同荼毘。勿論、参列したかったが行くことはできず、出発する父と義母を空港に見送った。部分遺骨を納めた二九〇の柩のひとつひとつに彼が入っている、と思う。

一〇月一〇日　二年前の今日は荷物を入れた日だった。今日と同じようにいい天気で、暑いくらいだった。あの時、やっとこの家にふたりで住むのだと思って、嬉しかったのに。

一〇月一二日　すでに二カ月。お寺さんに来てもらい、お経をあげてもらった。藤岡現地の対策本部も、今日で解散。自衛隊も山を離れる。いつの間にか月日が流れて、何もかも過去のことになっていく。

一〇月一三日　今年も両親をよんで結婚記念のパーティをした。主役が一人いないけれど、二年目の記念であることは間違いない。去年も一三日にしている。その後、ドライブに行った。

そういえば、前日の日曜日、江坂まで行って帰ってきたのが最後で、ドライブなんて全然していない。なぜか毎日、二四番の駐車場を見てしまうが、カローラ・バンが停っているはずはない。

一〇月一四日　ＮＴＴに電話の名義変更に行った。いろんな物がみんな私の名義になっていく。私がなんでもしなくてはと思うと同時に、彼がどんどん遠くになっていくよう。

帰り道、陸橋から見上げると、セルシーの屋上のフェンスが見える。前の日、雨やどりしながらあそこからふたりで景色を眺めた。あの時、食事して、かき氷買って、雨やどりして、本当に幸せだと思った。ふたりでいるから幸せだった。どうしてこの幸せが続かなかったのだろうか。

一〇月一五日 やっと二周目の結婚記念日。朝からいい天気。結婚式の日は曇り空で、夕方から雨。もう少し寒かった。

衣替えをする。彼はいないと知りながら、彼の冬服も一緒に出す。ペアのTシャツや私が買ってあげたポロシャツ、お気に入りのヤマハのトレーナー、みんな思い出がある。毎日見慣れているものばかり、人にあげる気になれない。全部持っていたい。今年買ったばかりの彼のモスグリーンのスーツ、もっと着ればよかった。こうやって整理してると、いつもと同じに思えて、今年の冬はこれを着るかなあ……と、まだいるような気持になってくる。

でも、ペアの服だけは別にした。こんな服、一生着ないゾ、と思う。

一〇月一六日 店で『女性自身』を手にした。読んでいるうちに涙が出てきて困った。アシスタント・パーサーの落合さんが、藤岡の病院からリハビリの病院へ転院したという。彼だって、もし助かっていたなら、と思う。

彼女はこのように、事物や景色についても、また月日についても、常に追想による意味付けを反復している。結婚記念のお祝いさえ開いている。それは、事物が機能だけになり、月日が機械的に進んでいくのをくい止める働きをしている。しかも、追想をバレーボールの仲間や両親を加えて行うことによって、彼との世界と残された者たちの世界を繋いでいる。

なお、イタコ(口寄せをする巫女、一関なのでイタコではなく東北地方一般のカミさんかもしれないが)の話は興味深い。と言うのは、伝統的な口寄せ(死者の霊を招き寄せて、その言葉を伝える)は、彼女が行っている亡夫との対話に比べるとほとんど意味を持っていないからである。故人を来世に送って、一時的に此の世に呼び寄せる霊媒の技術よりも、彼女はもっと瑞々しく故人と交流している。

「早く忘れて立ち直ってほしいと言うけど、なかなかできそうにない。明るい家庭は守るからネ、そして子供は大切にするから、だからいつもいつも側にいて見ていてネ」と心のなかで対話している。周囲との関係を閉ざした追想でない限り、温かい追想は死者の好むところであり――それこそが、今の自分にとって重要な癒しであることを十分に知っている。

愛する人の死の夢

事故から二カ月すぎ、覚醒時の故人との対話を十分に行った後、彼女は夫の夢をよく見るようになる。次に夢を主にして、追っていくことにしよう。

一〇月一九日　彼の実家に誘われて泊りにいった。正月以来、久しぶりに泊る。この家で育って、この部屋で寝て、この電話で私に電話してくれたんだなぁ、と色々と思う。そして夢を見た。「なんだか淋しいのです。そうだ、今日は彼のお布団に入って、一緒に寝よう。最近、ひとつのお布団にふたりで寝てないもの」、と思った途端に目が醒めた。悲しくってしかたがなかった。もう一度、ふたりで一緒のお布団に入りたい。手をつないで寝たい。（夢3）

一〇月二二日　大阪城ホールで合同慰霊祭。祭壇に「T之霊」と書いてある。どうしてこんな所に彼の名前があるのか、と思う。それでも、喪主として座っていると、やはり事故にあったんだ、もう帰ってこないんだ、と改めて思ったりもする。彼の名前の書かれた祭壇を見ていると、「沢山の人やなあ、えらい派手な所に置かれているな」と話しかけてきそう。

なんだかまた、この頃気持が駄目になってきた。毎日の生活をすべて投げだして、ただぼーっとしていたい。何をしてもつまらない、何もする気がおこらない。

そしてこの夜、夢を見た。

「彼に会えたので抱きついた。しっかりと抱きしめてもらった。頬をさわったり、手をつないだり、くっついてばかりいた。彼は温かかった。そうしたら、彼が『わかってるやろ』って言う。はっきりした声で。時間になれば帰ってしまう、そういう立場にいるということ、つまり気持の区切りを持っておかなくってはいけないと言っているみたい。でも会えたんだからいいんだ、と私は思う。白いバラが雨のように降ってきて、夢から醒めそうになった時、涙が出て止まらなかった」（夢4）

やはり会えたなんて、嘘。ただの夢。でも、その時の彼は夢の人でなかったみたい。

一〇月二四日　夢を見た。

「朝、車で出る彼を見送る。『行ってらっしゃい』というと、キスしてくれた。すごく長い間。いつかのように、強いキス・マークもつけてくれた。すごく温かく、やさしくって情熱的。いつもと同じ感覚のキス、とても夢とは思えなかった」（夢5）

この頃、毎日夢に出てきてくれる。夢でもいい、会えるなら。いつまでも夢のなかにいたい。夢から醒める時が一番嫌。

一〇月二九日　昨夜、夢を見た。

「彼と一緒にいないのは喧嘩しているからだと思っている。仲直りしよう、離婚したんじゃないんだからと思って、彼を探すけれど、いない。そこで目が醒めた」（夢6）

いくら探しても、もういない。午前中、寝ていた。布団のなかにいると足が冷たい。これからの冬は寒い。でも、心が寒いのが最も辛い。

一〇月三一日　東京に行った。明日の慰霊飛行を前に、羽田で遺品公開があった。遺体と対面した、あの体育館。何かひとつでも見つけたいと思って、一所懸命捜した。そこで、私がプレゼントしたタイピンを見つけた。見た途端、「アッ、これは彼のだ」と分かった。あの朝、ネクタイと共に私が選んであげたもの。涙が出て、嬉しさと悲しさがこみあげてきた。彼が私にしか分らないものを残しておいてくれて、「オーイ、探しに来いよ。待っているからな」と言っていたように思う。しかし同時に、「やはり乗っていたんだ。タイピンがこんなになるほど凄いことが起こったんだ」と改めて悲しくなった。

この後、彼が勤めていた会社の本社へ寄った。ラボや、あの日最後まで仕事をしていた部屋など見せてもらった。彼が歩いて、話して、そして帰っていった所にこられてよかった。

一一月三日　夢を見た。

「周りに沢山人がいるのに、力一杯抱きしめてキスしてくれた。嬉しかった。いつまでも夢のなかにいたい、夢のなかだとひとりでない」(夢7)

結婚する前、彼に会うのが待ちどおしくって、会った途端抱きつきたいと思うことがあった。その事を話すと、彼は「抱きついてくればいいのに」と言っていた。一度、どちらが先に走り出したのか、待ち合せた紀伊國屋の前で、ふたりが走り出して抱きついたのを覚えている。その時の彼はグレーのコートを着ていた。

一一月五日　補償の金額が提示された。何かの挨拶に来たのかと思っていると、日航の世話役は急に、「それじゃ、提示額を言います。書き取って下さい」と切り出した。

問い返す余裕もなく、びっくりしながら、言われるままに「慰謝料いくら、逸失利益いくら」と鉛筆に走り書きした。

それにしてもあまりに失礼だ。私ひとりで聞く話ではないと気付いて、出直してくるように頼んだ。夫の命をお金に替えてしまうなんて、空しい。

後日、両親と夫の母の同席のもとで、もう一度説明を受けた。この世話役とは全く心が伝わらなかった。

最初の世話役は整備の人だった。私が彼に会ったのは荼毘の日。「奥さんに一番先に来てほしかった。申しわけない」と、まず謝られた。彼とはすっと気持が通じた。兄たちも彼を褒めていた。一周忌にも、世話役でなくなっていたのに、家まで来てくれた。今も葉書がくる。「僕は日航の人間だけど、補償交渉では引かないように。子供も生まれることだし、思っていることをちゃんと主張するように。口約束は駄目ですよ」と念を押してくれた。彼のことは、今でもいい人だと思っている。

四十九日の後、急に世話役が変った。元チーフ・パーサーだったとか、プライドがひどく高い。私に同情しているつもりが、自分の家庭の話や、子供が生まれた時の話をする。そんなこと聞きたくもない。一〇月には、使えなかった帰りの飛行機代を持ってきた。茶封筒に素気なく額だけ書いてある。「JALの規定です。本当は往復割引切符を買っているので、片道分返すとお釣りがくる位ですけどね」と余分なことを言った。そんな世話役が、事務的に補償額を提示してきたのだった。

それからまた次の世話役に替った。前の人のようなことはなく、きちんとしている。例えば訪問の前には電話してきて、私の都合をきく。でも、そんなことといくら気を遣ってくれても、仕事の一環としてやっているんだろうという不信感はぬぐえなかった。はっきり分らないけど、今度の事故をきっかけに、もっと大きな信頼を見出してほしい。

一一月九日　雨のため一週間延期になった慰霊飛行。御巣鷹はヘリコプターで高い山々を次々と越えていったところにあった。機体はほとんど回収されていて、ヘリポートだけが残っている。山も色を変えて茶色になり、静か。やっと来られた。この時も手紙を書いた。「何があっても、ずっと一緒にいるからね。」心のなかで彼の名を呼び、手紙と花束を投げた。

こうして一二月が近付いていった。街が華やかになり、人々が楽しそうに、にぎやかにしていると、遺族はよけい淋しくなる。もう、ふたりでクリスマスはできないと思う。そして、ひとりで買物をして帰る途中、ふと彼が先に家に戻っているのではないか、どこかに生きているのではないかとも思う。

帰り道、陸橋の上から車の流れを追っている。カローラ・バンが走ってくる。乗っているはずがないのに、車のなかに視線をあわせる。

年賀状を書く季節。かわりに忌中葉書を出さないといけない。ふたりの名前で作った年賀状は二回だけ。残っているのは二枚だけ。

風呂の水道栓が壊れてしまう。誰かに電話して頼もうと思ったが、自分でしなくってはと思い直す。部品を買って取りかえようとするが、うまくいかない。彼がいたら、やってくれたのに。そしてやっと直せても、喜んでくれる人はいない。

八月から伸ばしたままの髪をカットしにいく。彼は長い髪が好きだった。その髪をお菓子箱のリボンでくくったら、チョンとついて、「かわいいやんか」と言ってくれた。ちょっとしたことも、結構分ってくれていた。

お腹が随分大きくなった。大きなお腹をして、ふたりで買い物に行くのが夢だった……。

すべてが追想を刺激する。多くの人がなにげなく通りすぎている出来事や風景を、事故後の遺族はこれほどの追想と共に乗り越えていくのである。当然それには、平常の何倍もの時間がかかる。しかもそれは必要不可欠な時間の永さであり、こうして過去は将来を支えられるだけの確かなものになっていく。

忘却を拒む想いの降る夢

行事としては、一一月一五日に大阪貿易センターで、もう一度、遺品公開があった。だが今回は、彼女は何も見付けることができなかった。

一一月二二日には、夫の父の眠る信州の墓地に納骨に行っている。お骨と訣れるのはすごく悲しい、お骨を渡すのは嫌、そう感じながら、従順な彼女は父系制のしきたりに従った。

てくる。

一二月八日　日航の高木社長が挨拶に来た。この人に謝られても仕方がない、と思える。

この頃夢に出てきてくれないなぁと思っていたら、夜、夢を見た。

「やはり彼は生きている。団地の階段を降りていくと、彼がいた。『やっぱり生きていたんやネ。今までどうして連絡してくれなかったん』背中に抱きついて泣き出してしまった。『俺も辛かったんや。連絡しようと思ったけど、できなかった』という。私はただ嬉しくって、くっついたまま泣き続けていた。

でもすーっと夢が醒めていく。やはり頭のなかで、どこか冷めてしまっている部分がある。あー、また夢だった、現実ではなかったと気付かされる。（ここでは彼女は、夢を見ている夢、夢から醒める夢を見ていたのである。）

こうして夢から醒めたと思ったら、夢は続いていた。

家を建てている。私は全く知らされていなかった。わけが分らない。彼が図面を見ながら、『ここが玄関、ここがリビングで』と説明してくれる。久しぶりに彼の顔を見て、声を聴いて、お喋りをして、すごく嬉しかった」(夢8)

夢のなかでは、本当に帰ってきたと思える。毎日でも夢に出てきてほしい。でも、やはり夢では嫌。

一二月二五日　この頃、彼に会いたいと思うと、よく夢を見る。

「いつもと同じように、テーブルに座って彼が食事している。私は向いに座って、彼とお喋りをしている。しかし、このまま彼がどこかに行ってしまいそうな気がして、必死になって引きとめている。顔をさわってみたり、手をつないでみたり。何を話したか覚えていないけれど、いつものあの声。

そして、すーっと夢が醒めていく。夢と現実の区別のつかないまま、朝になる」(夢9)

年があけて、**一月五日**、彼の好きだったカセットの曲を聴いて、眠った。そして夢を見た。

「夜中の〇時二二分に、彼が帰ってきた。私は起きて、『お帰り』と言って、電気をつけた。彼の服をハンガーにかけて、ズボンもかけて、抱きつきたいと思うけれど、これ夢かな、また悲しい夢を見ているのかなと思ってしまう。そのうちに朝になって、彼は『このズボンをもうひとつのと替えて』と言う。やはり本当なんだ、彼はいるんだと思っているのに、悲しくって、涙が出てくる」(夢10)

目を醒ますと、朝六時。今日は病院に行くため、六時に起きる予定だった。彼に起こしてもらったみたいだ。

一月一九日　彼の三〇歳の誕生日。彼の好物の巻き寿司とカナッペと善哉を作って、ケーキにろうそくを立て、紅茶を入れ、彼の好きなものを一杯お供えして、祝った。夕方からは、兄やバレーボールの仲間も来て、にぎやかに祝った。でも、にぎやかだった日ほど、夜ひとりになると淋しい。

一月二〇日　病院で診察を受ける。ストレスが多かったので心配していたが、すべて正常だった。出産の準備も整った。夜、夢を見た。

「彼は出てこない。でも私は彼を忘れまいと何かしている。その想いが、真っ赤なチューリップになって、空からどんどん降ってくる。悲しくって、涙があふれて、目が醒めた。でも涙はとまらなかった」(夢11)

一月二三日　夢を見た。

「彼と待ち合わせて、ドライブに行こうとしている。『俺、車取ってくる』と彼は走っていった。私はお菓子や飲み物を買って、彼の方に走るけど、荷物が重くって走れない。やっとこれからドライブに出るところで、目が醒めた」(夢12)

この頃、夢のなかでもすごく焦っている。彼とふたりでいても、彼が急に消えてしまうのでないかと不安。時間が限られている、何とかしなくちゃ、何かしないと彼がいなくなってしまう、と必死になっている。せっかく彼と一緒にいるのに、彼はパッと消えてしまう。「車なおしてくる」とか、何んとか言って。たとえ夢でも、どうしてあの時彼を離してしまったんだろう、と後悔する。

本当の喪は夢のなかで

「夢をみた」と語り出すとき、私たちはいつも夢を回想しているにすぎない。現在の神経生理学は、夜の正常な睡眠にはリズムがあり、入眠から深い眠りへ、深い眠りから逆説睡眠期(レム期)といわれる浅い眠りへ、そして再び深い眠りへと四回ほど周期を繰り返すことを知っている。夢はこのレム期――外界からも自分の身体からも感覚が遮断されているのに、大脳の活動のみ活発になる時期にみられる。つまり、人は日中に思考しているのと同じように、必ずレム期に夢を見ているのである。それでは、それほど多く見ている夢(イメージによって行われる眠りの思考)のほとんどが忘れられるのにもかかわらず、何故、ごく少数の夢だけが想い起こされるのだろうか。

眠りの思考は、様々なイメージを同一視し、融合し、あるいは分離する。フロイトは『夢判断』で、夢の内容もまた「夢の検閲」を受けており、道徳的検閲の下で圧縮、置き換え、思考のイメージへの変換、二次的加工(理解可能な脚本への修正)が加えられると考えた。だが、それは今見ているであろう「新鮮な夢」についての仮説である。おそらくフロイトが主張したように、新鮮な夢もまた無意識の欲望そのものがイメージ化されているのではなく、前意識によって修正、加工されたものであろう。

ところが、そのような「見られた新鮮な夢」の数々は、いくつとなく混ぜ合わされ、忘却され、さらに覚醒時の回想の加工をへて、ようやく「夢を見た」と意識される。だから夢として語られるものは、見られた夢の断片であり、眠りから醒めつつある私が夢と対話した物語であり、さらに覚醒した私の願望によって把えられた夜の思考に他ならない。日中の願望を夢と呼ぶ喩えに従うならば、夢とは常に夢のまた夢である。願望という夢の枠があってこそ、夜の夢はそこに表象を結ぶ。

私たちは、彼女の事故後の半年を辿ってきた。だから一二の夢が、日中の彼女の想い、心理の変化とどのような関係にあるか、当然理解している。もし夢だけ取り出して分析すれば、奇妙なものになったであろう。ここで夢を、彼女が事故をいかに受けとめたか、その体験の変化との連関で追っていこう。

最初の夢、「菜の花畑のような広々したお花畑を歩いている、やわらかい夢」は、事態をよく飲み込めず、精神的に混乱したまま、柔らかい白い世界へ退行したいという願望と合っている。

精神分析家B・D・レヴィンは、あらゆる夢は白いスクリーンに写っており、それは乳を飲んでまどろむ幼児が幻覚する母の乳房の象徴であると言っている。このような一般的象徴の解釈はともかく、何かが起こりつつある不安の前で、温かい保護に包まれて眠っている感覚を味わいたかったのであろう。

夢の思考のなかには、彼に万一のことが起ったのではないか、という不安も含まれていたかもしれない。だが、一瞬の不安を柔らかい膜が覆ってしまう。お花畑を歩いているのは彼女であり、彼女と彼であり、また広々としたお花畑とは彼女と彼とに繋がる人々の網の目のすべてでもある。

それから九日間、夢を見ない。見ないというより、緊張して現地からの連絡を待つ彼女には、彼の生死にかかわる夢の思考をイメージ化し、回想する準備はできていなかった。

　そして第二の夢(八月二二日)を見る。「生きていてよかったね」と横にいる彼に抱きつく。彼も、「うん、本当に生きていてよかった」と答える。

　ここでやっと、生死の問題が表象化されている。勿論、彼は生きているのであり、また彼女は彼(死者)と同一視し、「うん、本当に生きていてよかった」と言っている。それは彼のことばであると共に、彼女の言葉でもある。この夢は、前日の「何も出てこないのは生きていることでないか。映画にも、漁に出たまま何年も戻らなかった人が生きている話がある」という覚醒時の思考とも合致している。

　次の第三の夢まで、二カ月近く飛ぶ。この間彼女は盛んに彼と対話し、ふたりで体験した事物や風景と交流している。親族や友人をも巻き込んだ「生きている夫」との対話は、彼女の悲哀を豊かなものにし、また死を受け入れる営みとなっている。

　夢3は、最近ひとつの布団に寝ていないことに気付く。気付くと同時に目が醒めている。それは、彼がいないことを認める夢でもある。

　続いて夢4では、彼は生きている。生きているが、次の瞬間、彼は「わかっているやろ」と言う。彼女は言葉の意味を知っている。でも、「会えたんだからいい」と思う。そこに再び、夢1と同じ花園のイメージが現われる。白いバラが雨のように降ってきて、悲しくってたまらない。無力な私に退行して、保護を求めているが、その保護は得られない……。白いバラは涙になり、涙は白いバラになり、彼女を濡らす。

愛する人が死んだ時、最初は生きている人として夢に現われ、それから状況や暗示によって死んでいることが告げられる、という構成は一般的である。ハヴロック・エリスは『夢の世界』の第八章「死者に関する夢」で、

「生けるものとして表わす第一の流れは、より古く且つより豊富な源から来るものであり、第二の死せるものとして表わす流れは、より痛切な、併しまた同時により最近の、而もより尽き易いものである。二つの流れは小止みなき争闘をつづけ相互に相手を破ろうとする。両者は夢の生活の不可避な諸条件から、ともに真なりとして受け入れられる。彼らは結局合流して一つの不条理な調和を形成する。その調和の中では、より古く、より強い方の像が(古き心的印象は一般的に最も安定なりという、人々の既に認むるあの傾向に従って)、より最近の像より優位に立つ。」(エリス・H『夢の世界』藤島昌平訳、岩波文庫)

と述べている。古い日常化された記憶が最近の出来事より優位に立つ、という極めて常識的な説明である。

ところがフロイトは、さすがにドキッとさせられる説明を前記の現象について述べる。

「こういう風に生と死とが交代するのは、その夢を見る人間の(死者に対する)無関心を表現するものではあるまいかと私は推察するに至った。『その人間が生きていようと死

んでいようと、自分にとっては同じことだ』。むろんこの無関心は、現実の無関心ではなく、本人によって望まれている無関心なのであって、夢を見る本人のきわめて強烈な、屢々正反対の感情性質を否定するのに力をかすものらしく、こうしてその両価性の夢表現となる。」

（続けてフロイトは）「もしその夢の中で、死者が――死んでいるという記憶を喚起されないならば、夢を見る本人は自分を死者と同一化する。すなわち彼は彼自身の死を夢見るのだ。夢の中に突然現われてくる反省や驚き、『しかしこの人間はとうの昔に死んでいるのだが』は、この同一化に対するひとつの抗議であり、夢を見る本人にとっての死の意義を拒否するものである。」（フロイト・S『夢判断』高橋義孝訳、人文書院。――その第六章「夢の作業」）

フロイトは徹底して、死者を死者たらしめる、生者の「喪の作業」の視点から説明している。死者への強い関心に対抗する「無関心の欲望」が、混乱した生と死の交代にはあると言うのである。確かにこのような目的論的な説明は死者についての夢の一面を突いているが、その主たる機能ではないと私は思う。

彼女の場合は、覚醒時の彼との対話の積み重ねの上に、夢において、生き残された者と先に死んだ者との交流の道が一層の実在感をもって探されている。死を認めつつ、死者と共に生きる方法を求めているのである。

夢5や夢7では、抱きしめられてキスをする。夢6では、「彼と一緒にいないのは喧嘩をしたからだ」と考え、したこともない喧嘩を頭に浮べ、反省することによって、死に許しを請うている。

夢8では、同じく「やっぱり生きていたんやネ。今までどうして連絡してくれなかったん」と、生きていることの確認をした後で、「俺も辛かったんや。連絡しようと思ったけど、できなかった」と死を暗示する。

そして、ああこれは夢だと、夢から醒めていく夢をみた後、再度、生きている彼が新しい家の設計図を語る。それは彼女が望んだ通り、彼が彼女の横にいて、子供の生れる新しい家庭の姿を指し示したともいえる。いつの日か、そんな会話をしたいと、自覚せずに願望していたことであったかもしれない。またそれは、死んだ夫が死後に送る自分の家を彼女に教えているともいえる。

夢10では、夫は生きているが、常でない夜中に帰ってきた。朝になって、彼は「ズボンをもうひとつのと替えて」という。それは、ひとつのズボンを残して、別のズボンをはいて去って行くことを意味する。だが彼女は、「本当なんだ、彼はいるんだ」と解釈する。しかし、訣れを知っている彼女は、泣いている。

また、夢11では、私の上に、彼を忘れまいという想いが赤いチューリップになって降り積んでいる。どんどん、どんどん想いにのみ埋もれていく私。

八月のあの日の朝、お花畑を歩んでいた彼女は、いつの間にか忘却の罪と闘い、忘却に抗議しながら、その想いに覆われていく女性になっている。

こんな悲しく甘い夢をはさみながら、夢9や夢12では、意志的である。夢9では、帰宅して食事をしている夫に、彼女は話しかけている。このまま、どこかに行ってしまいそうで、体をさわって引きとめる。夢12では、荷物を持って、車で待っている彼の方へ走る。しかし荷物は重く、なかなかそこに到らない。夢のなかでも、どうしてあの時彼を離してしまったのかと、後悔している。

白昼夢から共に生きる夢へ

こうして一二の夢を分析してくると、夢は日中の喪の過程と対応しながら、むしろ日中の思考以上に豊富な感情表現をしていることが分る。死を否認して緊張していた間は、「生きている彼」の夢を見なかった。葬儀も終り、四十九日もすぎ、亡き夫に話しかける十分な時間を持った後に、盛んに夢をみるようになっている。そして、夢のなかで「なお生きている彼」に会い、その後には死の暗示が加えられる。彼が消えていくことと、夢が醒めていくことは同時である。さらに次には、死を認めつつも、彼が消え去っていくこと、新しい生活秩序の進展につれて彼が忘れられていくことを、意志的に阻止しようとする。

いずれの夢においても、夢のなかで彼女は静かに泣いている。夢の涙は、夢みる人の涙でありながら、また愛する死者の涙でもある。共に泣くことによって、夢は覚醒時以上に喪の作業をしてあげている。夢で泣くことの癒しの力は大きい。他の多くの遺族からも、泣いている自分に気付いて目が醒めたことがあると何度か聞いた。人によっては夢の内容を覚えていないが、涙で目を醒ますという場合も少なくない。（例えば、第一章のKさんのように。）

ここで、愛する死者の夢、および白昼夢（幻想）について整理しておこう。

遺族は、亡くなった人のことは自分の心のなかにそっとしておきたい、時の経過と共に温めていきたいと思っている。と同時に、誰かに話したい、本当に悲しみに同意してくれる人に伝えたいという矛盾した意思も持っている。それ故に、事故後半年もすぎると、遺族間で電話のやりとりが多くなってくる。出掛けて話す気力はないが、電話でなら、相手が同じ遺族なら、話せることが色々あった。その話題のひとつが夢であった。

朝早く、六時すぎに電話が鳴る。（事故後一、二年、遺族は通常の生活時間を失っているので、夜中に電話をかけあったり、早朝に電話することがしばしばだった。それも、遺族同士だから許された。）そして、「今朝、こんな夢を見たのよ」、と伝えあった。声はすぐ涙に消されるのだが、故人に会った夢の話は唯一の喜びのおすそわけだった。

しかし、事故後しばらくは夢を覚えている人は少ない。世俗的な喪の儀礼をこなすのに精一杯なのであろう。むしろ、事故直後は、日中に幻想をみる人が多い。幻視ともいえない、妄想ともいえない、雑踏のなかでの人物誤認をするのである。

例えば、四一歳の主婦は、大阪からバスで現地に向った。

「途中、何回か休憩を取ったけれど、何も覚えていない。差し入れのお弁当のウィンナー・ソーセージの赤さと、過ぎていくペンション村の風景を思い出すくらい。ピンクや白の服を着た若者が、自転車に乗っている。みんな楽しんでいるのに……と、ぼーっと見ていたよう」という。

藤岡市の体育館に着いて、調書を出すことになった。ところが急に、夫の顔の特徴が分らなくなる。分らなくなったように思える。「丸顔でパーマをかけている。眉毛の一本が長い。小指の爪が長い」としか思い出せない。ただし、警官に手術痕を尋ねられて、すごく腹が立ってくる。何んでそこまで言わねばならないのか。「そんな状態に追いこまれたんですか！」と叫んでいた。

こんな精神状態で席を立ち、外に向った。その時、

体育館の入口に、主人がいる。

「何ともなかった！　迎えに来てくれた！」と思った。

だが違った。遅れてかけつけてきた主人の弟にすぎなかった。「何故違うのか」――彼に腹が立って仕方がなかった。その後、義弟の姿が目に入らないように、逃げ回っていた。

その夜、ホテルの私の部屋にも、蚊や小さな虫が一杯飛んでくる。いつもなら追い払うのに、その時はできなかった。小さな虫の命が、どこかで主人の命に繋っている。

彼女は葬儀の後も、人混みのなかに主人を見ている。親族を駅に見送ったとき、主人がいるようで何度も周りを見直した。そんな体験を数回繰り返している。

その後、ずっと現実感がなかった。周りの出来事がテレビの画面のようであり、自分の喋っている声もテープレコーダーから聞こえてくるようで、本当かどうか分らない。かわりに、寝てばかりいた。不思議によく眠れ、冬の間、「私は冬眠やわ」とひとり眠り続けていた。そして夢を見るようになった。

眠っていると、主人のいるあちらの世界に近付いていくような気がする。夢で、主人がガラッと戸を開けて帰ってくる。また、私に何か喋っている。夢か、想像なのか分らないが、それが私に出来る唯一のことだった。

この主婦のように、直後は幻想を見て、しばらくして故人に会う夢を見る場合が一般的である。直後の白昼夢には、死の否定の心理が強く表われている。

そして、永い悲しみの対話を経て夢での再会に至るのである。

Vさんのような克明な夢の経過記録は珍しいが、故人の再会の夢はいずれもよく似ている。例えば、

〔四〇代の主婦〕　主人の夢を見たのは四十九日をすぎてから。それから三年間、時々夢を見た。

いつも普段の生活の延長のよう。ふたりで散歩していたり、草の土手に座ってお喋りをしている。「お母ちゃん、このままいくと僕は社長路線やな」とふざけていたりする。パッと目が醒めて、ああ、夢だったのか、もう一度声を聞きたいと思う。

そういう日は、テレビも消して、半日ほど思い出に浸る。主人と心のなかで話しあえる時間となった。

〔三〇代の主婦〕　たまに夢を見る。必ず生きて帰ってくる夢。いつもゴルフウェアを着て、気楽な感じで家にいる。「ああ、やっぱり嘘だったのか。夢だったのか」と思う。主人も、「あれは僕の乗っていた飛行機じゃなかったんだよ。助かったんだよ」と答える。しかし、それは夢のなかのことであることを、半分気付いている。

上記のような夢は、前章までに記述してきた遺族の夢にもよく出て来ているので、これ以上例をあげるのは止めよう。

なかには亡くなった息子の成長過程を、もう一度夢で見直す人もいる。

息子(二七歳)夫婦を喪った五五歳の母は、

事故後、一年間は夢を見なかった。一周忌がすぎてから、息子の夢を見るようになった。

初めは息子が赤ん坊のころの夢。彼が元気に遊んでいるのを私が傍で見ている。

その内、三歳くらいの子供へ、小学生へと、夢に出てくる息子は成長していった。同じ夢は見ない。一年ほどすると、成人した息子になった。どれも特別な場面ではなく、家のなかで普通に生活している。「あなた、もうじきいなくなるのに」と、生きているのを不思議がっているような夢。目が醒めて、「子供の夢を見ていたわ」と、じわっと息子を思い出して、悲しくなる。

苦しんだり、辛い様子の息子は出てこない。苦しんで死ぬと夢でも苦しむというから、息子は苦しまずアッという間に死んだのに違いない。

このようにして、母親は夢のなかで成長していく息子と徐々に訣れていったのである。なお、事故直後に、事故に遭ったけれどもなお「生存している夢」をみた人もいる。あるいは、前章のYさんのように、悲哀が遷延し、三〇分間の迷走墜落の夢をみる人もいる。これらの少数例をのぞき、多くはVさんのような夢である。

Vさんの夢を、フロイトなら、死者と同一視しながらも、生きていれば得られる生の快楽を思い起こし、死者と分離する過程と分析するであろう。また、花畑や、降ってくるチューリップが何の象徴であるか、解釈せずにはおかないであろう。ユング派もまた、人類普遍の集合的無意識の象徴としてそれらを記述していくであろう。

しかし私は、覚醒時の豊かな悲しみが夢を準備すること、日中の思考以上に夜の夢は喪の作業をしていること、夢は感情表出に最もすぐれていること、とりわけ夢の作業は死者を忘れるためではなく、死者と共に生者も生きていかれるようにすることにあるとの、四点を強調しておけば十分である。

息子は飛行機を作る人になってもよい

さて、Vさんの出産と育児にふれて、この章を結ぶことにしよう。

「子供のことは、初めはうっとうしかった」と彼女はいう。「子供さえ生れなければ、悲しみに浸って、一日中泣いていられる。彼のもとに行くこともできる」と思ったのだった。しかし、心の移ろいが示すように、大きくなっていくお腹は彼女の支えに変っていった。

一月二七日、破水して入院した。

男の子が生れたのは嬉しかった。彼の生れ替りだと思った。

看護婦さんに、出身地や、主人のこと、色々聞かれる。ワーッと泣き出してしまう。若い看護婦さんが、枕元の彼の写真を見て、「わー、こんな所まで写真をもってきて、アツアツね」とひやかした。後で事情を知って、謝りにきた。医師と婦長と担当の看護婦さんしか、事情を知らない。

夕方の、父親たちが面会にくる時間が一番辛かった。退院してからも、一カ月健診とか、母親学級とかある。その度に、自分だけ喜んでくれる人がいない、特別だと感じる。

でも、「何も悪いことをしたわけではない。私ひとりだけど、頑張るもん」と、自分に言いきかせていた。

育児に追われ、時がたち、子供が意思表示を始めて気が付いた。この子は私の持ち物ではない。「お父さんのいない、かわいそうな子」と私が思っても、子供には関係ない。「僕は僕で生きていくよ」と主張しているようだ。

ただし、いつか子供に父親のことを聞かれた時に、どう答えていいのか、困っている。「いない」とは言いたくない。「ここにいないけれど、遠くにいるよ」と言おうか、「飛行機に乗っていて、死んだ」と言うべきか。子供がそれを聞いて、ショックを受けるのが怖い。

彼女は今、自分と子供の人生を変えさせられてしまった事故を、風化させたくない。事故から何か生み出したい。それこそが、自分が子供に残してあげられること、と思っている。「JALだけでなく、他の航空会社を含めて、安全基準の改善とか、社会に正当なことを要求していきたい」という。

ある日、友人に、どんな子にしたいのか、と聞かれて、「飛行機に関係した仕事につかせたい」、と答えたことがある。

自分のお父さんを殺した飛行機を作る人になるのも、意味がある、と思ったりする。

日本航空は、事故の遺児に奨学資金を出すことを申し出ている。彼女と彼の息子は、墜落の五カ月後に生れた。少なくともこれから二〇年、息子が成人になるまで、日本航空と遺族と事故との関係は続いていく。感情豊かな女性の生んだひとりの男子が、成長と共に事故の意味を刻んでいくのである。

第五章　子供と死別をわかちあう

墜落地点に遺族たちで建てられた『碑』. 多くを書かないことで, 山に無言で語りかける

心のバランスとは揺れ動くこと

「心が傷つく」とは、どういうことだろうか。柔らかい人の心は、耐えがたい体験によって三つの問題を抱える。ひとつは言葉どおり、心をある実体としてイメージして、ショックや繰り返される不快な体験によって「精神的外傷」を被るのである。だが、心は精神的外傷がふさがれた後、身体のようにちょっとした瘢痕を残して、元どおり機能していくわけにはいかない。必ず精神的外傷をきっかけに、以前とは違った態勢に入っていく。

まず人は精神的外傷の後、その傷を過剰に包み隠そうとする。あるいは、崩れた精神的バランスを取り戻そうとして、過剰に身構えてしまう。心に加えられた外からの力(精神的暴力)と丁度同等の力で反発し、不幸な体験を静かに押し戻すことは非常に難しい。右手に重い鞄を持って歩く人の右肩は、左肩より上ることはあっても、下ることはない。同じく心は、精神的外傷からあまりにも多くのことを学びすぎ、緊張し、身構えてしまう。自分の心の傷を周囲の人に気付かれないように、他人に同情ないし後ろ指を差されないように、隙を見せないように努め、さらには不幸を越えて、より強靭に生きていこうとする。それは挫折か、再生かを賭けた戦いであるが故に、多くの人は再び立ち直りつつ、精神的外傷を過剰に代償してしまう。克服した困難な体験、悲しい体験は、その人に自信を与えると共に、その人なりの精神的防衛の仕方を固定し、絶対化させることになる。心の強さには常にかたくなさの影が伴い、それは弱さでもある。

生きていくとは、打ちひしがれるほど強烈ではなくとも無数の精神的外傷を受けとり、それを克服する過程でこわばり、時にはそれではいけないと思って、無垢の柔らかさを幻想的に追想しながら、やはり若い心の傷つきやすさを失っていく道程であるともいえる。心の傷に着せかけた心の鎧、これが第二の問題である。

そして歳月をへて、精神的外傷と精神的防衛がひとつのセットになって心の底に気付くことのない澱になったとき、それはコンプレックス（心的複合体）として、その人の生き方を突き動かしていくことになる。精神的外傷が心の裏側に焼き付けた踊る影、それが第三の問題として残されるのである。

前章の「豊穣の喪」のVさんは妊娠中の死別体験であったが、未成人の子供をかかえた妻は、どうしても第二の問題、過剰な身構えをしてしまう。

男の場合も同じことが言えるが、私は妻を事故で失った男は女性よりも脆いという印象を持つ。妻と娘を喪った四三歳の男性は、事故から四カ月後、二人の子供を残して、吐血して亡くなっていた。男に求められている社会的性格は、子供を育てあげると身構えるよりも、死んだ妻との同一化を想う面が勝っているのであろうか。あるいはまた、死者との同一化の道行から折り返し、別の女性に生きる支えと子育てを頼みやすい条件にあるとも考えられる。

ここでは、子供と共に残された妻が、どのようにショックを受け、内攻した怒りをもち、喪の過程で身構え、子供との対応に迷い、そこから抜け出していったかを追ってみよう。

抑制された怒り

Aさんはすらっとした、四〇歳すぎの上品な女性。教育学部を卒業して、五年間、教員生活をした後、結婚。男の子と二人の娘がいる。夫は事故の五年前に友人と二人でプラント設計の会社をおこし、仕事は順調だった。当時は忙しく、出張も多く、家は不在がちだった。

事故を知ったとき、彼女は失感覚の状態となり、「飛行機が落ちたのだから駄目だろうと思っても、何も実感がない。小説のなかの出来事みたい。下着も何も持たず、家に残した二人の娘のことも考えず、とにかく現地に向った」のだった。

高等学校一年の長男に助けられ、比較的早く、八月一七日に夫の腹部の部分遺体を見つけだした。藤岡では、「何故、私はここにいるのだろうか」、「どうして主人は帰ってこないのだろうか」と現実感の疎隔に陥りながら、「息子の前で弱い私を見せられない、しっかりしなくては」と自分自身に言いきかせていた。

その後、自宅での通夜、社葬、香典返しとこなさなければならない喪主の仕事が続いていった。「私はそれどころではない」と思いながらも、他人に迷惑をかけるわけにはいかないので、自律感のない喪のスケジュールにつきあっていった。まるで、喪主の義務をおえない限り、喪の感情に浸ることは許されないかのようであった。

彼女が亡くなった夫の妻として、感情と仕事の距離が縮めることができたのは、その後何度となく現地を訪ね、部分遺体や遺品を探す日々においてであった。靴は両足とも、遺品の展示のなかから見付け出した。さらに一二月の最終荼毘の直前に、右足首を見付け出した。靴下に見覚えがあり、遺品の靴の傷と足首の傷が一致したのだった。

彼女は、「主人のことは、今も現実感がない。この五年間、出張が多かった。まだ留守をしているような気がする」と語りながら、日航に対しては、私が息を飲むほど激しい言葉を、その勝気で物静かな唇からもらした。

世話役に文句を言っても仕方がないという気持が初めからあって、抗議めいたことは全く言っていない。ある世話役は、自分の子供のことを例にあげ、「やはり就職にはコネが一番です」とＪＡＬに頼るようにほのめかす。心の中では、「そのコネを失った私たちは、どうなるのか」と答えていた。

帰路の切符代を返しに来た時も、「そうか、そうするものなのか」と受けとってしまった。世間の眼にさらされるのは嫌だったけれど、ＪＡＬに言われるままに合同慰霊祭にも出た。高木前社長のお参りだけは、断った。

本当は、ＪＡＬの世話になりたくない。一日も早く手を切りたい。御巣鷹山行きの手配は大変なので、してもらっているが、お礼を言った後で、なぜＪＡＬにお礼を言わなきゃいけないのか、と思ってしまう。

今の世の中で許されることではないが、社長であろうと、社員であろうと、傷つけてやりたい。五〇五人(亡くなった乗客の数)の職員が同じ飛行機に乗って、同じように死んでもらいたい。自分たちで勝手に計算して、これこれの補償金を受け取れと言うのなら、私も補償金か主人かを選ぶ権利がある。そのおカネを返すから、主人を返してくれと言いたい。

後でこんなにおカネを注ぎ込むくらいなら、どうしてちゃんとした修理をしないのか。今の科学で、身元判明に何故あんなに手間どったのか。

私たち遺族は、再びもどることのできない打撃を受けたのに、ＪＡＬは何も変っていない。全職員が喪にふすとか、賃金カットをするとか、そういう話は聞いていない。政府も知らぬ顔をしている。運輸大臣も「同じ飛行機の直前の便に乗ったことがあり、ゾッとした」という話を聞いたけれど、自分が助かったら他人事なのか。

言いたいことは色々あるけど、どうせ無駄だ、わかってもらえない。世話役なんて信用できない。直接、社長に言うしかないと思うが、山地社長は関西の遺族会に出ると約束しておきながら、守っていない。

近所の人とは事故の話はしない。言ってもわかってもらえない。相手はそのつもりはないのかもしれないが、嫌なことを言われる。「私だったら、あなたみたいなことできないわ」とか。できる、できないではなく、夢中でしているだけなのに。

怒りをぶちつける相手がいない。子供たちの手前、自分を抑えている。それが一番もどかしい。

Aさんの話を聞いていくと、いかに今日の遺族対策なるものが遺族の感情を型にはめ、抑えこんでいこうとするかがわかる。彼女はひたすら、「私たち残された家族の将来も変ってしまった。加害者であるあなた方の生き方は、事故によってどう変るのだろうか」と問いかけている。殺してやりたい、主人を返してほしいという怒りの裏にあるものは、言葉そのものではなく、苦しみを聴きとれる人になってほしいというわずかな願いである。それくらいのことを理解するのは難しくはない。ただ、人の生き方を、そして世界を、ビジネスの秩序によって枠付けようと構える人にとっては、理解しがたく、それが傷ついた人々のわずかな願いであると指摘されても、それこそが無意味で、途方もない要求に思えるのである。

こうして彼女は怒りを内攻させたまま、夫(経営者)のいなくなった会社との関係を整理していかねばならなかった。そんな中で、子供たちとの感情のずれに直面する。

事故当時、子供たちのことは頭になかった。家に残った二人の娘におカネを渡すことすら考えつかなかった。藤岡から帰ってきたら、娘たちがげっそり痩せているのを見て、ショックを受けた。

三人の子供を立派に育てなければ、お父さんに申しわけがない。それからは、「しっかりしなさい、余所から後ろ指を差されないように」と、三人のお尻を叩くことに一所懸命になっていた。

彼女は娘のことを忘れていたと反省しながら、再び別の側の無理解に反転してしまっている。子供たちと現地を再訪した時も、飛行機のなかで「この子たちは助かって、私だけ落ちて死ぬことはできないか」と、ひたすら願っていた。ずっと、「死ねたらどんなに楽だろう」という想いが、心の片隅にあったという。彼女は死者と同一化しながら、子供たちにはそれを許していない。夫を亡くした妻、夫を亡くした子という同一の水準でお互いに抱きあいながら悲哀を共にするのではなく、むしろ子供たちを喪のスケジュールの側に置いて見てしまっていた。

そうこうしているうちに、上の娘が反抗的になった。塾へも行かず、学校から呼び出しが来たりした。それでも高校受験が終って、少し落ち着いたと思ったら、今度は長男が反抗的になった。

長男はずっと良い子で、それまで何かと長男に相談していた。それが急に言うことを聞かなくなった。「僕にはこっちの方が大事だ」と、学校を休んで慰霊祭に出たりする。私はこの時、長男も私と同じく傷ついていると理解する余裕はなかった。成績が落ちてきた息子に、勉強するように注意すると、「お母さんは世間体ばかり気にしている。言われると余計したくなくなる」と答えた。皆に「しっかりしなさい」と言われて、すごく背伸びをしていたのだと思う。私はそれに気づかなかった。

しかし、時間が経って、やっと子供たちのおかげで私も立ち直れた、生きてこられたと思えるようになった。子供たちの負担にならぬよう生きていかねばならないと、今は思っている。三年たって、週に二回、パートの仕事に行き始めた。趣味の人形作りやスポーツも始めた。五二〇箇の人形を作ろうと思っている。

子供にとっての父の死

彼女は、怒り、抑うつといった悲哀の過程にありながら、むしろそれを抑え、「しっかりしなくっては」と自分を鞭打つ。しっかりしなくてはという思いは、当然、子供たちのものでもあると思い込んでいた。子供たちは、そんな彼女の頑なさに対してどう付きあっていいかわからなくなっていた。

事故当時一五歳だった長女は、私たちの会話を傍で聞いていて、次のように当時を説明してくれた。はにかみながら娘はこう言った。

親戚、学校、近所、皆から「かわいそう、かわいそう」と言われたけれど、初めはピンとこなかった。「何がかわいそうなの」って感じ。茶毘にお母さんと行った時も、「死んだなあ」くらい。お父さんは出張が多かったから、居なくてもあまり変らない。

お父さんのこと、軽い調子では言うけど、しんみりとは、ちょっとね。気恥かしくって……。(家族の)お喋りのなかで、「お父さんだったら、こう言うね」くらいにしている。

それより、お母さんがまいっていて、キャンキャン言うから、家に帰りたくなかった。外で遊び回っていた。遊んでる方が楽だったし、お母さんからも逃れたかった。

学校でも、これまでそんなに良い子ではなくって、先生に叩かれたりしていた。公立中学で規則が厳しく、先生がよく生徒を叩く。それが急に変った。やさしそうな顔をして寄ってきて、「相談にのるよ」って言ったりする。——「何だ、こいつ」と思った。(進学した)高校の先生も、「補償はどうなった、沢山もらったんだろう」という言い方をする。笑って、「知らないんです」と答えたけれど、軽蔑した。

この頃(二年すぎて)、お母さんも変った。初めは世間体を気にして、いい子ちゃんしていた。子供を守ろうと必死だったみたい。今はお母さんも結構外に出ている。いいと思う。

また、当時一〇歳だった次女も、次のように振り返るのだった。

お葬式で、まわりが皆泣いていた。それを、私は見ていた。死んでしまったんだから、帰ってはこないとは思っていた。

まわりの大人が皆、ピリピリしていた。お姉ちゃん、お兄ちゃんも受験でピリピリしていた。でも、学校にいったら、皆、知らないから。学校で息抜きしていたと思う。

二人の少女の死の受け止め方には、一〇歳と一五歳の年齢の差が出ている。第四章の初めで、子供が死をどのように理解するか、ハンガリーの心理学者ナギー・Mの論文に依って紹介した。それまで死をアニミズム的に、あるいは「死者」という存在の別のあり様として擬人化することで理解していた子供は、一〇歳前後を境に、死の終局性を識別する。一〇歳の次女もまた、「死んでしまったから、帰ってこないとは思った」と、終局としての死を認識している。ただし、配偶者の体験のような故人と一体化した感情の喪失はなく、「お葬式で、まわりは皆泣いていた。それを、私は見ていた」と、状況から悲しみを理解している。

一五歳の長女は、思春期特有の心理から周囲に対しても自分に対しても構えながらも、父の死が自分の心のなかから奪っていったものに気付いている。「お父さんのこと、軽い調子では言うけど、しんみりとは、ちょっとね。気恥かしくて。お喋りのなかで、『お父さんだったら、こう言うね』くらい」、と語っていた。こうして彼女は、家族のなかでの父の位置、さらにその喪失を確認しているのである。

しかし子供にとっては、配偶者ほどには奪われた「愛する対象」は大きくない。成長の過程にある子供にとって、父と一体化している部分はそれほど多くないのである。長女は、「お父さんは出張が多かったから、居なくても、あまり変らない」と説明している。この説明は、妻が「主人のことは今も現実感がない。この五年間、出張が多かった。また留守をしているような気がする」と自分自身に言いきかせる場合とは、異なる。妻のいう不在には、夫の死の否定の心理が働いているが、娘のそれには、死を言葉どおりの不在と置き替え、むしろ父のいなくなった家族のきずなの再構成を強く求めている。多かれ少なかれ、現代の父親と子供との関係はこんなものかもしれない。

だが子供時代の死別の悲哀が、後日、成人してから、形を変えて再現することがあることは、悲哀の遅延反応(第三章)のところで述べた。新しい死別の体験が、昔死んだ親に対する隠された悲哀を呼びおこすこともある。あるいは、親と同じ年齢になった時に、抑うつ状態になることによって再現されることもある。それ故に、子供の死別体験も、年齢に応じて十分な配慮が必要である。

Aさんは夫の事故死によって、三つの課題をかかえた。勿論その第一は、夫の死をいかに受け止めていくかという、喪の作業である。第二は、夫は小さな会社の経営者であったために、筆頭株主としての対応に迫られた。夫のものはそのままにしておきたいという喪中の心理が、会社の譲り渡しに複雑な翳りを落とす。会社のことで悲しみの感情をわずらわされたくない、否、いっそのこと会社を解散させてしまいたい、しかしそれでは夫が築きあげたものが形を無くしてしまう……。そのような矛盾する感情の揺れ動きのなかで、株の譲渡に結論をつけねばならなかった。

第三は、家族のきずなの再構成の課題である。日本航空への怒りの抑制、喪の行事への付きあい、会社の処理は、「しっかりしなくては。余所から後ろ指を差されたくない」という想いとなって、彼女を緊張させている。外への身構えは自分自身にとっては勿論、夫が残していった子供たちも当然とるべき態度とみなされている。拡大された身構えは子供たちとの軋轢となって、彼女をさらに苦しめる。だがその後、「お父さんが亡くなったのに、あなたたちは何をしているの」と責めるのではなく、自分だけが夫との死を願い、それを抑圧し、子供たちに緊張を強いていたことに気付いたのだった。彼女は子供を見る眼を変えていくのである。

心因性ショックへの無知

事故後の家庭の再編は、すべての遺族が越えなければならない課題である。しかし、成長過程の子供をかかえた母親にとって、とりわけ重い課題である。将来の経済面での不安、母子家庭という外からのラベルへの反発。それ以上に、挫けてはならないという自らの構えが、子供との関係にひとつの障害を作る。子供も、周囲の人々の対応の変化にとまどっている。

次に、Aさんより若い、一三歳と九歳の男の子をかかえた女性Bさんの体験を追っていくことにしよう。彼女はショック、悲哀の感情をさらけ出し、その中に沈んだ後、新しい仕事と子供との関係に突き進んでいる。

四〇歳で亡くなったBさんの夫は、生活力の旺盛な独立心の強い男性だった。大企業の営業部の忙しいポストにありながら、妻に店を持たせて手伝い、一方では子供をカブスカウトに入れて、自分はリーダー役を引き受けていた。じっとしていることのない人で、休みの日は子供を連れて出歩くのだった。

八月一二日の当日も、彼は子供二人と共に鉢伏高原のボーイスカウトの夏期キャンプにいる予定だった。ところが、会社の直属の上司が病死し、東京での葬儀を急遽手伝わなければならなくなった。一二日の夕刻四時すぎ、筑波の科学博に出店していたBさんに、彼から電話があった。「今から家に帰るが、何か手伝うことがあれば筑波に行こうか」と。妻は、子供たちも戻る日なので、自宅に帰ってほしいと頼んだのだった。

妻は夜の九時すぎ、家に電話した。電話に出た長男が、「パパ帰ってないよ。今、テレビで飛行機が落ちたといっている。パパ乗ってないよね」という。

まさかと思ってテレビをつけると、カタカナが一字だけ違う名前が出ていた。一緒に帰ったはずの同僚の名前も出てきた。名前の出た同僚の家に電話すると、奥さんが出て、「飛行機に乗る前に電話があった。ご主人も一緒だと言っていた。駄目だと思う……」。

それから頭の中が真白になって、彼女は後のことを覚えていない。息が苦しく、手や足の先からしびれていった。店のアルバイト学生が、倒れていたBさんを見つけて、救急車をよび病院に運んだのだった。

途中、話しかけられる声が遠くに聞こえる。病院で注射を打たれて、眠っていたようだ。アルバイトの学生三人が、一旦私をアパートに連れて行き、再びタクシーで羽田空港に同行してくれた。彼女たちはＪＡＬに掛け合って、大阪までの飛行機を手配してくれていたようだ。

病院でもらった鎮静剤を飲みながら、自宅に連れ戻され、ベッドに運びこまれた。親戚や知り合いで、部屋の中は一杯だった。不思議なことに、皆が同じ顔をした見知らぬ人に見えた。

現地に行く、と何度も言ったが、立ち上がろうとすると頭がクラクラする。すでに東京の(彼女の母方の)叔父が、現地に直行してくれていた。中学一年生の息子が、「ママは無理、僕が行くから寝ていろ」と主張した。結局、主人の兄弟に加えて、上の息子が現地に行ってくれることになった。小さな子にリュックを背負って行かせるのが、不憫でたまらなかった。

喉に蓋をされたようで、ものが食べられない。医者にずっと点滴され、薬を飲まされ続けていた。現地から電話がかかってくるのも、夢の中の出来事みたいだった。たまたまテレビに息子が映った。身元確認のため黒板を見ている姿と、検死会場に行くバスに乗り込むところ。泣き崩れて、両側から支えられている。

今からでも現地に行こうと、矢も楯もたまらなかったが、周りに止められた。

Ｂさんは感情表現の激しい女性である。そんな彼女の心の温かさが、筑波のアルバイト学生のひたむきな看護を誘ったのであろう。

彼女は墜落を知った後、失神している。息が苦しくなり、手足がしびれ、急性の低血圧となり、意識を失った。そしてアルバイトの学生たちに病院に運ばれるが、その後の医師の処置は適切かどうか、私は精神科医として疑問をいだく。

心因性ショックでの低血圧は、横になるとすぐ回復する。救急病院の医師も血圧を測って正常に戻っていることを確認した上で、昇圧剤を打つ必要はないと考え、心因性のものなので精神安定剤の注射でもしておこうと簡単に判断したのであろう。彼女は注射を打たれ、指示されるままに、さらにかなり強力な精神安定剤を飲み、うとうとと傾眠状態になって大阪に運ばれている。「現地に行きたいと何度も言ったが、立ちあがろうとするとクラクラした」というのは、ショックのためであるよりも、薬物の副作用による面が強いと考えられる。

急性の悲痛な体験に耐えられず、自殺のような事故に繋がる恐れがある場合は、意識レベルを落し、傾眠状態で体験からしばらく遠ざけるのは意味がある。しかし、そうでない場合は、あくまで遺族本人が事態に直面できるように、高度な判断のもとに医療が行われねばならない。眠けのある精神安定剤の日中投与は避けるべきだし、強力な精神安定剤の投与が望ましいと考えられても、それは本人の同意を必要とする。残念ながら、日本の救急医療においては、精神的危機についての知識があまりにも乏しい。

さて、Bさんは家についたとき、「皆が同じ顔をした見知らぬ人に見えた」のだった。ここでは、夫の突然の不幸によって変らなければならない自分、変っていくであろう自分を否定し、これまでどおりの自分に停まりたいという願望が働いている。それ故、逆に、外界の既知の人々の方が変ってしまって、のっぺりとして見知らぬ人に見えたのである。このように受け入れ難い体験に対しては、人はしばらく周囲の人々を未知の側におき、事物を疎隔して耐えようとするのである。

そして夫の遺体が確認されたのは一四日の夜だった。一三歳の少年が遺体確認に行ったことを思うと、私は彼女から「事故二日後の一四日の夜」ときいてほっとした。

「遺書」への二度の約束

四十九日まではアッという間にすぎ、よく覚えていないという。一週間で西瓜ひときれ食べたのしか思い出せず、四三キロの体重が七キロも落ちてしまった。初七日まではざわざわしていたが、夫の妹が接客してくれた。同僚七人全員の遺体が見付かり、会社の合同葬儀があったのは一〇月にはいってからだった。彼女は少し落ち着いたものの、不眠となり、睡眠薬を飲み続けていた。

主人の遺書が最初に発見された。座席のごみ袋に走り書きがしてあった。私に呼びかけて、「子供よろしく」(その後に、自分の姓名を書いていた。)

私は裏切られたような気持だった。死ぬ間際まで、子供のことを書いている。「私はどうなるのよ。ひとりで生きていく自信がない、ひとりじゃ育てられない、どうしてくれるのよ。」すごく腹が立った。どうしても見捨てられたように思えた。子供のことは頭になく、主人と対話し続けていた。

これまで何人か紹介してきたように、彼女も先立った夫の不実を責めている。私が先に死ぬのではなく、あなたが先に死んだのは不公平に思える。生き遺されたのは、自分に罪があるからでないか。罪を与えた者への恨みが、反転して、死者に死を責める甘えの会話になっている。それもまた、「死の棘」が私たちの心の傷を一箇所、甘く化膿させるからに他ならない。

死はいつも、遺された人にとって裏切りに思える。とりわけ配偶者にとっては、背約に思える。子供にとって、親の——特に母親の——死は遺棄に思われることが多いが、配偶者にとっては約束の違反である。それは、結婚がひとつの契約であり、人生を共にし、ふたりで子供を育て、一緒に老いると約束したことからくるのであろうか。

結婚して、すぐ子供ができて、どこに行くにも四人だった。主人とふたりだけの思い出は少ない。男三人仲が良くて、私が焼餅を焼くほどだった。

事故の年の暮れ、もうすぐクリスマスという頃が一番辛かった。去年まではこうだったと、つい比較してしまう。外食に出ても、隣の親子連れを見て、「うちは二度とああいうことは無いんだなあ」としょんぼりしてしまう。私にとってすごく大きな事件なのに、世間はもう忘れてしまっている。何かにつけて、取り残されているよう。

でも、初めは主人を恨んでいたが、だんだん主人の気持を考えるようになった。死ねないんなら、生きていこう。あと五年で上の子は大学生になる。子供たちが独立するまで頑張って生きていこう、と気を取り直した。

こうして筑波の店に戻り、本社との決済、税務署への申告と仕事に追われるようになる。山積みの仕事は彼女を立ち直らせるのに役立ったが、丁度その頃、今まで隠されていた息子の感情が爆発する。事故の二カ月前に、子供たちの世話をしてきた曽祖母が亡くなっていた。そして父親が亡くなり、家族構成が急に変っていた。

長男は現地から戻った時には、しっかりしていた。しかし正月すぎから半年、荒れていた。「おもしろくない」が口癖で、珍しく弟に喧嘩を仕掛けたり、物を投げつけたりするようになった。学校で大喧嘩もしてきた。成績も急に下ってしまった。担任の先生からは、「学校を辞めて、公立の学校に変りたいと言っている」と聞かされた。

長男に聞くと、「周りの人が皆、『僕がしっかりしないと』とか、『お母さんのこと頼むね』とか、『せめて大学生になったらね』とか言う。僕が望んで小さいわけではない」と反発していた。子供なりに我慢をし、私の気付かない重荷を感じていたのだろう。

下の子はお父さん子で、主人が帰ると抱きついていた。寝るのも主人と一緒だった。ずっと気持が不安定だった。私が苛々していると、「パパはやさしかった。怒られたことがない」と言いながら、ワーッと泣き出してしまう。通信簿にも「親御さんの愛情が足りない」と書いてあったりした。

困った彼女は、七日すぎ、叔父に相談する。この叔父は、遺体確認のときも、JALとの対応についても、彼女の夫の役割になって、彼女を支えている。いずれの文化でも、母方の男の兄弟(つまり叔父)は、実の父親以上に甥や姪に親しく、彼らの面倒をみる関係にある。女性が軸になってしまった彼女の家庭においても、男性の側から的確な忠告をしている。叔父は、まだ小さい息子たちを、この際大人あつかいしてはどうか、と彼女に教えたのだった。

そこで彼女は、日航からの補償額、店のこと、将来の生活設計、すべて息子に見せて説明をした。「それがよかったと思う」と、彼女は振り返って、答えている。

子供に過保護の主人が亡くなって、大きな苦労をしたことは、子供たちのために良かった。逆に私が死んでいたら、インスタント・ラーメンも作れぬ主人が子供二人抱えて大変だった。ものは考えよう。自分中心に考えていたら、辛いとしか思えない。ひとつくらい良かったと思うことがほしい。

そう言えるまでに、彼女はなった。

墜落事故から五年たって、文集『茜雲』第五集（日航ジャンボ機御巣鷹山墜落事故被災者家族の会編）に、「パパへの手紙」と題して、彼女は次のように書いている。

パパ、五年前のあの約束を覚えていますか？　突然私たちを置いて逝ってしまったパパとのあの悲しい約束を！　困惑と不安の中で、どこまで頑張れるか分らないけれど、とにかく五年間だけは私一人でパパの遺書通りに子ども達を見守って行こうというパパとの約束。あれからもうすぐ五年、約束通り私なりに精一杯やってきました。中学に入ったばかりだったお兄ちゃんも大学受験を目の前にしています。体はパパより大きくなりましたが、彼の手や指はパパそっくりです。（中略）パパがいなくても私達元気で仲良く暮しているから安心して下さい。最初の五年の約束はなんとか守りました。あと五年すればお兄ちゃんは社会人、マー君は大学生、そうなれば私もホッと一安心です。また五年頑張る事をパパに約束しましょう。

Bさんは A さんよりもショックを強く表現し、夫に対する攻撃的な甘えに浸った後、経済的に家族を保証していく父親の役割に一気に移行し、それによって喪を乗り越えようとしたのだった。そこでは、子供は一方的に保護され、大学生になるまで成長させられる対象にされてしまっている。子供たちはそれを拒み、母親は母親のままであってほしい、父親の空白は母も子も一緒に荷わしてほしい、と訴えたのであった。Aさんの子供たちは、「後ろ指をさされたくない」という母親の緊張に対して反抗したのだったが、Bさんの子供たちは、母親が勝手に頑張る理由に自分たちをされたくないと反抗している。子供たちにとってもまた、父親の死は経済的、社会的な問題である以前に、心のなかに受容していかねばならない課題であった。

次にもう一人、もっと小さい子供を抱えた母親の場合を見ておこう。

子供の無念な想いを聞きとる

第二章に紹介したMさん(三四歳)は、八歳と四歳の男の子がいた。彼女は現地で夫の胴体の部分遺体を見付け、帰って葬儀を終えた後、毎週、藤岡市に通って、ついに頭部遺体を探し出した人である。

この間、「しっかりしなきゃ、子供の前で泣いたら駄目だ」と気が張りつめていた。しかし夜になって、子供が寝静まると、仏壇の前でウィスキーを飲みながら、夫に恨みごとを言うのだった。「なぜ私を残して先に行ったのか」と。ボトルを一本空けてしまったこともあった。半年ほど、そんな日夜が続いて、いつものように飲みすぎて、夜中に吐いていた。

彼女はふと、人の気配を感じた。

「お母さん、だいじょうぶ」

上の息子が、心配して立っている。それから彼女は酒を飲むのを止めた、という。子供に醜態は見せられない、と反省したのだった。この間の子供との関係を振り返って、彼女は次のようにいう。

初めは、子供のことなんて頭になかった。八歳と四歳。お父さんのこと、どう説明していいか分らない。お父さんがいないことを、子供たちがどう受け止めているか、それも不安だった。事実を子供に話すのは、主人が哀れに思えた。当初は状況も何も言わず、子供にお父さんを忘れさせてはいけないと焦っていた。それで、お父さんの良かった面ばかり強調して話した。「パパは頑張っていたでしょ」とか、「よく遊んでくれたでしょ」とか。

現地に往ったり来たりで、私は落ち着かない。あの子(長男)は、その理由すら分らない。その上、お父さんのいい事ばかり言われたものだから、どうすればよいのか混乱していたのだと思う。

ある日、担任の先生から注意された。

「彼を思いきり泣かせてあげたら。カラ元気を出して、良い子ぶっているのが気になります」

そう言われて、これまで一緒に泣いたこともなかったのに気付いた。もう隠すのは止めよう、このまま隠し通せるものでもないと思った。

四十九日の少し前、主人の写真の前で話をした。

「お父さんは全部見付かっていない。連れて帰れるのは、お母さんしかいない。今はお父さんを連れて帰るのに精一杯で、二人の面倒はみれないけど、お兄ちゃんはお父さんとの付き合いが長い分だけ、弟のことみてやってね」

息子は、「わかった」と頷いた。

「僕、寂しいけどお留守番している。お母さん、お父さん連れて帰ってね」、と言ってくれた。

これからは、彼が群馬へ行きたいと思えば連れて行ってあげると約束して、初めてふたりで泣いた。

それから、合同荼毘や現地の慰霊祭がある都度、説明して、彼が行くと言えば連れていった。それがどういうものか、はっきりわからないにせよ、何らかの形で彼の記憶に残ってくれればいい。無理に良いお父さんの思い出を残そうとしないで、子供が接したままのお父さんが残っていれば……、と思えるようになった。

しかし、その後も「お父さんがいないから、こんな子になったと言われたら、どうするの」と、口に出さなくても、そんな叱り方をしていたよう。

ある日、息子が、「お母さんは僕にばかり怒る、弟には甘い」と不満を言った。

「お母さん、ひとりでやってきてすごくしんどかった。あなたに相談しようと思っても、まだそんな齢でないと思っていた。苛々して、お兄ちゃんに当ったところもあるかもわからない。でも、これからはもっと相談するわ」と謝った。すると、ちょっと黙って、彼は聞いてきた。

「お父さん死んで、どう思う」

「お母さんはくやしい。腰が立つ。本当にくやしくって、張りさけそう」

と答えた。息子も、

「くやしい。お父さんがいなくって嫌だ」、と泣いた。

それが息子の本心なんだろうけど、幼いなりにこれまで私に遠慮していたに違いない。

――でも、そう言ったのは一度だけだった。

下の息子は「お父さん」という言葉を使わない。どこか構えるところがあるのだろうか。「お父さん」と言うだけで、私が涙ぐんでしまうので、まだ自然に話せない。「お父さんてドジだったね」と冗談半分には話せるが……。（と、Aさんの家族と同じように言う。）


ナギーは先の論文（第四章）で、「死を子供から隠すことは不可能であり、隠しだてのない自然な態度をとることは、子供が死に関して知った時に受けるショックを減少させる」と結んでいた。しかし、不幸な死別にあった人が、幼い子供に対して「自然な態度」をとることほど難しいことはない。

家族の構成が流動的な採集狩猟社会や原始農耕社会は別にして、文明以降の社会は、家族の構成に固定的な枠をはめている。とりわけ産業社会での核家族は、片親の欠如に対してコンプレックスを持たせる。

Mさんも、「母子家庭への劣等感もあった。認めたくなくても、社会保険は母子家庭用になるし、世帯主も、子供の学校へ出す書類の保護者欄も私の名前に変る。しかも、職業欄には何も記入できない。主婦とも書けない。子供たちの将来を考えると、それはすごくみじめに思えた」、と言っている。

自然な態度をあえてとろうとすることも、また不自然な別の道であると言える。三人の中年の女性が歩んだように、子供のためにと思って身構え、そして子供に反抗され、自分の堅い防衛に気付き、子供と共に泣くことの大切さを知り、しかしなお緊張を残し、子供との対話を繰り返していく、――それこそが、親と子が片親の死を受け入れていく自然な道程である。自然さを装うよりも、この道程を知っておくことの方が大切だと思う。

そのためにも、配偶者の怒りは十分に表出される必要がある。怒りの内攻は心のこわばりを呼び、親と子の関係に垣を作る。それは配偶者の喪の仕事を遅らせると共に、子供たちの将来に別離への異常な敏感をもたらす。愛する人との死別は、いつの日か成長したその人にうつ病を発症させるとしても、それは喪の仕事を十分に仕上げることによって予防できる。そのことを、加害者側の会社や損害補償会社や弁護士は知らねばならない。

男性が去っていく

これまで、事故後の母と子の対応について述べてきた。なお忘れてはならない問題に、異性との関係がある。今なお、夫を事故で失った妻に、日本の社会は異様な負荷をかけている。例えばBさんは次のようにいう。

〝他人の不幸は蜜の味〟って本当だと分った。悪気はないにしても、買い物で出会って、「大丈夫？　……でも家の主人なんて稼ぎ悪いから、いっそ航空機でいってくれたら」と言われた。車を替えると、「いいわね、車、さっと買えて」。細かいことは数えきれない。タクシーが停っても、隣が垣根ごしに覗くので、引っ越してしまった遺族もいる。

私も引っ越そうと思って叔父に相談したら、「女と子供だけで住んだら、二号さんとか言われて、別の嫌な思いをするぞ。ここならかわいそうと同情されるだけだ」と、止められた。「男の腐ったのでも、居るだけで価値がある」と聞くけど、その通りだと思った。

だから、行動に気をつけろとたえず言われる。証券会社とか銀行の人が来ても注意しないといけない、と。そんなのは笑い飛ばしてしまうけど、近所の人から私もさり気なく尋ねられたことがある。

「この間、長いこと居らした方、ご親戚の方?」

この辺は新興住宅地で、人が住んでいないかと思うほど表には誰も出ていないけれど、家の中からよく見ている。だから、「お兄ちゃんがもう少し大きくなったら、一緒に歩くの止めようね」と、冗談に言っている。

彼女は周囲の好奇のまなざしに傷つき、傷つくことによってさらに過敏になっている。他方、周囲の眼を気にしていなくとも、男性が遠ざかっていくことで、夫との死別の意外な社会的側面を知る女性もいる。

初老のある女性は、「男性の友達がパッと逃げていってしまったことが、ショックだった」と告げた。

絵の仲間とかいろいろいて、主人の生前は電話がきたり、一緒にお茶を飲みにいったり、付き合いがあった。主人も知っていた。それが主人がなくなってから、誘いもこないし、誘っても大抵は逃げていってしまう。私は普通にしてほしいのに。

日本の風習かもしれないが、主人と同じレベルで話ができた男の友達が、まったくいなくなってしまった。

私にあったのは、「主人の妻」ということだけ。この間、それも消されていることに気付いた。何度も戸籍謄本を取りよせたけど、妻の字の上に何か汚れが付いていた。汚れと思っていたが、それは人の手で削除してあるのだと分った。考えれば当然だけど、一年間も気付かなかった。

本当はものすごく寂しい。ものすごく苦しい。誰もいない所で、ひとりで泣きたい。誰かに苦しいと言いたい。誰かと喋りたい。本音を聴いてもらいたい。そのことにずーっと気付かずにきたことに、この頃気付いた。でも、人に会いたくない。人の顔を見たくない。特に遺族とは話したくない。話が通じるのは遺族だけれども。

二人の私がいる。どっちの私が、本当なのか。

人は相手に頼っていた分だけ、それを喪うと身構える。身構えながら、もう一度話を聞いてほしい、抱きしめてほしい、頼れる人がほしいと思っている。

三年たって、先のMさんはいう。

正直言うと、誰か頼れる人がほしい。寂しいとき、傍にいてくれる人、相談できる人がいたらいいなと漠然と思う。モラルとか、周りの眼とか気にしない方だから、その気になれば、相手を探せると思う。

でも、いつも主人の影を曳いているから、比較してしまう。踏みきれない。何か用心してしまう。どこか私は歪んでしまったのかと思う。

主人の影を求めながら、頼れる人がほしいと思う。それは素直な感情だが、彼女は「どこか歪んでしまったのかと思う」と否定的に捉えている。それは彼女の中にある社会的負荷の形を変えた摂り入れである。

あるいはまた、事故から四年たって、他の五〇代の女性は次のように語る。

支えになったのは、やはり男の人。主治医、叔父、甥、そしてＪＡＬの世話役のひとり、かつての同僚。女の人は駄目。いらんこと言って、お節介がましい。男の人は、こちらが言い出すまで何も言わないからいい。もう無理せんと、好きなようにやろうと思っている。

今、付き合っている人がいる。奥さんのいる人も、いない人もいる。この齢になって子供ができるわけじゃない。何がおころうと、私が納得していたらいい。晩に帰ってこない主人を待つ生活はもう出来ない。こんなに辛い目にあっているのに、何を耐えているのかと思う。

好きな人を、週に一回くらい泊めてやるのならいいのでないか。同居していた息子に出ていってもらったのは、その人がここに自由に出入りできるようにと思って。

初めは一緒に暮していける人がいたらいいと思ったが、四年もひとりで生活をした後は、ずっと一緒はしんどい。

まだ生活のサイクルは出来ていない。ＮＨＫから、立ち直ったかどうかアンケートがきた。何を立ち直りというのだろうか。自分の意志で何んでもやろうと思った時が、立ち直りかもしれない。

こうして人は揺れながら、別離の道程を越えていく。幼ない子供を抱えた女性は、逝ってしまった夫の想像上の遺志と対話しつつ、子供の世話にひたむきである。そしてふと、頼れる人がほしいと思ったりする。

年配の女性は、これから二人だけでのんびり暮していこうと思っていた老いの年月を奪われ、空白を静かに埋めようと努めている。人は死別を通して、喪の作業を通して、自らの人生との別離を準備している。その意味でもまた、喪は私たち——すべての生き遺された者の課題である。

第六章　癒しの皮膜

羽田沖墜落事故犠牲者の慰霊碑．羽田空港の傍らにひっそりと建っていた

喪は四つの変数よりなる

喪の悲しみは、遺族、喪った相手、死の状況、事故後の環境という四つの要件から構成されている。それぞれの要件は変数であり、四つの要件の組み合せによって悲しみの質も量も異なる。

遺族の条件としては、男性か女性か、年齢、ひとりだけの遺族か複数か、その人の社会的役割、性格、身体の状態などがある。

男の場合は社会的に訓練されているので、事故を実務的に処理しようとしがちである。葬儀の準備をいち早く指示し、あるいは喪あけには以前にもまして仕事に打ち込んだりする。一見すると現実的で、死別を否認する構えが少ないように映るが、実際は「喪への実務的態度」の影に、死別の痛みから逃避しようとする心理機制が働いている。女性もまた、今日の多くの男性のような喪への実務的態度をとれば、悲哀は凍結して持続する。だが、女性は男性よりも悲哀を表出し、時に精神錯乱しながら、悲哀のステージを越えていく場合が多い。

年齢による違いは、すでに第四章の初めなどで述べてきた通りである。

ここで、故人と一体化して死を悼む遺族――その人を「第一遺族」とよぶことにしよう。第一遺族は制度上の喪主と必ずしも同一人物ではない。この第一遺族が一人か、二人かによっても違う。例えば子供を喪くした夫婦の場合、いずれかが激しい悲哀を表出し、他方がその看護にまわるという相補的関係になることができる。比較的多い組み合せのひとつは、妻が病的悲哀に陥り、夫は自らの喪失の悲痛を抑えて彼女の世話にあたるのである。この関係性によって、二人が一緒に喪を消化していく場合もあれば、終には看護する者も疲れはて、二人で破局に至る場合もある。もうひとつの組み合せは、加害者への攻撃、あるいは社会的発言を父親が積極的に行い、母親は彼に追随していく関係にまわる。この組み合せでは、子供の喪の過程を夫婦が別々に体験しているのだが、外からは歩調が合っているように見える。

勿論、社会的条件、仕事を持っているか否か、その仕事の重要性や負荷の程度によって悲哀は大きく変る。

あえて一般論を言えば、悲しみに浸る時間や環境が乏しすぎても、逆に多すぎても良くない。その人の悲哀の段階に応じて、初期には十分な悲嘆の時間と、後期には適宜に自分を閉じる短い時間の組み合せが必要である。

よく、仕事を持っている者、例えば働き盛りの男性は、喪失から立ちあがるのが早く、年配の主婦の場合は遅いと言われる。しかし忘れてならないことは、悲哀も人生に於いてなくてはならない感情であるということだ。私は悲哀を軽減するために、この文章を書いているわけではない。悲しみを十分に、しかし病的にならないように体験し、起こってしまった悲劇の向うに再び次の人生を見つけださんがためである。適度の仕事、社会的役割が再起にプラスに作用していると考えられても、それは悲哀を軽減する処方箋としてではない。人はそれぞれに十分な悲しみを背負うことが許されている。

悲しみとは愛の別のことばに他ならない。愛がないところに悲しみはない。愛の後には悲しみが来るのであり、悲しみは愛の予兆であり余韻であるともいえる。

性格について、簡単なメモをしたためるのは難しい。

自立し共感力に優れた人は最も深く悲哀を受けとめ、依存的な人は死別という出来事に翻弄され、心理的防衛が強く、他者に対してかたくなな人は、否認や攻撃や実務的処理に逃げやすいと言えるであろう。ただし性格も悲哀を条件づけるひとつの要件であり、それをとりたてて類型化し、研究する意義を私は認めない。むしろ過去の喪や別離の体験、とりわけ青年期以前の死別の有無やその際の状況について知っておかねばならない。

第二の要件、**死者が誰であったか**によっても、当然悲しみは異なる。

夫か妻か、結婚してからの年月の長さ、それまでの夫婦の関係、仲が良かったのか、依存的だったのか、権威的だったのか、距離があったのか、不和だったのか。ただし、突然死は多くの場合、それが取り返しがつかないものであるがゆえに、それだけ二人の関係も取り返しがつかないものとして美化され、回想される傾向がある。

子供の場合も、喪くなった子供が何歳だったのか、幼かったのか、思春期にあったのか、すでに成人に達していたか、結婚して間もないか、別居して数年を経ているか、などによって変ってくる。ひとりっ子を喪ったり、ひとりっ子でなくともすべての子供を一度に失った場合と、他の子供がいる場合とは違う。残った子供は遺族に生き続ける意味を補ってくれる。

また子供は等しく愛していたと思っていても、死によって親とその子との微妙な関係が浮き出てくるものである。

亡くなった家族は兄弟であったり、孫であったりもする。それら親族関係が遺族に別の波紋をもたらす。

第三の要件、**死の状況**によっても悲哀は変る。

天災なのか、人災なのか。事故の大きさ。不可避的だったのか、ミスの累積か。加害者が個人か、組織か。組織の場合は、その規模は。国か、大企業か、事故慣れしている企業か、中小企業か。被害者と加害者の事故を巡る関係。死そのものの痛ましさの度合い、死者の無念の思いの程度——それは遺族が代わって想像するものだが——によっても、変動する。

最後に、**事故後の環境**がある。加害者がいかに対応したか。救助者や関係機関の態勢は。マスコミ、葬儀屋、宗教者、弁護士、損害保険会社など——私が喪のビジネスとよんできたものが、いかに社会的に制度化され、遺族をどのように扱うかによっても変ってくる。親族、友人、知人、近隣の人々、故人や遺族の職場の同僚たちの共感の厚みによっても変る。

こうして分析してくると、悲哀に社会が関与できるのは、事故後の環境の改善であることが、もう一度はっきりする。加害者や社会の側がよく主張するように、たしかに「起こったことは取り返しがつかない」。だからといって、「二度と事故が起こらないように祈る」と口にする前に、遺族をとりまく加害者や社会の側に、なさねばならないこと、気付かねばならないこと、改善すべきことが多くある。

以上、悲哀を構成する要件を整理した上で、今回はすでに成人した子供を喪くした三組の高齢者の喪について、無力な者の抱く悲しみについて、考えていくことにしよう。

消えた一家のために生きる老い

私は八月のお盆すぎ、和歌山の小さな湾に面した漁村の、切り立った坂道を登って行った。狭い石の坂道は、家屋にぶつかっては折れ曲がる。山が海に迫り、平坦な土地はまったくない。斜面を切り取って家が建っている。

Rさんの家はその一番上の、お寺の下の家だった。老夫婦の住む居間から、下の家に遮られることなくいきなり海が見える。それだけ傾斜がきつい。入っていくと海側の壁に、亡くなった四人の写真が飾られていた。飛びこんでくる海は唐突に明るい。しかしこの部屋から見る窓枠の外の海の光は、真夏の熱を失ってただ輝いているようだった。

妻のRさんの方を主体にして話を聞いていこう。Rさんは六三歳、夫は七六歳になる。夫婦には男の子が二人いて、三六歳になる次男の一家を日航機墜落事故で喪ったのだった。次男と彼の妻、そしてRさん夫婦にとっては孫になる八歳の少女と七歳の少年の四人が、一九八五年八月一二日を境に突然いなくなった。

亡くなった息子は東京で勤めていた。嫁の里も同じ和歌山なので、盆と正月には必ず一家で帰ってきていた。「いつもは新幹線で帰ってくるのに、今回だけ飛行機だった」と悔やむ。

一家の遺体の発見は早く、一四日には確認された。スゲノ沢第三支流に折れて落ちた後部胴体にあったので、遺体は比較的きれいだった。長男と嫁の兄が確認し、老夫婦が行った時には、箱に納まっていた。夫は、呆然としていて「ああ死んだな」としか思えなかった。「息子の顔も安らかだったし、孫たちも人形みたいにかわいらしかった」、それだけを憶えている。

事故の後、ほぼ一年間、Rさんは精神的に不安定になり、不眠、自殺念慮が激しかった。夫は、

妻は夜も寝ないで、死ぬ、死ぬとばかりいっていた。何十回、「息子のところへ一緒に行こう」と、切羽詰って誘われたかわからん。心配なんてもんじゃなかった。いつ、妻が死ぬんでないか。少しうとうとして夜中に眼を醒ますと、妻がいないのではないか、と思って。わしは耳が不自由だが、妻がおかしくなってから、わしがしっかりしなくてはと頑張ってきた。

Rさんも、「今は睡眠薬をもらって四〜五時間眠れるようになったが、当時は、来る日も来る日も死ぬことばかり考えていた。後追い自殺した人もいたし……。何んぼ、二人で死のうといったか分らん」という。後追い自殺した母親——同じ和歌山の山村の人だった——を、我がことのように痛感したのであろう。

私の訪問は事故からすでに三年たっていたが、泣きながら、あちらに飛びこちらに飛んで話されたRさんの心情は次のようである。

「四人も亡くして、悲しいな」と人はいうが、四人亡くしたから四倍悲しいのではないですよ。一人であっても、悲しみは筒一杯。一人でも、四人でも、悲しみは同じだと思います。ただ、思い出が四人分絶えずあるということだけで……。

一カ月して、九月に、高木社長が謝りに来たけど、なんぼ謝ってもらっても、戻ってくるわけではない。社長に言いましたよ。「四人だけ殺したと思ったら、大間違いよ！私らも死ぬかも分らんよ。生き抜く自信がないから」と。野蛮なようやけど、夜、横になっていて、社長の奥さんと子供を殺しに行こうか、と思いましたよ。そうしたら、私らの気持わかるだろう、と。

御巣鷹尾根の麓に建つ「慰霊の園」へお参りした時、新聞記者に酷いことを聞かれました。「時どき、思い出しますか」と。――「思い出すどころではない。頭のなか、あの子らのことばかり流れてるんや。ご飯食べていても、マーケットに行っても、小さい子を見ても、何をしていても、あの子らのことばかり。それを塞き止めて、他のこと考えようと必死なんや。思い出すぐらいなら幸せや。そんなこと聞いてくれるな」と喰ってかかりましたよ。……やさしい子だった。三四歳で、これからという時に、かわいそうで、かわいそうで。

ボーイング社の責任を問う訴訟に加わったのも、私たちが何も言えないから、せめてこの子らの恨みを伝えてほしい。敵《かたき》をとってやりたい、と思ったから。ボーイング社も日航も同じ。慰霊祭のとき、ボーイング社の人が来てミスを認めた。これで一言、言わせたなと思いました。

それ以上、機体がどうこう、ここがあかんかったとか、私ら関係ない。ミスのなすりあいなんて、聞きたくない。それから先は専門家が調べてくれるんじゃないんですか。『航空事故調査報告書』という厚い本を私も手に入れましたが、わからないので放ってあります。

嫁の足はちぎれ、靴もねじれ、踵もとれて、時計も歪むくらいだから、生きていたとは思わんが……、それでも、照明弾でも何んでもして、夜の内に救助したら助かった人もいたのと違うだろうか。

私らはこれ以上は考えられない。勝手なようだけど、ただ四人のことだけ。自分とこで泣いて、お祭りして、それだけしかできません。

せめて幽霊でもいいから、顔見せてほしい。そう思っていたら、息子が一遍だけ夢に出てきてくれた。散髪したきれいな頭で、むこう向いて、鞄さげて、山を登っていく。何度名前を呼んでも振りむいてくれん。やっぱり、親より妻や子の方が大切なんやな、その方が幸せなんやな、と思って……。

今でも、この道を下駄はいて上ってくるような、孫を先頭にわーっと飛びこんでくるような。ここで夜遅くまで酒飲んでいたなとか、ニコニコ笑っていたなとか。電話をかけたら、息子が出てくるような。息子のハンカチ、今でも匂いかぎますよ。

彼女の話には、恨みと追想が交代しながら何度となく出てくる。家族と小さな漁村の近隣関係のみに生きてきた老女の、無力な悲しみが涙とともに伝わってくる。それは悲哀という池の水の底を這っていくような、湿った悲しみである。若い未亡人の温かい悲しみとも、中年の未亡人の激しく責任感に燃える悲しみとも違う。

Rさんは、死んだ人に「どうして先にいったの」と甘えることも、「勝手すぎる、私はどうなるのよ」と怒ることもできない。老いた親に許されるのは、亡くなった家族と共に私もいるという想いを、反芻することだけである。

悲しんでばかりでも、子供たちが浮かばれんだろうと、やっとこの頃、ちぎり絵教室に入ったり、編物教室に行ったりし始めた。

一人であったら、こうして生きていなかっただろうけど、お爺さんと二人であったから、何んとか生きてこられた。

今でも、飛行機が飛ぶのを見るたびに(和歌山は航空ルートになっている)、あの辺に一家で仲良く座っていたんやなと、見送っている。

御巣鷹山へも、後、何回行けることやら。もう七～八回は行った。初めは道がなくって三時間もかかった。今は半分になった。それでも年寄りにはきついが、命を落としても行ける間は何度でも行きたい。

自分が悲しむよりも、妻の病的な喪への看護に精一杯だった夫も、ほぼ妻の心情に寄り添いながら話を加えた。

ボーイング訴訟に加わったのは、とにかく腹が立って。弁護士がわしらの気持ちを言うてくれるかどうか、とことん信用しているわけではない。でも専門的なことまで入れんし、他に仕方がない。

私は会社を退職してから、習字を始めた。息子も応援してくれて、硯を買ってきてくれたり、紙代だといって送金してくれたりしていた。近所の子供らを集めて、ペン習字を教え始めたら、息子も喜んでくれていた。孫たちにしてやれなかったことを、この子らにしてやろうと、今も続けている。

毎日、般若心経を写経して、この五月にも一五〇枚、慰霊の園に納めさせてもらった。山へ参る皆さんが一枚ずつ持っていってくれる。

今は、ともかく生き長らえてよかったと思っている。仏さんを、日に何回も拝んどるんですよ。そんなこと、忙しいから兄弟でもしてくれん。わしらは一日でも長生きして守ってやりたい。

夫が話している間、横でお茶をいれてくれていたRさんもうなずいた。

彼らは田舎にあって、遺族会との接触も思い通りにならない。「遺族たちと、心のうちを思いのたけ話したいと思っても、できない。書くことはできるので、遺族会の文集に手紙を出したりしている」、と夫はいう。こんなにも孤立し、知識も乏しく、自分たちの不幸の理由づけもできない儘に、ともかくも生き続け、一日でも多く息子たち一家に語りかけることが自分たちの務めであるという心境に至っている。

死者に対して長生きすることだけが、ふたりの生きる意味である。私は、地方で孤立し、老いて体も不自由なためにこの老夫婦が体験した病的な喪の過程を悲しむが、弱者が到達した生きる意味の地平には感動する。

フランクル・Vはアウシュヴィッツの体験を報告した『夜と霧』において、どんな小さな生命に対しても、自分が生きているから相手も生きているのだと思う、生きる意味の発見の重要性を述べている。

ところでRさん夫妻は、仏教的な解釈の通路を経て、すでに死んでしまった家族に対してすら、自分たちの生存の意味を見付け出している。夫妻がそこに至るまでには、加害者に対する恨みと、専門家たちの言葉の厚い壁に対する絶望があった。そして、死者に向って死のうという二年近くの歳月を過した後、次にようやく、死者に向って生きようという逆転に達したのだった。

「わしらが祭らなくって、誰がこの一家を守ってくれるのだろう」、そう老夫婦がうなずきあったとき、私もまた、海が大きく飛び込んでくる小さな居間で、亡くなった四人と一緒にいるような気になった。

遺品の時計はまだ動いている

次は、亡くなったFさん一家の遺族の話を伝えよう。Fさんは三三歳、妻は三一歳、二人の間に三歳の娘がいた。一家が住んでいたマンションに、六〇歳をすぎるFさんの両親と、妻の母親の三人が私を待っていてくれた。勿論、三年たった今も、部屋はFさん一家が住んでいた時のままである。

Fさんの父は、大手のK製鋼所で溶接工を三〇年間勤めて、一〇年前に定年退職している。高度経済成長の真っ直中で、残業、残業の毎日だった。肺炎になって一度だけ有給休暇を使った以外、休みをとったことがない。三〇年間無欠勤で勤めあげたのが、昔気質の男の誇りであった。

子供は息子二人。次男のFさんは工学部を卒業し、大学院に進んだ。両親ともに、「大学院にまで行かせたのは、私たちに出来る一番の贅沢だった。親はたいしたことないが、息子らだけはと、それが嬉しくってやってきた」と語る。

Fさん一家は、第三章のYさん一家と同じく、ディズニーランドに遊びに行って、事故に遭った。三歳の少女は一四日に、Fさん夫妻は一六日に遺体が確認されている。前述のRさんの息子一家と同じく後部に座席をとっており、一命をとりとめた吉崎さんらの前の列で、確認も早く、遺体も完全遺体だった。

ショック下での男親と女親の差は、Fさんの父母のそれぞれの対応によく出ている。母親は電話番としてFさんの家に詰め、父親が大阪ロイヤル・ホテルからのバスで現地に向った。母親はその時のことを、次のように振りかえる。

嫁の両親と、夫とは別々に現地に向かっていた。嫁の方は翌八月一三日の午前一一時に現地に着いているのに、主人からは何の連絡もない。

主人からやっと連絡があったのは、午後の二時ごろだった。まだ軽井沢だという。びっくりした。その上いきなり、「葬式用に広い場所を用意しておけ」という。もう腹が立って、腹が立って。「いったい何をしているのだろう。葬式なんてどうでもいい。何という人だ。何もかも放り出して、私が行けばよかった」――そう思った。

でも勝手のわからん親戚の人に任せて行くわけにもいかない。ともかく待つしかない。でも、何も手につかなかった。

勝気な母親の、情報が乏しいなかでの苛立ちが伝わってくる話である。

それに対して、父親はこう説明する。

ロイヤル・ホテルに着いてから、二時間近く待たされた。やっとバスが出てからも、現地まですごく長いことかかった。「燃えている」とテレビに出ていたし、助かっているとは思わんかった。

暑い折だし、三人一緒に葬式したら、焼香だけでも長いこと皆に待ってもらわんならん。クーラーのある広い会場の方が、皆には楽だろうと考えた。

緊急時においても、日頃の夫婦の役割関係が出ている。父親は不幸を事務的なスケジュールの視点から見ることによって、精神的ショックを防衛しようとしたのである。一方、妻の側の父は現地で倒れてしまい、孫の遺体確認のため体育館へ入ったのは母親であった。男性にしても女性にしても、このような状況では、呆然として倒れるか、顔前で生起することを非現実感でもって凍結し超実務的に処理するか、あるいは精神力のすべてを注ぎこんで悲哀のプロセスをこなしていくか、選択肢は少ない。いずれを選んでも、遺族が夫婦の場合、一方が激しい感情表現をとれば、他方は実務的に悲哀を防衛しようとする組み合せができる。性格傾向は相互の補完によって、それらしい形を成すのである。

Fさんの母親、父親、Fさんの妻の母親の悲哀を順々に書きとめ、老いの悲しみを分析していくことにしよう。

母親はいう。

もう悲しくて悲しくて、嫁のお母さんと二人、抱き合って、わーわー泣いた。

大阪城ホールの合同慰霊祭とか、ＪＡＬから通知がきた行事はみな参加している。家で一人悲しがっていても、と思って。五二〇人も死んだから、私と同じ立場の人も大勢いるだろう。そう思えるだけで良かった。

事故原因とか専門的なことはわからない。ボーイング社が初めからミスを認めたのもおかしい。開き直っているみたい。ハワイで天井のない飛行機が降りたんだから、操縦ミスもあったのでないか。交通事故で飛び出した子供を轢いても逮捕されるのに、五二〇人も殺したＪＡＬが一人も逮捕されんのはどうしてか、いろいろ思うが、最後は、死んだ者は返ってこないと、諦めが先にたつ。

一一月に社長が詫びに来たのも、順番だから来ているようで誠意は感じられなかった。後で世話役から、お通夜の席で下足番してたのが今の社長(当時)だと聞いて、「多少なりとも責任を感じているのかなぁ、何も知らんというわけじゃないのかなあ」と思ったが。

何かにつけて、「三人仲良く暮らしてたのに」と、涙ぐんでしまう。

初めから弁護士に任せていたので、補償の話は早かった。六〇年の一二月ごろ世話役が言ってきて、計算書を見せられた。六一年の三月に示談した。大学院まで出して、本当によく出来た息子で望みをかけていた。それなのに、書類の上では「三三歳の男、会社員」だけ。あの子の能力を認めてほしかった。書類に表すとか、言葉にして聞かしてもらうとかができたら、少しは気持ちが済んだのに。でも、それも無理だといわれた。それに、本人が返ってくるわけではない。お金に表すしかないのなら、それでも仕方ないが、私らでは貰ったお金をつかう術もない。

これからの（JALに負担してもらう）山行きの費用のことも、私の家は三人とも完全遺体だったし、あそこに残したものは流した血くらいのものだからあまりこだわりはない。行った時に気持ちよくお参りできたらいいくらいで、上野村にもとくに望むことはない。

御主人を亡くした人とは違う。子供に先立たれた親ほど悲しいものはありはしない。ましてて三三歳にもなって、嫁もらって、子供も連れて死んだなんて……。教育ママのはしりだと言われたが、分不相応な学校にやって、下の子（Fさん）が大学に入ってから卒業するまで、お菓子屋にパートに行っていた。

事故の後からずっと、息子たちのマンションに寝泊まりしている。あの子たちがいたそのままに、何も動かしていない。息子がつけていた腕時計がまだ動いている。毎日、六時半になると、アラームの音が鳴る。いつ止まるか、いつ止まるかと思いながら、もう三年たってしまった。息子がいつ電池交換したのかわからないが、デジタルだから電池がきれたらパッと消えてしまう。止まったらそのままにしておいたほうがいいのか、電池を取り替えて、もう三年なり五年なり、安心してこの音を聞いているほうが精神衛生上いいのか、どちらでしょう。

あまり度々、親が墓参りに行くと、「行く所へ行けない」と言われて、この二、三か月はお墓参りは月命日だけにしている。「また来てね」と言った孫の声が忘れられない。でも、これだけ思っているのに、ちっとも夢に出てきてくれない。

この頃夜中に何度も目が覚める。一時、食事が食べられず、痩せたが、今は戻っている。あれから年に二、三回、胸の真ん中から背中にかけて痛くなる。医者は心配無いと言う。「そういう時は仏さんが降りてる時や」と言われて、そうかなぁと思う。

この頃、いつまでもここ(息子一家が住んでいたマンション)に住むのもどうかなあと思い始めている。こんな思いを引きずって、あと何年、私の命が続くのか。忘れられるもんなら忘れたい。命があるだけ、起きて、寝て、食べて、ただ成り行きまかせに日を送っていくのかなぁ、と思って。

何度となく涙でとぎれる母親の思いを、私は一気にまとめておいた。聞きとるだけで精一杯で、途中で分析を加えるのは苦しい。それに、三人の悲しみは共鳴しあって、基調は似ている。

人生の退行期における痛恨の喪がいかなるもので、その癒しは老いの傷をやっと被った皮膜のように薄く、弾力を失って、しかしどんなに透明か。それを、感じてもらうために、中断せずにこのまま父親の話を書きとめていくことにする。

予兆を思い出して慰める

父親は、マンションのベランダを背にして、息子一家への悔みをこんな風に話した。

これは天災ではない。人災に近い。日本航空は半官半民の最初の航空会社なのだし、政府はもう少し責任を感じるべきだと思う。中曽根総理は現地へヘリコプターで来て、チラッと見ただけだし、大阪城ホールにも代理を出しただけ。どこまで責任を考えているのか。

高木社長が来たとき、御巣鷹山の上まで道をつけると言ったので、いろんな人に登れるのかなわんと私は反対した。上野村の村長も上手に金を出させて、「慰霊の園」を作り、一三億もかけて勝手に碑を建てたりしてる。決算書など送ってきても見る気もしない。観光化されてるようで、私らの気持ちとは違う。

戦争の時と、今の平和の時代と、息子に死なれた親の気持ちは全然違う。あの時は死ぬ方も、死なれる方も覚悟していた。私自身、戦争で何度か死にかけたが、覚悟があった。若かったし、弾が飛んできても怖くなかった。親も名誉の戦死と思えた。

今、こんな世の中で、こんな目にあって、なんで我が家だけ三人も死なんならんのか、何も悪いことしとらんで、と思う。これから一緒に暮らすのを楽しみにしてたのに。こんなことがあって、がっくりきてしまった。「こんなんだったら兵隊で死んどった方が良かった」と何度思ったか。これからの人生なのに、三〇分間の迷走の時間は悲しかったやろう。嫁と子供と横に置いて何を考えていたんだろう。残念だったやろう、無念だったやろうと、それやこれや考えたら、夜も寝られん。

でも人間、生まれた時から寿命があると言う。孫の寿命は三歳までだったのか。いま、考えてみると、思い当たることが余計ある。昔、田舎で撮った写真があった。鯉幟を立てるために垂木を打った。その前に三歳位の子供が写っている。垂木がまるでその子の石碑みたいに見える。事故の前から、なぜかその写真が気になっていた。

三〇年前、初めて神戸に来た時、須磨寺に行った。その近くに賽の河原というのがあって、子供たちのお墓が並んでいる。三歳位の男の子の像を見て、「これを建てたのは親だろうか、お爺さんだろうか」とかわいそうだった。事故の前の六〇年八月一〇日にたまたま須磨寺に行って、またその像の前に立って同じ思いを抱いた。単なる偶然かもしれないが、なにか今度の事故を暗示していたようにも思える。

ついこの前も、不思議なことがあった。このマンションのベランダを写した写真に、人影のようなものが写っている。花の横に写った青い影が孫娘の姿とそっくり。見れば見る程、髪の形とか似ている。霊とは思わんけど、不思議やなぁと思う。何でもそんな風に考えてしまうのかもしれないが。

と言って、父親は小さな写真を見せてくれた。確かに写真には、ぼーっとした陰影がある。父親は潤んだ目で、そこに孫娘の髪形を見ていた。そのまま、孫娘の声を聞いていたのかもしれない。

二人の初老の女性は、老人の予兆や霊の話を否定もしなかったが、一緒になって信じている風でもなかった。それぞれが自分なりの悔み方で、子供の一家を回想していた。ただ、老いの悲しみの形には共通するものがある。それを分析する前に、もう一人、婿の両親に遠慮勝ちに、妻の母が語った言葉を書きとめておかねばならない。

娘は飛行機が嫌いだった。揺れるのが怖かったらしい。めったに乗らなかったのに。しっかりした子で、親に心配かけたことがなかった。私が冷蔵庫に余分な買物をしてあると、無駄をすると怒られたくらい。あんまりしっかりしすぎていたから、早よう別れることになったのでしょうか。

初めは飛行機に誰か重要な人が乗っていて、ハイジャックとか、何か巻き添えをくったのかと思った。まさか飛行機がめげたなんて想像もつかなかった。週刊誌とかいろいろ見たけど、事故原因なんて、私らではわからん。訴えてどうにかなるならいいけど、諦めが先にたつ。主人もそう。

ぼつぼつ何とかせんならんと思いつつ、まだ娘の着物もそのままにしてある。

自らの老いと共に行う喪

三人の老いた親の話には、通底する主題が二つある。

ひとつは、これから生きようとしていた老後の時間の意味を奪われたこと、それへの無力な抗議である。あれほど気持の通じていた息子を返せ、娘を返せ、孫があまりに不憫だという訴えは、同時に自分たちの「有情の時間」が喪われた悲哀を表現している。これからも歳月は残されている。しかし、子供たち一家と一緒に暮らそうと期待していた時間――ただし、それは必ずしも同居を意味するわけではないが――、有情の時間ではない。愛憎の枯れた時間でしかない。日航への反撃を語っても、それを支える気力も、知識も乏しい。何故、自分たちだけがこんな不幸に会わねばならないのか。自分のなかに罪を見付けようとしても、見付からない。自責をバネに生きていくには、人生の課題は一応終っている。ただ、罪もないのに罰だけ下っている。「何も悪いことしていない」という言い訳は、誰に向って、何に向って言えばいいのか。

ここで、第二の主題に移る。罰は下っていないのであり、事故はあの子たちにあらかじめ決められていた運命であった、という説明へ移るのである。あるいは不幸も罰も、息子が事故当時に身につけていた腕時計に凝集され、運命の持続の時を刻んで伝わってくるのである。このように、故人の形見になんらかの持続する生命を仮託し、死別という切断をつなぎとめようとする癒しの方法はよく使われる。

つまり、有情の時間を奪われた恨みと、その恨みを運命や象徴的なものによって無化しようとする二つの主題の間で、老人の黄ばんだ心は振幅を繰り返しつつ、喪の紋様を織っている。それは、すでに人生を作り替える力を失った者が、長い時間をかけて行う精神的治癒の過程である。しかも老人は、再生力の乏しい癒しを自らの老化の過程と並行して行っているのである。

老人の喪は、若い人にはなかなか理解されない。中年の遺族ですら、理解するのは難しい。夫を喪くした四〇歳代の女性が、遺族会での会話について述べた言葉を、私は思い浮べる。

遺族の集まりに出たが、一度で懲りてしまった。愚痴と悪口ばかりだった。遺族同士で慰めあったり、一人ではできない要求を日航に突きつける場としてならいいけど、愚痴の言い合いだったら、行かない方がまし。「御主人より子供の方が辛いですよ」とか、「亡くなった息子の時計がまだ動いている」といった話を聞くと、三年もたつのにいつまで後ろ向きのことばかり話しているんだろうと思う。

例えば、一時、遺族の間で補償金を年金式で受けとりたいという要求があった。それは、若い女性にとっては、子供を育てるための遺産管理の方法として考えられた。夫をまとまった一定の金額に代えたくないという気持も働いていた。他方、年配の親にとっては、補償金をもらっても使いようがない、それよりも年金式でいつまでも日航に罪を自覚させたい、という複雑な思いがこめられていた。

しかし、行動的に状況を切り開いていこうとする中年女性にとっては、同じような後ろ向きの話に映った。

彼女は続けて批判する。

補償金を年金方式で受け取るというのも、信託銀行に頼めばすぐしてくれる。利害が相反する側(日航)に頼むのがおかしい。相談にのってくれる所はいくらでもあるのに、自分から探そうとしていない。母子家庭で医療費の補助とか、申請すれば国のいろいろな補助制度がある。そういう情報を交換することの方が必要だ。

学童期の子供をかかえた彼女の指摘は正当である。だが私は、老いた人の喪の過程も認めたい。中年やそれより若い人にとっても、夫や子供との死別は「取り返しがつかない」事件である。だが、取り返しがつかないという怒りの内に躍動する悲哀のエネルギーが残されている者と、生のエネルギーが乏しくなり、本当に取り返しがつかないという事態の前で佇み続けている者とでは、喪の質も、時間も、到達点も違うことを知っておきたい。老いた者の喪が、喪を代表するように誤解されたくはないが、ゆっくりと時間をかけて行う彼らの喪も認めてほしい。

「あれは人間と違う、娘と違う」

もう一組、Rさん夫妻と同じく、錯乱状態になった妻を夫が支えながら、ただしRさん夫妻と違って大阪に住んでいたこともあり、遺族会との係わりを大切にしてきたJさん夫妻の軌跡を書きとめておこう。

Jさん一家は三人の娘を喪った。二四歳の長女と一九歳の三女、そして一四歳の末娘たちが、筑波科学博覧会とディズニーランドに出掛けて、帰ってこなかった。一家は五〇歳代も後半の夫婦と、二二歳の次女のみになってしまった。

Jさん一家は、四人の姉妹に恵まれて賑やかだった。夫は父から継いだ町工場を営み、律気な人で、子供たちの学校の役員もこなしてきた。妻は夫の工場を手伝う以外は、近所との付き合いは夫にまかせ、家にいて娘たちと楽しく暮すことを好んだ。

とりわけ長女は、母のお気に入りの娘だった。長女としての自覚が強く、仕事で忙しい夫妻に代わって三人の妹たちの親がわりだった。就職してからは、毎夏、自分のボーナスで妹達を旅行に連れていった。映画やショッピングも姉妹で一緒だった。几帳面な性格で、外出する時は必ず行き先と帰宅時間を母に言い、戻れば、パンフレットをもとに出会ったことを両親に話して聞かせた。

もう少し、夫婦の娘への思い入れを聞くことにしよう。夫は言う。

長女の鏡台やハンドバックのなかはきちっと整理され、小遣い帳も丁寧すぎるくらいだった。ズボンや運動靴は嫌いで、パジャマも着ない、夏でもロングスカートで通していた。ボーイフレンドはいたらしいが、結婚は私に任せていた。「おとうさんがいい人を連れて来てくれたら、私はその人と結婚して、この家を継ぐ」と話し、次女にも「いいひとが出来たら、先に行っていいよ」と言っていた。

三女と四女は、なにかにつけて、姉を見習っていた。姉と同じようにお茶とお花を習い、いつも姉と一緒に行動していた。服の好みも趣味も同じだった。三女は学校を出て一年、コンピュータの仕事についていた。末娘(四女)はまだ中学生だった。

今度の旅行も、長女の提案で、四人揃って筑波博とディズニーランドへ行く予定だった。しかし次女は都合がつかず、一人だけ残った。長女は、例によって、ワープロで三泊四日のスケジュール表と旅費を計算した紙を残していった。ただ、ＪＡＬの便名は書いてなかった。娘たちの乗った飛行機が山へ落ちたと聞いて、妻は「山のなかで怪我をしているだろうと思った。現地へ迎えに行くつもりで、ズボンやズックの用意をした。これまでジャンボに乗ったことがないし、想像がつかなかった。死んでいるなんて、夢にもおもわなかった」という。夫も不時着を念じつつ、妻とともに羽田経由、現地に向った。

夫妻の藤岡市での闘いは、次のようである。夫に語ってもらおう。

一三日の午後に着いて、一日置いた一五日、遺体確認のため、一家族につき遺族二名が体育館に入れることになった。弟と三人で入ったが、第一日目は手掛かりは無かった。

その日、体育館を出た途端、妻が叫び声を上げげた。実際に遺体を目にするまで、妻は娘達の死を信じていなかった。ズラーッと並んだ柩を一つ一つ見て回って、それは遺体と呼べるものでは無かった。外へ出た途端に緊張が張り裂けたのだと思う。妻は大声で叫び、日航の職員におしぼりを投げつけて、

「あれは違う。うちの娘と違う。あれは人間と違う」

と、喰って掛かった。多くの女性が倒れ、失神した人々の介抱に看護婦が走り回っていた。

それから毎日、駆けつけた二人の弟も加わって、次女と五人で捜して歩いた。二日置いた一八日、見覚えのある衣類の切れ端をみつけた。しかし歯型が違うとのことで、渡してもらえない。かかりつけの歯医者と電話で話してもらって、やっと三女の遺体が確認出来たのは、夜中だった。長女の歯型は図面化されていなかった。歯医者の処置記録を図面化してもらって、検視のカードの歯型と照らしあわせた。それで、長女の柩を見つけることが出来た。男女二体が同じ柩に収められていた。四女がずっと見つからなかった。一九日の昼過ぎ、一旦ホテルに戻ったところへ、弟から、「水玉模様の服がある」と連絡がはいった。その遺体は一四日に既に収容されていた。姉が覆い被さっていたた

め、服に焼け残りがあり特徴がはっきりしている遺体ということで、別の場所に安置してあった。雨にもあわなかったし、腐敗もしていなかった。一目で弟はわかったらしい。三人とも、最後まで火の手が上がっていた所で、焼け方がひどく、頭部は失われていた。検視官の説明に、妻はまた喰ってかかった。「手も足もない。そんなはずありませんよ。全部付いてるはずですよ。」よほど受け入れ難かったのであろう。

若い娘だから、と弟が頼んで、三人ともきれいに洗って形を作ってもらった。弟達が見ただけで、私達親子三人は遺体を見ていない。戻っても、柩を開けないと一家で約束した。私が見れば、妻も見る。心を鬼にして見なかった。娘を亡くしたという悲しみだけで充分だろうと思った。

私はといえば、悲しいどころではなかった。早く見つけて連れて帰ろう、それだけで必死だった。涙ひとつ流さなかった。その場の作業で頭が一杯だった。

二〇日に連れて帰って二二日に葬式をすませた。最後のお別れの時、妻が、娘一人一人に生前の振り袖を掛けてやった。

妻の看護と遺族会

それから三年、妻は精神的に不安定となり、夫は彼女の世話に明け暮れる。彼女は食事もとらず、不眠で、飲めない洋酒に酔いつぶれるようになる。

夫はいう。

妻の頭の中は娘のことで一杯で、普通の話をしていても、急に娘の話になる。だんだんエスカレートして、「お姉ちゃんとこ、行きたい」、「行くー」、「ギャーッ」となる。見るもの、聞くこと、すべて娘たちのことに結びつく。花びらが落ちていたのは、「娘が生きているからだ」。二〇歳くらいの女の子を見て、「娘がいた」。傍からみると、言うことがまったく支離滅裂。

つい最近も、仏壇の花が右だけ枯れるのは意味がある、と気にしていた。妻はこの三年で七キロ痩せてしまった。

事故から一〇〇日は、妻は一歩も外へ出なかった。裏と横に弟が居るので、何かと用事を聞きに来てくれた。買い物は弟の嫁にすべて任せていた。外でいろんな人に会うのが、鬱陶しかったらしい。

私も、妻があの状態で外へ出るのは、避けてほしかった。昭和の初めに父がここで事業を始めて、周りは知り合いばかり。今度の事故のことも、皆知っている。こういう状態で、おかしい者がうろつくのは家の体面にかかわると思った。

こんなことを本人の前で言うのは初めてだが、何度も精神病院に連れて行こうかと考えた。線が切れてからでは大変だと。しかし、それで治ったとしても、妻にそういうレッテルがついてしまう。それもかわいそうだった。

得心のいくまで泣き叫ぶのもいいだろう。月日がたてば、いつか立ち直るだろう。そう願って見守るしかなかった。自分の気持ちは抑えて、ずっと聞き役にまわってきた。御巣鷹の山へ登ると、妻の気が落ち着くようなので、去年も二カ月に一度は二人で山へ行った。

私はといえば、ひたすら仕事をしていた。やりきれない気持ちになると、工場の壁とか、道具とか、木の札とか、所かまわずその時の気持ちを書きつけて、発散させていた。自己流の俳句のようなもの。喋っても、そのとき限りで消えてしまう。何か残しておきたかった。本当は、まとまったものを書いてみたいが、まだ気持ちが落ち着いていないので、イザ書こうと思うと、ただ涙がでてしまう。

これがJさん夫妻が耐えてきた歳月である。経過や夫妻の関係は、Rさん夫妻とよく似ている。ただ、Jさん夫妻は関西の遺族会に出席することができた。発足して半年たった遺族会のことを弁護士事務所から聞き、夫は妻の気持がまぎれてくれたらと希望をつなぎ、彼女を無理やり連れていった。

家にいても、夫の母が同居しており、隣りには夫の兄弟が住んでいる。彼女にとっては周りを固められているようだった。そんな中で、彼女は「私の悲しみが分るか」と構えるところもあった。ところが遺族会に出ると、儀礼的な会話をしなくてもすむ。悲しみを分かちあうこともできる。

それから夫妻で、毎月出席するようになった。他の遺族の人も、彼女の不安定な精神状態に気遣いながら、それとなく話しかけ見守っていったのであった。

私を迎えてくれた彼女はこう言った。

最近は、娘たちのことだけでなく、家のことも考えられるようになった。都市計画によってこの家を移転しないといけない。でも、とてもそんな気持ちになれなかった。今は、「あの子たちは私の傍から決して離れないのだから、私があの子たちを連れてイメージ・チェンジしよう」と、思えるようになった。全く違うイメージの家で、あの子たちと一緒に暮そうと思う。

こうしてJさん一家は別の町に家を移し、日航機事故の遺族であることは近所に一切言わず、新しい生活を始めている。しかし今も、遺族会の行事には夫婦そろって顔をみせる。

遺族会の成長史

二人がここに至るまで、どれだけ多くの遺族たちの思いやりがあったことか、彼ら自身がそれほど気付いていない共感の深さを、私は感じとる。同時に、大事故後の遺族会にも歴史があり、事故ごとに少しずつ成長してきたことを、私は知っている。

一九八五年の日航機墜落事故の遺族会が、突然大きな役割をはたせたのではない。大事故から事故後の対策について最も多くを学んできたのは加害者側であるが、遺族会も微かな、眼にみえない糸でつながり、成長してきている。

例えば一九七二年五月一三日、大阪千日前デパート火災で一一八人が焼死ないし墜落死した。当時の遺族会の会長だった冨田安雄さんは、次のように回想していた。

遺族は法的なことを全く知らなかった。一人一人に調査票を渡し、逸失利益を計算する資料作りから始め、事故についての資料を用意し、勉強会をしながら民事訴訟の準備を進めた。

遺族の本音は、「素人だし、大きな企業が相手では難しい。三〇〇〇万円かそこそこ取れたらいい」くらいで、刑事責任への関心はほとんどなかった。自分の経済上の心配が第一で、二〇〇〇万から四〇〇〇万円の補償金がとれて、予想より多かったと満足していた。

今振り返ると、法的・事務的な面のみ追って、心の面が抜けていたように思う。

でも、当時はデモすら難しかった。資料をそろえて、加害者の会社の前を通るデモを遺族会で申請したが、「前例がない」ということで警察の許可が下りなかった。署長に抗議して、やっと条件つきで許可になった。加害者側の日本ドリームと千土地観光の事務所の前に行くと、ガードマンに「営業妨害」と阻止された。こんな状況で、世間の同情を集めるため、やっと二度、街頭デモを行った。

千日前デパート火災の遺族会の規約には、会の目的として、「不法行為の責任を追及して、遺族補償を完全に行わしめ、これを取得することにある」と述べている。これは富田さんが案を作ったものである。七〇年代では民事訴訟にもちこむことによって、やっと加害者との話し合いが開ける状態であり、遺族会とはまとまって遺族補償交渉にあたるためのものであった。

その後も大事故は続いている。一九七三年一一月には熊本市の大洋デパートの火災で死者一〇三人、負傷者一〇九人。八〇年一一月の栃木県川治温泉プリンスホテルの火災で死者四五人。八二年二月の東京千代田区のホテル・ニュージャパンの火災では死者三二人と続いている。

これらの火災事件の被害者―加害者が、どのような関係を作っていったか、いつの日か調べてみる必要があると思っている。

羽田沖事故の遺族会

そして、一九八二年二月九日、日航機羽田沖墜落事故がおきた。日航DC8型機が機長のミスで着陸に失敗、羽田空港前の海上に墜落し、死者二四人、重軽傷一四九人を出したのだった。

事故機は福岡―東京便だったので、福岡に遺族が多く、遺族被災者の会は福岡で結成された。死亡した二四人の内、二〇人が福岡の人で、しかも一家の主人が多かった。

会長だったSさんは、警備保障会社を経営していた五九歳の夫を亡くしている。彼女は夫の会社の経営にまきこまれ、不安定な精神状態でその後の雑事に耐えた。「主人に頼りきっていたので、生きていく希望がない。雑事や子供がいなかったら死ねるのに。炊事も出来なくなった。作ってあげる相手がいない。子供たちから不満がでたが、台所に立つと涙があふれてくる。知り合いに会いたくなくて、サングラスをかけて買物に行っていた。頭がはち割れそうに、いつも痛かった。めまいがして、体半分がしびれるようだった。夜は眠れず、体重も半年ほどで一〇キロ減った」。やむなく、大学の心療内科に通院し、なんとか眠れるようになった。

こんな状態で、日航は初盆がすぎたころ、補償の話を出してきたのだった。この補償についての日航とのやりとりで、逆に遺族会との係わりが深くなっていった。

彼女はいう。

日航から、「早く示談したほうが得ですよ。銀行の利息分もつきますし」と、源泉徴収票を出すように言われた。その時はＪＡＬに対して特別な気持ちはなかった。安全運航の約束を果たさなかったことでは怒っていたが、世話役も丁寧な対応をしていた。とりあえずどんなものか、一度話を聞いてみようくらいだった。

お盆すぎに、計算した数字をもってきた。世話役自身が、「三つも会社を経営しているということでどんな額になるかと思ったが、驚きました」と言うくらい低い金額。立ち合ってくれた銀行の支店長が怒りだしたほどだった。

六七歳定年ということで計算して、七〇〇〇万円。一律一五〇〇万円の慰謝料に加えてホフマン方式で計算したもの。「主人は定年はないし、七〇歳になっても十分働ける。平均寿命ものびている」と押問答になった。「早く和解するのなら、社長として働ける年齢を七二歳までのばして計算します」という。「弁護士を立てると、費用がかかりますよ」と付け加えた。その上遺族会について、「特別な会だから出席しないほうがいい。早く示談したほうが得です」とまで言う。

そこまで言われて、他の遺族の話も聞きたいと、彼女が遺族会に出席したのは、事故の年の秋だった。その後、重傷を負ったEさんに頼まれ、彼(Eさん)は副会長を引き受けるとのことで、彼女は会長になった。社会活動をしたこともない彼女は、最年長の遺族ということで会長になるよう求められ、悩んだという。「最終的にはお金で決着をつけないといけないにせよ、納得できる話し合いで決めたかったことと、ＪＡＬや機長が責任を問われないというのは許せないという気持ち」から、なんとか会長を引き受けたのだった。

初めは遺族の誰もＪＡＬに不満をもっていなかった。というより、信頼して安心し切っていた。前日に起きたホテル・ニュージャパンの火災での横井社長の対応と比較して、相手がＪＡＬで良かったというのが、皆の正直な気持ちだったと思う。日航の対応は素早かったし、世話役の対応は丁寧だった。

おかしいと思いはじめたのは、補償の話が出始めてから。提示された補償金があまりに安い。本人については補償するが、会社や事業については補償外とか、いろいろ制限をつけてきた。

遺族への対応もだんだん冷たくなってきた。現地への訪問は一親等までは認めるが、それ以外は面倒みないとか、ＪＡＬを使えば旅費をだすが、新幹線代は出さないとか。運賃の件は交渉して、七回忌までは新幹線の費用は出させることになったが、しかしホテル代は出なかった。

慰霊碑を立てたいと要求しても、滑走路の近くで立ち入り禁止だとか、全然返事が来なかった。三年後に御巣鷹の事故が起きて慰霊碑が立った後、やっと羽田沖の慰霊碑の話も動きはじめた。碑がたったのは八六年の二月のことだった。

八・一二の日航機事故の遺族にとっては、思ってもみなかったことかもしれないが、現地への慰霊も、慰霊碑の設立についても、三年前の事故ではこの状態だった。

Ｓさんは遺族会に出始めて、補償金のことで日航と押問答するのが嫌になったという。

世話役から、「奥さんは副会長のEさんに利用されている。遺族会の会長を降りるなら、もう一〇〇〇万円上乗せしましょう」と言われた。なんとかかわして出ていたら、「まだ出席しているのですか、お約束が違いますね」と嫌味を言われたりした。

我慢できず、一一月に兄と二人でJALに抗議に行った。相談室長が出たが、「JALとして出来るだけの誠意をつくします」という事務的な答えしか返ってこなかった。JALの正田社長が八三歳の誕生日に飛行機の模型を持って写っている写真をみて、社長気付けで便箋七、八枚の手紙を出したことがある。主人も生きていれば、祝えたでしょうにと。本人の名で丁寧な返事をもらったが、担当の世話役には伝わっていなかった。こんな会社だった。

女ばかり二四人の遺族部会で、いつも集まるのは七、八人。他の人は出てこない。何かしなくてはと思っても、限界がある、遺族同士もなかなかまとまらない。自動車工場を自営していた夫に死なれた遺族に、「あなたはいいわね、たくさんもらえて。もう、電話してこないで」と言われたりした。

一周忌にJALが主催した法要に抗議して、退場しようと、事前に電話連絡したこともある。しかし、みなは退場せず、七遺族だけ。マスコミにしつこく追い掛けられ、親戚からは非難された。「一人飛び出して、派手にして。大人しくしていればいいのに」といわれる。心のままに振る舞えないと思いしらされた。遺族会に出ることに、JAL

以外からも圧力があった。

法律面や精神面で、どうしていいかわからないことがいろいろあった。専門家のアドバイスがあったらなぁと、何度か思った。

重傷を負い一三回の手術を受けたEさん(遺族・被災者の会の副会長)も、遺族会への圧力を次のように話していた。

数名が一緒に乗っていた某会社の社員や、市役所の職員には組織のトップにJALからの圧力がかかって、会に出席させなかった。サラリーマンの遺族には、会社の上司から早くまとめるようプレッシャーがきた。親戚、知人からもそろそろ示談したらどうかと話がくる。

そんな状態で、事故後半年から三年でほとんどの遺族は補償交渉に応じて、会を抜けていった。事故後八年たった今、連絡のある遺族は六人だけになっている。

このような遺族会への圧力は、他のいくつかの遺族会からも聞いた。(なお日本航空には、私個人からも、遺族を通しても、あるいは『世界』の編集部を通して、何度か遺族とのかかわり方、精神的援助について取材を申し入れたが、拒否ないし無返答の繰り返しだった。「遺族のプライバシーのため」と、わけの分らない理由を告げられたこともある。付記しておこう。)

羽田沖墜落事故の遺族会の経験もあり、三年後の墜落事故の遺族会は、補償問題には係わらず、情報交換や精神的支え、あるいは社会的活動を主として行ってきた。それは補償問題にこだわると遺族会がバラバラになるという、羽田沖の遺族会が御巣鷹の遺族会に伝えた教訓によっている。

日本航空も、羽田沖の遺族の努力をくんで、対応はかなり改善されてきている。むしろ、何度かの大事故を経験してきた航空会社より、他の加害者の方が無理解な対応を続けている。

何人かの老いた人の悲哀を聞きとるとき、私は、微かではあるがこれまでの事故で遺族が積みあげてきた到達点を想い起すのである。補償交渉に精一杯の遺族会から加害者の責任を追及する遺族会へ、そして怒りの共有のみならず、悲しみを癒しあう遺族会へと発展してきた。何人かの老いた遺族は、この遺族会の歩みのなかで慰められたことを忘れてはならない。

第七章　回心と生きる意味の再発見

御巣鷹の尾根に静かに佇む墓標

出口の異なる喪

加害者は常に事故から学び、事故対策のマニュアルを改訂していくが、被害者は個別に消えていくしかないのだろうか。大事故の加害者あるいは加害者側関係者(保険会社、弁護士など)は組織体である。事故との遭遇は一回限りで終らず、「営業活動を続けていく以上、不可避」(旅行会社の対応マニュアルの序文)との認識から、経験は成文化されていっている。

日本航空の事故対策マニュアルは、もく星号墜落(一九五二年、三七人死亡)、ニューデリー空港事故(一九七二年、八六人死亡)、クアラルンプール事故(一九七七年、三三人死亡)、羽田沖墜落(一九八二年、二四人死亡、一四九人負傷)、そして御巣鷹へと、その都度どのようにバージョン・アップされてきたのだろうか。マニュアルの改訂は全日空や他の内外の航空会社でも行われてきているときく。それらを比較検討すれば、近代社会と航空の係わりの歴史の断面が分析されるだろう。しかし残念ながら、私は未だ見る機会をもっていない。

入手したのは、日本旅行業協会の緊急事故対策マニュアルや日本交通公社のそれである。例えば交通公社の「海外旅行事務の手引・事故対応編・海外死亡事故処理対応基準」の最新版は六〇頁を越え、初動期の対応、対策本部の設置、遺族の渡航費用、枕花の額、死亡届、保険処理、賠償問題、過去の賠償額一覧、遺体や遺骨の証明書などのフォーマットなど、詳しく載っている。

記述は具体的であり、被災者対応では、「遺族をまず一個所に集めて……という発想は一見当然のように見えるが、集団心理によって増幅される遺族の不安感、マスコミ対策並びにコストなどから総合的にみて、常にベストであるとは言えない」と述べている。遺族の現地渡航人数の基準では、「二親等以内の親族に限り被災者一名につき二名といった原則を決め、任意の救援者費用保険加入者については、それを超えて一名まで追加(合計三名)してもよいといった一定の人数基準を設定した上で、その範囲内に納まるように誠意を以って交渉に当たる必要がある」と書いている。

おそらく、これらは「事故屋さん」の横並びの統一見解なのであろう。日航機墜落事故や上海列車事故の遺族は、「ああ、そうだったのか」、「こんなふうに私達は扱われていたのか」と思いあたる記述であると思う。だが、何が「誠意」だろうか。誠意の定義と内容こそが重要であるのに、マニュアルには何も書いていない。

他方、遺族の経験や悲哀の体験は後の人に申し送られることはほとんどない。前章に述べた遺族会の成長史が、その密やかな伝達であった。同じ遺族が、これほど悲惨な事故にもう一度遇う確率は零に近い。悲哀の受容と克服は個人の内面で行われ、誰にも——本人にすら——その人間の尊厳をかけた努力の意味は理解されず、そっと消えていっている。

私はこれまで若い女性、中年と初老の女性、そして老人、子供、中年の男性について喪の過程を追ってきた。この章では、年配の男性が死別を通して、社会とのつながりをどのように再構成していったかを述べよう。

かつて(一九〇九年)フランスの文化人類学者ファン・ヘネップは、人生の転換期にあたる誕生、成人、結婚、死などの通過儀礼《イニシエイション》に、基本的な構造があると分析した。年齢、身分、状態、場所などの変化や移行に伴って、これまでの位置からの「分離期」、中間の曖昧な境界線上にある「過渡期」、最後に新しい位置への「統合期」を表す儀礼がある。これは社会的儀礼についての分析であるが、共同体による真の儀礼を失った近代人においても、個々人の心の過程で通過儀礼を行っているようにみえる。人は死別に直面して、これまでの社会観から分離し、危機に満ちた過渡期をさ迷い、ようやく新しい社会観の統合を求める。それは決して元の位置には戻れない危険な旅であり、遭遇した時の心の位置と抜け出した時の心の位置とは異なっている。

誰しもが、このような心の通過儀礼を経るのであるが、社会的な役割をより大きく負わされていた年配の男性ほど、その統合は社会的な変貌をおびる。

島へ

私が岡山から船に乗り、小豆島にU先生を訪ねたのは、事故から三年たった八八年の秋のことだった。海はまだ夏の陽光をたたえて輝いていた。暑い日差しを小さな路地に避けて歩いていくと、有床の大きな診療所があった。診療所というよりは、小ぢんまりとした病院である。大阪の遺族会の方より、「離れた地方にひとり暮しで、とてもしんどそう。心配だから行ってみて」といわれた。

診療所と道路をへだてたU先生の家は、窓を閉めきり、重いカーテンが陽に焼けていた。物がそのまま積み重ねられ、動かない空気のなかで、多くの遺族の家と同じく時間が止っている。「食事も、洗濯も診療所の方でしてもらっているので」と言いながら、彼は私に席をすすめ、クーラーに手を伸ばした。

世話する人のいなくなった部屋で、クーラーは重い空気をゆっくりと掻き混ぜ始めた。彼は妻(四七歳)と娘(二二歳)を喪ったのだった。

U先生は対岸の香川県の生れ。医学部を卒業して数年後に、妻の里である小豆島に腰掛けのつもりで来て、いつのまにか居ついてしまった。結婚した当初は開業など考えていなかったが、昭和四一年に一九床の有床診療所を開業し、二十数年間、地域医療に携わってきたのであった。開業した時には、他に整形外科の医師はいなかった。

それから高度成長期をむかえた。観光客めあての旅館が、ばたばたできた。モータリゼーションに伴う事故や労災への対応で、U先生は一〇年間くらいは寝る間もないくらい忙しかった。

「ふりかえってみると、ずっと仕事におわれて世間のことなど考える間もなく暮らしてきた。今度のことで、それが間違っていたと気づかされた」と話し始めた。

彼が喪った家族との関係とはこうである。

子供は、息子と娘の二人。息子は丸亀の高校を出て、事故当時は医科大学の六回生だった。今は、関西の病院に勤めている。もともと文科系タイプで、医者を嫌っていたけれど、「免許だけはとってくれ」とUさんが頼み込んだ。妻は、息子が家を継いでくれることを望んでいたが、彼はそこまで期待していなかった。

娘は、高松の高校を卒業して自分から医学部へ行くといいだした。いずれ養子でもとって、町内に住まわせようと夫婦で思っていた。兄と同じ医大に進み、当時四回生。そろそろ娘の将来を考えないといけないと思っていたところだった。「孫が生まれたらまた忙しくなる。今が一番いい時期ね」と、妻もこれからを楽しみにしていた。

やや保守的で人望のある、典型的な田舎の開業医の一家が、航空機墜落事故にあったのだった。事故にあったのは、娘の手術に妻が付きそって東京に行った帰りだった。小さな頃の股関節脱臼の手術の瘢痕《はんこん》を取ってもらおうと、Uさんは前々から形成外科の専門医に頼んであった。年ごろの娘の美しさを気遣う、夫婦の思いがよく表れている。

その手術からの帰り、事故は次のように飛びこんできた。

一〇日間入院して帰る途中、息子のところに寄るつもりで、二人は飛行機に乗ったらしい。私が学会出張に使う以外、普段は飛行機はつかわない。たまたま、余った切符を使ったのだと思う。

六時に診療を終えて、患者さんから貰った花を仏壇に供えた。お盆だからと、わざわざもってきてくれたものだったのだが、今考えると、不思議な気がする。テレビを見ながら食事をしようと、スイッチをいれたとたん、事故のテロップが流れた。すぐ妻の姉の家に確認にいった。妻は姉になんでも話している。私も姉から、妻と娘が夕方の飛行機に乗ることを知らされていた。

大阪のＪＡＬへ電話したが、つながらない。長男に、すぐ大阪空港へ行くよう指示した。翌朝のバスで長男は現地に向かった。高校時代から世話をしてくれている知人が、長男につきそってくれた。

私はというと、それから三日間、まったく動けなかった。なにかせなあかんとは思うけど、体が動けん感じ。現地についた長男から連絡があるのだが、それを聞いても現地へよう行けん。警察がきて、いろいろ聞いたり、指紋の残ったモノをだすように言われたが、よう答えられん。何がどこにあるのかも、さっぱりわからない。

診療所を休診にして、三日間、家でぼんやりしていた。周囲のことが何もピンとこない。妻の姉が世話に来てくれていたから、少しずつでも食べていたと思うし、夜も寝ていたと思う。はっきり覚えていない。

二日めか、三日めごろ、胸の奥が痛くなった。あぁ、胸の痛みというのはこういうことなのか、と思った。

三日めの朝、長男から「ヘリで遺体が運ばれてきた」と連絡があった。その日の夜中になって、やっと、「行こう」と決心が着いた。「来てくれ」と、妻と娘に呼ばれているような気がした。急に現地への交通を調べ、夜中の三時に高松に行き、朝一番の飛行機で東京に向かった。

二人の遺体をみつけるまで、地獄のような三日間だった。前橋の宿に泊まり、朝早くから夜遅くまで、長男と遺体を捜し続けた。

二つの体育館に三〇〇近い遺体が並んでいる。蒸し暑く、臭いがきつい。遺体はくろこげでばらばらなうえ、蛆がわいて、べとべとになっている。群馬県医師会の大勢の医師と東京から来た法医がいたが、遺体の性別を見分けることすら、困難な状態だった。「女」または「不明」と記された柩の蓋を、ひとつひとつ開けてもらって確かめる。本当に難しい。

どうしてこんなことをしなければいけないのか。疲れはて、まいっていた。

半年後に国家試験をひかえた長男をひとまず返した一九日の夜中に、娘が、翌二〇日に妻の遺体が確認された。娘の遺体は焼けていなかったので、一目でわかった。妻のほうは、後頭部と背中の一部だけだった。その日のうちに火葬して、やっと二人を連れて帰ることができた。

U先生は、これまでの語りからわかるように、開業医としての医療に特化されてきた人であった。地域の唯一人の整形外科医として診療に打ち込み、診療所の事務や家庭のことは妻に頼りきり、二十数年かけて築いてきた診療所と家は息子や娘の代へと受け継がれ、島の人々の信頼もそのまま続いていくものと思い込んでいた。

彼は『茜雲』第一集（一周忌に出た遺族会編の手記）に、「私自身開業医ですが、実際問題、診療とその他の雑務（薬品、材料の仕入れ・支払い、入院等の賄いの対応、人事等の管理、給与関係、労務関係の事務、金融関係の対応、社会生活への対応等々）、家庭においては、衣食住についての対応等、自分の学習、学会への出席、子供への対応等これらを一人ですることは出来るでしょうか」と書いている。これら細々としたことを妻に頼って、診療という仕事にのみ生きてきたのに、これからどうしていいのか。職業と家庭という性による分業の裂け目を、事故の報せは引き裂いたのだった。

彼はそのまま、心因性の昏迷とまではいえないが、それに近い精神状態になっている。すなわち外部の情況をよく認識しているにもかかわらず、意志表示は乏しく、「食べていたのか、寝ていたのか分らない」。体験内容は空虚で、「ぼんやりとして、周囲のことが何もピンとこなく」なっている。さらに、胸の奥が締めつけられるような身体的な苦痛を体験する。いわゆる急性悲哀の症候群におちいっている。

その後、やっと現地に向い、大変な疲憊感と闘いながら、三日後に妻と娘の遺体を取り戻したのだった。遺体の確認がそれ以上に遅れていた場合、Uさんは再び倒れていたのではないかと思われる。

たしかなつき合いを求める

わけのわからないままに通夜と葬式をすませ、一週間ほどして診療も始めた。それまでは、日赤の後輩が代わってくれていた。

しかし仕事に戻ったものの、現実感がまるでない。自分の病院という気がしない。これまでどおり患者を診ているけれど、昔の自分とはどこか違ってしまっている。家にいても、自分の家ではないようで落ち着かない。自分が生きているという感じがしない。周囲のことがすべて、自分とは遠く離れているように思える。何も考えられない。何も手につかない。仏壇に花を供えたり、御飯をあげたりといったことは、とても出来ない。胸の奥が痛い。そんな状態がずいぶん、三月くらい、続いた。

思うのは、ただ、これで自分の人生はすべて終わった、ということばかり。

二〇年間、自分は何のために生きてきたのか。何のためにこんな所に来て、暮らしたんだろう。何のためにこんな物を買ったのか。何のために働いてお金を貯めたのか。ずっと診療に明け暮れてきた毎日は、何だったのか。

これまでの人生が、急に何の価値もないものに変わってしまった。

再び島での生活が始まるが、Uさんの世界は意味の変容をきたしていた。

死のうとも思わなかった。お酒やトランキライザーを飲もうとも思わなかった。夜は、なんとか寝ていた。しかし、急患で起こされたりすると、それからが辛い。「信じられない」、「あきらめきれない」、「苦しかっただろう」とか、いろいろ思いが浮かんできて眠られない。

事故後、三回、夢をみた。一カ月後と、一周忌で山に行った晩と、二年をすぎたころ。夢のなかの二人はいつも笑顔で楽しそうにしている。それを思い出すと救いではあった。

一周忌を過ぎたころから、やっと、少しずつ、いろいろなことを考えられるようになってきた。

振り返ってみると、どうも、自分の生きかたは間違っていた。妻の里にきて、開業し、地域の人々のために役立っていけたら、それで生活が成り立っていけたら、それでいいと思ってきた。

ところが、いざ始めてみると、とにかく忙しい。仕事に追われ、家族とすごす時間がほとんど無い。始めのうちは、忙しさを自覚していた。しかし、いつのまにかそれが当たり前になってしまっていた。

忙しいのだから、今は家族が辛抱するのはしかたのないことだ。「終わりがよければ全て良し」だと、漠然と考えていたように思う。家族のためだと思いながら、家族を忘れて仕事をしていた。毎日毎日を、家族と一緒に楽しむことを、あまりにも軽くみていた。いま、本当に家族を失ってみて、そのことに気が付いた。高度成長期で、社会全体が先へ先へと急いでいた。私もそのパターンにはめられて、先のこと、結果しか考えないような生き方をしてしまっていた。

今は、結果よりも、過程のほうが大切だと思っている。その日その日を、意義のあるものにしよう、患者さんやまわりの人々との付き合いも、自分の喜びや楽しみの気持ちも、その日、一日のなかで大切にしようと思うようになった。


このように非現実感、有情感の喪失にはまり、胸の奥の痛みが繰り返している。

妻と娘のイメージに浸りきっているがゆえに、息子の姿が小さくなっている。「息子とは、ほとんど話さなくなった。おたがいに避けている。今は病院に勤めている。戻ってくれるかなぁとは思うが、聞いたことはない。男だから、自分でやっていけといってある。息子のことは、あまり考えたことはない」という。あれほど医業の継承にこだわっていた人が、すでにそんなことすら忘れてしまった。それよりも亡くなった妻と娘のことが心を満している。死者こそが生者の心を一杯にするのである。苦痛でもそれを求めている。妻と娘は自分の人生も一緒に持っていってしまった。妻の郷里にきて、何んのために働いてきたのか。――そこには先に逝った人への微かな非難も含まれているだろう。

しかし彼は無意識の非難を反転させ、自責感に変える。楽しく生きられるはずの二人を幸せにしなかったのは、自分ではないか。老後が豊かであればそれで良い、と思い込んできた生き方がこんな形で終着に達してしまった。先立った者への自責は、自分の生き方への見直しへと結びついている。結果よりも過程を楽しまないといけない、と。

Ｕさんがたどった心理過程は、そのまま日本社会がたどらねばならない反省であろう。結果という言葉を効率や経済成長と置き替えれば、私たちはどのような文化を味わってきたかと問い直される。

それはともかく、Ｕ先生は心の底にどうしようもない疲労感を引き摺りながら、過程を大事にするということは、確かな人々との結びつきを大切にすることだと気付いて、形式的な付き合いからは引き下がっている。診療所と患者さんたちという最低限の引き籠もりのなかから、感情を取り戻そうとしたのだった。

食事や洗濯は、みな病院で面倒みてもらっている。掃除は、月に一、二回、高松の姉が来てやってくれる。家の片付けはまったくしていない。いまだに手がつかない。やったことのないことをするのは、ほんとうに疲れる。洗濯にしても、ただ洗濯機に放り込むだけなのに、胸が痛くなる。仏壇の世話と、お墓のお守りだけはしている。しないと今は落ち着かない。私がしないと、誰もしてくれない。

病死と事故死は、まるで違う。突然のことで、どうにも付いていけない。スポーツでもだんだん慣らしていけばストレスは少ないが、急に走ったら苦しい。気分もそうだと思う。すっかり生活が変わってしまった。時間と共に少しずつ苦しさは和らいできたが、忘れることは出来ない。

部分遺体の確認へは、行っていない。あの時で、やれることはやりつくしたと思っている。搬送されたものはすべて見た。あれ以上はわからん。そういう諦めがある。大阪城ホールでの合同慰霊祭とか、呼び掛けのあったものには全部でている。いろんなかたちで自分なりに供養しているつもり。

いまは、外へ出るのがとにかく煩わしい。今年、ライオンズクラブも辞めた。医師会の仕事もできるだけ減らしている。ＪＡＬとも、もう係わりたくない。社会的なことに係わる気持ちがまったく無くなってしまった。昔は仲間とよく釣りに行っていたが、いまはそれもしなくなった。時々、ふらっと出て行くくらい。田舎のことなので、あまり無茶もできないが。

とにかく細々と生きていくしかない。田舎を出られないし、患者さんをほっては行けない。仕事は支えにはなっているが、昔のようにはやる気がしない。いずれは午前中だけくらいにして、と思っている。

ふつう精神的ピークは七〇歳くらいと言われているようだ。でも、こんな自分を情けないとは思うけれど、どう言われても取り返しがつかない。

生活の領域を縮小し、弱くやさしい普通の人たち(患者さんや診療所の職員、そして近所の人々)とだけ挨拶をかわす。病気の治療にあたっているのはU先生であるが、患者さんから彼は生きる意味をもらっているのである。

私も憂鬱なとき、攻撃的な病者と会話をかわすのは苦痛だが、もの静かな病者と時間を共にすることがどれだけ心の支えになったか、分らない。人生の癒しをもらっているのは病者でなく、医師の方でないかと思うことがあった。U先生も、診療所の発展につながる診療ではなく、病者と医師が相互に交流できる範囲での患者を診ようとしたのである。安定した付き合いだけに人間関係を縮小し、そこで精神的負荷の少ないよく馴れた仕事を行っていくことは、精神的エネルギーを回復する最も良い方法である。

日航と本当の話をしたい

他方、加害者である日航からは、Uさんは何の癒しも受けていない。Uさんの話を聞いていると、大阪近辺と田舎の遺族に対する日航の対応差に驚く。温和なU先生だが、日航に対しては次のようにいう。

> 普通の人間だったら、まず、「すみません」と言ってくる。しかし、JALは、初めから最後まで、一言の詫びも無かった。医者ですら、患者を死なせたら、大変なのに。お金のことも、補償会社にまかせきり。罪悪感なんてぜんぜん無い。
>
> 現地の世話役は、なんにも役にたたなかったし、次の世話役も、会社に言われて型どおり来ているだけ。生活が変わってしまって、こちらがどんなに困っているかに、関心

は無い。

使われなかった片道切符を返しに来た時も、「旅客法によって、これだけです」と一方的に渡されただけ。茫然として受け取った。

大阪城ホールでの合同慰霊祭で、高木日航社長に会った。遺族一五、六人で都ホテルに抗議に行った。「飛行機のこれまでの修理歴をみせてほしい」と私は言ったが、「そんなものは無い」と答える。人間でいえばカルテにあたる。無いはずがない。それをきいて、本当にいやになった。

半年もせぬうちに、世話役が、補償の話を出してきた。「お宅の慰謝料は、これだけです。奥さんは、いくら。娘さんは、いくら。」、「気にいらなければ、三万円くらい払って、弁護士さんを雇って、聞いてください。ただし、裁判しても、これ以上は出ませんよ。」

示された額は、僕の払っている税金よりも少ないものだった。しかし、多い、少ないは別として、きちんとした説明があれば、納得するつもりだった。年収いくらだから、ホフマン方式だとこうなりますとか、その程度でも良かった。それも無い。「五〇〇人以上いるので、平等にせんといかんのです」と繰り返すばかり。それで、JALの弁護士に会いたいといった。高松の事務所で会ったが、彼は、実は補償会社の弁護士で、なにを聞いても答えられない。「平等とか、公正の意味を説明してほしい」といっても、なにもいえない。話し合う雰囲気ではなかった。

なんとか日航と公正に話し合える場を持ちたいと思い、Uさんは弁護士に相談にいったこともある。ボーイング統一訴訟の呼びかけがあった時は、動転していて、そんな気持になれなかった。しばらくたって、裁判で自分の心情を言いたいと思ったが、長男に反対された。「お父さんがするならしたらいい。僕はしない」と。それで彼は諦めたのだった。

八七年の夏、示談に入る前、世話役にもう一度、「日航と公正に話しあいたい」と言ってみた。「伝えます」と言っただけで、やはり返事はなかった。もう日航には係わりたくない、とUさんは思った。話しても意味がない、と。

こうして八八年五月、日航のいうままに承諾したのだった。

「世話役は世話役、委託された弁護士は弁護士、社長は社長で、皆ばらばら。誰に求めても、私の気持に声をかけてくれた人はいない」。心の底に言葉を探すかのように、「一〇月になったらまた山(御巣鷹)に行く。切符の手配はJALに頼むが。本当はもう接したくない」と話した。

医師になった時の望みに戻りたい

U先生は、その日半日、島を案内してくれた。寒霞渓《かんかけい》の松の緑が濃く、頂きでは孤猿が美しい銀毛を風になびかせていた。観光地化するこの島にリゾート施設が多くなっている。ヤシャハイビスカスの植えられた海辺のレストラン。松林にテニス・コートが開けるリゾート・ホテル。外から来た若者は先生を知らない。私たちがレストランに入っていくと、店の人はそっと先生に挨拶を送る。彼らはU先生が誰であるか、町の医者であるだけでなく、何に耐えて生きているか、少しだけ知っている。

私は言葉もないまま、テラスごしの海を見た。いつとはなしに、先生の見ているであろう海が見えてくる。

〝人類が死に絶えたら、この風景はどうなるだろうか。人類さえいなくなったら、他の動物や植物はのびのびと生きていけるだろう。

今、私は人類がいなくなった自然に、ひとりで立っていることにしよう。海、山、森、河……、それらをどんな風に眺めるだろうか。もし、あの海峡、あの河を渡ろうとすれば、どうすればよいのか。舟を作るのに、何カ月も要するだろう。人の助けを求めるわけにもいかない。

そんなことを考えるよりも、私は人間の眼で自然を見るのを止めているだろう。私はいつしか、たゆたう自然の意識に溶けあい、自分と自然という対立を止めているだろう……。〟

ぼんやりと、一緒に海を眺めていると、U先生の声がもどってきた。「働いて、生きていかなければならないけれど、事故の後、本当はこの島で生きていくのは辛い」

「私はこの島の人々と生きてはいないんだ」、口ごもりつつ、その言葉を繰り返した。先生はこうもいった。

開業した当初から、肢体不自由児の施設を持ちたかった。若いとき整形外科を選んだのはそんな思いから。桐生の施設へ見学に行ったこともある。しかし、赤字で大変だときいて、そのまま立ち消えになってしまった。ＪＡＬから慰謝料の話があったとき、私はいらないから、島にひとつ施設でも作ってくれないか、と言いたいと思った。でも、難しいだろうし、そんな気障なことをいう勇気もなかった。

いつか、息子が落ち着いたら、そして私も正常な考えができるようになったら、そのほうに手をだすかなと、ぼんやり思っている。

Ｕさんが普通に生きていくために、自分たちに何ができるか。そう日航が考えれば、こんなつぶやきも聞けたに違いない。聞いたところで、補償交渉とは無関係であると思うだろう。あるいは第三者は、「作りたいのなら、加害者に甘えずに、作ればよい」と思われたかもしれない。

だが、Ｕ先生には肢体不自由児の施設を作るほどの気力はなかった。生き続けるのに精一杯であり、それならばこそ、次に生きる目標がほしかったのである。ここでは、生の疲憊と希望はひとつのものである。

何も日航が全額を出して施設を作れといっているわけではない。ながびく抑うつ状態のなかで、Ｕさんが求めたのは加害者側の気力を少し分けてもらうことであったといえる。「それはいいですね。先生と私たちで何ができるでしょう」、そう問いかけ、一緒に考えようとすることが、真の補償になったと思う。だが実際は、両者の交流はふたつの命とカネの交換のみに終ってしまった。

U先生は事故後五年目の夏、後続の遺族会の文集『茜雲』第五集に次のように書いている。

妻と娘を亡くした頃から、男女の差別、区別、あるいは平等、公平、公正などということもよく理解につとめ混同することなく、充分に認識するようにしております。人間自身にとっても、人間が生活する上でも重要なものだと思っております。例えば兄弟、姉妹、友人関係・裁判・話題の消費税等々での差別・区別・平等・公平・公正について考えてみて下さい。よく理解出来るように思います。

文章は硬いけれども、妻と娘の事故死を通じて、初老の男性がつかみとった社会観である。Uさんは昨年(九〇年)の胆のう手術にも耐え、今は医師会の理事にも復帰してやっているといっていた。しかし電話の向うで、Uさんがどんな景色をみているか、あれから島を訪ねて一緒に海を見ていない私にはわからない。

ボーイング社訴訟と心のケア

U先生とはちがって、一直線に遺族の死を意義づけるために闘っていった男性もいる。今年三月二六日、東京地裁で和解が成立した対ボーイング社訴訟を指導していった佐藤次彦さん(六五歳)が、そうである。彼は二九歳の長女を喪っている。

和解での賠償額は明らかでないが、三二分間の迷走飛行に対する慰謝料や、製造会社の設計・製造、修理の重過失を含む、通常の交通事故の基準を上回る額であったとされている。ここに至るまで五五人の遺族一三九人をまとめ、「日航JA8119事故の正当な賠償を求める会」が航空工学上の追究を最後まで行っていくことができたのは、九州大学の航空学科の出身で、大阪工業大学で自動車などの軽量構造物の接合部疲労強度の研究にたずさわっていた佐藤教授の努力による。

ボーイング訴訟は佐藤さんらによって全遺族に呼びかけられたが、提訴までの時間が短く、それほど多くの遺族を集めきれなかった。ワシントン州にとってはボーイング社は地域最大の企業である。また、産業保護やジャパン・バッシングの政治的動きもあり、一九八六年八月一日発効で「賠償額の上限を決める」という州法ができてしまった。それは遺族にとって不利なので、発効前に提訴しなければならなかった。

ボーイング訴訟をおこしたのは、アメリカで訴えれば製造会社の資料が見れるからだった、と佐藤教授はいう。

ボーイング社の本拠地であり、製造工場のあるワシントン州のキング地方裁判所に一九八六年七月(日航を含めて)提訴し、原告側の要求で、裁判官が証拠開示命令を出した。ところが、その段階でボーイング社は過失を認めてしまう。アメリカの法律では過失を認めると、それ以上の追究は行われず、後は補償問題だけになってしまう。

こうして事故原因追究を前面に打ち出した訴訟は、賠償問題に限定され、同地裁の「日本人原告に対する賠償額の決定は、日本の裁判所で行うのが望ましい」との決定が下され(八七年七月)、原告団はあらためて八八年三月に東京地裁で裁判を起こすことを余儀なくされた。

佐藤さんは訴訟への係わりを次のように話していた。

運輸省の事故調査委員会で公述したり、ボーイング訴訟に加わっているのは、娘への供養もあるが、少なくとも同じ原因で起きる事故を減らすのが義務だと思っているから。補償の問題では、交通事故なみというのを何としても破りたい。自分たちの責任を一切認めないという論議だと思う。飛行機を作ったのはボーイング社だが、使う側のＪＡＬにも輸送機関としての責任があるはず。後々の事故のためにも、何とかして前例を作りたい。

我々がボーイング社にミスを認めさせたことは、他の遺族の補償交渉にも役立っていると思っている。

裁判をしなかったら、ＪＡＬの強引な言い方にも我慢しないといけない。裁判であれば対等の立場でやれる。裁判をすることが遺族の精神的ケアにもなったと思う。

確かに、U先生は、裁判をしなかったので、ＪＡＬの強引な言い方にも我慢させられた。直接ＪＡＬと示談に入った人よりも、ボーイング訴訟に加わった遺族の方が精神的に安定しているようだ。

五〇歳前のある女性は、四十九日を過ぎてから、世話役に「ぼちぼちお話をさせて頂きたい」といわれた。そして、「最初に申しあげておきたいのですが、会社の方で大黒柱を失った方には一九〇〇万円と決めておりまして、奥様がどんなに思われても、それ以上は動きません」と続けられた。これもまた「事故屋さん」のマニュアル通りであろう。彼女も精神的に不安定であったが、こんな話に憤りがこみあげてきた。丁度この頃、Ｋさん(第一章)からボーイング訴訟の話をきき、加わった。

「陳述人にもなり、毎回、東京に行って傍聴した。裁判をしたことは、精神的に良かったと思う」

と、彼女は言っていた。

同じくある未亡人は、「いろいろなグループを覗いて、自分の考えに近いグループに身を寄せようと決めた。ボーイング訴訟の会に出席して、ＪＡＬのひどさに驚くことばかりだった。子供を育てていくためにも主人の死の原因を追求しないといけないと思った」といっていた。

巨大事故をおこした巨大な会社に対する、このような「普通の人《プレイン・ピープル》」の小さな怒りにひとつの表現を与えたことにおいて、佐藤教授の仕事は重要であった。佐藤さんは、東京地裁に場を移したその後のボーイング訴訟でも、一貫して「修理ミスが事故原因ではなく、設計、製造段階でやるべきことをやっていれば事故はおこらなかった」ことを追究していた。(第十章で、佐藤さんの見解についてもう一度ふれる。)

だが、たまたま航空工学の、それも金属疲労の研究者であった者のみが、家族の死の意味を社会的な問題提起に変えることができるのではない。一人ひとりが、小さな迂回路を通してそれを行っていくのであり、そのことのみが遺族を再び社会につなぎとめる働きをする。

私は次に、もうひとりの初老の男性が、自分は航空工学の専門家ではないが、「娘の死についての第一人者」であると考えるにいたり、世界の航空機事故遺族に「救命率向上」として訴えていった道をたどることにしよう。

第八章　家族の生死の第一人者

川北さん(左)とウィリアムズさん．関西で開かれた第１回上野村セミナーにて

京子基金

ウェイン・E・ウィリアムズさんは白髪の頭を短くスポーツ刈りにし、いかにも元空軍パイロットらしい風貌の人である。すでに七〇歳をすぎているが、実務的な知識と提案をきちっと述べて、まったく無駄がない。彼は太平洋戦争時、アメリカ海軍航空母艦の降下雷撃機の乗員を振り出しに、空軍のパイロットを務め、一九六二年には空軍海上サバイバル学校の教官になっている。退役後は民間航空会社で緊急設備の開発やサバイバル教育などにたずさわった後、一九八一年に運輸安全協会(National Transportation Safety Association)を設立し、生存率向上を目指す運動を続けてきたのだった。

一九八九年八月六日、関西の遺族が月に一回集まる尼崎市園田の区民会館で、最初の「航空機事故生存率向上国際セミナー」(関西集会)が開かれた。五日後の八月一一日には、日航ジャンボ機墜落地である群馬県の上野村でもセミナーは行われた。

セミナーにまねかれたウィリアムズさんは、「飛行機は墜落すれば助からない、そう私たちは思いこんでいる。それは今のところ、現在の旅客機の安全対策では、正しい。だが、墜落しても、生存率は必ず向上させられるのである」と、遺族に向って語り始めた。

彼は一九八一年の米国国家運輸安全委員会による「大型輸送機における客室内安全」調査

報告書を紹介し、「それまでの一一年間に八八件の墜落事故があったが、七七件、すなわち八八％近くが生存可能あるいは部分的に生存可能とされている」と説明した。そして、「飛行機の墜落そのものに原因はある。しかし、それぞれの乗客の死にも、それぞれの原因がある。墜落事故の原因追求によって、人の死の原因追求を忘れてはならない」と結んだのだった。崩れた部分遺体のひとつひとつを手にとり、家族の死の確認をしてきた遺族は、自分たちの試練の意外な意義を知り、しかしその試練が生存率向上研究の入口で徒労に終ったことへの怒りをかみしめていた。

私はこのセミナー開催に至るまでの大変な苦労を思い起こす。それは、元住友電工技師長であった川北宇夫《たかお》さんの、たった一人の心の闘いが、開催をもたらしたのである。川北さんは、八月一二日の日航機墜落事故で二二歳の娘、京子さんを亡くしている。

京子さんは聖心女子大学を卒業し、商社に勤めたところだった。長女の不幸を知って父親がどんなにショックを受けたか、根っからの技術者の川北さんにはあまり言葉がない。ただ、娘の事故を確認した時の精神的ショックがどのように身体化されたか、手記に書いている。

大阪空港では国内線建物の三階の「華」という部屋が日航側の事故説明の場所に当てられていた。私達はその場所に行き、墜落事故が現実のものであることを知った。

乗客名簿が壁に張り出された。カタカナの名前の列が現れた。カ行の部分にカワキタの名前は無かった。ほっとすると共に、どうかこのままで済んでほしいと心に願った。

然し追加の名簿の中にカワキタキョウコの名前を見た時の瞬間のショック。何とも形容することの出来ない悲しみが私の全身を襲った。人込みを離れ声にならぬ声を出して泣いた。息子も加わり二人で抱き合い、泣き崩れた。

そのうちに形容出来ない不快感が全身を襲った。腹の底から何かが込み上げてきた。我慢が出来なくなり、便所に行き嘔吐した。しばらくしてから再び吐き気を催し、嘔吐した。このような嘔吐により自分を襲った不幸を体からふり絞るように、胃の中に何もなくても嘔吐の発作を何度も繰り返した。三度までは水洗で流したことを覚えているが、これから先のことはあまり詳しい記憶がない。意識が薄くなったように思う。私は頭を大便器に突っ込むような姿勢で便所の床に崩れうずくまっており、誰かが助け起こしてくれたのをかすかに覚えている。どのくらい時間が経過したのかも定かでない。

はっきり意識を戻した時、私は自分がベッドに横たわっていることが判った。空港の医務室のベッドであった。

その後、遺体が確認されるまでの五日間、何の情報も与えられず待機所で待たされ、すごく苛々したともらす。皆が殺到するので電話もかけられなかったが、彼が勤めあげた住友電工は現地に電話つき自動車を手配してくれた。それが「すごく有難かった」。

遺体の確認は、彼が描いたワンピースのピンクの色見本が役立った。妻が警察に娘の服などを説明していくのを聞いていて、彼はこれでは駄目だと思い、二四時間スーパーで色鉛筆を買い、ホテルのパンフレットから似たような色を探しながら、見本を作ったのである。提出してあった色見本が検死をした警部補の印象に残っていて、遺体公開が始ってすぐ京子さんは見つかった。内面の感情に浸るよりも、何んとか判断と行動で乗り越えようとする、この人らしい対応である。

遺体とともに帰宅した父は、ひたすら考える。

全部つながったきれいな遺体だった。翌朝の飛行機で連れて帰った。

個人的な不幸と受け取って、人並みに娘を葬ったが、悔しくてしかたがなかった。霊魂は信じないが、死は生物学的なことだけではない。娘が肉体的に滅びることで、精神活動の成果が何も残らないというのではあまりに勿体ない。彼女が生きてきたエネルギーを永遠に伝えてやりたかった。

そこで川北さんは、聖心会(宗教法人)に香典の一部(二〇〇万円)を寄付する。「京子基金」というフィリピン女学生への奨学資金制度を作り、娘の遺志を生かそうとしたのだった。

聖心会はパリのサンクレールが総本部のカソリックの大組織。東京の聖心会は聖心女子学院を運営している。川北さんの姉がカソリックであった関係から、彼は娘を小学校から大学まで聖心に通わせたのだった。

京子さんは聖心女子大学一年生の春休み、ボランティアとしてマニラやセブ島にホームステイし、スラムの子供たちに接した。帰国後、「あの子たちに何かしてやりたい」と、よく言っていた。

そこで彼女が以前から尊敬していたシスター海野(フランシスコ修道会)に相談し、川北さんは、日系三世になるフィリピン人女性エリザベス・テラオカさんが、医学部進学をするための奨学金を、「京子基金」から出してもらったのである。

シスター海野は、六〇歳をすぎて、第二の人生を海外の人々のために尽くそうとフィリピンに渡り、バギオの日系人のために活動をしていた。奨学金制度や農協作り、遺骨収拾、墓地整備、日本の中・高校生との交流など、様々な援助に取り組んでいた。特にバギオには日系人移民が多く、太平洋戦争で日本軍が侵入したため、その後は現地の人に迫害され、みじめな生活を送っていた。

また聖心会を選んだのは、川北さん自身がカソリックによって慰められたことにもよる。彼はカソリックではないが、「娘を喪ったとき、カソリックの支援がとてもよかった。聖心のシスターたちが前橋市まで飛んできてくれた。追悼のミサもしてくれて、ほんとに慰められた」と感謝している。他の人からも同じことを、私は聞いている。永年の儀礼の体系をもつカソリックは、とりわけ急性の悲哀を慰める手続きが上手であるようだ。

さらに、川北さんはフィリピンのスラムの子供たちに古着を送る運動も加えた。京子さんの同級生や教会関係者が協力し、ダンボール箱三〇箱が集まった。例えば友人のひとり、倉智裕子さんは自分が勤める小学校で京子さんのことを話し、全校で古着集めの活動を行ったのだった。

これらの古着は、当初日航の協力でフィリピンに送られた。「京子基金」と古着送りのことが新聞に紹介されると、その後、善意の人から川北さんの所に古着のダンボール箱が届くようになった。それで、川北さんは日航に「年間何キロという制限つきでいいから、古着のマニラ輸送を制度化してほしい」と申し入れたのだった。

答えは、「JALでマニラに行く際の手荷物として、常識的な範囲での超過料金はとらない」というものだった。つまり、JALに乗れば手荷物五〇キロくらいまで認めるということだった。

その返答を聞いて、彼は「JALは馬鹿だ」と思った。「北海道から各施設へスズランなんか運ぶより、社会的美談として、ずっと宣伝効果があるのに」という。

日航から見れば、多くの遺族が我も我もとボランティア活動を起こされてはたまらない。そう、先を案じたのであろう。直接聞いたことはないが、他の遺族からの妬みもあったかもしれない。川北さんの側に、日航は当然すべきであるという、復讐心も含まれていたであろう。それは、JALの宣伝にもなったのに、という発言に隠されている。

いずれにせよ、彼は妻と息子の三人で、古着の手荷物十箱を持って、初めてフィリピンへ旅したのである。「まったくセンチメンタル・ジャーニーだった」という。京子さんがホームステイした二つのスラム地区を、一家で訪ね歩いたのだった。

遺志の社会化

「京子基金」は亡き娘の遺志を此の世につなぐものである。亡き人の「遺志」なる実体を想定し、遺志を継承し何んらかの形で社会的活動に変えることによって、故人の生命を永続させようという心理機制を、多くの遺族にみることができる。私はこの心理機制を「遺志の社会化」と呼びたい。遺族は遺志の社会化によって、実は自らの再社会化、愛する人の喪失という厳しい門をくぐり抜けての、社会関係の再構築を行っているのである。

しかし、遺志の社会化には脆い側面がある。故人の遺志を想い起こし、それを社会的活動に発展させようとして、遺族は抑うつ状態から抜け出していくのであるが、そこには事故の否定、故人の別の形での生存が夢想されている。あの事故さえなければ、故人がやりとげたであろう意思を、代って実現しようとするのである。遺志が実現したとき、初めて遺族は故人と共に生きるのを止め、故人を死者たらしめることができる。それは自分がいつか死ぬことによって、やっと終ることのできる、先送りされた離別(あるいは再会)ともいえる。

川北さんだけでなく、遺志の社会化は日航機事故の他の多くの遺族が行っている。例えば、関西の遺族会によく出席していた生駒重一さん(甲南女子大の元事務局長)は、事故後四年たって、永く住んだ大阪から郷里の鹿児島県に帰り、私設の児童図書館を開いた。事故で長女を喪い、その五カ月後には妻を喪ったのだった。図書室は本好きだった娘をしのび、彼女のペンネームをとって「こりん文庫」と名付けられた。

私が知っているのは一部であり、しかも、このような社会的にはっきりした形で残されなくとも、多くの遺族が様々な方法で遺志の社会化を行っていると考えられる。遺族の周辺の僅かな人々にしか知られないささやかな活動であっても、それは、それぞれの遺族にとっての遺志の社会化である。

将来に向っての意味付け

ところで「遺志の社会化」は、事故そのものを問題にしているわけではない。事故を否認しながら、事故以前の故人の意思を回想しているのである。だが、遺族が悲哀から抜け出す最良の道は、愛する人の死そのものを社会的に意味付けることである。

事故は偶然の積み重なりとされ、いつかまた同じ不幸が繰り返されるのでは、死者は浮かばれない。悲惨な事故とはいえ、その結果、加害者や社会が本当に大切なものを見出し、事故の減少につなげていくのならば、犠牲者の死は意味を持つ。遺族は死の意味付けの道を見付け、その道程に参与できると思ったとき、故人に向っていた生のエネルギーを社会に向け直すことができるのである。

人間は何らかの意味付与を行いながら、世界を旅している。すべての体験に意味がなければならないのだが、むしろ意味付与のために体験していると言いたくなるほど、人間は意味を求める動物である。ましてや災厄には、常に意味付与が行われてきた。火事であれ、地震であれ、大事故であれ、それぞれに意味がなければならない。近代以前の農耕社会では、災厄の影に邪術や神の意思を読みとってきた。つまり社会変化や技術革新の乏しい伝統社会では、災厄は過去からの因果として意味付与されていた。

しかし今日、人間の意思によって制度や技術は変り得ると思われている社会では、不幸の意味付与は、過去に向ったものではなく、将来に向ったものとして行われるようになっている。大事故については、何んらかの改善――安全対策であってもよいし、救命対策、遺族への経済的、精神的援助、いずれであってもよい――につながるならば、意味があったと納得される。それは事故に限ったことではない。すべての不幸な体験に言えることであり、例えば第三章でふれたように障害児をかかえた親は、その子が十分に生きていけるように社会の支持体制を改善しようと努めることによって、我が子と自分の不幸の意味を見付けだすのである。

Practical and easy to practice

川北さんも「京子基金」を発足させながら、それだけではとても癒されず、事故そのものの意味を考え続けたのであった。

彼も大阪空港で娘の名前を見付けたとき、「とっさに死んだと思ったのだった。墜落事故

＝死という固定観念があった。ただ、四人の生存者が発見されたと聞いて、おかしいぞ、とも思った」という。

ところが一一月三日、ヘリコプターで現地上空を慰霊飛行したとき、

すごい衝撃を受けた。あんな急なところでよく助かったものだ、助かるはずがない。それでも助かっている。墜落事故＝《イコール》死ではない。実際に、生存者は八月一二日の夜か一三日の朝、他にも人の声を聞いている。もっと保護的な対応をしていたら、もっともっと多くの人が助かっていたかもしれん。生存者がいたということをまぐれと見逃すか、ヒントと考えるべきか。

そこから川北さんの日航との接触が始まる。

一一月二〇日、日航の担当世話役に、トップに渡してほしいとメモを託したのだった。生存率を高める方策があるのではないか、という内容だった。

最初、「日航の対応はとても丁寧だった」という。技術のトップの松尾芳郎取締役(整備副本部長)まで話が行き、詳しい資料も届けられた。一二月四日には、羽田のオペレーション・センターで日航のスタッフ四人と川北さんの会議がもたれたのである。

一二月八日、高木日航社長が弔問に彼の家を訪ねて来たとき、川北さんは紙に二つのことを書いて要望した。ひとつは、フィリピンでのカソリックのシスターたちの活動を支持して

ほしい。もうひとつは、生存率向上に取り組んでほしいということ。

ふたつとも、やりましょうという答えを、後でもらった。二月六日に松尾整備副本部長が彼の家を訪ねてきて、討議。それからずっと、一九八八年六月まで月一回、羽田の日航技術研究所での会合が続けられた。


僕が要求しているのは、そんなにドラスティックなことではない。実用的で簡単に実施できる(Practical and easy to practice)安全対策をしてほしいということ。自動車事故ではすでに考えられていることだと思う。万が一、事故が起こったにしても、もう少し人間に保護的な環境があったら、助かった人が増えたのではないか。

例えば、今の安全姿勢は二つあって手の組み方がバラバラ。二つのうちどちらが安全なのか。落合さんは足首を持って伏せたが、隣の人は前のシートに伏せた。またシートベルトで腹を切断された人や、前の座席で頭部がふっ飛んだ人が多かった。ベルトの幅はよかったのか、中央にあるバックルを自動車のように横に寄せたら、腹切れは防げたんじゃないか。バックルがナイフのように食い込んで楔効果で切断されたと思われる。毛布や枕をベルトの下にいれて保護したら、どうだったのか。もしヘルメットがあったら、頭部を保護できたはずだ。こんなことは、実験して効果があれば、コストも掛らずに簡単に実施できることだと思う。

隣の人が助かって、その人が死んだのはどういう理由だったのか。ゾーン毎に、また一人一人について、どんな怪我で死んだのかを丁寧に調べたら、たくさんの情報が得られると思う。これだけの事故を起こして、表現は極端だが、普通ならやりたくても出来ない五二〇人もの生体実験をしてしまったわけだから、学問的にはすごい価値がある。ぜひデータを利用してフィードバックしてほしい。

Practical and easy to practice.――おそらくそれは住友電工で、川北さんが永年にわたって実行してきた技術の思想であろう。川北さんは実務の人である。彼に情動がないわけではない。むしろ感情の起伏の激しい人である。だが、彼は自分の感情の動きを表現し、分析と表現によって感情を豊かにしていくよりも、データを集め、その組み合せから課題を達成していく思考を好み、その中で生涯のほとんどをすごしてきた。苦しい時は、何を、いかに苦しんでいるか思い煩うよりは、酒に紛らわし、自分を抑えて、実効性のある行動を求めてきた。

遺体確認にあたり、娘の服の色見本を描いたのも、世話役や高木社長に必ず書類で要望を手渡しているのも、彼らしい。そんな彼が、犠牲者の死を意味付けることのできる第一歩は何か、考え抜いた視点が先の言葉によく出ている。

事故調査委員会の誤り

墜落事故から二年後の八七年六月一九日、運輸省航空事故調査委員会(いわゆる事故調)は、航空事故調査委員会設置法第二〇条の規定により、「日本航空株式会社所属・ボーイング式747SR―100型JA8119・群馬県多野郡上野村山中・昭和六〇年八月一二日」という副題のつく二冊(一冊は試験研究資料の別冊)の報告書をまとめた。

川北さんはこの報告書を入手して、ひどく失望する。三四〇頁をこえる報告書をまとめながら、人間の生死については僅か二頁しか記述がない。一九六六年の全日空機羽田沖事故の調査には医学者が二人入っていた。また一九八二年二月の日航機羽田沖墜落事故の報告書では、数頁にわたり、座席ナンバー毎に外科医のカルテのような記述があった。ところが今回は航空工学の専門家ばかりで、法医学の専門家が調査員に入っていない。初めから人の生死を問題にしていない、としか思えなかった。「三・二・一〇　乗客・乗組員の死傷についての解析」の節には、アメリカの国家運輸安全委員会(NTSB)が、一九八一年に検討したという、「人間の耐G能力――致命的な障害を生じないGの限界」の数値が引用されている。

人間の耐G能力は、G(衝撃加速度)の方向、座席やバンドなどの人体の支持条件、さらにG負荷の継続期間によって変化する。NTSBの例では、Gの継続時間を〇・一〜〇・二秒、Gの立ち上がりを五〇G／秒として、ベルト着用時、前方の衝撃では二〇Gから二五Gとなっている、と引用している。

そこで、今回の墜落事故では、前部胴体には数百Ｇ、後部胴体の前方座席には一〇〇Ｇを超える衝撃があったと考えられるので、即死。後部後方座席では数十Ｇ程度の大きさのため、ほとんど致命的な障害を受けたとしている。いずれにせよ二〇Ｇを超える衝撃を受けているので、即死して当たり前という結論を出し、四人も生存者がいたことは「奇跡的にも生還し得た」として片付けたのだった。

川北さんは、「たまたま」とか「奇跡的」と書いて、それ以上にデータを集め解析しようとしない態度に我慢ならなかった。

彼は専門分野違いのＮＴＳＢの報告書原文を取り寄せ、基本的な誤解を見出す。論文の主旨は、「この程度の衝撃なら人間は助かる」というものであり、それ以上の高いＧでも保護の条件がよければ助かると、例をあげている。事故調が、「致命的な障害を生じないＧの限界」と註をつけたのは誤読であった。

ついに彼は、事故調の「人の生き死に」についての論議が誤りであることを確かめるため、アメリカ旅行を決心する。一九八八年六月、訪米した彼は、航空事故での生存率を高めるための研究をしているチャンドラーら三人の研究者に会い、意見をきいた。

確認できたのは、人の生死をＧ値だけで論じるのは誤りだということである。人体への影響は、衝撃が加わった体の部位、方向、衝撃継続時間、年齢、性別、体調などで異なるので、何Ｇなら即死というような単純なことはいえない、ということだった。

もとパイロットで朝鮮戦争で五回墜落し、二人の息子(パイロット)を衝突事故で失い、今は客室内安全設備委員会で活動しているスナイダー博士は、人体の衝撃耐性に関する、よく引用される論文を書いていた。

一九六三年に「航空宇宙医学」に書かれた「自由落下による高衝撃に対する人体の耐性」というスナイダー(当時は、運輸省・民間航空医学研究所)の論文は、一万二〇〇〇件以上の自然落下して助かった事件を検証し、五〇〇〇Gを越えても助かった者がおり、「外傷の程度と衝撃力の大きさとは単純に正比例しない」と述べている。彼はそのスナイダーの所在を尋ね、第一回の訪米の際は会えなかったが(翌年四月の第三回目の訪米で出会う)、手紙をやりとりするようになった。

スナイダー教授は、川北さんから送られた事故調の生死に関する節の英文翻訳を吟味し、後日、次のような手紙をよせている。

「私は率直に云って、(公式報告書には)人間の(生死に関する)要素の調査や、生存条件に関する考察が完全に欠如していることに対して、ぞっとする程驚き失望しました。傷害の原因となる多くの因子——どのようなものが傷害の原因となったか——についての検討が出来たはずの多くの貴重なデータ、特に四人の生存者が生存し得た理由、および激突の後時間が経過して死亡したかもしれない他の人々の生存の可能性に関するデータが記載されていません」

こうして事故調の誤りを確認した川北さんは、帰国後の七月末、運輸大臣宛てに、報告書の誤りを書きなおしてほしいとの要望書を出した。同時に、運輸省、ＪＡＬ、ボーイング社宛てに要望書を出した。機内にある枕や毛布などを用いる頭と腹の最適防護方法の開発と実施。現在エアライン会社が示している非常用「安全姿勢」の再検討と最適方法の決定。ヘルメット、腹当てなどの緊急用防具の装備。シートベルトの安全性改善。この四つの要求である。

「これだけで死因を減らせるとは思わないが、少しでも衝撃を和らげられる。それは例示に過ぎないが、せめてこれくらいのことはしてほしい」、そう川北さんは要求したのである。この時、他の遺族たちも協力して集めた三八カ国七五〇〇人の署名もつけ加えられた。

ところが、事故調は彼の要望を、理由を述べずに無視した。武田峻委員長の返書は、「航空事故における生存率向上に関しましては多くの検討すべき事項があると考えておりますが、ご要望の航空事故調査報告書を見直す必要はないとの検討結果となりましたので、ご返事申しあげます」、それだけであった。

川北さんは、この手紙をみて、当時の「天安門事件の中国政府のやり方と同じだ」と思ったという。

黒を白と言いくるめて平気でいる。政府、運輸省は、今度のことで刑事責任を問われてもいいくらいの責任があるはず。マイノリティーの遺族だと思って、どこまで虐め、馬鹿にするのか。娘の死への個人的な悼みは時間を経て癒されると思うが、こんなことじゃ引き下がれない。日本の社会は他の人と違うことをすると村八分にされる。それをいいことに役所は勝手なことをしている。

と怒る。

ただし事故調は無視したが、運輸省航空局は技術部検査課を窓口として、川北さんたち遺族数名との意見交換の場を持った。それはやがて、航空振興財団による「航空機安全技術調査研究委員会」の発足に至る。一九八九年春に、中口博(東大名誉教授)を委員長とし、日航を含む航空三社や航空機メーカー、運輸省航空局などからの専門家よりなる委員が登録された。委員には指名されなかったが、その後、川北さんは何度か委員会にも参加し、九〇年一二月、つくばの日本自動車研究所で行われた委員会の衝撃試験にも立ち会っている。

サバイバル教官ウィリアムズ

ところで、事故調の報告書がレベルの低いものであることを確かめた川北さんは、再び一〇月に訪米する。さらにアメリカの航空の安全法規の成立過程を勉強し、生存率問題に詳しい専門家と面識を得るためのものだった。その後、毎年二度、渡米しては生存率や航空安全の会議に出席し、次に述べる国際会議の準備をしていったのだった。

一九八九年四月の三度目の旅行で、事故調査への政府の取り組みが、日本とアメリカで全く違うことを知る。彼は、自動車技術協会(SAE)のS―9という「航空機内の安全設備を討議する委員会」に出席した。ここで、アロハ航空機の天井が破壊した事故で、日本の事故調に相当する国家運輸安全委員会が現地調査した報告を聞く。

川北さんは、委員長(女性)と出席者との本質に迫っていく討議に驚いたのだった。

彼女と出席者とのやり取りは全くオープンで、出席者はどんどん質問し、これに対し彼女はスライドをいっぱい使い、質問にその場でどんどん答えている。情報公開を求めても絶対応じないＪＡＬや日本の事故調、警察と較べて、あまりの違いに驚いてしまった。

会議の後、彼女に会って、彼女のやりかたをほめたら、キョトンとしていた。「私のしたことは国の税金でやったこと。社会が求めるなら全てオープンにするのは当然」、それが彼女の答えだった。日本の事故調や警察はボイスレコーダーにしろ遺体のことにしろ、生データをいっぱい持っているにも拘わらず、一切公表しない。彼女は逆にそのことを知って驚いていた。

こんな航空先進国への自費の旅から、川北さんはこの章の冒頭に述べたウェイン・ウィリアムズさんに出会うのである。

こうして一九八九年八月一一日には、世界で初めて、航空機墜落事故の遺族有志が主催する国際会議「上野村セミナー」が開かれることになった。

講演でウィリアムズさんは、枯れた静かな声でライフ・ワークについて語った。

飛行機は〈耐空性〉を持つように設計されているが、耐破壊性は忘れられてきた。今日の旅客機は、機体内の人々を防護するのに、わずか全構造の一五%しか使っていない。

座席ひとつを問題にしても、上体拘束・肩掛け式ベルトなら前方許容値を四五Gまで増すことができ、さらに最良の全身拘束だと最大値を二三七Gにまで増すことができる。(事故調の引用にあったように、現行の前方ベルトでは二〇〜二五Gが最大値とされている。) 後向き座席なら、もっと良い防護が得られる。自動車の座席でさえ、前方二〇Gに耐えられるように義務付けられているのに、旅客機の座席は九G規格のままである。

頭部の傷害を軽減するため、前にある座席の背の衝撃吸収性をあげ、足の骨折を防ぐため座席の底の衝撃吸収性も向上させることが必要である。防煙ずきんも必要であり、幼児用拘束装置も法制化すべきである。

また、客室の燃焼性を低くしなければならない。これらの費用は数十億人の旅客に分散すれば、数セントにしかすぎない。

川北博士の好む言葉、プレイン・ピープル(普通の人)を借りるならば、数百万人のプレイン・ピープルが長期間実行されずにきた人命救助の改善を要求すれば、極めて少数のエアプレイン・ピープル(飛行機屋)はこれに応じるであろう。

私は川北宇夫さんとウィリアムズさんを見ていると、この二人の痩身の老人は実に気性が合っていると感じる。知りあって僅か、話しあった時間も少ないのに、確実に実効性のあることから取り組んでいこうという構えにおいて、共通している。アメリカの空に生きてきた男と、TQC運動などに代表される日本的経営下の工場に生きてきた男の、二人のキャリアー(人生)が、航空事故の犠牲者を減すという一点で結びあっている。

遺族と市民意識

また、日本で、一九八九年という時点において、生存率向上の国際会議が開かれ得たのは、スナイダー教授やウィリアムズさんらの専門的知識の蓄積と、五二〇名も死亡した事故の遺族会運動が——それは、ほとんど組織実体のない、無念の思いだけで結ばれたバラバラな会ではあるが——、川北さんの一心によって結ばれたからである。さらに言えば、八・一二日航機事故の遺族の活動は、これまでの大事故ごとの遺族会が育ててきた幽かな良識の連鎖につながっている。私は、そう思いたいのである。(なお、ウィリアムズさんは私に、アメリカでは遺族会は形成されにくく、出来ても持続しない、といっていた。)

勿論、川北さんの提案する生存率向上運動に否定的な遺族も少なくない。飛行機の安全対策は、墜ちないように全力を尽くすべきで、墜ちてからのことを要求するのは、日航の免罪につながると批判する。これは、ボーイング社裁判を追求してきた遺族からよく聞かれた。

他方、ひたすら自分の見付けた課題に突き進む男の姿に、年配の未亡人たちは反発していた。彼女たちは、やさしかった亡き夫と比較し――事故による突然の訣れ故に、よけいにやさしく思われるのだが――、「ついていけない」と思っていたのかもしれない。

だが、私は多様な提起を望む。遺骨や遺品確認の問題に取り組む人もいれば、行旅死亡人取扱法を改正したいと思う人もいる。精神的に不安定になった遺族を世話する人もいれば、遺児の奨学資金問題を提起する人もいる。墜落の原因追求に使命を感じる人もいれば、川北さんのように生存率向上を追求する人もいる。補償の手続き、弁護士や保険会社の係わり方を批判する人もいれば、御巣鷹への山道を美しくしたいと思う人もいる。それぞれが事故を通して、社会関係を再構築していけばいいのであり、ある遺族は他の遺族の再社会化の過程を理解するように努めるべきである。遺族会は、これら様々な提起が支持され、優劣をつけるのではなく、励まされる場であってほしいと、私は思う。他方、社会的に評価され始めた活動であっても、それのみが主要な運動であると考えるべきではない。

なおセミナーが開催に至るまで、いくつかの紆余曲折があった。八・一二連絡会(遺族会)による主催は否定され、二人の外人講師の旅費も「慰霊の園」(財団法人、八・一二墜落事故犠牲者の慰霊のため、日本航空の寄付により、群馬県上野村に作られた)からの出費にも反対があった。結局、寄付が募られ、遺族より八八件(六六万円)、遺族外より六四件(九七万円)、「慰霊の園」より一〇〇万円が集められた。むしろ、遺族でない人々の寄付が多かった。

川北さんはこの間の苦労をこう言っている。

今度の事故では、航空事故として異例のことに、財団法人「慰霊の園」ができて年間千万円単位のカネを使っている。せっかくなので、ただ不幸を悼むだけでなく、事故の教訓を社会に返してほしいと思った。

だが、遺族間にもいろんな考えがあって、まとまるのは難しい。結局、有志を募ってセミナー準備会を作った。寄付を呼びかけると、随分たくさんの人が支援してくれた。何の面識もない人や出席できない人が喜んで協力してくれたり、会社ぐるみ取り組んで、思い掛けない高額の寄付をもらったりした。呼び掛けに気軽に応え、励ましてくれた遺族以外の人々に、私は気持の上ですごく支えられている。

私は遺族会の運営、役員と会員の関係、あるいは遺族ひとりひとりが自分の体験をいかに社会化しているか、また遺族をとりまく関係者の姿勢を通して、日本の市民社会の成熟度を測っているが、ここではこれ以上ふれない。川北さんの言葉の内に、何がおこり、何が克服され、何が挫折されていったか、想像してほしい。

こうして第一回の「上野村セミナー」が成功すると、遺族の支持も増え、翌一九九〇年八月には「航空安全国際ラリー」と名を変え、英国の遺族も加えて質の高い運動に発展していっている。第三回の会議も、九一年八月に東京・学士会館で開かれた。遺族の参加はそれほど多くないものの、日本の安全対策や航空工学の専門家、アメリカの市民運動とのつながりは深まっている。だが、日航や運輸省の参加は今のところない。
川北さんは、会議の方向を次のようにいう。

アメリカの考えが全ていいわけではない。アメリカの安全対策の発想は、たとえ人命が助かるとわかっていても、コストがかかりすぎるとやらない。その安全対策をしたら統計的に何人が助かるか、人数に一〇〇万ドル掛けた数字とコストを較べ、コストの方が多ければやらない。それが常識になっている。この発想は日本人の感覚からいうとまったくおかしい。日本の運輸行政はアメリカ一辺倒で、アメリカが変わればすぐやるのに、やらなければ何もしない。そういうことはもう止めてほしい。実際、日本はアメリカよりも優れた技術や考え方をもっている面もある。アメリカのいいところは取り入れ、さらに優れた救命技術や考えを提示して、日本がリーダーシップを取るようになるところまでもっていきたい。

これが、永い喪の過程をへて、七〇歳に近い男が辿り着いた、第二の人生の課題である。

娘の生死の技術者

「上野村セミナー」や「航空安全国際ラリー」は、多くの新聞やテレビが取り上げていた。

五二〇人もが墜落死亡したが故に、毎年、八月一二日が近づくと不幸の「記念日反応」として、マスコミは日航機事故の遺族の近況を取り上げる。しかし、ひとりの遺族が何故ここまで頑張ってきたのか、その心の軌跡は理解されていない。

川北さんは私への手紙に、次のように書いている。

世の中には多くの航空評論家なる方がおられますが、藤岡市の高校体育館での悲惨な遺体を見た方はおられません。

航空事故での〈人の生き死に〉について語れる航空評論家は、私の知る限り日本にはおられぬように思います。私が日航の技術陣や運輸省航空局の担当課の方がたと話し合った体験では、私が〈人の生き死に〉について教えを乞わねばならないような人はいませんでした。この分野でなら、私は一人の技術者として発言し得る環境にあると思います。747機の設計やフェイルセイフの問題などでは、私は一人前の技術者としては扱われぬでしょう。事故調の報告書の誤りを指摘し、事故調、日航、ボーイング社が打ち出した技術的対策以上のものを要望するなどは、到底出来ないと諦めています。しかし……

しかし、一人のかけがえのない娘の死については、誰にも負けない第一人者である、と伝えている。私たちが見落してはならないのは、一人ひとりの遺族が、家族の死については、その知識においても、原因を追求する意志においても、第一人者であるということだ。家族の死を悼み、悲哀のうちに生きぬき、家族の死との係わりから新しい人生を再建しようとしていることにおいて、今日の悲しみの第一人者であるということだ。

「人の生き死にの第一人者」、いかにも老技術者・川北さんらしい発想である。私は必ずしも誰もが何かの第一人者でなければならないとは思わないが、川北さんは航空工学の専門家や巨大組織の壁に対する楔を、「普通の人々」も家族の生き死ににについては第一人者であるという思いをこめて、打ち込んでいる。

私は川北さんのように、それぞれの遺族が家族の死を社会的発言に変えていってくれることを望む。それは喪を抜け出して、次の生(たとえばウィリアムズさんや川北さんを支援した多くの人々)に出会う道である。私たちは、五二〇人の死にもかかわらず、こんなにすばらしい遺族に出会えたことを感謝したい。

第九章　山守たちの雛祭り

4月中旬，沢筋で静かに白い花を咲かせるワサビ(写真集『御巣鷹の草花たち』より)

雪の御巣鷹を登る

一本のカセットテープは、サクッサクッと雪道を踏みしめて登っていく、男たちの靴の音から始まる。

「Sさん、御無沙汰しております。今日、登山口は雨がふっておりましたが、山頂に着くころは快晴となりました。まだ雪はだいぶ残っております。Tさんの場所に、今、向ってお
ります。山は本当に静かです。聞こえるものといったら、松籟といいますか、カラマツの林のなかを吹き抜ける風の音と、スゲノ沢の雪どけ水のせせらぎの音と、時どき聞こえてくるカラスの鳴き声だけです。僕たちの足音は、むしろこの山への闖入者の足音かもしれません。鳥たちはまだ帰ってきておりません。

……間も無く到着いたします。お雛さまの歌を歌います」

どっしりとした三、四人の山男が歌う雛祭りの歌が、聞こえてくる。ゆっくりと、雪の尾根に染みこんでいく、

あかりをつけましょ　ぼんぼりに
お花をあげましょ　桃の花

五人ばやしの　笛太鼓《ふえたいこ》
今日はたのしい　ひな祭り
お内裏様《だいりさま》と　おひな様
二人ならんで　すまし顔
お嫁にいらした　姉様《ねえさま》に
よく似《に》た官女《かんじょ》の　白い顔

山男たちは、三月初旬の御巣鷹の尾根や、二三歳で亡くなったTさんの墓標の風景について、なおも母親に語りかける。

「雪は、Tさんのステイジの所は、だいぶ溶けていました。お供物なども現われておりました。冬の御巣鷹は誰も来る人がなく、邪魔をする者もなく、本当に静かで、ここに眠っておられる五二〇の方が、内輪だけで語らったり、眠ったりされているような気がします。冬やってきますと、『また、やってきました』と挨拶をするんですが、何か、そっとしておいてあげた方がいいような、静かで、美しく、五二〇の御霊が本当に静かにお休みになっているという感じを与えてくれます」

再び雪山の靴の音。

「今、山頂にきました。昨年一一月の終りに引きあげる際に、山頂の祭壇は壊れそうでしたので、完全に建て替えてまいりました。前とは全然違う、もっとずっと大きくなって、ログハウスになっております。なかも広くなっております」

声は変って、別の男が雪のきしむ音と共に語り続けている。

「ただ今、お参りをすませて、〈招魂の碑〉から下山中です。今日も青空で、雪はかなり溶けました。だけどまだ、下は凍っています。皆、アイゼンつけて歩いています。タラの木が雪の中から見えています」

「Kさん、伊藤です。先日の(退職)送別会のとき、祝辞をいただき有難うございます。今日は天気が良くって、春らしい天候に恵まれ、山頂を踏んで降りてきたところです。南斜面は雪がほとんどなく、まだ芽ぶいていませんが、タラの木がたくさん目にとまります」

「岡崎です。ご報告が遅れましたが、二月一二日に登ったとき、間違いなくお豆をお供えしてきました。今日行ってきましたが、お供えしたものが墓標の前に残っていました。冬は雪が被ってしまうので、動物もちらかしたりしません。だいぶ山は変っておりますので、今度登ってくるときは、きっとびっくりされると思います」

「今、山小屋に着きました。これから下山します。四月には雪も溶けると思いますので、またおめにかかれる日を楽しみにしています」

これは兵庫の田舎に住む母親に、岡崎彬、伊藤武、天野英晴、大島文雄の四氏が送ったテープである。地元上野村の山守、仲沢さんの声も混る。四人は遺族から登山班と呼ばれてきた日航の年配職員である。彼らは、毎月一二日の命日や五月の連休前後を山ですごしてきた。登山してくる遺族の世話、山道の維持、墓標の管理。スゲノ沢の手前のカラマツの林のなかに、山小屋を建てたのも彼らである。ここから、二つに折れた機体の後部が滑り落ちた沢は近い。四人の男は、一年の四分の一近くを黙々と山に通い、山小屋に寝泊りして、遺族を待った。これまで人の入ることのなかった、御巣鷹への急ごしらえの沢道は険しく、歳老いた人には危険ですらあった。彼らは遺族を助け、時には悪天候にもかかわらず無謀な登山を決行しようとする遺族に付いたのだった。

五〇歳の坂をこえたSさんは、ひとり娘を亡くしている。事故から一年目の夏、まだ娘のところに行きたいと強く思っていた頃、悪天候のなかを登山しようとした。後追い自殺を思わないまでも、遺族の心には自死を認める構えがある。そんなSさんを、山男の天野さんは諭した。「今日は危いのでやめましょう」と何度もとめた。「麓にホトトギスの花が咲いているので、一緒に見にいきましょう」、とも誘った。

関西から、交通の不便な上野村まではまる一日かかる。兵庫も日本海に近い彼女の町からは、やっとである。村に一泊して、翌朝早く登り始める。この日登らなかったら、次の日はない。明日はまた一日かけて、帰路につかねばならない。どうしても娘の所に辿り着きたかった母親は、山男の説得を振り払う。

「突き落せよ。殺せよ」

今だったらそんなことは言わないが、Sさんの口からそんな言葉が漏れた。そして無理やり、雨のなかを山頂に向ったのだった。

木霊待つ神流の瀬音冴え返り
其処彼処老鶯啼くや悔いの尾根
霧くぐり弥陀に託すや尾根の霊

これは、母親が亡き娘にあてた俳句である。俳句を送っては娘に話しかけていた彼女にはこのとき、「ホトトギスの花を摘みましょう」と植物の名をあげて登山禁止を慰めようとした山男の記憶が残った。

この年の一一月三日、最後の登山のとき、それから山は雪に埋ずもれるのだが、再び山頂に向ったSさんを、天野さんは覚えていて、豚汁を作って待っていてくれた。

そのことがあってから、Sさんは日航四人組の山男たちに、閉山中の雪の御巣鷹へ、節分の豆と雛祭りの唄を託すようになった。

「娘は幼稚園の先生をしていた。そんなことも関係するのか、節分と雛祭りのころが一番辛い。娘に雛祭りの歌を一所懸命教えた日のことを思い出す。雛祭りの歌がきこえたら、Tちゃんがきっと振り向くような気がする。登山班の男たちは、私の登れない二月、三月の雪山に皆で登り、墓標の前で豆まきをし、雛祭りの歌を歌ってくれる。そしてテープと写真を送ってくれる」、と母親は語る。

すでに岡崎、伊藤さんは定年で日航を去り、六年目の今年の冬は、残った他の二人が歌を届けた。

部分遺体確認の活動を日航や運輸省につなぎ(第一章)、川北さんの死因追求活動を援助しようとした岡崎さんは、その都度嫌な目にあい、黙って定年を迎え、外国に去った。今は北京で、中国の身体障害者のための福祉に第二の人生の仕事を見つけようとしている。趣味の登山をやめ、御巣鷹の山で多くの日夜をすごした伊藤さんは、定年後も、夏の命日には山に登っている。そして今も、天野さん、大島さんは山男を続けている。

だが彼らのように、ひとりの人間として個々の遺族と交流を持った人がいる一方、組織としての慰霊に対する遺族の反感は強い。

全く別の、山での出来事を胸にしまっているある父親はいう。「八月の慰霊登山で、一五〇人ほどの日航のスタッフと行き違ったけれど、最後尾の人以外、挨拶もしない。知らん顔をして通り過ぎていった。」この父親は、何故事故の山に登るのか、自分なりに考えたことのない社員集団の雰囲気を、山への違和感として感じとっていた。

「取締役の眼」と「専門家の眼」

もうひとり、御巣鷹に通った日航マンがいる。私はこの人のことを、日航の元取締役だった田中茂信さんから聞いた。田中さんは航空保安を担当した役員であり、退任後、「航空安全を考える会」という私的な集りをつくり、小さなニュース・レターを出している。その一九八八年八月二二日付の手紙に、こう書いている。元取締役の生の声の方が私の要約より良いだろう。

Tさんという日航生え抜きの技術屋さんですが、昭和六一年春定年で退職しました。日航で発生したすべての事故調査を手掛けましたが、創業期の〈もくせい号〉の事故を手始めに大小無数の事故、事件、異常運航に至るまで、彼の手にかからぬものはなかったと思います。彼は黙々と事実を集め、冷静な眼で事故原因の究明を行い、その対策を書き加えて上司に報告してきました。恐らく膨大な量になると思います。

そして彼が「納得のゆく取り上げ方を会社がやったのは、皆無に等しかった」と述懐していました。それでも彼は黙々と事実を丹念に集めてゆきましたが、一九八二年二月の羽田沖事故の後しばらくして、彼の元にはその情報も入らなくなりました。知り過ぎる人間として敬遠され、真実を追求するが故に、会社の方針遂行を疎外する危険人物と見なされたからでしょう。

以来日航では、生きた本当のデーターは誰もとっていない筈です。その彼が定年迄の八カ月足らずの間、御巣鷹山にこもって木の根、草の根を手で分けながら、飛行機の残骸や部品探しをやっていました。朝早く、上野村の宿所を出て、泥んこになりながら夕方暗い中を降りて来る毎日でした。某日、私は彼と現地で会いましたが、もはや何も語らず、唯、丹念に地図の上にデーターを書き留めるだけでした。冷たい雨の降る日でしたが、悟りきった禅僧の様な澄んだ彼の眼を、私は忘れることは出来ません。

彼と共に日航の事故の真実の記録はすべて消え去るでしょう。唯、消え去ることのみ意義があるかの如く。そしてＴ氏も二度と日航のことで口を開くことはないと思います。

私はこの会社の、一人ひとりは優れた能力を持った職員から、どれだけ多く「黙って生きる」とか、「黙って辞めていく」という言葉をきいたか分らない。広い空港で見る純白の機体に繊細な赤い鶴のマークは、息を飲むほど美しい。とりわけ外国の空港でＪＡＬの機体をみると、日本のデザイン力も上がったものだと思う。だが、あの美しいデザインの裏にどれほどの沈黙が隠されていることか。塗りつぶされた白こそ、赤い鶴を鮮やかにはばたかせるのであろうか、と想ってしまう。個々の遺族の心情に寄り添い、癒していこうとする努力が、必ずどこかで切れてしまう。そんな体質が、日航にはある。

「どうしてだろう」と問うと、田中さんは次のように説明してくれた。

事故の後、取締役になって困ったことは、担当業務（航空保安部、羽田支社長、国内空港本部、スケジュール統制部）の情報が集ってこないことだった。運航管理やスケジュール統制などで勤務してきたので、おおよそのことは分っている。しかし現状はよく分らない。自分で回って集めるしかない。それではあまりに限界がある。

役員会といっても、討議があるわけではない。それぞれの業務ごとに、担当役員が決めてトップに相談しているのであり、役員会は報告会のようなもの。遺族相談のような重要な問題でも、私の知り得ることは少ない。むしろ、マスコミなど外から知ることが多かった。

交通産業はコミュニケーションによって成り立っている。かつては権威主義や硬直した官僚システムが、鉄道などの運行を保証した時代もあったが、技術が巨大化するにしたがって益々、人間の意思疎通が重要になってきている。そこでは上意下達的な旧来の一方的な意思疎通ではなく、双方向的なコミュニケーションへ、さらには自分が意識しない事柄にまで気付かされるような、質の高いコミュニケーションが求められている。(巨大技術とコミュニケーションの質については、次の章でとりあげたい。)

にもかかわらず、それと最も遠い実状を退任したばかりの取締役は語るのである。

航空学科出身で軽量構造物の接合部疲労の研究を続ける先の佐藤次彦教授(大阪工業大学、遺族)も、技術者として外から日航について、こう語っていた。

日本の大学の教育システムにも問題がある。日本の航空学科は未成熟で、大学が航空会社を批判出来ない。昭和二〇年にマッカーサーが日本の航空産業を潰した。一四年間のブランクがあって昭和三四年に航空学科が復活した。いま七つあるが、日本が主体的に航空機の設計をしたことがないし、研究・教育体制も弱い。

航空学科を卒業しても、就職口が限られている。ＪＡＬやＡＮＡの修理関係は、学生にとって大きな就職口。大学教授はＪＡＬやＡＮＡを批判したがらない。

ＪＡＬに就職する学生は学校での成績はいいが、だから整備も優秀かというと、そうではない。ＪＡＬの整備関係に行った後輩がたくさんいるが、ひどい会社だといつも言っている。キャプテンの官僚的態度や組合員の問題など、いろいろある。組織の体質を解決しないと、本当に危ない。しかしそれに気がついていない。

ＪＡＬには政治家の息子が一杯はいっている。政治家が喰い物にしている。そんな会社に安全を望むのはそもそも無理だと言う人もいる。高木社長だけでなく、幹部全員が変わらねば駄目ではないか。

今の経済社会では事故を起こしても、保険の範囲内で責任を免れてしまう。会社は少しも痛手を被らない。事故をおこしたら、会社が潰れるかもしれないくらいの危機感を持たせられない限り、ＪＡＬの体質は変わらない。

「内部の役員の眼」と「外部の専門家の眼」が、この企業の体質の同じところを見ている。当該企業の文化が墜落事故につながり、遺族ケアーの歪みにつながっているというのである。

慰霊と補償のはざまで

ここで、日航「世話役」による遺族ケアーをふり返ってみよう。

航空機事故でマン・ツー・マンの世話役制が始ったのは、一九七一年七月三日の東亜国内航空〈ばんだい〉の墜落事故以降である。YS—11〈ばんだい〉は函館市北方の横津岳に墜落、六八人全員が死亡した。

一九六六年、高度経済成長の後期になり、人々の移動が高速化し更に激しくなるなかで、この年、一年に四件もの航空機事故が相次いだ。二月四日、全日空ボーイング727型機が、羽田空港着陸に失敗し、乗員乗客一三三人全員死亡。三月四日、カナダ航空DC8型機、濃霧のため羽田空港防潮堤に激突して炎上、六四人が死亡。翌三月五日、BOACボーイング707型機、富士山上空で空中分解して墜落、一二四人全員死亡。さらに一一月一三日、全日空YS—11型機、松山空港沖に墜落し、五〇人全員死亡。この年に、日本の空で三七一人が死亡したのである。なお事故の遺族補償では、例えば全日空松山沖墜落の場合、死者に一律八〇〇万円が払われている。

それから四年間、航空機墜落はなく、忘れかけたところへ、東亜国内航空の事故がおこったのである。続いて同じ七月の三〇日、全日空ボーイング727型機が岩手県雫石町上空で、自衛隊戦闘機に追突され、一六二人全員が死亡した。この年から、世話役制が定着していくのである。

これまでの遺族の喪の過程に、何度となく遺族と日航世話役との人間関係が描かれている。遺族の悲哀と深い感情交流をかわした人、自分自身の死別の体験を呼び起こして傷ついた人、攻撃的な遺族に途方に暮れた人、社会は実務によって成り立っていると思い込み、人生における感情の意味についてどうしても理解できなかった人など、様々な世話役がいた。

世話役は事故後の被災者や遺族との対応を円滑にするために作られた、日本独特の制度であるが、その役割は三つある。

第一は、事故直後の「支援」であり、今回の日航機墜落では、猛暑の山村での長期にわたる遺体確認が主要な支援であった。遺族の交通手段の手配、通信の確保、宿の予約、食事や健康への気くばり、実家や勤務先の会社との連絡、そしてなによりも精神的な看護が求められる。さらに、遺体が確認された後は、荼毘や遺体の搬送、葬儀の手伝いまで続く。つまり事故直後は、精神的ショックを受けて二次災害のおこる可能性のある遺族を支えながら、葬儀までの実務を援助していかねばならない。

第二に「慰霊」の仕事がある。永い喪の過程に付きあい、攻撃、依存、絶望の三角形の間を揺れ動く遺族との交流そのもののなかから、相手の再出発をうながさねばならない。

そして第三に、「補償」の交渉がある。

それぞれの役割は異なっている。

とりわけ慰霊と補償の間には飛躍があり、それは世話役になった人に精神的葛藤を強いる。慰霊が続いているのに、どこかで補償の話に入らねばならない。慰霊は、加害会社を代表して遺族を支えるほぼ二者関係での仕事であったのに、補償の交渉においては、遺族、世話役である私、会社の三者関係となる。これまでの慰霊の役割から、会社と自分との間が分裂するのである。

その間の心境を、ある世話役はこう話す。

世話役の仕事は、悩んでいる遺族のお世話をするのが第一だと思う。しかし、次には示談の話をしないといけない。これは相反する仕事。一日も早く一〇〇パーセント示談に持っていくよう、相談室から指示されている。そして示談が終わったらもう世話しなくていいとされている。

これは酷だ。僕らの神経じゃとうていできない。幸い僕はそういう目に逢わなかったが、補償の金額の話になった途端、掌返すように相反してしまう。これは居たたまれない。それが世話役皆の悩みだった。「示談は示談屋でやれ、世話は僕らがするから」というのが僕の主張だった。示談を焦るのはよくないと思う。

補償金が早く出ないと、遺族の生活が破綻するといった時代ではなくなっている。物の豊かな時代には、また別の心の豊かな補償があるはずだ。時間には「青い時間」と、「熟した時間」がある。三つの役割もそれぞれに時熟していけば、ひとつひとつの区切りに到る。補償交渉をまとめて事件を処理するという大目的のため作られた制度であり、今はなお一企業のなかで隠されて行われているが、時熟の瞬間を知るということにおいて、世話役の仕事は芸術であると思う。

遺族は世話役の態度に何を見付け、何を嫌い、何に感動しているのであろうか。これまでも個々の遺族の喪の過程に触れるかぎりで世話役について書きとめてきたが、ここでは世話役そのものに視点をあててよう。私のノートのいくつかを拾ってみよう。

夫を亡くした四〇歳代の主婦は、

ＪＡＬに腹が立ってきたのは、補償の話が出てから。現地の世話役はよくしてくれたし、戻ってからの人もそつがなかった。

その年の一二月半ば、世話役が「そろそろ」と補償の話を切りだした。次の時には、一九〇〇〇万円という額を提示してきた。「これ以上どうこう言っても上がりませんよ」と、それまでの態度とは別人のよう。

主人の命をお金にするのは嫌だけれど、現実的な問題がある。三人の子供たちをどうやって大学まで行かせてやるか。ＪＡＬはどの程度のことを考えているのか、知りたかった。しかし、彼の態度は問題外だった。この人とは、二度と話したくないと思った。ＪＡＬの社長室に電話すると、すぐ大阪相談室のＫさんが飛んできた。彼が世話役を引き受けてくれることになった。

Ｋさんについては、何も不満はなかった。本当に紳士的な人で、命日には必ず手紙をそえたお供えを送ってきた。変な咳をするのと、腰痛に悩まされているのが気になっていたが、まさか死んでしまうとは。八八年の一二月、宅急便でポンとお供えを送ってきたのに腹を立てて相談室に電話をして、彼が東京の病院に入院しているのを知った。すぐKさんから電話があった。その後、翌八九年の三月、急に病状が悪化して、亡くなったと聞かされた。

とても良くしてもらったし、せめて奥さんにお礼を言いたいと思ったが、相談室は連絡先を教えてくれなかった。奥さんが、労災を主張して、会社と対立していることが関係しているのか、理由は言ってくれない。

彼女ははじめの世話役を嫌った後で、ボーイング＝日航訴訟に加わっているが、Kさんへの信頼は続いている。

次は夫を亡くした五〇歳代後半の女性、

ＪＡＬの世話役にはずっと恵まれていると思う。個人的な理由では一度も喧嘩したことがない。現地の世話役は整備の人だった。付ききりで一生懸命やってくれた。「ＪＡＬというのは昨日言ったことを替えてしまう会社。かならず書かせるか、メモをとるように」と、アドバイスしてくれた。生後三カ月の赤ちゃんを気遣って、私たちの目にふれぬよう、奥さんに電話をしている。それを見て、胸が熱くなった。

補償の話は九月の二人目の世話役が出してきた。それを三番めの世話役が引き継いだのだが、主人の事情が全然伝わっていない。「お宅が加害者と認めているのなら、いきなりそんなものを出すのではなく、まず被害者に事情を聞くのが常識でしょう」ということで、私は全然話に乗らなかった。

それで、相談室長がでてきた。土産もってきて、孫の自慢話をして、肝心な話はちっとも進まない。結局、お金のことしかＪＡＬは言わないと気が付いて、「ならば主人が居た時と同じ生活が出来るように、お金で補償して下さい」と、いろいろな項目をあげて苦しめた。

世話役を見ていると、会社人間の矛盾を感じる。大の男に、紙屑同然の書類を何遍も持ってこさせ、ＪＡＬという会社の社員扱いはひどい。そういう会社の体質が事故を起こさせたのだと思った。

八八年、新しい室長が、私を担当することになった。このへんで限度に来たなと思ったのは、彼が一人で頑張りだしてから。「首の皮一枚まで、僕はします」と言って、こちらが言う前に、次々と案を出してくる。

劇的な幕切れがあった。八月一日、話しあった後、レストランを出ると、夕立だった。なかなか車がつかまらず、彼はずぶぬれになってやっと車を拾って帰ってきた。その前にガーッと詰め寄ってきたのと対照的。それを見て、いいな、と思った。八月一〇日に判を押した。

彼女は、年配の世話役に亡くなった夫を見つけようとしていたようだ。四回忌も近い夏の夕立、思いこみのドラマが作られている。

初心はどこに

他方、嫌われたのは次のような対応である。中年の女性は、

私の世話役は、ムカッとくるようなことを平気で言った。（本当かどうか分らないが、）「雫石の事故の遺族の子供たちは、みなＡＮＡの世話で就職した。あんまりもめると、就職の御世話はしませんよ」とか、「ＪＡＬでよかったですよ。大韓航空だったら二〇〇万そこそこですよ」と言う。「私らの退職金いくらだと思います。欲かいちゃ駄目ですよ」とも言った。

子供が嫌がっているのに、やたら頭を撫ぜたり抱き寄せたり。言葉つきだけは丁寧に「致しかねます」、「できません」ばかり。皮肉を言っても通じない。

腹はたつが、「あんたも事故機に乗って死になさい」なんて言えない。「たまたまＪＡＬに入って、たまたま世話役になって大変でしょうが、役だけのことはして下さいね」と、あまり係わらないようにしていた。

あるいは、年配の女性は、

とにかくよく喋る人だった。四十九日が終わると直ぐに補償の話をだしてきた。「早く忘れなさい」とか、いろいろ言う。腹が立ったのである日二階で寝ていて、子供たちに対応してもらった。翌日、連絡もしないで来て、「奥さん、どこへ行ってたんですか。お友達のところへ気晴らしに行ってたのかと思いましたよ」と言う。この人は私とは全然違うわ、と思った。子供たちは、心がないとものすごく嫌っていた。私は、営業マンというのはああいうもんだと最初から思っているから、何も期待しなかった。腹が立っても面と向かっては言えなかった。

まだまだ限りなく、遺族、とりわけ夫や子供を亡くした女性たちの憤りは堆積している。男性の場合は、世話役の言動を問題にする以前に、拒絶ないしは攻撃の姿勢が強い。また、これらの遺族の感情を逆なでした言動も、ショックの段階を経て怒りの対象を求めるにいたった遺族の心理が、あえて引き出したという面もあるだろう。

しかし基本的な問題は、何のための慰霊であり、何のための世話役であり、何のための補償なのか、加害企業の側で十分に考えたことも理解もないことから来ている、と私は思う。深い検討も無いまま世話役システムが出来てしまったのだ。

その間の事情を、夫は日航職員であり、新婚の息子夫妻を八月一二日の事故で失った母親は、的確に指摘していた。彼女は日本航空の社内誌『おおぞら』を取り出して、語った。一一月の事故追悼号に、「世話役は語る」として二〇名の投稿が載っている。まず二人の方の文章を紹介しよう。

「先日、担当ご被災者の四十九日の法要の時、奥さまが『やっと電話のベルの音が耳から消えました』とポツリとおっしゃった中にご遺族の深い悲しみを感じ、改めて事故の重大性を認識した。返す言葉がなかった。

今後のわが社の信頼回復への道は厳しいものがある。ご遺族、その他の方々よりの世話役等に向けられた厳しい叱責の言葉は、わが社のすべての社員一人一人に向けられたものであることを感じることなしには、再建への道は開けない」

「世話役に就かなかった人も考えてみてほしい。自分の子供が突然死んだら、あるいは自分や妻が突然死んだら、残された子供たちはどうなるのか……ご被災者とご遺族の心痛がどれほどのものか理解できるはずだ。全社員がこの痛みを心底から感じなければならない。この痛みに触れずして安全対策や経営政策などを論ずるのは、無責任というものであろう」

こんな手紙の載った『おおぞら』を大事に手にして、彼女はこう語った。

事故直後、世話役になった人は、遺族の気持に添うように一所懸命だった。修羅場の現地にいて、遺族がどんな気持だったのかも分った。『おおぞら』の投稿をみても、遺族のためにひたむきになっている。

しかし、その後で世話役になった人は、事故を直接知らない。死んだ人を詳しく知っているわけではない。二万人も勤める大会社で、社長からして自分が手を下して殺した訳ではないと思っている。

それも仕方ない。遺族だって、「あなたが殺した」とは言えない。遺族のなかには、理不尽に怒りをぶつける人もいる。「すべて日航が悪い」、「命を返せ」、「何を言われても当り前だ」とか。気持は分るけど、無理を言ってもどうしようもない。

でも、日航のやり方には問題が多い。主人が日航の社員だから、何も言えないが、息子の会社・松下電器のしてくれたことと較べると、同じ会社なのに、こうも違うものかと思う。

松下は家族も入れて二三人の犠牲者が出た。事故がわかるとすぐ、息子の勤務地の九州に飛び、写真を探したり、掃除機のなかから髪を集めたりしてくれた。主人と一緒に現地に同行し、遺体確認を手伝い、山にも登り、宿の手配もし、合同慰霊祭や葬式、お墓参りなど、人間の心に滲みることをしてくれた。

日航は「このことに何十億円使った」なぞという。でも、額ではなく、どう使ったかが問題。一三億円かけて慰霊碑を建てたり。「慰霊の園」にしても、何にしても、遺族の心を理解しないで勝手にやってしまう。遺族が本当にしたいと思うことが出来ないようになっている。全く無駄な使い方をしている。「世間並ではこうだ」という言い方をされると、遺族としてはたまらない気持ちになる。

日航への批判を抑えて語っていた。

しかし、亡くなった若い夫妻への友人からの寄せ書き、アルバムを見せてもらった後、ふと『おおぞら』の二年後、八七年八月号の頁をめくると、航空安全推進委員会委員長の論文に、「甘い、甘い。責任を明確にし、殺人犯として処刑し、戒めとせよ」と書き込んであった。

遺族を回る社長像

人を理解するには、まずその人の個別性に耳を傾けねばならない。どんな生い立ちの人で、性格、家族との結び付、仕事、何を希望に生きていたか……、問い続ける試みのなかから、その人の像が結ばれてくる。自らの他者理解の限界も分ってくる。逆に「JA8119号機事故遭難者」として一括してみる視点が強ければ強いほど、故人とその遺族の心から遠くなってしまう。

確かにJA8119号機墜落事故で死んだけれども、同機墜落事故遭難者として死んだのではない。そのことが最も分らなかったのは、組織のトップでなかっただろうか。

事故当時の日航社長・高木養根《やすもと》氏は悲運の社長といわれた。八二年の羽田沖墜落事故で日航の体質を問われた上、続いて八五年の事故にあった。彼は事故後、社長を辞任した後も、被害者のすべての家を慰霊に回ると言っていた。

だがその弔問に、もう一度傷つけられた、と憤る遺族は少なくない。

三人の娘を喪った父親はこう語る。

現地での世話役は若い技術畑の人だった。不親切ではないが、おろおろして、離れた所に立っているだけだった。「なぜ、言われたことしかしないのか」ときくと、「私たちは加害者の立場なので、へたに動くと証拠隠滅扱いにされる。だから、言われたようにしか動けない」と説明された。その時、そんなものかと思ったのだった。

大阪に戻って、帰りの切符代を持ってきて、規程ですから領収印を、と言われた時は、怒るよりもびっくりした。なんと事務的なことか、と。しかし彼は上からの指示で来ているだけ、そう思ってこの時は気持を抑えてきた。

だが、高木社長が来た時は、あまりに心が感じられないのに失望した。

朝の九時ごろ、黒塗りの乗用車二台で、高木社長、今の山地社長(当時は副社長)、世話役二人で訪ねてきた。

私たちは、大阪城ホールの合同慰霊祭で高木社長が読んだ祭文のコピーを取り寄せ、娘たちの写真の前に飾っておいた。娘たちに語りかけるように、もう一度読んでもらいたいと願った。

高木社長は黙ってお辞儀をした後、「何かありませんか」と聞いた。それで祭文をお願いしたら、タッタッと読んで、帰ろうとした。娘の名前も、言わない。ただ「次のスケジュールがありますので」と言う。

弟は引き止めて、尋ねた。

「この家で誰が死んだのか、知っているのでしょうか」と。

社長は、「お宅は、お嬢さん三人、お亡くなりになって……」と言っただけで、言葉が絶えてしまった。

三人、そんなことは目の前の写真を見ればわかる。戒名まで出ているではないか。しかし名前も知らん、歳も知らん。私の家にくるからには、そんなこと知った上できて当り前だろう。

まして、お付きまで連れて来ているのに。謝罪といっても、黙って頭を下げるだけ。自分の言葉も何も持っていない。ただ、連れてきてもらっただけ。連れてくる者も、車中でいいから、なぜ名前ぐらい教えてないのか。

日航の体質が今回の事故につながっているのだろう。本当に、がっかりしてしまった。

ここには、さきの日航職員の妻が、「社長からして自分が手を下して殺した訳ではないと思っている」と指摘したとおりのトップ像がある。私は高木氏と話したことはない。会って話せば、老いた元社長に、巨大組織に没入して生きてきて、自分の感情を聴きとることが乏しくなった人の、疲れを感じとるかもしれない。

父親は怒りよりも疲れを、空しさを伝えていた。それは、弔問者から悲しみを感じとれなかった疲れである。

それはまた、ある世話役が私に語った疲れにも通じている。「残念ながら、私たち世話役の経験を会社に提案しても、まとめる人がいない。世話役の選択基準は四〇歳代後半の中間管理職。人生経験を生かして、個々に対応しろというのが会社の方針だった。こうして様々な経験をしてきても、また個人の人生経験として持ち帰るだけだ」と打ち明けた。三者三様の疲れは、同じ問題から生じているのでないのか。

それは、組織が個人の感じる能力を押しつぶしてしまうことからくる疲憊感だ、と私は思う。

近藤船長の罪の意識

巨大組織のなかに埋もれて加害者意識を持つことができなかった「恵まれた人々」に対比して、個人として慰霊がどうあるべきか、私は想い浮べる人がいる。

一九八八年の「なだしお」・「第一富士丸」衝突事故での一方の当事者、近藤万治船長(第一富士丸)のことである。事故から一年半たって私が会ったとき、彼は電車を乗り継いで被害者の墓参りを続けていた。

近藤さんは、こう語っていた。

僕自身は、これからの自分はないと思っていた。ただ、起こってしまったことに対する責任はとりたい。どうしたら責任をとれるか。自分のせいで三〇人の命を亡くしてしまったが、僕が命を断っても償いにはならない。謝って済むことではないけれども、少しでも早く遺族に頭を下げたい。なんにも出来ないけれど、とにかく申し訳ないという気持ちだけでも遺族に伝えよう。

八月上旬ごろから遺族をまわり始めた。追われるような気持ちで一日に三軒も四軒も訪ねて、八月中にはほとんどまわった。少しは僕の気持ちをわかってくれる人がいるんじゃないか、という淡い期待もあった。

遺族への訪問は、一年半後の今、二回りめの半分くらい。でも、正直いって、どういうふうに遺族に接したらいいか、全然わからない。門まで行って断られたり、家の近くまで行って電話して断られたり。「会えば殺したい気持ちも出てくるし、早く忘れたいから来ないでくれ」という。もし自分が愛する人を亡くしたら、僕の顔なんて見たくないし早く忘れたいと思うだろうとも考える。

何とか会ってもらえて、一時間とか二時間とか叱られるようなかたちででも、本当に謝ることができたのは一遺族か二遺族。居なかったり、拒否されたりして、四遺族にはいまだに会えていない。ご焼香は、二八遺族のうち二六の家でさせてはもらえた。拒否されたのは二軒だけだが。

会社のほうで遺族の状況を大体調べてくれてあったので、行く前に出来るかぎり聞いていった。家族構成や誰が対応にでるかとか、一覧表を作って持っていった。電話をして、遺族を訪ねて、お詫びして、ご焼香させてもらう。その時にお墓の場所を聞いて、その日か、遠ければ次の休みの日にお墓参りをする。遺族に会わないでお墓参りだけすれば、嫌な言葉も浴びせられないし、格好だけはつく。でもそういうのは卑怯というか、逃げてるようで嫌。なるべく楽したり安易な方へ行ったらいけないという気持ちがある。

一家の大黒柱を失った方がほとんどで、奥さんと小さな子供だけになったりしている。初めはかなりきついことを言われた。感情をそのままぶつけられる。面とむかって「殺してやりたい」とか、「主人を返して」とか、「子供たちをどうしてくれるのよ」と泣かれる。反論の余地もないし、ただ「申し訳ありません」としか言えない。そのあと一日、二日は疲れて誰とも口をききたくない。そんなことが続いた。

今年の夏、去年は断られた家に行ったら、ちょうど夏祭りで、会ってもらえた。「海難事故を起こした過失は十分自覚している。刑事事件でも何でも贖罪として、決められた刑に従います」と謝るしかなかった。誠意をみせるといっても、財産もないし、お墓参りに行って、お線香あげて、頭下げることくらいしか出来ない。その時は、一時間くらい、いろいろ言われたり聞かれたりしたが、その後、一緒にご飯を食べてお酒を飲んだ。その時は、少しは僕の気持ちをわかってもらえたかもしれないと、ちょっとほっとした。

他にも、去年に較べたら少し明るくなっていて、うれしかった家もある。子供と奥さんだけ住んでいる。前と同じようにいろいろ言われた最後に、「本当に苦しかったけれど、子供のために生きようと思う。あなたも苦しんだのでしょう。ちゃんと罰は受けて、新しい人生を歩んでください」と言ってもらえた。その言葉にずいぶん救われた。

そういう遺族も二軒ある。でもほんの一部だし、誠意を示したいという気持ちすら拒否されているのが大部分。

一体どうしたらいいのか、本当にわからない。いまも悩んでいる。

彼は、「海難審判が終ったら、その時点でまた遺族を訪ね、審判の結果の説明とお詫びをしたい。そして、刑事裁判を終えた時点でもう一度訪ねようと思っている。再出発できて、外国で働くことができるようになったとしても、遺族に年に一度か二度は手紙を出したい」とも言っていた。（加害者側の心理過程の分析を含め、詳しくは「近藤万治船長の心境をきく」―『世界』一九九〇年四月号に書いた。）ここには、健全な罪の意識がある。私たちはこんな当り前の感情を知って、やはり感動する。

「ご被災者相談室」の朝

八五年八月末、日本航空は関東地区、関西地区、九州地区ごとに、東京、大阪、福岡に遺族の慰霊と補償のために「ご被災者相談室」を置いた。担当に総務本部副本部長でもある宮坂取締役をあて、重視してきた。

大阪相談室は初め中之島の日航ビルの隣にあったが、今は新大阪に移っている。世話役とよばれるスタッフは初め八十数人。あれから三年たった八八年秋の時点では、二五人に減っていた。このスタッフで、三三〇件の補償を担当してきた。一人が七家族から二〇家族を担当していた。

世話役の八割は大阪外の人で、すでに五〇歳をこえての単身赴任だ。東京から沖縄まで、様々な所からやってきて、月に一、二回、家族の元に帰るのがやっとの生活をしてきた。高血圧の人が多く、心臓発作の既往歴のある人もいる。朝、ご被災者相談室はピーピーという音で始まるという。出勤してきた元中間管理職の男たちが、自動血圧測定計を腕に巻いて測っている音である。

世話役のなかには、定年が近く、今さら元の職場に戻るよりも相談室にいた方がましという人や、帰りたくても相談室勤務が長く、帰れないという人もいる。だが多くの世話役は、初め難儀な仕事だと思っていたのに、いつの間にか遺族の世話にのめり込んでいった人たちだ。

悲惨な事故から数年、いろんなことがあった。

古参の世話役は、八月一三日に命を受け、一三日の夜中に東京を発ち、一四日の朝から遺族の世話をしてきた。遺体を確認し、葬儀に参列し、一旦職場に戻ったと思ったらすぐ、相談室勤務の辞令を受け取っている。課長であろうと何んであろうと、「世話役部長」の名刺を持たされ、複雑な気持で慰霊にあたってきた。ヘリコプターによる墜落現場追悼飛行、部分遺体の確認、遺品の確認、合同慰霊祭、命日の焼香、遺族の現地への旅行の手配……、数えあげれば限りがない。

八・一二連絡会、いわゆる遺族会を認めるか否かについても、社内で論議があった。羽田沖事故の際は、認めない方向できている(第六章のなかの「遺族会の成長史」を参照のこと)。会社としては、遺族同士が横の連絡をとり始めると、何かと無理を言い出すのが困る。補償の交渉は別にして、遺族のエゴが出て、声の大きい人の意見に引っ張られるというのだ。

しかし世話役のなかには、「出来るものは認めたらいい」という考えが多かった。ただし相談室が、遺族会結成に向けて被害者の住所を教えなかったのは、プライベートな事情があって連絡をとりたくない人もいたからだという。会社としては、不特定の遺族グループに対して全員の住所を公表するわけにはいかない、と判断した。遺族が自分たちだけの資金で慰霊碑を建てたいと計画したときも、住所を知らせず、世話役経由で連絡していった。

私は世話役の方と会って話を聞いていると、本人が意識している以上に精神的負担がかかっていると思う。例えば、気遣うことはと尋ねると、出入りの少ない家を訪問するとき、と言われたことがある。

垣根の外から覗いている人もいる。近所の人の目を意識して、いつもと違う裏道を通ったり、人目につきづらい黄昏どきに行ったり。奥さん一人の時は避けて、子供のいる時にしたり。それも長居はできない。

これは世話役自身が意識している気遣いの、数あるうちのひとつである。しかし私は、意識されていない、もっと多くの負荷が加えられていると思う。意識されない負荷は、自分の行為が全面的には会社から支持されているわけではないこと、組織にとっては忘れたい事件であり、密かに解決されてこそ良しとされるという、曖昧でアンビバレントな支持から来ている。遺族の喪の過程へのオリエンテーションもなく、また先の世話役の悩みのように、慰霊と補償交渉をふたつながらに行き来させられているのである。

世話役はその仕事にたずさわっている時よりも、退任してから後の方が精神的に問題が多いのでないか。不眠、抑うつ、悪夢、漠然とした罪の意識……など、様々な精神的外傷後の日常生活への不適応症状を持つ人も少なくないのではないか、と私は思う。

会社は遺族の精神的支持への明確な思想と方針なしに、傷ついた人の心へ入っていく仕事を職員に命じてはいけない。今回の日航機事故後の世話役たちへの精神医学的追跡調査もまた必要であるが、これもおそらく行われることはないであろう。

世話役としてＪＡＬを去る

私はこの章の最後を、ひとりの定年間際の世話役の回想で結びたい。どうか、彼が誰であるか詮索せずに、彼の話を聞いてほしい。

世話役とは何をする人か、ずっと悩んできた。

初めは私も「何で苦労してきた人間にやらすのか、こういう仕事こそエリートといわれる若い人にやらせるべきだ」と思った。しかし、それでは実際はうまくいかなかっただろう。

振り返ってみると、いつも時間的にも肉体的にも手一杯だった。初めは五人だったが、帰る人の分を引き継いでどんどん増えてしまった。どうしてもこの人に継いでほしいというのが仲間内でもある。増えて良かったと思う。空いた時間があると、人間って、つまらぬことを考える、「なんでここにいるのか」とか。

「親身になって」というのは本当に難しい。偉い人はよく「誠心誠意をもって」と言うが、これはおかしい。それは、相手が判断すること。こちらとしては「できる限りのことをします」としか言えない。残念ながら、うちは事故直後から、社長と副社長がそう言っている。私は、遺族の子供に「よいおじさん」と思ってもらえたらそれが限度だと思う。

子供やお年寄りのいる遺族について、いつも山に登っている。子供が好きなので、行儀が悪いと「気をつけ」と怒鳴って、母親から感謝されたりする。加害者と被害者が笑いながら一緒に登山するのはどういう意味か、と考え込んでしまったこともある。いろいろなことがあった。今でこそお酒出してくれたり、食事を準備してくれたりしてくれるけれど。

人殺しという言葉に、堪り兼ねて文句を言ったこともある。殺意があったわけじゃないと。

遺族会でも「従来通り、商売させてもらう。だから社会的常識に反するようなことはしない」と答えている。飛行機が絶対に落ちないとは言えない。としたら、「どうせ落ちるなら、アフターケアがあるＪＡＬにのったほうがいい」と思ってもらえるしかない。それが我々の生き残る道だと、皆で話している。

遺族会を対立の場にするつもりはなかったが、出ると団交みたいになってしまう。遺族のストレス解消になるんなら、たまには罵倒されてもいいが。二、三人で力ずくでやっても意味ないと思う。どうしても、集団の歪みが出る。

財団法人「慰霊の園」にしても、山の頂上まで道を付け、墓標を乱立するのはやりすぎでないだろうか。あそこは林野庁の立場からは石はだめで、保安林として植樹すべきだった。下の慰霊碑までが限度だったんじゃないか。一年間人が通らないと、すぐ道がなくなってしまう。

完全遺体だった人と部分遺体だった人と、山へのこだわりかたが違う。あそこを墓だと言う人と、墓じゃないと言う人。今年、来年は行くにしても、七回忌すぎて、はたして何人の人が行くだろうか。しかし、あそこまでやらないと、遺族の感情は収まらなかったとも思う。

世話をやきすぎて、かえって遺族の立ち直りを遅らせているんじゃないかと言う声もある。

私たちとしては、少しでも早く遺族に立ち直ってもらうことしかない。近所の人の同情は半年くらいしか続かない。後は興味本位。高額の補償金をもらって、と妬まれたりする。マスコミがそれを煽っている。親身になってくれる親戚のいる家もあれば、補償のカネをめぐって親戚とトラブルになっている家もある。

小さい子供をかかえた奥さんは、生きていかなきゃならないので立ち直りが早い。しかし、歳とって一人息子を亡くした夫婦は立ち直れない。早く息子のところへ行きたいとばかり。一〇人いれば一〇人違う。悲しみは深いかもしれないが、それだけじゃ故人は浮かばれんだろう。

残された者は、生き甲斐のある生活を送らなければだめだと、女の人には何でもいいから習い事を勧めている。男の人には貸し農園を借りてあげたりした。夫と子供二人亡くした四〇歳の奥さんで、週三回、習い事に行って元気にしている人もいる。過去のことだけに捉われる時間を少しでも少なくしてあげたい。

九〇パーセント以上の世話役は、遺族を何とかしてあげたいと思っている。お墓参りの遺族に東京でトランジットの時間があれば、相談室を離れた後でも、電話一本で元世話役たちは付き合っている。私も、出来ることがあればするつもり。

三年間の遺族との対応は、体力的にしんどいことはあったが、精神的に苦痛を感じたことはなかった。むしろ、社内で三〇年間勤めた時のほうが、嫌なことがあった。

これがＪＡＬでの最後の仕事かと思うとやるせない。東京にもどってからも、今担当していて気になる遺族と連絡は取るつもり。「別れじゃないいんだから、よければ一生の付き合いだよ」と言っている。世話役の間に「後任に渡した以上、でしゃばるな」という不文律があるけれど、本当に必要な人にすることに文句はつけられないと思う。


加害者も遺族も相手と話したいのである。ただ、その方向がずれたままである。

加害者は「謝してほしい」、「忘れてほしい」、「補償の成立で区切りにしたい」、そのために話を急ぐのである。加害者の戦略は、自分たちも被害者だと思い込むこと、そして事故の記念と忘却である。

他方、遺族は「事故によって、私たちの人生は変ってしまった。だから加害者の生き方も変ってほしい」と訴えている。復讐を求めているのではない。故人の死を意味付けるために、一緒に考え、一緒に変ってほしいと呼びかけている。

世話役は、「私たちの会社は、事故の後、こんな改善をしています。あなたのかけがえのない人の死を、こんな風に生かしています」、だから「あなたもしっかり生きてください」というメッセージを持って、遺族の家を訪ねることができるのなら、苦しい仕事であっても、彼らは精神的に健康である。

私はこの世話役の話を聞きながら、その一歩手前で、遺族との交流を踏み止まらされた人の疲れを感じる。不幸さえも疲れさせているのは、人の顔を見なくなった組織である。

第十章　安全共同体《セイフティ・コミュニティ》への離陸《テイク・オフ》

ボーイング747のコックピット（共同通信提供）

羽田のフライト・シミュレーターで

一九八五年八月一二日、日航機墜落事故を知ったとき、丁度、私は全日空の社内誌にコックピット内でのコミュニケーションについて書いていたところだった。飛行機の事故が機械の故障によるものから、「ヒューマン・ファクター」へ移ってきていること、危機における思考や会話のあり方について、書こうとしていた。人的要因による事故の最たるものであった、八二年二月九日、日航機の逆噴射墜落事故からすでに三年たっていた。

私はその年の初め、頼まれてエア・ラインにたずさわる人々のストレス、精神衛生について面接調査を行い、レポートを作っていた。旅客課の職員、グランド・ホステス、整備にたずさわる技師、スチュワーデス、操縦士、航空券の予約を受けるオペレイターなど、それぞれの職場を訪ね、職種とストレスについて話をうかがったのだった。

羽田の乗員訓練センターでは、CAI(コンピュータを使った教育カリキュラム)を見せてもらい、ボーイング747のフライト・シミュレーターにも同席した。

パイロットは飛行機の機種ごとに、さらに航路ごとに免許を運輸省航空局より取らねばならない。そのためのCAIは、十分な開発費をかけており、さすがによくできていた。

またフライト・シミュレーターは、大型コンピュータ数台で支援されており、実機と全く同じ仕様で作られたコックピットは油圧シリンダーで宙に浮いている。天候、機体のあらゆる条件を打ちこむことができ、それにつれてコックピットの前面にはコンピュータ・グラフィクスで描かれた雲が流れ、機外の風景が揺れ始める。例えば、私は沖縄の空港に着陸するフライト・シミュレーションを見せてもらったが、無事着地した「飛行機」の左右を現地と同じ風景が走り、イン・プットされた条件に応じて機体は揺れ、滑走路の硬い震動まで伝わってきた。着地に失敗すれば、飛行機にすさまじい衝撃が伝わり、解体する寸前まで、シミュレーターは起こるであろう出来事を演出していく。

また、整備についても機種ごとに免許が要求され、徹底したマニュアル管理が行われている。飛行前点検として、最終便到着後(オーバーナイト点検)と初便(ディパーチャー点検)、そして到着のたびに行われる飛行間点検。次に、時間を限って定時整備が行われる。B747について、当時の日航はA整備(二五〇時間毎)、B整備(一〇〇〇時間毎)、C整備(三〇〇〇時間毎)、さらにH整備として三〜四年毎に計画的に機材の改修を行っていた。勿論、整備や操縦の前に、飛行機の設計思想に安全対策が何重にも組み込まれている。初期の「安全寿命設計」から「フェイル・セーフ設計」へ、さらに「損傷許容設計」へと進化してきているのである。

安全寿命(セーフ・ライフ)設計とは、構造部材ごとに前もって限界使用時間(または飛行回数)を決めておき、その部材が限界使用時間に達するまでは、疲労破壊が発生しないように十分な強度を持たせる。そして、限界時間に達した部材は、悪くなくても新品の部品と交換し、強度を維持するのである。

ただしこの方式では、十分な強度を持たせようとして構造全体が重くなった。さらに一九五三年のカルカッタ、翌五四年一月と四月の地中海沖での墜落と、当時の最新ジェット旅客機「コメット」が「金属疲労」によって破壊された。そのため、もし構造の一部分に疲労亀裂などの部分的な破壊が生じても、すぐには構造全体の致命的な破壊に進まず、次の点検によって発見されるまで安全に飛んでいられるような設計思想――フェイル・セーフ設計が求められるようになった。ボーイング社のB727、B737、B747(8・12墜落機種)、ダグラス社のDC9、DC10、ロッキード社のトライスターL1011などの花形機はこの設計思想で作られたものである。

こうしてフェイル・セーフ設計が、長い間、安全設計の中心となっていたが、一九六九年に米空軍のジェット爆撃機F111、続いて翌七〇年に同じく大型輸送機C-5Aで、フェイル・セーフ構造部分に重大な損傷が発生し、定常の整備で発見されないまま事故に至った。そこで米空軍は「損傷許容設計」という安全思想を考え出す。それは民間の旅客機の設計にも取り入れられ、「亀裂の発見し易い構造様式や、亀裂が入ったとしても、その進展が遅くなるか、止るような構造にすることが求められた。そのための適切な検査を組合せる」という項目が、耐空性基準や耐空性マニュアルに加えられたのである。一九八三年六月に就航したB767はこの損傷許容設計によって作られた最初の航空機である。(用語の説明は、『航空用語集』全日空広報室編を参照した。)

死亡率〇・一の限界値

設計思想、整備態勢、操縦者と機械との対応、それぞれが進歩し、さらに空港、管制システム、エア・ルートの改善などによって、航空機の事故は急減してきた。

ＩＣＡＯ（国際民間航空機関）の統計によると、ソ連圏をのぞく一億旅客km当たりの死亡者数は一九七五年までは着実に減少している。五〇年代にジェット化が始まったころは、事故の発生率は非常に高く、約一〇万時間に一件の割でおこっていた。そのため一九六〇年は一億旅客km当たりの死亡率は〇・八であった。それが減少し続け、七五年には〇・一にまで下っている。一〇〇万飛行時間当たりの死亡者数でみると、一九六〇年の四人から七五年以降は一・五前後に下っている。しかしその後は横ばいとなり、この限界値をこえられずにいる。〇・一／一億旅客km、――それは航空機の安全性の越えられない線であろうか。事故の原因追究は、様々な要因を見直ししながら行われている。そこで浮び上ってきたのはヒューマン・ファクターの占める比率の増大である。

ジェット化の初期は、機材に起因する事故が六～八割、人的要因が二～四割だったのが、ハード面の信頼性が高くなるにつれ、逆転している。ＩＡＴＡ（国際航空運送協会）の技術委員会は、一九七五年の報告書で、事故の六〇％以上は人的要因が関係しているとし、「人間の信頼性こそが、安全運航のための最終課題」とよびかけたのだった。（なお、最近――一九九〇年九月——、ボーイング社は八〇年代の大規模事故の研究からクルー・ミスを七二%と発表し、話題となった。)

いくつかの研究や実験レポートがあるが、例えばNASA(米航空宇宙局)は、乗員のエラーと注意が航路といかなる関係にあるか、飛行実験を行っている(一九七五年)。飛行時間一万二〇〇〇時間以上のベテラン・パイロットを被験者に、フライト・シミュレーターを使って、ダラス—ニューヨーク—ロンドンという頻繁に飛行する二区間において、エラーの数を測ったのである。結果は一クルー当たり約二五件のエラーを犯しており、しかもその発生率は馴れているはずのハイワーク・ロードほど多かった。そしてエラーの発生率は乗員の管理能力に影響され、とりわけ機長のリーダーシップや管理能力には個人差が大きいとされた。

マン・マシン相互関係とよくいわれるが、一連の研究が指摘したことをまとめると、乗員の訓練に関しては、マン(乗員)がマシン(飛行機)に追随していくための訓練にかたよっていることの問題であろう。マシンの研究、開発は急速に進んできた。それにつれて、乗員も機械に馴れるための練習が要求された。機体の操作、気象状況、運航環境を知り、反射的に反応できる訓練に重点がおかれてきたのである。他方、人間そのものの研究、コックピット内、さらには乗務員全体を含む人間関係の研究、それらと機械の関係、危機状況における人間の意思決定の研究などが決定的に遅れていた。マンの研究、およびマン・マシンの研究が行われていなかったのである。

コックピット資源管理

こうした実験や事故調査をもとに、一九七九年、NASA、FAA(米連邦航空局)、IATA、ALPA(操縦士協会)、および大手の民間航空会社による官民合同の研究会が開かれ、ヒューマン・ファクターの体系的な分析と今後の乗員訓練の新しい方針が打ちだされた。特に、「オペレーションで発生するインシデントやアクシデントの要因のひとつは、リソース・マネジメントの能力の乏しさである」という資源管理(RM)の概念が提唱されたのであった。

ここで、事故とヒューマン・ファクターの関係については、次のような問題が高頻度に見られるとしている。些細な機械の不調へのこだわり、機長のリーダーシップの不適切、業務の委託や責任分担の失敗、モニターが不十分、利用可能なデータを活用できていないこと、意思伝達の失敗の六項目である。

合同研究会の報告書には事故に即して具体的なコメントが付けられている。例えば一九七七年三月二七日、スペイン領カナリア諸島のロス・ロデオス空港で、滑走中のパンアメリカン航空とKLMのB747型機同士が衝突し、五八三人の死亡者を出した事故については、KLMの機長が許可なしに離陸し、航空機関士が「パンナム機はまだ滑走路にいるのでないか」と尋ねたのにかかわらず、機長が強い調子で否定したことにある、と指摘している。つまり、機長の権威的な姿勢が他のクルーの気付きを一方的に無効にしたのである。

　このような人的要因の研究から取り出された「リソース・マネジメント」の概念は、クルーがコックピットで使用できる全ての資源(計器、情報、人間関係)を運営していく方法といえよう。ＮＡＳＡは七六八九例の事故に基づき、ＣＲＭ(Cockpit Resource Management)のための能力を三つに分類している。

　第一は、対人関係とコミュニケーション能力であり、親しい人間関係の確立、率直な自己表現、思ったことを口に出す積極性、不必要な会話の排除、不明な点の確認を必ず行う習慣、相手の理解、その意味、メッセージを必ず確認する自主性をあげている。

　第二には、リーダーシップと管理能力である。それには、権限の委託、権限を曖昧にしないリーダーシップ、部下を信じるか疑うかといった機長としての迷いの排除、決定事項が明瞭に理解される指揮、規則を適用する際の原則とリーダーシップ、ひきしまったコックピットの雰囲気の形成、クルーを対等な関係《コーディネイション》にもっていくこと、仕事の優先順位付けなどが含まれる。

　第三には、計画、問題解決、意思決定の能力が求められる。適切な計画、情報をフォロー・アップし、やりっ放しや指示のしっ放しをしない、情報の質と適時な伝達、情報の信頼性の吟味、問題解決の戦略、問題発生への先見性、ストレス下での意思決定、誤った集団思考の排除があげられている。

　このＣＲＭの能力を高めるため、フライト・シミュレーターでの訓練もＬＯＦＴ(Line Oriented Flight Training)とよばれる訓練への改革が求められた。それは、先に私が体験させてもらったような、実際の運航形態に極めて似た環境を設定し、従来の操縦技量の練習だけでなく、他のクルーとの関係、危機的状況への対応を含めて訓練をしようというものである。

当時、私は乗員のストレスについて調べていて、全日空・総合安全推進委員会(舟津良行委員長)の文書を通して、CRM－LOFTへの訓練思想の発展を知ったのだった。

ある機長は、こう説明してくれた。

「コックピットのなかで十分に機長にものが言えないようでは、問題だ。意思決定に到るまでに、どのような情報を集めるかが大切になっている。これまでの機長の知識と技量にのみ頼る権威的運航ではなく、人間関係の管理能力を加えて、全体としての遂行成果を高めていくべき時代になっている。」

また、年配の機長は、「平常、自分の能力を信じていても、危機状況では能力レベルがどれほど落ちるか、知らねばならない」、とも語っていた。

私はこんな話を聴きながら、分野は違っても時代は同調していることに感心したのだった。

機械が発達し、組織も巨大化し、高度にシステム化してくると、必ず人間の問題が再登場してくる。人は、人間の能力に等しいもの、さらには人間の能力以上のものを作り出そうと努力し、それがある程度成功すると、もう一度、人間の能力に驚くのである。ひと回りして驚く人間の能力とは、孤立した人間の能力ではなく、民主的な人間関係のなかでこそ発揮される自立した人間の能力に他ならない。

治療的雰囲気の創造者

ＣＲＭの思想のなかには、まだ民主的な人間関係がもつ意味とマニュアル重視が混り合っている。今後、マニュアル化できるものは増々コンピュータにとって替わられるだろう。そして、ＣＲＭにあった率直な自己表現、「おや」と気付いたことを過不足なく周囲に伝える能力、クルー間のコーディネイション(対等な関係の形成)、ストレス下の意思決定の能力が、最重要になってくる。しかも、これらの能力は個人のものであるより、集団が育てあげる民主的な雰囲気そのものから生じるのである。それが危機状況でばらばらになっていく乗員を、安全共同体《セイフティ・コミュニティ》につなぎとめるのである。

実は私は、ヒューマン・ファクターの研究からＣＲＭに至るフライトの思想が、精神医学の「治療共同体」Therapeutic Community という思想とよく似ているのに感心していた。それはイギリスの精神科医ジョーンズ・Ｍによって提唱され、ケンブリッジのクラーク・Ｄによって六〇年代から七〇年代にかけて発展していった社会精神医学の概念である。

航空機事故について書き出しながら、社会精神医学のひとつの思想に移るのは唐突に思われるかもしれない。しかし、個人(病者あるいはパイロット)を問題にするのではなく、対人関係が個人にもたらす意味を重視し、対人関係を積極的に経営管理していこうという発想において、共通しているのである。時代は同調しているといったのは、その意味である。

マックスウェル・ジョーンズは、第二次大戦の終わり、心臓神経症患者の共同社会活動から始め、送還捕虜の社会復帰病棟で仕事を続け、一九四七年からベルモント病院に産業神経症病棟を開いて、神経症者や性格的に歪みのある人の治療にあたった。

彼はここで、精神科医が直接的に個々の患者を面接治療していくよりも、病棟の雰囲気を治療的に組織していくことを試みる。入院患者は専門医や看護者と接しているよりも、ずっと多くの時間を他の患者とすごしている。医師―看護婦―助手―患者という、治療の名のもとに作られた従来の権威関係を崩し、病棟のすべての人間関係そのものを治療的資源にしていこうと考えたのであった。

治療共同体においては、病者は薬をのんだり、作業をしたりという受身の位置におかれるのではなく、怒りや嫉妬などの感情を率直に表出し、上下関係をなくして批評しあい、自己の抑圧してきたコンプレックスや特異な反応に気付いていくことが奨励される。例えば、ある患者と病室を掃除しにきた職員が物の置き場所を巡って口論になった場合、病棟管理者が権威的に間にはいり、誰が正しいかを判定したり、あるいは「今は興奮しているので、少し時間をとりましょう」といったおざなりな対応をとらない。その場で、直後すぐ、その出来事に係わった人、見ていた人が集って、それぞれが、何がおこり、どんな考えから行動したのか話していくのである。こうして患者も職員も、自分の対人関係における特異な幻想（精神分析学でいう投影や同一視など）に気付くことが求められる。

つまり、病棟の生活そのものを高圧釜の状態におき、人間関係を不断に活性化していこうとするのが、治療共同体のその後の継承者クラークの主張する「管理としての治療」であった。クラーク・Dは一九六四年に書いた著書『管理療法』(鈴木淳訳では『精神科医の役割』医学書院)の中で、治療共同社会の原則を六つあげている。情報伝達の開放、出来事のその都度の分析、新しい行動様式を体験する場を豊富に作る、権威階層を平板化する、成員すべての役割の検討、成員すべてが参加する会合を規則的に持つ、である。

それはCRMであげられた項目と、なんと共通していることか。ただしここで見落してならないのは、個々の項目を保障していく治療的雰囲気、社会的関係こそが、真の資源であるということだ。

羽田沖事故のあとしまつ

八五年八月一二日の日航機墜落事故がおこる以前、私は八二年二月九日の羽田沖墜落事故がどのように処理されてきたかに関心を持っていた。

事故は、福岡発の日航機DC8型機が滑走路南側の東京湾に突っ込み、乗員乗客一七四人のうち二四人が死亡し、八七人が重傷、五四人が軽傷を負った。原因は、機長が着陸直前に操縦桿を前に押し、エンジンを逆噴射させたためであった。事故当時の新聞で、操縦桿を引き戻そうとして争う副操縦士の「キャプテン、やめてください」という叫びと、事故直後の片桐機長の「やっちゃった」というつぶやきは、マスコミ用の名文句になった。

事故直後、機長の治療を担当していた聖マリアンナ医大精神科のI助教授は、テレビに出て機長の病気は心身症であり、心身症とは……と滔々と解説していた。私たち臨床精神科医は、簡単な異常行動がテレビの中で告げられただけで、この助教授の説明を疑い、「そんな馬鹿な、誤診だろう。これでは心身症の人が誤解されるよ」と思ったものだった。二、三日して、多くの精神科医に指摘されたのであろう、この助教授はマスコミから姿を消した。丁度、聖マリアンナ医大の研修医が私の病棟に研修にきたので、私はどんな診断面接をしているのか尋ねてみたことがある。

若い女性の精神科研修医は、例えば幻聴について、その助教授は「誰もいないのに、後ろから自分のことを喋っている声がきこえますか」と機械的に問い、「いいえ」と患者が答えると、〈幻聴なし〉とカルテに書くのだという。私は、質問テストのような問診にあきれてしまった。幻聴に苦しむ病者は、誰かが実在しているからこそ、自分をおびやかす声が聞こえてくると体験している。「誰もいないのに……」ときかれて、「いないのに、声は聞こえない」と答えるのは当然のことである。実際の面接がこれほどひどいとは信じたくないが、いずれにせよ病者や家族と対等な会話はまったく出来ていなかったのであろう。

一方、慈恵医大でI助教授の後輩にあたる日航乗員健康管理室の精神科担当嘱託医は、助教授の「心身症」の診断を信じこみ、九カ月余にわたり、計一四回の本人診察と三回の同乗観察を重ねながら、初期の思い込みを疑ってみることもなかった。この間、幻聴や被害＝関係妄想に振りまわされ、天井を突くなどの異常行動があったのに、診断はただ機長の「異常なし」に向ってのみ組み立てられていったのである。(なお、歴史的に航空会社の医療はI助教授、担当嘱託医の出身校である慈恵医大とのつながりが深い。)

ここでは、患者や家族と医師、学閥を共にする医師と医師、そして片桐機長と同僚やクルーの間に、リソース・マネジメントがなかったのである。

一年三カ月後の一九八三年五月、運輸省航空事故調査委員会は、羽田沖墜落事故の最終報告書を出した。しかし、機長が精神分裂病を病んでいたことおよび誤診が指摘されただけに終った。否、日本航空パイロットのおかれた状況はむしろ悪化したと言えるかもしれない。

ある日航の機長は、当時、私にこう話していた。

羽田事故は本当に残念だ。あの事故をきっかけに、精神科の医者が多くなり、相談しやすくなると思っていたのに、逆になっている。

乗員の生活は、何ともいいがたいほど不規則。夜と昼が逆。とにかく夜に寝れない。勤務で外に出ていた間の新聞を、家に帰ったときに、夜中なのに読んだりする。「俺はいま昼」といった、自分だけが自分の時間を生きている感じ。精神科医にも相談することがあるのだが……。

いつも身体検査の結果に気を遣っている。血圧、視力、血液検査……と。体重は標準体重(身長から一〇〇を引いて〇・九をかけた数字)より二〇%太ると仕事を止められる。数字の身体をにらんで生活している。こんなにまでして健康に注意しているはずなのに、機長は定年後二年ぐらいで多くの人が死んでいる。この前、日本航空のベテラン・パイロットだった工藤さんが六九歳で亡くなられたが、それが永く生きた最高記録。

パイロットの身体検査手引

つまり、数字化されうる身体検査が強化されただけだった。羽田沖事故後、航空審議会の答申にもとづき航空身体検査はエア・ラインからはずされ、㈶航空医学研究センターで行われることになった。そして、精神科医二名の委員をふくむ「航空身体検査基準部会」が作られ、「航空身体検査マニュアル」が定められた。この検査マニュアルがいかにお座なりなものであるかは、答申の契機にもなった「精神及び神経系」のところを見ると一目瞭然である。

その項目の「診断上の一般注意」には、例えば「遺伝歴では、近親者に自殺、問題行動、精神病、神経症、てんかん、偏頭痛、神経疾患などの有無を注意する」と明記している。注意して、どうするというのだろうか。近親者に自殺した者がおり、子供に登校拒否がおれば、パイロットに遺伝的負荷があると疑うのか。身体疾患については、遺伝歴の注意といったことは書いていない。古い精神医学教科書を写しただけのマニュアルである。不合格疾患についても、WHOの国際疾病分類の精神障害の章を収録しているにすぎない。

私は八五年三月、航空医学研究センターから出た『パイロット・指定医の身体検査手引』を読んでいて、ふきだしたくなるのと情けないという感情が混りあってしまったことを覚え

ている。このマニュアルに関する「指定医講習会の質疑応答」が収録されているのだが、例えば、

問：「検診所見の正常の範囲について、特に精神科については正常と記入することの不安があるが……。」

答：「法解釈上は第七一条の〈身体障害〉及び第一四九条の〈所定の資格を有しないで航空業務を行う等の罪〉により航空機乗組員本人の責任として取扱われるべきものであり、後に異常になったとしても医師に責任はありません。

又、精神科のマニュアルは変更になっていないが、既往歴等には十分注意してもらいたいことから、マニュアルの前文にそのことを述べています。」

とある。

質問している身体科の医師が、精神状態の診断をさせられることに不安をもつのは当然である。何故ここで、唐突に「責任」という言葉がでたのであろうか。乗員本人が精神病であった場合は、責任無能力とされてしまう。もし責任が問われるのなら、先の二人の「精神科医」にみられるように(しかも一人は医科大学の助教授)精神医学の専門教育すら十分に行ってこなかった厚生省や大学医学部の責任はどうなるのか。医師も運輸省も、何のために質疑を行っているのであろうか。航空機の安全運航のためではなく、検査マニュアルのためにのみ

質疑が行われている。

その後、航空医学の専門家から、安全確保のため航空医学の充実が再三主張されている。しかし彼らの発言もまた、事件に乗じて自らが属する専門職業領域を拡大しようとする、分業社会の病める意志にしかすぎない。要は、人間をチェックし排除することのみを正確にするのではなく、理念をもつことである。

ジャーナリスト・永峯正義は『ゼロの確率を求めて』(ぺりかん社、一九八七年)で、パイロットに求められる資質として、ＦＡＡのスタンレー・Ｒ・モーラー博士の説を紹介している。「誤りを犯す機械と言われながら、三〇年間も、本質的な誤りを起こさなかったパイロットには、共通の性格がある」とし、それは、①航空への深い関心、②技量と知識への意欲、③達人を目指したたゆまない努力、④自分ばかりか他人への関心、⑤ユーモアのセンスと述べているという。この後二項で理想とされている性格も、結局、安全運航遂行のために民主的なチームを形成する能力を求めている。ここでも安全は排除ではなく、理念によって向上することを示している。

ＪＡ８１１９機の反射思考

八五年のお盆も近い夏の日、私はそんなことを考えていて、日航機の墜落事故を知った。すぐ思ったことは、この事故は機械そのもの、あるいは爆破や気候上のさけがたい原因によるものか、それともヒューマン・ファクターによるものか、ということだった。

もし人的要因によるものが大きいとしたら整備の過程で何が見落されたのか。管制官と機長、クルーの内部のコミュニケーションは十分だったのか。危機状況で、コックピット内の乗員は得られる限りの情報を共有し、代替可能《オルタナティヴ》な方針を考えた上で、なお羽田に引き返そうとしたのか。そんな疑問だった。

事故機の構造と修理については優れた著述が行われているので(例えば、鶴岡憲一、北村行孝『悲劇の真相』読売新聞社など)、私は主として非常時の操縦について考察を進めよう。

事故機のCVR(コックピットのボイスレコーダー)記録は、運輸省航空事故調査委員会の「調査報告書」に、丹念に解読されて公表されている。また、CVR記録と胴体尾部に装着されたDFDR(デジタル式飛行記録装置)の記録によって、JA8119機の軌跡を知ることができる。それらを見ながら報告書を追っていこう。

一八時二四分三五秒、「ドーン」という爆発音の後、機長は直ちに羽田にひきかえす意思決定を行ったと思われる。二五分二一秒、機長から東京コントロールに対し、羽田に帰る要求と高度二万二〇〇〇フィートへ降下の要求をしている。しかし実際には降下されず、ライト・ターンが試みられている。「羽田に帰る」と「右旋回」は異常事態に対する反射的思考であり、事態を正確に判断し、そこから意思決定する正常な思考の路筋とは思われない。

最も精神的に安定していたと思われる航空機関士は、その後再三にわたって、「ディセントしたほうがいいかもしれないですね」(二六分三二秒)、「エマジェンシーディセントやった

ほうがいいと思いますね」(三三分四一秒)といっているが、機長は返答せず機は降下していない。さらに五分もたって、

三八分三二秒、機関士「ギヤ(脚)ダウンしたらどうですか？　ギヤダウン」

〃　四四秒、機長「出せない　ギヤ降りない」

三九分一二秒、機関士「オルタネートでゆっくりとだしましょうか？」

四〇分二一秒、機関士「ギヤダウンしました」

とのやりとりがあって、やっと降下を始めている。

事故調査報告書は、それについて、「このように当時の運航乗務員が機内の減圧状態を知りながら二万二〇〇〇フィートへの降下を要求したのみで安全高度の一万三〇〇〇フィートへの緊急降下を行わず、与圧なしで約一八分間高度二万フィート以上で飛行を継続したが、その理由を明らかにすることはできなかった」と述べるにとどまっている。

ただし、それに続いて、「しかしながら、当時の運航乗務員が異常事態発生初期においてはその発生原因の探求に、また、その後は飛行姿勢の安定のための操作に専念しており、緊急降下に移行しなかったことが考えられる」と同情を示している。

だが、機体のどこが破壊されたのか、確認が行われたわけではない。三一分四〇秒から三二分二〇秒にかけて、航空機関士と客室乗務員との間で「荷物の収納スペースのところが、おっこってますね」という会話がある。客室後部の構造の一部が破壊されたという曖昧な情報のみで、その後の確認もなく、運航乗員三人は最後まで垂直尾翼の一部、方向舵の脱落な

どの重大な破壊状態について知らないまま操縦桿を動かし続けている。

翌年の八六年四月二五日、航空事故調査委員会設置法に基づく聴聞会が運輸省大会議室で開かれた。この時、七人目の公述人に立った遺族のひとり、佐藤次彦教授(大阪工大)は、機長の判断力に問題があると指摘していた。佐藤さんは、

> 二四分台からハイドロ・プレッシャの異常が副操縦士から指摘があり、二五分から二六分にかけてハイドロが全部駄目ということを操縦室の全員が認識している。従って本来この段階で垂直尾翼・水平尾翼を利用した操縦は不可能であることを認識すべきであった。しかし発動機の出力(ＥＰＲ)調整、および主翼の補助翼・フラップなどを利用したある程度のコントロールは可能であった。

と結論を述べ、機長が事故に対処する原則を忘れていたと批判した。

まず起こった事態の確認をすることが機長としてのその後の最善の行動の為に絶対に必要であることは明らかである。ところがハイドロ・プレッシャが全部落ちていることを知りながら、またＡＣＣ(航空交通管制部)に対し“uncontrol”と報告しながら、更にＡＣＣからも確認を要求されながら、この事故の実態を把握する努力はほとんど行っていない。客室乗務員はこのような状態の中で通路を移動しながら乗客に色々の注意を与えていることを考えれば、操縦室の乗員が事故の状態をもっと正確に把握することは可能であったと考えられる。

アシスタント・パーサーの落合さんは最後部のトイレの上のパネルが無くなって、その向こう側でテントの生地のようなものがひらひらしているのが見えたと述べている。トイレのすぐ後に後部圧力隔壁があるのであるから、機長が出来るだけ早く航空機関士を客室、出来れば後部胴体部分にやっておれば、尾翼の破損まではわからないまでも、この部分の破壊とそれに伴うハイドロ系統の破壊のことは十分認識出来たのではないか。従ってスチュワーデスなどに詳しく質問することだけでも、事故の実態をより正確に認識出来たのではないか。

そして事実を確認できるだけの精神的安定があれば、当然、着水を考えたのでないか、と遺族としての無念の想いを続けて述べていた。

機長は自分自身でACCに〝uncontrol〟と連絡した後でも再度「羽田へ戻りたい」といっている。この状態でJA8119が羽田の滑走路に着陸が可能と誤った判断をしていたのである。「羽田に戻ります、というアナウンスがないかな、とずっと待っていました」と手記で述べている落合さんにとっては、当然〈羽田に戻ることは操縦出来ること〉であった。

私どもは航空機に乗機後、胴衣についての説明を受けるのが常であるが、これはあのような状態においては着陸ではなく着水を優先して考えることを想定しているからではないか。ハイドロが全部駄目と認識した二六分台に、また〝uncontrol〟という連絡をした二八分台、遅くとも「名古屋に着陸出来るか」というACCの問い合わせがあった三一分台には、ＪＡ８１１９は伊豆半島南端ないしは駿河湾近くに位置していたのであり、羽田に戻るのではなく出来るだけ早い時期に着水することを主目的に、主として海上を西南方向に通常の飛行コースに似たコースを飛行することが正しい判断ではなかったのか。

ユナイテッド航空とタイ国際航空の場合

なぜ海が直下にあるのに降下しないのか、――それは誰しもが考える疑問であろう。ここでＪＡ８１１９機の事故後におこった、二つの航空機事故での乗員の対処を見ておく必要がある。

異常事態での事実の確認については、一九八九年二月二四日、ユナイテッド航空のＢ７４７型機の事故を例にとろう。ハワイのホノルル空港を離陸したＵＡ８１１便は、離陸後一六分ほどして爆発音と衝撃に見舞われる。

この時、「副操縦士は、いく度と無く客室乗務員と連絡を試みたが駄目」であり、「機長の指示に従って機関士が客室を点検したところ、機体の右側に大きな穴が開き、客室の中には破片が飛び散り、乗客は負傷し、第四エンジンは火災を起こしており、乗客は救命胴衣を着用して緊急着陸に備え、パーサーはメガホンを手に指揮していた。機関士は操縦室に立ち帰り、機長に事の次第を報告した」のである（「安全飛行」一九八九年一一月、全日空総合安全推進委員会編。「Operations Group Chairmans Factual Report, NTSB・DCA89-MA-027」の概要)。

私たちはこのような報告を読むと納得するのである。彼我の差ははっきりしている、と言わざるを得ない。

もうひとつは、危機状況では闇雲の反応に固執するのではなく、正確に情報を集めながら事態に慣れ、そこからベストな思考を引き出していくことがいかに大切かを教える、別の大事故を参照することにしよう。

一九八六年一〇月二六日、タイ国際航空A300型機は高知沖を飛行中、暴力団員の乗客が手投げ弾をトイレ内で爆発させ、危機状態《エマージェンシー》に陥った。この事故時のエアバスの操縦士は、意図的に海側に降下し、しかも他機との衝突を避けるためにコースをはずして降下している。

JA8119機の機長と比較して、タイ国際航空の操縦に感銘した加藤寛一郎教授(東大工学部航空学科)は、当時操縦していたサヤン・プラティープラティンダー副操縦士に会いに行ったのだった。

彼は「バーン」という音を聞いた瞬間、酸素マスクをつけた。もちろん、破壊、空気もれ、減圧、酸素欠乏に対し、酸素マスクをつけて思考を正常に保つのはパイロットの常識である。続いて、加藤教授の問いに、こう答えている。

加藤　チェック・リストにあたりましたか。

「いいえ、A-300は二人乗員制です。コンピュータがCRTディスプレイ

（A－300の計器盤は六つある）に緊急状況を表示しました」

加藤　CRTで減圧はわかりましたか。

「いいえ。コンピュータもまちがうことがあるのです。あのときにはコンピュータは、三系統のうち、二系統の油圧がフェイルしていることを告げていました。しかし、急減圧に関してはなにも教えてくれませんでした」

加藤　いったい、どうしてなんですか。

「ご説明しましょう。爆発が起きたとき、つぎのことが同時に発生しました。すなわち、二系統油圧フェイル、水平安定板不作動《ジャム》、片側昇降舵不作動《ジャム》、および急減圧です。このようなときプログラムは、二系統油圧フェイルをもっとも緊急度が高いとして組まれていました。したがってコンピュータは、二系統油圧フェイルだけを教えてくれたのです」

加藤　コンピュータは信用しないわけですね。

「I believe in computer, but me first.」

加藤　このときの、プラティープラティンダー副操縦士の言葉は、いまでも私の耳に残っている。

仮にあなたの機体の三系統（A－300の場合、全系統）の油圧が全部フェイルしたらどうしますか。

彼は非常に厳しい顔つきになり、「だめです」といって、絶望的な表情で両手をひろげた。

加藤　左右エンジンの推力差、使いますか。

「ベリー、インポッシブル」

加藤　あなたはあきらめるのですか。

「いいえ、絶対にあきらめません。しかし、いずれやられるでしょう」

加藤　そういうとき、あなたならどうしますか。

彼はうつむいてしばし考えた。そしてキッと顔をあげて、つぎのように言った。

「まず、なるべくなにもしないで飛びつづけることに努めるでしょう。なんとしてでも。それから、すこしずつその飛行機に慣れることに努めるでしょう」（加藤寛一郎『壊れた尾翼』技報堂出版）

長い引用をさせていただいたが、それは加藤教授だけでなく、私も感動したからである。サヤン副操縦士は、非常時、するべきことは行い、どうしていいか分らない状態では出来るだけ現状を維持し、次の知恵が湧いてくるまで待つと言っている。それは航空機の事故に限らず、しばしば危機に直面する仕事にたずさわる者の原則である。

この面接は、サヤン氏の「自分の体験を他の人たちや、パイロットの方々などにお話するのは、私の義務だと考えています」という言葉で結ばれている。これもまた、情報を対等に伝える民主社会の原則にほかならない。

シミュレーションによる生還可能性

ここで、乗員の判断力の低下と酸素マスクを着けなかったことは関連があるのではないか、という疑問が浮ぶ。それに対し、事故調は低酸素症に起因したと考えられる所見をＣＶＲから四つあげている。

(1) 一八時二九分の後半から三六分にかけての機長と副操縦士の間の会話が著しく少なく、一八時四〇分から四三分前半までの運航乗務員間の会話も極端に少なくなっている。

(2) 一八時三三分五〇秒前後に航空機関士から二度にわたり酸素マスクの着用が提案されているのに、機長はいずれも「はい」と答えたのみで、その措置をとらなかったとみられる。

(3) 一八時三三分から四三分にかけて、JAPAN AIR TOKYO から四回にわたり呼び出しを受けたが、これに応答していない。また、これに関連して応答先の東京又は大阪を決めるのに約一分間を要している。

(4) 一八時三五分ごろから約一分間機長の語調が強くなっている。

その上で、

従来からその着用について教育訓練を受けている運航乗務員が、減圧状態に直面しながらも酸素マスクを着用しなかったことについては、その理由を明らかにすることはできなかった。このように同機が当面緊急降下に移行せず、また、乗務員が酸素マスクを装着しなかったことにより、乗務員の判断力及び操作能力は低酸素症によってある程度低下していたと考えられる。

と解析している。

さて、三人の運航乗員が酸素マスクもつけ、的確な判断を行っていれば、静岡沖の海上に着水できていたであろうか。そして、全員ではなくとも、多くの人々が生存できていたであろうか。なんとしても知りたいところである。

その問いに対し事故調査委員会は、全日航訓練センターのフライト・シミュレーターを使って、事故機と同一条件のシミュレーション試験を行っている。シミュレーションによる結果は、こうである。

すべての機長は、滑走路への着陸を断念し海面への緊急着水を決心しており、事故機と同様に飛行中に激しいダッチロール・モード及びフゴイド・モードが発生している。ほとんどすべての場合に、最大限の努力を払っても姿勢の保持、方位の変更、降下率の設定、あるいは着水という各課題を達成できなかったとすべての機長は考えている。

しかしながら、最善の操縦手法を学習した後のクルーEの機長によるシミュレーションからは、電波高度計三〇フィートにおいて脚下げの形態で対気速度二〇〇ノット以下、沈下率五〇〇フィート／分以下、縦揺れ角零度付近、横揺れ角二〜三度以下という比較的安定した結果が得られた。

のであった。ひとつのクルーは充分に着水可能な状態にまでもっていったのである。

しかし事故調は報告書で、クルーが初めて異常状態を体験したという条件下では、「⑴着陸は不可能であったと考えられる。⑵着水海面を全く指定しなくても、接水時の対気速度を二〇〇ノット以下に下げることは不可能と考えられる。沈下率・姿勢等も大きくばらつくため、生還可能性はほとんど期待できない」と結論している。

シミュレーションの結果からどのような結論を出すにせよ、また海上への着水が激しい衝突に終っていたとしても、やはり私たちは、必要な情報が共有されず、絶望の独語や独声の多いコックピットの記録をみて、やりきれない思いになる。それは先にNASAがCRMの能力として上げたこととまるで正反対の状態である。

日本的官僚機構の制約の中で調査を進めた武田峻・事故調委員長は上記の結論を報告書に書いたものの、後日、緊急時に対応できる乗員訓練を行うように、運輸大臣に建議したのだった。八七年六月一九日に出された建議のひとつは、次のようになっている。

緊急又は異常な事態における乗組員の対応能力を高めるための方策を検討すること。

特殊な緊急又は異常な事態あるいは同時に複数の緊急又は異常な事態が生じる場合においては、今回のＪＡ８１１９の事故におけるように、乗組員が事態の内容を十分には把握できず、また、どのように対応するかの判断を下すのが困難なことが考えられる。

このような場合における乗組員の対応能力を高めるための方策について、検討する必要がある。


遅れた建議から二年たって、何故それほど遅れた対応をとるのか分らないが、運輸省航空局はようやく各エア・ラインに「ＣＲＭ－ＬＯＦＴ」に基づく緊急時の訓練を指示した。

だが、運輸省にも、日本航空にも、ＣＲＭの本当の意味が分っているのであろうか。組合が六つもあり、たがいに反目しあっていて、どうしてコミュニケーションがうまくいくのだろうか。出発前のブリーフィングのみで管理職の機長と別の労働組合の副操縦士や航空機関士や客室乗務員がチームとしてまとまるとしたら不思議だ。ＣＲＭの求めるものはタイ国際航空の副操縦士が述べたように、秘密主義、セクショナリズムを排し、必要な情報を的確に伝える社会的精神ではないのか。それが理解できなければ、緊急時のシミュレーターによる訓練は、再び猛烈な訓練主義、権威主義に集約され、その硬直した文化の型の裂け目を突いて、次のおもいがけない事故がやってくるだろう。

コックピットは遺族との関係のなかにある

整備や修理においても操縦と同じく、気づきと民主的な情報の共有は大切である。少しだけそのことに触れておこう。最終的にＪＡ８１１９機の墜落の原因は事故調の報告書で、ボーイング社の後部圧力隔壁の修理ミスによるものとされた。一九七八年六月二日、同機は乗員の操作エラーによって、大阪空港着陸の際に、機体後部を滑走路にぶつけている。この時、修理された下半分の隔壁のみならず、後部胴体全体の変形などがあったのでないかと疑われてもいる。いずれにせよ切断された継ぎ板では補強の役にたっていなかったのに、ボーイング社の修理ではそのまま上下隔壁板が結合されたと思い込み、リベットを打ってしまった。これは作業者の単なる思い違いであるが、その場の共同作業者によっても疑われず、監督者のチェックを受けることもなく修理は終ってしまった。

日本航空の整備本部は大修理の現場を見るまたとない機会を見逃し、メーカーであるボーイング社を信頼するあまり、領収検査の基準どおり検査をしなかったとされている。

修理エラーをいかに非難してもどうなるものでもない。ただ、ちょっとしたエラーを巨大にしないためには、かすかな疑いや気付きを過不足なく周りに伝達することしかない。ここでもまた操縦について述べてきたと同じことが言えよう。

私は事故におけるヒューマン・ファクターから始めて、情報などの資源を共有すること、そのための民主的な人間関係の形成の重要性について語ってきた。また、相互に情報を的確に伝達しあう社会的雰囲気は単に願望するものではなく、意図して作られねばならないと述べてきた。

そして、このような社会的雰囲気は、まず遺族との関係において作られねばならなかったと考える。コックピット資源管理CRMの思想は、決して飛行機屋《エアープレン・ピープル》さんの特殊領域の思想ではなく、困難な課題に人々が直面したとき、他者との信頼を失わずにそれに挑戦する正当な道である。

遺族の喪の作業を、また多くの日航職員の悲哀により添う支援を、会社はいかなる資源に育ててきたのだろうか。ヒューマン・ファクターからCRMへの思想の流れは、航空機の安全も遺族の再出発の支援も、かすかな気づきを貴重な資源に変える組織(安全共同体)の形成にあることを示している。

第十一章　法律家の経済学——上海列車事故に見る

上海列車事故の現地慰霊式

喪の経営者たち

補償は何のためにあるのだろうか。大事故があると、被災者の悲しみの強調と安易な原因追求と補償問題の煽りたては、社会的関心の三本セットになってしまっている。だが、現行の補償交渉と補償金は遺族の再出発にどれほど役だっているのだろうか。愛する人をカネに変える作業は、すさまじい葛藤を遺族の心に呼び起こす。補償問題の専門家を自認する多くの弁護士が、それを少しも分っていない。要はカネを多く取ればよい、それが職務に誠実なことと思い込んでいるようだ。

六〇歳前のある婦人は、「弁護士にはつくづく失望した」という。

ボーイング統一訴訟に加わるように、東京のI弁護士から何度も誘いがあった。よく分らないし、まだ亡くなった夫と一緒に生きているようで、迷っていると怒られた。「分らなかったら、黙って付いてきたらよろしい」そう言われて、はっきり断る決心がついた。相談に乗ってくれるはずの弁護士が、命をカネに代えることを急いでいる。遺族にとって、大切な夫の命をカネに変えられてしまうことが、どんなに割り切れぬものか分ろうとしていない。

このような不満をどれだけ聞いたか、数えきれない。日航側の弁護士と遺族が直接接することは少ないが、例えば小豆島のU先生は第七章でふれたように、日航の弁護士に会うことを求めると、東京海上火災保険の委託する弁護士が出てきた。妻と娘の補償額がどうしてこうなるのか、説明してほしいと尋ねたが、「なにも答えられない。平等とか、公正の意味を説明してほしいと求めても、なにもいえない。話し合う雰囲気でなかった」といっていた。

遺族の眼を通して見る限り、弁護士という職業はどこか歪みがある。何故だろうか。実務に忙しいあまり、そうなるのだろうか。

法学者は、今日の補償の問題をもっと根本から考えているかもしれない。そう期待して、雑誌『ジュリスト』の特集「日航機事故の法律問題」(一九八六年六月一日、八六一号)を読んでみた。ここでは谷川久(成蹊大)、原田尚彦(東大)、星野英一(東大)、町野朔(上智大)の四教授と西村康雄・前運輸省航空局長が、民事責任、行政責任、刑事責任の三分野にわたって詳細な検討を加えている。私はこの二六ページにわたる長文の検討を読んで、法律は人間を歪めると思った。

八六年四月一六日に、遺族六九七人から告訴され、三万三四四一人の市民から告発されることになる、日航機墜落事故当時の航空局長からのみ事件の概要を聞き、その上で、原田「一般的には国の監督責任は最終的にはゼロとみてよいのではないかと思っているのですが……」

西村「今度は逆に国のほうがもしそういう責任をとるべきものだとしますと、国の検査体制というのは根本から考え直さなくてはなりません」

といった、馴れ合いとしか言いようのない「検討」をしている。

それは兎も角、損害賠償の内容の検討では、補償が遺族にとって今日的にどのような意味を持つのか、という分析の視点は一切なく、随所に法学者自身が遺族の被害をカネでしか考えられなくなっていることを示す発言が目立っている。

「今回の事故については大体お金が全部とれるということで、ほぼ収まるかもしれません」(町野)

「いわゆる懲罰的損害賠償として慰藉料をたくさんとった方がよいとの発想もあるかと思いますが、今回の事件のようなものの有効な未然防止には役立たないように思うのです」(原田)

何がどう収まる、というのだろうか。私が遺族との長い付きあいで書いてきたこの報告書自体が、お金では収まらないという反論になっていないか。後者の発言については、日本の公害訴訟を切り開いてきたのは誰であったのか、被害者だったのか、法律家だったのかと問えば、日本の法学者の傍観的姿勢は歴史的なものであることが分るだろう。

賠償交渉の状況についての説明では、法学者ではないが西村氏は、「大多数は示談で解決されるのではないかと思います。ただ、実際に賠償交渉をやっているのが日本航空側はいわゆる世話役と言う素人が大部分当っているのです。問題が難しいと弁護士が出てくるという形でやっている……」と述べている。私は遺族と衝突しながらも、会社と遺族の間を揺れ動き続けた世話役の方を、こんな傲岸な発言をするジュリストよりもずっと評価する。

ついでに言っておけば、日航機訴訟で法律家の傲慢さにあきれたことが、多々ある。例えば、前橋地方検察庁は検察審査会の不起訴不当に対し、九〇年七月一二日、再び不起訴決定を行う。それに対し、地検に遺族は座り込み、やむなく七月一七日、説明会が開かれることになった。不起訴の説明会は画期的であるが、冒頭、山口悠介検事正は次のように言ったという。

私は、検察庁での大ベテランであるといわれている。ロッキード事件の時、日本で刑事免責制度がないが、免責をし、嘱託尋問をして、田中角栄を逮捕した。大企業の脱税事件、リクルート、三越事件、リッカーミシン、平和相互銀行その他大きな事件には全て関与し、年間逮捕者七二人、ナンバーワンの実力がある。今回この実績をかわれて、昨年九月、日航機事故の捜査をすることになった。（遺族二一名、弁護士二名による説明会

でのメモ）

それほど偉い検事正が捜査しても、起訴は難しかったのであるから、堪忍しろとの主張であろう。こちらの発言は、元官僚の発言と違って愛嬌があるが、それは法務省内やマスコミに向かって言うべきことであって、遺族を納得させるために言う言葉ではない。

いずれにせよ、社会を維持するために法律はなくてはならないものであるが、法の奴隷として人間がいるのではない。人間のために法律があるのであって、法律家は常に法の論理と人間の主観的世界との両岸に足を持たなければならないのではないか。

私は法律家の構えを見ていると、自分がかつて生きていた医師や医学者の世界といかに似ているかと呆れてしまう。近代社会は人が知的に専門分化することによって、社会の硬質な構成要素としての位置を保証するのである。しかし、それはひるがえって専門分野の固定化や拡大をうながす。私たちが現に生きている人々の主観的世界に近付くためには、専門家であり続けながら、専門家である自分を否定する視点を持たねばならない。補償交渉とはカネを多くとることに他ならないと決めつけ、遺族の社会的発言の通路を作ろうとしなかった弁護士も、刑事裁判にのみ遺族を動員していった弁護士も、先の『ジュリスト』の特集にみるように、今日の遺族の心情を理解するためのどのような努力もせずに、ただ既存の法理論を整理しただけの法学者も、人間と法の動いては止まないダイナミズムに迫る、精神の柔らかさを失っている。

補償の理由と目的

それでは、補償は何のために行われるのか、という最初の問いにもどろう。死亡事故の遺族への補償は、民法の第七〇九条「故意又ハ過失ニ因リテ他人ノ権利ヲ侵害シタル者ハ之ニ因リテ生シタル損害ヲ賠償スル責ニ任ス」という不法行為への損害賠償の条文と、第七一一条「他人ノ生命ヲ害シタル者ハ被害者ノ父母、配偶者及ヒ子ニ対シテハ其財産権ヲ害セラレサリシ場合ニ於テモ損害ノ賠償ヲ為スコトヲ要ス」という慰藉料の条文の二つによって行われることになっている。なお、死者が死に至るまでの無念の想いに対する慰藉料も親族に相続されることになっている。

法学者でない私が、今ここで損害賠償論を展開しようとは思わない。ただ私は、死亡事故の補償は何故行われるのか、何のために行われるのか、理由と目的の二つに視点を分けて整理しておきたい。

これまで加害者への制裁、過失原理(故意による被害にせよ、故意によらない被害にせよ、過失は非難されるべきであり、過失行為を行った者は補償すべきである)、復讐の代替、あるいはアメリカ法で取り入れられている厳格製造物責任(過失がなくとも、被害が生じた場合はメーカーが補償すべきである)といわれてきたものは、補償を根拠づける理由を述べたものと考えられる。厳しくときには懲罰的に補償させることによって一般予防的効果を期待するという理論は、補償の理由よりも目的について述べたもののように思われるが、それも結局は正義にかかわることである。社会が共通の正義を維持しなければならないということにおいて、やはり補償の成立する理由にかかわるものである。

他方、損失の塡補による被害者の経済的救済、いかにして原状回復をはかるかという議論、同一被害についての賠償の公平といった争点、あるいは一括賠償か年金方式かといった給付方法の論議は、補償は何のために行うのかという目的にかかわるものである、と私は思う。

さしあたって補償を根拠づける理由については、これ以上ふれる必要はない。問題は、補償が目的とするところの、時代的な変化である。

かつて私たちの生活がそれほど豊かでなかった時代は、補償は被害者のさしあたっての救済という福祉的機能を多くもっていた。

例えば二〇年近く前、一九七二年五月一三日の土曜日の夜、大阪市千日前デパートでおきた火災事故の場合はどうだったのか。一一八人が死亡し、被災者の多くはアルサロのホステスや客であった。私は先にもふれたが、「千日前デパート遺族の会」の事務局長・富田安雄さんは、「当時は刑事責任の追及という関心はそれほど高くなく、民事の補償交渉が主であった」と話していた。

補償交渉は遺族会事務局に一任されており、逸失利益を計算するための調査表を作り、記入してもらった。マスコミが書きたてたような生活困窮者は、税務調査でみる限り、それほどいなかった。

しかし、「生活に困って明日にも自殺する遺族がいるかもしれない。一時金でいいから三〇〇〇万円出してほしい」と要求して、加害企業(四社)の一社から出してもらった。当時の補償金は低く、少ない人で賠償金と慰藉料あわせて二〇〇〇万程度、多い人で四〇〇〇万円くらいだった。

今から振り返ると、法的、形式的な面のみ追って、心理的な援助は抜けていたかもしれないと思う。ホステスの一割ほどが沖縄から出てきた人だったので、困難な問題をかかえていたかもしれない。遺族の内部事情については、意外と耳に入ってこないものだった。

しかし、遺族から会のやり方に反対とか、自分の気持とズレているというような指摘はなかった。ホステスだけでなく、客の遺族も遺族会によく結束してくれていた。

つまり当時は、家族の死によって経済的に低下した生活を補償を受けとってなんとか取り戻すことに精一杯であり、その作業が悲哀を覆い隠していたといえよう。あるいは、様々な生活の課題が喪の作業を押しやってもいたのであろう。

だが、そんな時期から十数年がたち、経済的には豊かな時代になっている。人身事故にあったとしても、生命保険、旅行障害保険などがかけられている場合も少なくない。他方では家族数が減り、ひとりっ子を失ったり、遺された者がひとりといった場合も増加している。

豊かな時代の死別は、経済的な問題より心理的問題が大きくなっているのである。そこで補償もまた福祉的機能よりも、遺族の精神的再出発(法律用語をもじれば、精神的原状回復にいかにして近付いていくか)を支援するための機能が求められるようになってきている。補償額の大小がそのまま意味を持つのではなく、加害者の謝罪のあり様、補償交渉の全過程を含めて、それらが遺族にとって社会的きずなの回復にいかに役立っているのか、問われるようになっている。

上海列車事故の主人公は誰?

私はこの章で、弁護士の補償交渉が遺族の喪の感情とずれていった代表事例として、高知学芸高校の上海列車事故をとりあげることにする。

一九八八年三月二四日午後二時一九分、上海市郊外の匡巷駅退避線で、南京発杭州行き三一一列車が杭州方面から来た列車と正面衝突した。客車ブレーキの制御不能により、三両目の車両が二両目の車両の屋根を破って重なりあい、そのため二両目に乗っていた乗客から多数の死傷者を出した。二両目、三両目の蘇州からの増結列車に乗っていたのは、高知学芸高校の修学旅行団であった。そのため生徒二六人、引率教師一人が死亡(さらに中国人列車検査員一人も死亡し、死者は計二八人)、二七人が重軽傷(日本人重傷者七人、日本人軽傷者一三人、中国人軽傷者七人)を負った。

二日おいて三月二七日、遺体の損傷がひどく現地で荼毘にふされた三人の遺骨と二四の柩が、高知空港に帰ってきた。空港でのマスコミの取材は混乱を極め、カメラマン同士の殴り合いにまで到ったとのことであるが、私はそれを見ていない。たまたま私が見た新聞の事故写真のなかに、娘の遺体が自宅に戻ってきたとき、母親が柩の上にあったパスポートを握り、近所の人々にかざす写真があった。母親は「この子やきッ。見てやって、見てやって」と泣きながら叫んでいた。あまりにも痛ましいことであるが、私はこの母親の顔をとても美しいと感じた。

私は母親の悲哀の表現の美しさに感動し、また当時のマスコミが直ちに補償問題を煽りたてるのを見て、「奪われた喪の悲劇――上海列車事故に接して」という小文を書いた(「朝日新聞」一九八八年四月九日夕刊、学芸面)。その時、私は次のように述べている。

事故後の喪では思いきり取り乱し、悲哀にひたりきらなければならないのに、現代の事故処理は遺族から喪と真の悲哀を奪っている。

今、遺族は泣き苦しむ前に自制してしまう。けなげにも弔いの客に対応し、葬儀をすませ、合同葬儀も終わった後に、言いしれぬ悲しみに投げ出されるのである。死者がまだ昨日のごとく温かく、家族のものであるうちに思う存分悲しむことほど大切なことはない。この母親は、日本人が失いかけている深い悲しみがなお生きていることを示してくれた。

周囲の人はその死別の受容の法則を知り、しばらくそっとしておきたい。代わってできることは行い、遺族を悲しみにひたらすための心の危機管理を、私たちは知らねばならない。

ただしこう書いたのは、高知空港の記者会見で、学芸高校の佐野正太郎校長が「校長として、地に伏して大罪を謝するのみ。二七人の死は学芸高の死ともいえる」と語ったと報道されているのを見て、危惧したからでもあった。ひとりひとりかけがえのない家族の死を、「学芸高の死」に比喩してしまうような気取った態度で、今後の遺族との関係はどうなるのだろうか、そんな先案じが母親の美しい悲しみの表情の背後をよぎるように思えた。

当時、遺族の心理的ケアや遺族会のあり方について、これまでの知識を伝える機会があればと思いながら、上海列車事故についてはそのままになっていた。

そして一年以上たった春、私はＮＨＫスペシャルの「国境を越えた和解――上海列車事故補償交渉の記録」を見た。テレビ番組では補償交渉にあたったひとりの弁護士が、日中友好のために自己犠牲的に尽くす物語になっており、遺族や傷害を負った生徒の思いはどこにも表現されていなかった。弁護士は自分の行為に酔い、弁護士と一体になった批判力の乏しい番組制作者は視野狭窄に陥っている。こんなにひどい交渉では、遺族の不満は内攻しているのではないかと、私は思ったものである。

番組は補償問題顧問団の団長であるＥ弁護士と、上海鉄路局Ｋ副局長（経理）とが、日中の損害賠償額の差、事故処理の慣習の差を越えて、九カ月七回にわたる交渉をへて心を通じあい、妥結に到る物語になっている。高知県出身のE弁護士が元日弁連副会長であったこと、K副局長が孔子の七六代目に当ることも強調されている。

当初は日本側が一人五〇〇〇万円の補償額、中国側が一一〇万円の額を提示し、最終的に四五〇〇万円になるのだが(なお中国人一名の死亡者に対し、中国では八万円相当が支払われたという)、その間、日中の不幸な過去(中国侵略のこと)や、事故にもかかわらず中国側を怨まない遺族の立派な態度についてもエピソードが紹介されていく。そして両代表は最後に漢詩をかわし、補償交渉を越えて再び会い、心の内を話そうと結ぶのである。

権威的なこの弁護士は、最初から主人公になりきっている。遺族から補償を委任された者は、遺族の主張を聞くだけでなく、言葉にできない遺族の抑えられた感情に通路を付けていかねばならない。しかし彼は、遺族ひとりひとりが感情を整理し、何を訴えたいのかに付き合っていくのではなく、通路を塞ぎ、自分だけが発言していた。

テレビでは、五月二九日の合同慰霊祭にあたって高知を訪ねた中国側が、遺族の丁重な礼によって迎えられた挿話を取りあげる。ある遺族の家にK氏らが弔問に行くと、「罔談彼短《ぼうだんひたん》」と書かれた〈書〉が置かれていた。彼の短所を謗るなかれ、というのである。亡くなった少女が以前に書いたものである。この弁護士も、加害者としての自覚に乏しいK氏も、もちろん番組の制作者も〈書〉に感動している。

私ならば、仏壇の前の〈書〉の横に座り、中国側を迎える母親に、いくつかの複雑な想いを感じとって沈黙したであろうに。本当に、加害者を謗るべきでないと思っているのかもしれない。だが、そうありたいと思っていたのかもしれない。心のなかはそうでないから。あるいは、貧しい中国を非難してはならないという世間の当為に押されて、そう思いこもうとしていたのかもしれない。

ところが母親はこんなテレビ上の絵の主にされるには、もっと深く傷ついていた。一周忌も近い翌年二月、遺族会で「皆さんの果たせなかった子供の成長の夢を、日中交換の留学生基金を作ることによって、託してはどうかと思った」と一方的に述べるE弁護士に対し、彼女は厳しく抗議する。

「果たせなかった成長の夢といわれましたが、加害者である中国を決して許していません。運転手から謝罪の手紙すらきていないのですよ。父親がどうであろうと、母親として私はそのような提案には絶対に反対します」と言っている。何故この弁護士は、遺族が相手を許すには本当の対話が必要であるということを、理解できないのだろうか。

さらに九一年三月二日、「高知新聞」の読者欄に彼女は投稿している。母親は学芸高校の犠牲者たちの写真が並ぶ部屋に、死亡した姉を想い学校に憤る妹(同じ学芸中学の生徒)の文章を見付けたというものである。

妹のメモはこう書かれていたという。

今日は、創立記念日で、校長先生がお留守で教頭先生が、お話をしました。その話の中で人間の教育は、心が大切と言っていました。それなら、もっと犠牲になった人の事、遺族の事、同級生の事を考えてください。あなた方(先生)は一生かけて謝っても、償っても、取り返しのつかない事をしたんですよ。分っていますか。忘れよう、忘れようとしないでください。私も四月で高校生になり、姉と同じ年になります。人の気持ちも知らずに、学芸の教育ができますか。姉を返す事ができないのなら、それくらいの供養と誠意をみせてください。

三年たってもなお怒りのなかにある一家の喪を、この走り書きはよく伝えている。彼女たちにとって、補償は何の意味をもったというのだろうか。

日中友好的補償交渉に流されて

ここで上海列車事故後の遺族の喪の過程を、少年と少女をそれぞれ喪った二組の遺族を通して追ってみよう。学校や社会(近隣、県、マスコミ)、弁護士は遺族の喪の作業を助けたのか、阻害したのか。それを分析していこう。

A夫妻は三人の子どもの内、長男を亡くしている。妻はテレビのテロップで事故を知り、夫は帰宅途中の車のなかでラジオを通して知った。息子は行方不明と出ていた。

学校に行き、翌日に上海への特別機が出ると聞いて、手続きをした。混乱する学校に詰めていて、帰宅したのは翌朝の八時近かった。一〇時すぎ、共同通信から死亡の連絡があったが、夫妻は信じられず、着替えや運動靴など、息子が帰ってくるのに必要なものは全て鞄に入れたという。

高知から上海まで直行便。手続きとかは全くなしでフリーパスだった。二五日の夜遅く、一一時ごろ遺体に面会させられた。日本と違って、中国には遺体を修復する習慣がなく特別に修復したので時間がかかると説明された。右足と肩が折れて、傷口は縫ってあった。安らかな顔だった。ただ冷凍されていて、すごく冷たかった。

負傷者と亡くなった人と遺族の顔つきが違う。そのことを痛いほど感じた。現地では横にいた人とちょっと話したくらいだった。

遺族は翌二六日の朝、事故現場の匡巷に案内され、夕方に納棺をすませ、もう一泊して、翌二七日の早朝、チャーター便で帰国した。現地では二八人も死んだということは知らされず、高知の火葬場でずらっと名前が並んでいるのを見て、A夫妻は事故の大きさを感じたという。

「事故の知らせを聞いてから七日間は何も食べられず、八キロほど痩せてしまった。泣いていると疲れ、短時間だけど眠ることができた。次男はお兄ちゃんの夢を見たと言っていたが、私は何故か夢を見ることもなかった」と母親は振り返る。

夫妻が葬儀を出した三月二九日には、早くも「高知学芸高校列車事故補償対策会議」が学校の呼びかけで作られている。続いて四月三日、遺族会を学校が招集、学校主導で正・副会長が決められる。そして中国鉄路局の代表も来日して、五月二九日、高知で合同慰霊祭となっていく。

遺族や負傷者の意思を後方に置いたまま、事故が事務的に、あるいは政治的に処理されていく様を、A夫妻はこう語っている。

母親はいう。

補償金のことや事務的なことは、作られた遺族会と学校の間で全て進められていった。日本体育・健康センター給付金から一四〇〇万円と、交通公社がかけていた保険から一五〇〇万円が自動的に降りた。私達は任意保険は掛けていなかった。学校から一応説明はあったが、あまり勧めていなかった。「君ら死んでも親は食べてくお金は充分あるぞ」という雰囲気で、保険を掛けた人は少なかった。一七七人中四四人しか保険に入ってなかった。開発途上国に行くことへの学校側の認識が低かったと思う。

修学旅行に外国へ行くことは心配しなかった。そういう時代になったんだなあくらい。めったに行けない所だからいい機会だと、親として思った。心配したのは治安のことと肝炎のこと。両方とも心配ないということで、不安はなかった。何よりも学芸高校を信頼していた。何でも用意周到にてきぱきしてくれる学校だと思っていた。

上海に着いてから、中国側の対応はずっと至れり尽くせりだった。それには感心した。事故現場にいくのにも、パトカーがずっと先導してくれたし、傘とか長靴を用意したり、よく気配りしてくれた。一貫して恐れ入っていた。

五月の慰霊祭に、上海の鉄路局の代表が謝罪に来た。各家を回った後、学校で話し合いの場がもたれた。その時は県の人が公用車で各家へ案内した。どこどこで一〇分と、次々予定が組まれている。日本語を話せる人もいたのに、直接話が出来ず、必ず通訳が間に入る。

日中友好が第一で、県は中国側に失礼にならないように、遺族の発言を止めてしまった。個人的には中国に言いたいことは一杯あった。でも時間的にまったく余裕がなく、全然話せる感じではなかった。遺族は感情を抑えたままだった。日本での事故と違って、どの遺族もすごくおとなしかった。県の態度は遺族の間でもおかしいと問題になったが、どこへ言っていったらいいかわからなかった。

父親はこう付け加えた。

被害者、加害者ということより、日本と中国という関係にされてしまっていた。

事故を直接起こしたのは運転手だが、ダイヤを組んだのは鉄路局だから、鉄路局に責任がある。中国に責任がある——そう中国は全面的に認めている。これこれが悪かったと、全部さらけだして、ひたすら謝っている。通訳を通して、そういう答えが返って来る。事故については決して逃げるということがない。

すると不思議にそれ以上腹が立たなかった。いろいろ説明を聞いたら、ダイヤの組み方にしても、変更にしても、運転手の教育レベルの低さにしても、中国だったらあの事故は当然起こりえたと思う。そうしたら、なんであんな所へ連れて行ったんだろうということになってしまう。目の前の鉄路局の人に怒っても仕方ないということになってしまう。

子供から、中国と国内とどっちにしようかと相談されて、私は中国をすすめた。本人はあまり乗り気じゃなかった。今となっては、行かせたこと自体が子供に申し訳なかったと思う気持ちで一杯。

亡くして気が付いたが、子供のことをほとんど知らなかった。今、暇さえあれば下の子二人と一緒にいたい、話をしたい。それまでは、子供たちで勝手に遊べと思ってたのに、がらっと気持ちが変わった。子供たちが私の生きる支えになっている。

夫妻の話にあるように、補償対策は当初から「相手が中国だから」という特殊な関係によって歪められている。マスコミは、日本の対中国侵略戦争のこと、それにもかかわらず中国側が戦争賠償金を放棄しているので、多額の補償を要求すべきでないという投書を載せたりしている。だが、過去と現在、国家と個人を混同する発想を、中国側は決してとらなかった。

そのような考えは、国際関係のなかで常に中国を特殊化していく動きにつながる。ところが、一私学には外国との対応能力がないとして、外務省の意向を受けて仲介にあたった高知県の側に、逆に強くその姿勢がでていた。（なお県側で対応した総務部長は、自治省の出向官僚であった。）

補償問題について、初め中国側（陳俊生・国務院秘書長）は「別途外交ルートで話しあいたい」と主張したのに対し、日本側（浜田卓二郎・政務次官）は「政府が補償を求めるものでない」と答えたという。確かに、政府が直接補償を要求する事情にはない。だが、運輸省は一九八六年九月、修学旅行を軸とした海外旅行倍増計画を出し、日中青少年旅行財団を設立したりして煽っている。当然、事故の危険性の調査や指摘、その対策がなければならない。無策への自責の一端として、遺族の原因糾明を支援していくべきであった。

遺族の話を追っていくと、「対中国の補償要求は困難」という論調に巻き込まれ、「学校が一番の被害者だ」という学校側の主張の元に、何のための補償なのかが問われていない。事故は十分に解明されなければならない。そのことによって遺族は十分に憤ることができ、無念の想いを浄化し、再度社会への信頼を取り戻す。遺族や負傷者の心の傷を癒すのに役立っているのか、いないのか、そう問えば、違った事故後の対応があったはずである。

「この子やきッ。見てやって」

その頃、ある母親がひとりで歩き始めていた。六月中旬ごろから、交通公社や中国側の公式説明を聞いても納得できず、「なぜ私の子どもは死なねばならなかったのか」、そう何度となく問い返しながら、高知駅へも足を運び、駅員から列車の構造を聞いたりしていた母親がいる。

私は彼女に事件から一年半近くたった夏の夜、初めて会った。そしてこの中田喜美子さんが、次女のパスポートの写真をかざして、集った人々に「この子やきッ。見てやって」と叫んだ母親であったことに気付いた。彼女はいう。

四月三日、学校が遺族を集めて、会長・副会長を指名して遺族会を作った。その席上、学校側の弁護士(後に、上海鉄路局との補償交渉のための委任状を、先のE弁護士と共に遺族から取っている)が「学校に法的責任はない」と答えていた。それから、学校の先生方は「すみません」と言わなくなった。

娘の旅行日記を見ると、「前の晩、五回吐いて、二度注射してもらったが、先生はみてくれなかった」と書いてあった。

翌朝も何も食べられず、友人に「列車に乗りたくない、ホテルで寝ていたい」と言っていたと聞いた。先生にどんな旅行をし、どんな風に死んでいったのか尋ねても、「医者に診せたから、いいと思った」としか答えてくれない。

こうして彼女は、ひとつずつ疑問をあげていく。

佐野正太郎校長が戦争中、上海華興商業銀行に勤務し、彼の地にノスタルジーを持っており、朝礼などで上海近郊のすばらしさを強調し、生徒を刺激していたこと。

中国修学旅行は八七年五月一四日の職員朝礼に提案され、異論もなく決まったこと。しかし、すでにその日の「高知新聞」朝刊に、学芸高校三〇周年記念行事として実施されると出ていたこと。国内の東北コースか中国(上海、蘇州、杭州)コースかの保護者の選択は、わずか三日後の五月一八日までに求められたこと。

前年の九月、校長は旅行の下見に行ったと主張しているが(修学旅行については学校側が全コースを下見をし、事前調査するように義務付けられている)、実は日本交通公社(修学旅行の手配を行った旅行会社)主催の北京・西安方面へのパック旅行に、夫人と共に参加したものにすぎなく、下見を誰もしていなかったこと。

さらに八八年に入って、中国では列車事故が続出しているのに、学校は注目していなかった。八八年一月七日、湖南省で列車が炎上し、三四人死亡。一月一七日、黒龍江省で旅客列車と貨物列車が正面衝突し、一八人死亡。一月二四日、雲南省で特急列車が脱線し、九〇人死亡。二月一日、黒龍江省で貨物列車とバスが衝突、一〇人死亡。年があけて僅か一カ月の内に合計一五二人が事故死し、多数の負傷者を出していた。そのため、学芸高修学旅行団の出発直前の三月六日には、中国鉄道の最高責任者である丁鉄道相が引責辞任していた。

にもかかわらず、学校側は事故の記事にさえ気付いていなかったこと。

最後に、母親が最も疑問に思うのは事故の直接原因である。事故直後、中国側は客車ブレーキの制御不良によるものとしていた。運転手がブレーキをかけたが正常に作動せず、正面衝突したというものである。ブレーキがきかないことに気付いたためか、周小牛機関士と劉国隆機関助手は機関車より飛び降りて助かっている。しかしその後しばらくして、単なる両運転者の赤信号無視の不注意によるものとされた。

その年の九月二二日に開かれた裁判は、証拠調べや証人尋問もなく、午後一時に始まり午後八時に判決が下りるという異常なものであった。機関士は懲役六年六カ月、機関助手は懲役三年となった。判決文では、「匡巷駅に入るための到着信号機は黄色い信号灯を二つ顕示し、側線に入って停車するよう列車に指示していた」にもかかわらず、時速五〇キロ近くの速度で駅に入り、「駅を出てはならないと指示する赤信号の信号機に列車が近づいた時になってはじめて、制御措置をとったが、時すでに遅く、有効制動距離を失っていた」と述べている。

ではなぜ、ブレーキ不良からこんなに単純な信号無視に原因が変ったのか。なぜ我が子が死んだのか、事故原因の追及という喪の基本にかかわる問題をすら、学校側も補償交渉にあたった弁護士も無視してきた。事故原因が変ったからといって補償額に影響するものではない、そう考えたのであろうが、それは遺族の心情の対極にある思考である。遺族は死の金額より死の意味を求めている。

なぜ二両目は潰れたか

事故から二年後の冬、私は学芸高生と同じ路線〈蘇州—上海西—杭州〉を乗ってみた。

一九七九年の春も、江南を列車で旅したことがある。あの時は南昌から上海まで、つまり逆のコースを通って上海に入ってきた。それから後も何度か列車で中国を旅行することがあったが、ここ四、五年で急速に駅も車内も汚く、乗務員の服務態度も悪化している。

私たち外国人がほぼ確実に乗せられる軟席（一等車）といえども、掃除はおざなりで埃が積っていた。修学旅行団が乗ったと同じ時刻の列車には乗れなかったが、私の乗った列車は蘇州を午後一時すぎに遅れて出た。コンパートメントには赤ら顔で小肥りの男とその女が先に座っており、山のような食物を次から次へバッグのなかから取り出し、口に放りこんでいた。食べた後のゴミ、みかんの皮などは窓を開けて、外に投げ出す。暖房の入らないコンパートメントで寒さに耐えながら見ていると、酒呑童子のような男は、ついに鶏の足を出して食べ始めた。そのまま口に入れて、曲った指を砕く。舌につかえた長い鶏の爪を周囲に吐き飛ばし、臭いのきつい火酒をあおり、男と女は抱きあって寝てしまった。汚れきったコンパートメントが一層汚く、男のいびきで騒しくなる。彼の生命力には感心するが、以前旅したころの凜と気の張った建国中国の姿はすでにない。

窓の外の景色はほとんど変らず、鉄路ぞいのやせた杉の植林、泥の堀や水たまり、木々の影の一切ない田畑、二階建の大きな農家などが、繰り返し繰り返し同じパターンで続いている。かつての白壁に瓦屋根、屋根の上に半月の尖った飾りを乗せる江南の家々はもはや見当たらない。日本とはレベルの違う状況にあるが、やはり豊かさのなかのすさみを感じさせる。

実はこの路線を、学芸高の一団は急に列車を変えて乗ったのだった。列車変更の理由は特になく、杭州に着くのが遅くなるからとのことで、スケジュールにあった一一九号列車から三一一号列車に前日に変更したという。変更を求めたのは引率教諭か、中国側の旅行社か、日本交通公社か、今なお不明にされている。もし学校側でないとしても、教諭たちは列車変更の心配をしていたのであろうか。

個人の旅行と違い、一九三名もの団体旅行(しかも軟席)の列車の変更は容易でない。このような増結を必要とする列車変更は、日本のJRでは二一日前でなければ認められていない。というのは、列車増結の情報を乗務員、作業員および各停車駅に伝え、停車駅での停車地点の変更やブレーキ・通気テストの安全性を確かめるためには多くの作業を必要とするからである。

その後、中田さんたち遺族に依頼されて鉄道評論家の野村薫氏が調査にあたっている。彼は現地調査もふまえて、次のように鑑定した。案の定、重大な過失があったと彼は推測する。

蘇州駅で当初の一三両の客車に加えて、後部に修学旅行生たちが乗った三両が増結された。ところが機関車と前一三両の間にはブレーキの通気がそのまま保持されていたが、増結三両との間には通気がなくブレーキもなしであったのである。

こうして約一時間、蘇州と上海の真如駅の間を走り、真如駅でスイッチ・バックし、機関車を先頭から最後尾に接続し直し、杭州に向うバイパス線上の匡巷駅退避線に着いたのであった。つまり、機関車と今度は先頭になり生徒たちの乗った増結三両のみが通気ブレーキで繋がれ、後ろ一三両はブレーキなしになっていた。制動管通気テストは行われていない。

機関士は退避線上でブレーキをかけたのであるが、制動されたのは機関車と増結三両のみで、後ろ一三両はノンブレーキのために列車を押し出し、そのため学芸高生の乗った増結車は折り重なり、とりわけ二両目の死者を出した車両はクッションになる形で潰されたのであった。こう野村薫氏は鑑定した。

地方都市の湿った圧力

以上はひとりの母親が、そしてその後彼女と連絡をとりあった何組かの遺族が解明していったことである。遺族は「事故報告書」を作ることを学校に求める。ところが学芸高側は、事実の解明は学校側の〝見舞金〟の増額につながると拒否し続け、「学校に法的責任はない」と理事を兼ねる弁護士をたてて突っぱねた。七月三日、一〇月一六日と僅か二回、遺族会と会合を持っただけで、一二月一七日、次のような通告書を遺族に送っている。

通告書

一　去る十二月十七日の交渉の経過を踏まえまして、学校において重ねて検討致しました結果、最終的に次のとおり決定しましたので、御通知申し上げます。

提示額　中国からの損害賠償金を除き、死者一名につき、金四、四〇〇万円
内　訳　1　ＪＴＢの死亡保険金　金一、五〇〇万円
　　　　2　日本体育健康センターの給付金　金一、四〇〇万円
　　　　3　義援金からの配分予定金　金　七〇〇万円
　　　　4　学校からの見舞金　金　八〇〇万円
（支払済の二〇〇万円を含む）

尚、学校としては、右、3、4を併せて金一、五〇〇万円を拠出することにしていますので、義援金からの分配予定金に変動があれば、合計金一、五〇〇万円になるように学校からの見舞金に変動があります。

二　学校と致しましては、本件事故につき、法律上の責任は存在しないと確信致しており、右提示額は最終的なものであります。

従って、右提示額による解決が不可能な場合には、金額をめぐっての爾後の交渉は無意味と存じますので、交渉を打ち切らせて頂かざるをえないと思料致します。

尚、その場合には、右学校からの見舞金の提示額は、支払済の金二〇〇万円を除き、白紙撤回致すこととなりますので、予め御了承の程。（以下略）

私もまた、この「通告書」を見て唖然とする。威圧的な姿勢に驚くだけでなく、金額のことだけしか眼中にない態度に唖然とするのである。ある遺族はこう言っている。「学校はいきなり見舞金四百万円と言ってきたので、遺族は怒った。だが、これでは学校との話し合いは金額問題だけになってしまう。それは私たちの気持ではないので、途中からおカネのことは言わなくなった」と。死者を想う喪に付きあってほしいと求める遺族と、カネで身構える学校側の差がよく表現されている。なお義援金とは、全国から寄せられた事故対策のための見舞金であり、学校側の拠出金とする感覚は異常である。

その後も学校職員と遺族との擦れ違いは続いている。加害者側が歪めてしまった喪の過程は、遷延して出口を失っているかのようである。

ある母親は、引率教諭の何人かに年三回お参りに来てほしいと求めた。その時U先生はこう返した。

「お母さん、学校からカネ貰うて、まだ何の文句があるで。僕らの年収より多いカネ貰うて」

学校からの見舞金受取りを拒んでいた母親は、

「学校からはおカネは貰うてない」という。

「お母さん六百万円貰うたろうがね。お母さんのことやき、貰うても貰わん相しちゅうかも分らんけど」

「私が貰うちゅうか貰うてないか、校長に聞いてみ」

「僕ら夫婦が一生働いても貯金できんカネを、濡れ手に粟で入ったやないか。遺族を見てみい。皆、いい暮らしをしゅうじゃないか。

子どもさんは死んじょってよかったで。これがもし身体障害者になって生きちょって、喜んじょったろうか。年頃になって皆が結婚するのに、身体障害者になって生きていかないかんことを思うと、死んじょって良かったで」

「そしたら、子どもを殺された親の気持がわかりますか」

「すぐそれを言う」

出来すぎていると言いたくなるほど、ひどい会話である。しかし私は、いくつかの地方都市の遺族たち(例えば羽田沖日航機墜落事故の福岡の遺族)が、何度となく言われた類の会話であることを知っている。

「苦労をねぎらわぬ無礼者」

他方、E弁護士による対上海鉄路局交渉も、補償額の増額のみを求めて、遺族の気持と無関係に進められていった。

中田喜美子さんは次のようにいう。

対中国交渉の団長(E弁護士)報告は、いつも金額を上げるのがいかに難しいかでした。

例えばその年の九月三〇日の報告会では、E弁護士は「一〇月一〇日までに中国の首相宛に手紙を出してもらいたい。日本の国民がどんなに思っているか、遺族がどんなに良い子を亡くして悲しんでいるか、遺族の希望を少しでもかなえられるようにしてあげてと、李鵬首相の心を動かす手紙を書いてほしい。それを遺族の名前でなく、全国から他人が出したようにしてほしい」といわれた。

なぜ嘘の手紙を遺族に書かせるのか。私は何かがずれていっている、遺族は何かに利用されていると思った。

補償額が四〇〇〇万と回答された時(一〇月五日)、ほとんどの遺族は中国からのおカネはもういくらでもいいと思い、額を釣り上げることに抵抗を感じていた。

同じ思いをA夫妻や他の遺族から、私は聞いた。

E弁護士は最初から体の具合が悪いので、大きな声は出せない、煙草はやめてくださいと求め、遺族たちが何かと気を遣わなければならない関係だった。会合ではいつも録音していないことを確認し、時に「中国側の回答金額が遺族よりマスコミにもれた、交渉団長をやめる」と負荷を加えたという。

「原因糾明もなされないまま、お願いして補償金をもらう中国側との和解などしたくない、それならばいつまでも負い目を持たせておけばよい」と思う遺族もいたが、他の遺族のことを思うと批判はしにくかった。弁護士は一度も、委任状をとった遺族に個別に会って話をきこうとはしていない。遺族の心情を聴いて、それに学ぶという構えを欠いていた。遺族の感情を聴くかわりに、逆に自分の想いを遺族に主張し続けている。

中田さんは、彼の一方的な提案を書きとめていた。

交渉途中の報告会で「日本全国から寄付を募り、日中友好のための基金を作り、中国の子どもを受け入れたり、日本の子どもを中国に送ったりすれば、中国や日本の子どもを育てることになり、亡くなった子どもも永遠に生かされることになる」、こう弁護士は提案している。こんな提案は事故原因の糾明も終り、遺族の喪の作業も最後の段階に達し、遺族自らが出していくことである。佐野校長が侵略時代の中国のよき思い出を生徒に語ったように、この弁護士もまた自分の思い入れの日中友好を遺族に押し付けている。まるで幻想の中の意思が校長から弁護士に相続され、無念の思いは子から親に相続されたようだ。

遺族からは、義援金でも心苦しいのに、さらに寄付を募ることなど考えられないと反対が出た。中田さんは、原因も不明なのに、何を言い出すのかと思ったという。

さらに最後の交渉段階になって、「補償金が四五〇〇万円になった。もう少し私が頑張ってみて、五〇〇〇万になれば、各遺族から五〇〇万円出してもらいたい。二度とこんな事故が起こらないように、そのカネを基にして鉄道にＡＴＳ（自動列車停止装置）がつけば、これから先も日中友好が続く」と提案している。

彼女はそれを聞いて、「もうどうでもいい」と思ったという。最新の機械がつけば、それが十分に使いこなされるというものでもない。安全はその社会、その組織の文化のなかで成り立つことは、前章で私も述べたとおりである。勿論、提案は消えていった。こうして遺族と弁護士との関係を聞き取っていくと、E弁護士は挫折した提案の代わりに、テレビ番組「国境を越えた和解」を自らの記念に作ったかのようだ。

中田さんたち六組の遺族は、一九八九年二月二二日、学校を訴える。しかしE弁護士は、中国側との調停も終り、一周忌の慰霊式も終った後で、遺族に「学校も先生も大変だから、学校と早く和解するよう」説得し、さらに自分の知人の彫刻家に依頼して、慰霊碑を建てることを勧めている。

彼女はそれを「偽善の碑」の呼びかけという。それよりも、振りこまれてきた四五〇万円の銀行通帳ではなく、せめて中国とかわした「和解書」の写しを娘の霊前に捧げたいと思っている。依頼者である遺族たちは、委任者である弁護士から和解文の全文を見せてもらっていない。母親は何度か弁護士に和解文の写しを求めているが、拒否されたままでいる。

八九年四月一六日、和解文を求めて東京に電話した母親に、弁護士はあいかわらず金額の釣り上げの苦労を述べ続け、「本当に大変でしたよ。私も疲れきって、電話のかからないハワイへ静養に行っておりました」と、いたわりを要求している。会話にならない会話、人を混乱して止むところを知らない会話に、母親は精一杯こう告げた。

母　親「先生の知らないことは一杯あります。私たちがなぜ提訴しなければならなかったか、考えてみてください」

弁護士「そうですね。だけど学校が一〇〇%悪いということはありませんから、ご父兄にも責任はあります」
母　親「どういうことですか」
弁護士「安全を確かめることです」
母　親「それでは、修学旅行へ行く前に親が下見に行くんですか」
弁護士「下見をしたからといって、事故は起こらないということはありません。下見をしなかったから、事故が起こったということもありません。因果関係を立証させるのは難しいことです。
あの線では一件も事故は起こってないんですよ。皆さんはひとり四千何百万円の金額を要求しているんでしょう。ちょっと無理ですよ」
母　親「私たちは子どもが亡くなって、おカネに替えようと思ってしているんじゃないのですから、金額は関係ありません」

二つの死の意味

我が子の死の意味を問う者と、悲しみは金額にかえることしかないと職業的に思い込んでいる者との擦れ違いは、今も続いている。損害賠償という民事訴訟を通してしか、我が子の死の意味の追求ができない社会は貧しい。

人間とは、外界の事物や外界で生起する出来事すべてに意味を付与する動物である。第八章で述べたように、私たちは意味無しには生きられぬ。ましてや大事故についてはその意味を求める。

意味には二種類ある。ひとつは原因と結果の関係、因果の関係を知ることによる意味である。「甲の行為の結果、乙に損害が生じた」と判定することによって、事件に意味を見出す。

しかし、もうひとつの意味がある。私たちは事件を通して、人間とは何か、現代の社会はどうなっているのかを知るのである。近代以前にあっては、人々は事件を通して超自然的なものや神の啓示を聴いた。だが今日では、事件を通してもう一度、同時代を生きる人間性そのもの、自らが生きる社会そのものの自己認識を深めるのである。中田喜美子さんは、娘の死の意味を問い続けることによって、教育や法の現状を知り、新しい社会へのオリエンテーションを作っていくのに違いない。

第十二章　喪のビジネス

信楽高原鉄道列車事故の合同慰霊祭

事故を録画し続ける男

私の手元には一巻六時間、六巻で三六時間になるビデオがある。「日航機事故直後」とラベルになぐり書きされたビデオを再生に入れると、一九八五年八月一二日、夜の七時三〇分、NHK特集「人間のこえ——日米独ソ兵士たちの遺稿」のくすんだ画面が浮び上ってくる。第二次大戦の開戦時、四つの国の若い男たちがどのような運命をたどったかを、オムニバスに描いたものである。

ドイツの農村で牧師を務めていた三六歳のクルト・ロイバーは妻と三人の子供と訣れて、スターリングラード(現ボルゴグラード)の戦場に戻っていった。翌日、ソ連軍による包囲。死を前にして塹壕のなかで、彼は次のように妻への手紙をしたためる。

「あたりには間断のない戦闘の響き。ふと過ぎ去った美しい生活の思い出が閃く。享楽と誘惑、そして愛と屈辱の甘美な思い出が。

我々の願いは、ただひとつ。生きること、生きのびることだ」

灰色の塹壕の写真を背に、そう手紙が読みあげられたとき、画面の下には白抜の黒い網がかかり、ピンピンピンピンピンと澄んだ警告音が続けて二度繰り返される。

ＮＨＫニュース速報
大阪行日航機１２３便
レーダーから消える
日航機には
乗客４９７人が乗っている
ＮＨＫニュース速報　終

そして再び、マイナス四〇度の原野に死体が散乱する、包囲戦の映像にもどる。

「私はあなたから遠く離れているけれども、気持の上ではすぐ側にいる。昨日の夕方にはっと気付いたことであるが、私がこの境遇に耐えていられるのは、あなたと子供たちが私と共にいるからだ。この信念が私を支え、私に力を与えてくれるのだ」

それからその少し後で捕虜となり死んでしまったロイバーの手紙が、どのようにして妻に届いたか不明だが、手紙はなおも読みあげられていく。手紙の内容が換起するイメージと、テレビ画面に映し出される崩壊した都市の映像が重なり、私の心象の中に音楽が流れはじめる。――ドイツ軍の隊長は音楽家だった。大砲でくずれていく塹壕のなかに持ちこまれたピアノを、隊長はひく。粘土の壁と壁の間の空間に、独特の音色でピアノは響く。バッハやヘンデルの組曲、モーツァルトのイ長調協奏曲、ベートーベンの「悲愴」ソナタ、ショパンにシューマン……。

そしてもう一度、テロップが流れる。

羽田発大阪行日航機
レーダーから消える
日航機には
乗客497人が乗っている
運輸省に入った連絡では
日航機から――
「緊急事態が起きた」と
つたえてきた

なんという番組だろう。この画面はニュース速報のために、あらかじめプログラミングされていたのだろうか。速報が流れた時、すでに日航機は御巣鷹の尾根に墜落していたのだが、その六〇分ほど前、迷走するジャンボ機のなかで、何人かの乗客は遺書を走り書きしていたのである。クルト・ロイバーのように。当時、このテロップがその後に意味するようになるものを、分った遺族はほとんどいなかったであろう。

ビデオはNHKの報道を中心に、民放も加えて延々と録画されている。今は見るものとていないビデオを再生しながら、私は現代人の行為の多様性に言葉を失いそうになる。

何故、私のところにこれほど膨大なビデオがあるのだろうか。これは遺族のNさんから借りたものである。墜落から半年ほどして、数人の遺族の家に、「事故直後のテレビニュースを編集したビデオがある、実費でおわけしたい、買わないか」という手紙が届いた。住所は週刊誌で知ったのにちがいない。誰も、あの時から人生が変った映像を二度と見たくはなかった。ただNさんは、アメリカでのボーイング社訴訟のための資料としてこのビデオ六巻を買い求めた。だが、やはり見ることはできずにいる。それが、私のところに回ってきたのだ。

男は東京に住むサラリーマンであり、ビデオを見るのも、録画するのも好きな、いわゆるオタク族であった。後日の販売を意図して録画したものではないという。情報社会では、意味を問う前に感覚的に行動する人が増えている。彼もまた、「大事故だ、ともかく撮っておこう」、そう思っただけだった。ただしそれ位の思い付きで、何日も、何十時間も部屋に閉じこもり、録画し続け、それを三六時間のビデオに編集しとげるとは、どういうことか。彼は何に関心を持ってテレビを見ていたのか。事故の経過か、墜落原因追及の進展か、激突死の無惨さか。いずれにせよ、遺族の悲哀や訴訟に役立ってほしいと考えて、録画したのではないことは確かである。ショックを受け、嘔吐し、倒れ、非現実感のまま現地へ向った人々がいる一方で、大都会・東京の片隅でじっと日航ジャンボ機墜落のほとんどの番組を録画し続けた男がいる。

ここで、遺族の喪の過程に相手が必ずしも望んでいないのに直接、間接に介入し、そこから経済的利益をえる行為を、「喪のビジネス」と呼ぼう。

日航機一二三便墜落の先発の喪のビジネスは、勿論テレビや新聞の記者といった社会的に認知された事件屋によって始められている。ところが、それと時を同じくして、奇妙な陰の喪のビジネスも始動したのであった。こうして、「日航機墜落事故・喪のビジネス第一号」と命名したくなる、ひとりの男のほとんど無意味な行為のおかげで、最初のテロップの流れた番組が、第二次大戦で死んでいく兵士を描いた「人間のこえ」であったという、まったくの偶然に私は少しばかり心を動かされたのである。しかし、それはあまりに虚しい感動でしかない。

砲弾で揺れる塹壕で、妻への手紙をしたためるロイバー。崩れ落ちる粘土の壁、湿った音色で響くピアノ・ソナタ。

そして、もうひとつのイメージが二重映しになる。ダッチロールするジャンボ機。白く混濁する機内。遺書を走り書きする日本の企業戦士たち。

大阪商船三井船舶に勤める河口博次さん(五二歳)は、三人の子供と妻・慶子さんにあてた人生の最後のメモを残す。

マリコ
津慶
知代子
どうか仲良く　がんばって

ママをたすけて下さい
パパは本当に残念だ
きっと助かるまい
原因は分らない
今五分たった
もう飛行機には乗りたくない
どうか神様　たすけて下さい
きのうみんなと　食事したのは　最后《（ママ）》とは
何か機内で　爆発したような形で　煙が出て　降下しだした
どこえどうなるのか
津慶しっかり　た《（ママ）》んだぞ
ママ　こんな事になるとは残念だ
さようなら
子供達の事をよろしくたのむ
今六時半だ
飛行機は　まわりながら　急速に降下中だ
本当に今迄は　幸せな人生だった　と感謝している

第七章で述べたBさんの夫も、妻へあてて「子供よろしく」と機内の紙袋にメモし、身分を確認する運転免許証をそのなかに入れていたことを思い出す。兵士とビジネスマン、第二次大戦のロシアと一九八五年の盆の日本、……。

だが、事故から六年たち、こうして当時のテロップの入った映像をながめ、不思議な思いに陥るのも、私が遺族でないからにすぎない。ビデオを撮るという無意味な行為からは、この程度の無意味な感動を引き出せるだけだ。

不幸の回収屋たち

ところで、「喪のビジネス」の先頭集団であるマスコミは何をしてきたのであろう。

彼らはいつもどおり、事件報道の先陣争いと、犠牲者の名前の影に少しばかりの物語を付け加えるために、走り回っていた。「何のために取材し報道するのか」、そう問いつつ、事故の事実や原因追及を報道していくのなら、良い。だが、先陣争いに人間とハイテクと財力をそそぎこむだけで、「何のための報道か、もっと本質的な報道はないのか」という不断に自問すべき問は忘れられている。先陣争いが記者を「事件を好む兵士」に変え、下請けのプロダクションに働く若い男女を「戦場の犬」に変えていることへの、マスコミの自覚は乏しい。

ましてや、犠牲者の写真を総て集め、「お盆で帰省」、「ディズニーランドに家族で行って、帰途」、「いつもは新幹線なのに」といった粗雑な物語を作ることに、何の意味があるのか。

あえて評価するとすれば、今日の日常生活が限定された紋切り型の選択肢より成り立っており、出来事もその選択肢からの僅かなズレにしかすぎないという、人々を都合よく納得させる機能である。こうして事故は、マスコミが紡ぐ安っぽい物語によって酸化し、日常生活の不変性へ埋め込まれている。

しかし、それにしても、なんと残酷か。救急車で運ばれてきた重傷患者に医師が止血や救命の処置をすることなく、その傷を素人が何度となく開くといったことが許されるだろうか。ショック状態にある人は重度の心的外傷をこうむっている。心の急性外傷は身体のそれより重篤であっても、軽くはない。ただ、心身の外傷が合併するときは、身体的生命の危険への処置が先行されるだけだ。その後は心の外傷の方が問題になる。心的外傷は身体が健全であってもなお、自己を破壊に追いやる力を持っている。

にもかかわらず、デスクに命じられた若い記者は遺族に向って、「今のお気持はいかがですか」と聞き、「ご主人の趣味は」とメモ帳やマイクを突き出す。テレビカメラは悲痛にゆがむ顔を大写しにするために、付きまとう。

すべての遺族がマスコミへの怒りを口にしていた。多くの人が、同じ体験をしている。例えば息子一家を喪くした親は、次のように語る。

母親は、

事故当日の夜、ニュースが入ると直ぐ、テレビとか新聞とかあちこちから取材が押しかけてきた。少し戸を開けたら、二、三人がパーッと入って来て、いきなり写真を撮った。息子らの写真がないかとか、いろいろ聞いたり。みな断ったが、NHKは三、四時間もねばっていた。とにかく嫌だった。

続けて父親は、

現地でマスコミがザーッと寄ってきて、カメラでバチバチ撮りながら、どんな気持ちかとマイクを突きつける。「どんな気持ちかわからんか」と怒った。向こうも商売だし、事実を知らせたり、顔写真を載せるのは、必要かもしれない。知人が事故にあっているかもしれないし。そう思い直そうとしたが、でも、遺族の写真や悲しんでいる姿まで出す必要はない。行き過ぎだ。テレビは三日間同じことをやっていた。何度も何度も映されるのは、本当にかなわんかった。

『エンマ』という写真雑誌(文藝春秋、その後廃刊となった)に、事故現場の惨い写真が載っていた。お腹の中の孫娘の姿も写っていた。カメラが入れるような場所じゃなかったのに。弁護士を通して何度も抗議をしたが、なにやら手紙が来て、うやむやになってしまった。

事故がある度に、テレビで何度も何度も見せられる。慣れっこにさせられてしまって、昔みたいにえらいこっちゃというのがなくなっているように思う。次々、テレビの話の種はつきないなぁ、写される遺族が可哀相だなぁと思って見ているだけだ。

こんなふうに、老いた男の怒りは虚しさに変っていっている。

あるいは娘の母親(つまり娘一家を喪った母親)も、こう付け加えた。

現地で、マスコミがあまりしつこいので遺族と喧嘩になった。カメラマンと揉み合ってカメラが壊れたとか、警察に行くとか。

私は神戸新聞に出ていたとかで、マイクを突きつけられて、「お孫さんどうでしたか」とか「今、どんな気持ちがしますか」と、聞かれた。私は、人間ならわかるでしょう、ようあんな酷いこと聞くわ、と思う。

この間は〝いい旅○○〟というテレビの一時間番組に、恐竜と一緒に慰霊の園が出てきてびっくりした。上野村も、勝手にとんでもない大きなもの建てて、観光地化していっている。

あるいは、友人と二人で夏休みの旅行に出掛けた娘を喪った母親は、窓を開けて隠し撮りしていたテレビ局すらあったと訴える。彼女は夕食を作りながら、娘を待っていた。

そろそろ娘から電話があるころだと思いながら、ふと顔を上げると、事故を知らせるテロップが出ている。驚いて娘の残したメモを確かめた。

それからのことは、よく覚えていない。まずしたことは、お百度参り。小さな頃から母に連れられてよくお参りに行ったお寺に、車で飛んで行った。〈どうしたらいいか〉、〈乗っていない方がいいんですが〉、〈乗っていませんように〉。お百度を踏んで願をかけ、家に戻ると、報道陣がいっぱい来ていた。次々と電話も掛かってくる。どうしたらいい、どうしたらいい、と何もわからない。

マスコミの取材はみな拒否したが、地元の朝日新聞の記者だけは家の入り口から出て行かなかった。押し出そうとしても厚板のように動かない。「仕事ですから」と言う。電話台のところで押し合った挙句、「お宅、私の電話を聞く気？」と言うとやっと出ていった。

タクシーで一日かけて着いた現地まで、朝日新聞の記者が追い掛けてきた。トイレに入る時以外、ピッタリ付いている。特集を組みたいと言う。それでどんな気持ちか、と聞く。「どんな気持ちかあなたから言ってくれません？」、「一刻も早くあなたから離れたいだけよ」、そう答えるだけで精一杯だった。

遺体が遺族に公開され、やっと一七日に娘を取り戻すことができた。翌日、荼毘に付し、一九日の朝、前橋をたち、新幹線で帰路についた。日航の世話役の言うままに乗ったり降りたり、どんな風に帰ってきたのか、覚えていない。現実とは思えない。「私、どうしたらいいのかな、おかしいなあ」と繰り返し、心のなかで呟いていた。

家が近づくと、報道陣のことを思い出した。また、いっぱい詰め掛けているに違いない。案の定、黒い服を着た人が大勢見える。一旦通り過ぎて、急いで家に飛び込んだが、ずっとテレビカメラに映されていた。家の中は真白だった。すごい祭壇が作ってある。関西テレビが特にしつこかった。気が付くと、窓を開けてテレビカメラを突っ込み、ジーッと家の中を撮っている。驚いて窓を閉め、鍵をかけた。以後、窓を開けることができず、クーラーの毎日が続いた。

離人状態にあり、遠ざかってしまった現実と自己との無数の裂け目に、風や月の光すら滲みる彼女に向って、このようにマスコミは容赦なく襲いかかっている。

物量報道がつくりだす怯え

後半はテレビのことであるが、前半は朝日新聞社の取材について彼女は述べている。朝日新聞は事故の翌日の朝刊に膨大な乗客名簿を載せ、その一人ひとりの欄に、調べられる限り住所、年齢、職業あるいは勤務先、役職、さらに旅行目的まで書き込んだ。実は、この驚くべき総動員態勢の成果は、傷心の母親が力を振り絞って押し出そうとしても、「仕事ですから」と出ていくのを拒んだ取材によって出来上っている。

事故から四カ月後に、朝日新聞社は『日航ジャンボ機墜落——朝日新聞の24時』と題する取材記録を出した。本のなかで、「家族にあたれ」として、こう述べている。

とにかく五百人だ。……ここは乗客名簿を工夫するのがいい。名簿にそれぞれの旅行目的を二、三行ずつ入れたらどうだろう。短行の中に、その人の運命が読み取れる。……「お前ら、名前調べてどうするんだ」と尖った声が飛んで来たこともあった。胸に刺さってうまく答えられなかった。しかし、どこのだれが事故機に乗っていたのか。新聞は、どうしてもそれを知らせる必要があるのだ、と小野(記者)は思う。どんなにつらい取材でも、それは知らせる側の最低の義務なのだ。

そして、言い訳を続ける。

家族たちの生の声がほしい。事故機にどうして乗り合わせたか。どんな人だったか。乗っている肉親にいま、どんな思いをはせているか——。電話で聴くよりも、さらにもっとつらい取材だが、その繕《つくろ》わない悲痛の声を記者たちは記録したいと思う。

家族の悲しみの場面が、なぜニュースなのか。なぜ、新聞やテレビは、悲しみのどん底にある家族たちから、寄ってたかって〈言葉〉を引き出そうとするのか。そういう疑問や非難をつきつけられる時がある。だが、それは事故が起きた直後だからこそ聞き出せるのだと、記者たちは自分に言い聞かせている。二度と繰り返してはならぬ悲嘆の場面だからこそ、記録しておかなければいけないのだ、と。涙を押し隠して、涙で書く取材——。それ無しで、犠牲者の悲しみや憤りをどうやって表現し得るだろうか。悲しみや憤りを読者と共有できる記事を書きたい。気張って言えばそういうことになる。しかし、その取材を容易に軽々とできる記者は多分いない。心の中におびえがある。それを隠している。

私はこの本を、四〇歳すぎの遺族から知った。彼女は、「朝日新聞社会部編で『日航ジャンボ機墜落』という本が出たが、自己正当化のようでいいとは思わない」と、抑制した言葉遣いで教えてくれた。後で本を見ると、彼女の弟が同社の社会部記者であり、「パンジーの花」という彼女の嫌う涙話を載せていた。

すでに述べたが、「東京へ出張した帰り」、「東京ディズニーランドに観光に行っての帰り」といった一行に、どれほどの運命が読み取れるというのか。五百名もの氏名が並べば、数の力は私たちに思い込みを強いる。人間は常に、自分の心理の内に在ることを外界に在ると投影して生きている。それ故に、とりわけ感覚的に納得できたように思えたことは、もう一度その意味を問い返さなければならない。

何故、「どうしてもそれを知らせる必要がある」というのか。理由は書いていない。この文章は考える前に、信念の確認を繰り返しているにすぎない。やっと、事故の直後だから悲痛の声を聞きだせる、と頼りない言い訳を加えている。確かに、直後だからこそ精神医学的に観察できる急性悲哀はある。だが、観察力のない者に、直後なればこそ聞きだせることは何もない。新聞や雑誌に載ったぐらいのことは、同意さえあれば後で十分に聞くことができる。私の面接は、事故から一年以上たった後に始っている。上記の弁明者は、そのことにどう答えるのだろうか。

この文章は、「その取材を容易に軽々とできる記者は多分いない。心の中におびえがある。それを隠している」と結んでいた。問題は、軽々とできないがための「おびえ」ではない。傷付いた人の心をさらに傷つけることからくる、自らの心の傷への怯えである。さらに、自らの心の傷を「仕事のため」と言いきかせて抑圧していくことへの人間としての怯えである。まだ怯えのある内に、何がこの種の取材に抵抗を感じさせるのか、徹底した自己分析をマスコミは必要としている。

記者と個人の半神半人

ここで、今日のマスコミが先の怯えすら奪い、どのような職業的人間を作るか、一九八八年の上海列車事故にかかわった記者の言動から見てみよう。たまたまこれも朝日新聞であったが、同年三月二六日の同紙は「中国の列車事故　危険な過密ダイヤ」という見出しで、上海支局長T氏の解説記事を載せている。

中国でまた大規模な鉄道事故が起きてしまった。数年前まで中国の鉄道は安全かつ正確が売りものだった。それが、最近は事故多発。今月には鉄道相まで更迭して規律の強化を図ってきたのに、なぜまた。高知学芸高校修学旅行の惨事の背景にある問題を探ってみた。

まず第一に挙げられるのが列車本数の増加(中略)。その割に安全設備はおそまつ(中略)。さらに近代的な操車場の絶対的不足がネックになり、無理なダイヤ編成を強いている。今度の事故の場合も、列車は真如駅で機関車を後部につけかえ、操車のための匡巷駅で208列車をやり過ごすという複雑な運転を行っている。(中略)危険と裏腹な過密ダイヤなのである。しかも事故現場から百メートル東の待避線には信号機はあるが、自動列車停止装置(ATS)はなかった。(中略)乗客不在、安全施設の立ち遅れ、過密ダイヤの綱渡り運転、中国鉄道のかかえる矛盾は小さくない。鉄道相の首をすげかえるぐらいでは、抜本的な解決は望めないところまできている。

しかしT氏は、二年後の九〇年六月四日、高知学芸高校の校長から求められて、「私はこれまで危険という意識をもって(中国を)列車旅行したことはない。事故を取材した日本特派員としての見解では、事故原因は、極めて人為的な、偶発性のものと思われる」という意見書を裁判所に出したのであった。

同一人物が正反対の見解を出したのである。そのため、遺族(原告)側の要請で、T氏の証人尋問が九一年四月一五日に開かれた。

原告代理人とT氏との遣り取りは、次のようである。

――一方では中国鉄道は危険だと言い、他方、意見書では安全正確とおっしゃる。明らかにおかしいじゃないですか、と原告代理人は尋ねる。

「おかしくはない。自分の乗った列車は安全だったということだ。爆竹や置き石があったわけではなく、快適に動いていたから経験に照らして言っている」

――新聞報道の基準はどこにあるのですか。

「客観的な事実の報道とそのなかから問題点を引き出すことにある」

――あなたの意見書は列車に乗った実感、個人的な感想でしょう。経験則というのは客観的な法則であり、個人的な感想ではないでしょう。

「特派員と個人とは一体のものである。作家でもあるし特派員でもあるし私でもある。取材したのは特派員としてであり、乗ったのは個人……。それぞれの立場で書く」

――朝日新聞に経験を書いたことはありますか。

「ない。そんなものは記事にならない」

特派員と個人とは一体のものである、それは正しい。だから、同一問題については同じ見解を持たねばならない。しかし、T元特派員はいう。「取材したのは特派員としてであり、乗ったのは個人、それぞれの立場で書く」と。異なる問題について、立場を変えて書くということはありえる。また同じ問題についても、立場によって表現方法は変りうるだろう。だが、同一問題について見解が正反対であり、それを「それぞれの立場で書く」と主張するのでは、どのように理解すればよいのか。これでは自我の同一性はなく、特派員と個人はたまたま接着剤でくっつけて一体になっているが、元来は別体であるということになってしまう。

感情言語を失った記者たち

今日のマスコミはそこに働く人に、言論統制の時代とは全く異なる歪んだ精神を強いている。

高度情報社会になり、情報量が増え、迅速になればなるほど、「何を問題にしているか」、「別の問題、異なる接近方法、違った視点はないのか」、と考えなければならない。だが情報社会には陥穽があり、情報の量と速さに溺れていけば、それだけで時間が過ぎ去り、月日がたち、歳月が流れ、時代の先端を生きているように思える。こうして人は、自分らしい感情とか、自分で考えぬいた行為の意味とかを失っていく。ふと、その意味を問われたとき、『日航ジャンボ機墜落——朝日新聞の24時』の先の言い訳にみるように、あれほどの総力と最新技術を尽した報道とは不釣合な、思考の断片しか残されていないということになる。

あるいは、言葉にならない僅かばかりの感情の澱《おり》を嗅ぐだけであろう。私は『日航ジャンボ機墜落』を読んでいて、アレキシサイミア(失感情言語化症)の病者の会話を聞いているような思いがした。このような物量報道を批判するジャーナリストもいなければ、取材のなかで呻きをあげる自分の感情を新しい言葉で語った人もいない。失感情言語化症とは、アメリカの精神科医P・シフネオスが心身症の患者の精神構造として提唱(一九七二年)したものであるが、心身症者が自分の感情の軋みを聴き表現することができず、心臓や胃などの器官の障害で物語ってしまうように、墜落地点への一番乗りや犠牲者総リスト作りを争う者は、個別的な感情を失い、自覚できない器質的な障害を作っているように思える。

おそらく、テレビ局の記者はもっと深く失感情言語化症の状態にあるのではないか。後藤正治さんは、御巣鷹の墜落現場から生存者発見の最初の映像を送電したフジテレビの記者について、ノンフィクションを書いている。数百の記者やカメラマンが現場をめざしたなかで、幸運にも最初の「ニュースレポート」を送り、新聞協会賞を受賞した男たちの物語である(『私だけの勲章』一九九〇年、日本経済新聞社。初出は『中央公論』八六年八月)。

後藤さんは、彼らを取材して、テレビ報道記者たちの心情をこう結んでいる。

テレビニュースというものについて、それ自体、答えを出すものではないと(カメラマンの)柳下は思ってきた。自分たちは「絵」を提供するだけである。それを見て答えを出すのは視聴者である。御巣鷹山の仕事もそのひとつに過ぎなかったはずである……。

ただ、そのように整理してもなお手に余る何ものかを柳下に残した。

事故後、一年たってから、柳下は休暇を取り、妻とともに上野村に向かった。そして飯出と連れ立って、山を歩いた。もう一度、現場を見たかったのではない。ただもう一度現場に立って、死者たちに向かって手を合わせたかったのである——。

作家の書いたものと、記者たちの思いは同じではない。だが、作家がよく取材しても、これくらいの感情表現しか聴きとれない、否、聴き出すこともできず、想像するのが精一杯だったのかもしれない。カメラに撮るべき「絵」は他にもある。何が撮られて、何が撮られなかったのか。それを考え抜くには、現場に至る過程で感じたことを自分自身が聴き取る能力を必要とする。ここではカメラマンは、行動に始って、単なる行動に終っている。死者たちに向って手を合わせることによって、微かに生起した感情の澱をなつかしんでいるだけだ。例えば、遺族のKさんや川北さんの、「死者たちはいない。一人ひとりに死の原因がある」という認識までには、その後姿はあまりに遠い。

事故報道のカレンダー

以上は、事故直後のマスコミの取材についてである。悲劇の報道には特別なプログラムがあるようで、さんざん悲惨さを強調した次には、補償問題について書きたてる。遺族が故人との愛着に浸っていたい時に、まるで季節をリードする百貨店の品替えのように、他紙よりもいち早く、補償問題は難航しそうだとか、今回は巨額になりそうだ、とか書く。例えば、第二段目の補償交渉は難しいという煽りたてが、遺族の喪の過程をミス・リードしてきた事例を前章の上海列車事故にみてきた。

そして第三段。一年後、さらには毎年やってくる回忌ごとに、物語を求める。

人は耐えがたい体験をした後、その月日が再び近付いてくると、以前と同じような病的な精神状態に一時的に戻っていくことがある。不安、抑うつ、不眠、気分の変動、胸を締め付けられるような感じといった曽ての悲哀体験が再現する。それは必ず巡ってくる「負の記念日への反応」である。こうして、生者は故人と完全に訣れたわけではないことを確認し、あるいは自分がなお生き残っていることへの罪悪感を呼び起こしている。

一方、マスコミにも、次の大事故が起きるまでは、「悲劇の記念日」があるかのようである。ただしマスコミにとっては、祝祭の記念日も悲劇のそれもカレンダーの一項目であることには変りはしない。事故の日が近付くにつれて、なお続く悲しみと悲劇を乗り越えて気丈に生きる物語を一対二か、一対三かの比率で、（各社によって、何回忌かによって比率は変ってくるが）書こうとする。だが、遺族の心理はマスコミの悲劇報道のカレンダーによって移りゆくものではない。

例えば三〇歳すぎの女性は、夫を喪って三年後に、喫茶店を開く。

彼女は、「一周忌をすぎたころから、家を出たくてたまらなくなった。帰ってくるはずもない主人をただじっと待っているような毎日から、逃げだしたかった。何か、没頭できるものを持ちたかった。子供(八歳と四歳)のためにも、私も何か社会的役割を持たないといけない」、と思った。

こうして、子供の世話が一段落ついてから、喫茶店を開くが、開店直前まで「やめたい」と母や兄弟にもらしていた。「本心を言うと、まだ何もしたくない。総てが億劫に思える。この店をやることが、私の生きがいとも思えない。何か形を整えただけのような気もする。他にすることもないから、何もないよりはやった方が良かったのか、それ位にしか思えない……」、と抑制のかかった精神状態について話していた。

そんな彼女のところに、いくつかの新聞社がやってきた。「喫茶店を開いたときいた。八月一二日も近付くので、〝その後頑張っている遺族〟ということで、話を聞きたい」、と求める。

彼女は憤る。「私の心のプロセスを抜きにして、店を開いたから頑張っているなんて、言ってほしくない。そんなことで店が知られ、物見遊山に来られたくない」

「マスコミに係わって、いいことは全くない。売るがために、特集を組む時期だけ取材にくるが、過ぎてしまえば何も関心を示さない。マスコミに取りあげられたために、事故防止に役立ったことがあるだろうか。週刊誌は、『あの人はこれだけ貰った』とか書きたて、無責任な作文で迷惑するばかり。日航の世話役に分断されている遺族を繋ぐとか、私たちの気持を日航に伝えるとか、しようと思えばマスコミも一杯できるのに」

(註)　日航機墜落事故に関して、三つの新聞社から本が出ている。朝日新聞社は社会部編の『日航ジャンボ機墜落——朝日新聞の24時』(一九八五年)。毎日新聞社は、「8・12連絡会(日航機事故被災家族の会)」編の追悼集『おすたかれくいえむ』(一九八七年)と『再びの　おすたかれくいえむ』(一九九一年)。読売新聞社は二人の記者、鶴岡憲一と北村行孝による『悲劇の真相——日航ジャンボ機事故調査の六七七日』(一九九一年)である。

各社の企業文化の違いが出ており、それぞれ貴重なものであるが、毎日新聞社会部による「一カ月後の遺族全調査」、「一年後の遺族全調査」をふくめ、毎日新聞社の追悼集の出版は、彼女の求める遺族を繋ぐ仕事であった。

担当記者は毎年替わるが、どの新聞を開いても似たような記事が、記念日ごとに作られている。事故を経て生き方を変えられてしまった遺族と故人との対話は続いているというのに、もうそろそろ立直るはずであるというマスコミの前提が、遺族の心に硬い枠をはめる。遺族は、絶望と悲惨、補償と怒り、再起と気丈という悲劇報道の三階程プログラムにのっとって、現代風の「遺族」という社会的役割を演じさせられているのである。

マスコミはまず、事故直後の暴力的な取材を止めなければならない。それは遺族の喪の過程を歪めるからだ。次に、悲劇報道のプログラムにのっとって作文することが、遺族の心情からどれだけずれていっているか、知るべきである。それは、社会の人間理解を貧しくするからだ。絶望も悲しみも、また気丈な意志や希望も、不幸の直後から人は合せ持っており、それらを年と共に、人それぞれに織りこみ深めていくのである。

戦いの始まりとしての合同慰霊祭

次に、葬儀産業について触れておこう。

経済のスケールが巨大になるにつれ、これまで近代産業に馴染まなかったサービスや日陰の生業が、態勢を整え装いを新らたにして、昼間の世界に登場してきている。バブル経済のなかで、ヤクザが銀行や証券会社と結合していったのも、そのひとつの現象であった。レジャーや性にかかわるサービスも、その傾向にある。社会が発展を望んでいないビジネスが、ゆとりのない都市生活の隙き間に分け入り、隙き間を裂き割って成長していっている。

葬儀は伝統的に、地縁社会によって采配されてきた。江戸時代に早桶屋、早物屋とよばれ(桶も葬具も、死者が出てから急いで作ったことに由る)、明治に入って棺屋とか輿屋《こしや》(駕籠屋《かごや》が装飾的な輿を作って、死体を運んだことから)とよばれていた葬儀屋は、かつては近隣が取り仕切る葬儀に部分的なサービスを提供していた。それが、都市化が進み近隣が葬儀の実行者でなくなるにつれ、葬儀店が納棺から飾り付け、告別式の演出、香典の記録、霊柩車の運行、火葬の手配、さらには寺院との連携、葬儀後の香典返しまで行うようになってきている。

こうして個人経営の葬儀店から、会社組織の葬儀社に発展していった葬儀産業は、一九七〇年代には自社の葬祭会館を建設するようになり、八〇年代になってコンピュータと情報ネットワークで武装し、今や死の総合サービス業へ発展しようとしている。葬儀は、厳かであるが迅速に、いくつかの選択ができるが全体はセットで、気付かれないほどに正確に、絢爛豪華ではないが清く華やかに、行われるようになってきている。おかげで私たちは、単なる日常生活のひと齣として、能率的で贅沢な葬儀を買うことができるようになった。私達は葬儀の主体ではすでになく、葬儀の消費者になったのである。

このような高度技術に支えられた正確で盛大な葬儀の典型は、社葬や政治家の葬儀である。そしていつの間にか、大事故後の合同慰霊祭も社葬に準じて行われるようになった。

ところで、遺族が喪主である一般の葬儀と合同慰霊祭とは、葬儀の構造は同じなのだろうか。

日航機墜落事故の後、日本航空は、四十九日の法要も終り、遺体確認も一段落ついた、一〇月二二日、大阪城ホールで西日本地区追悼慰霊祭を、二日後の二四日、日比谷公会堂で東日本地区追悼慰霊祭を執り行った。

私はこの合同慰霊祭に対する怒りや不満を、多くの遺族から聞いた。式場で献花を拒否し、式次第を引きちぎり、投げつけた母親もいる。各遺族ごとに三、四人の日航社員がつき、ブースに入れられて、遺族同士の接触を阻んだと憤る人もいた。不快が焼き付き、慰霊祭のみならず、「二度と大阪城ホールに近付きたくない」という未亡人もいた。

あれほど多くの犠牲者を出し、社会的階層も高く、意思表示をはっきり行うことのできる遺族も少なかったので、合同慰霊祭への参列はかなりの数の遺族に拒否された。関西の遺族会の中心になっていくNさんも、「今、ＪＡＬを憎んでいるのに、出席しても意味がない」

と断った。彼女の見解が報道され、「よくぞ、行かなかった」、「なんて判断力があるのだろう」と遺族から連絡があるようになり、その後の遺族会の集りにつながっていった。

また、一九八二年の日航機羽田沖墜落事故の後の一周忌法要(福岡)では、七遺族が抗議して退場し、遺族会の中核になっていった。あるいは八八年七月の「なだしお」衝突事故で、ある犠牲者の母親は、葬儀の前面に自衛隊が並んだことに後まで残るわだかまりを訴えていた。

それでは、大事故後の合同慰霊祭は何のためにあるのだろうか。葬儀を合同で行う、社葬のようなもの、そう単純に考えて良いものだろうか。誰と誰の合同なのか。

葬儀ならば喪主がいる。当然、葬儀の細かい執行にあたる人は、喪主の意思を尊重する。しかし、合同慰霊祭に喪主はいない。あくまで葬儀の実行組織があって儀式を執り仕切っており、必要不可欠であるけれども遺族は構成部分にしかすぎない。替りに事故を起こして社会的に非難される側(いわゆる加害者)が、葬儀の主催者になっている。

それでは何時、犠牲者の遺族と加害者は和解し、共に故人の霊を慰める約束をしたのであろうか。

また何故、事故後それほど日数がたっていないのに、あれほども合同慰霊祭は急がれるのか。

信楽高原鉄道の合同慰霊祭

私は、大阪城ホールの慰霊祭には参列していない。多くの遺族の合同慰霊祭への怒りを調べるために、替りに一九九一年五月一四日、死者四二人(負傷者は五七六人)を出した信楽《しがらき》高原鉄道の列車事故の合同慰霊祭に出てみた。この合同慰霊祭は、事故から僅か四日後の五月一八日、一カ月後の六月一六日に実施することが加害者側四組織によって決定されている。

山里、信楽への道は混んでいた。町に近付くと、車は手ぎわよく誘導されていく。慰霊祭会場には、この町の一般慰霊者は厳重に入れないようになっている。

会場である体育館に入っていくと、祭壇にはただひとつ、「天皇皇后両陛下」と書かれた花輪が置かれていた。来賓や関係者が着席の後、四二人の死者の全遺族が別室から連れられてくる。

それから順々に、主催者である滋賀県知事(事故をおこした信楽高原鉄道の主要株主)、信楽高原鉄道社長(信楽町長でもある)、JR西日本社長、そして来賓代表として運輸大臣、県議会議長の辞が続いた。知事は、哀悼と遺族補償への誠意と事故の再発防止の順に述べ、社長(町長)は、犠牲者の無念と遺族の悲しみと追悼を述べ、JR西日本社長は、安全運転の確認と遺族への誠意と追悼を述べた。

県議会議長をのぞいて、運輸大臣を含む四者は加害者か監督責任者の位置にある。しかし誰からも、死者に対して事故を起こした謝罪の言葉は出なかった。比較的死者の心に近付いていたのは、安全運行の原点を強調したＪＲ西日本社長の辞であった。

次に遺族の献花の後、地域の長老国会議員、各政党の党首代理国会議員の名前が読みあげられ、延々と来賓の献花が続いた。日本の政治家、とりわけ保守系代議士がいかに葬儀によって選挙基盤を維持しているかを思い知らされる。そして天皇皇后からの贈花が強調され、慰霊電報主の名前が紹介されて、一時間半の葬儀は終った。

私はこの葬儀に出席し、ひどい疲労を感じた。出席させられた遺族たちが慰められ、心を清められた思いをしたであろうか。そう問いかける主催者も参列者もほとんどいないであろう、そう思わざるを得ないことからくる疲労である。

死は死者のものであるだけでなく、遺された者にとって大きく、また社会は、死の途絶を越えて社会を生に振り戻さなければならない。とりわけ事故死の場合、社会は犠牲者の霊を慰めることによって、あの人は死んだが自分は死ななかったという、生者の罪の意識と不安を和らげねばならない。

しかし、そのような葬儀は慰霊する側に対立がない場合でないと、意味をなさない。加害者が加害者としての自責感の乏しいまま、勝手に社会を代表して慰霊をすれば、何がおこるか。それは遺族の心の深部を、もう一度傷つけるのである。

加害者が合同慰霊祭をいそぐ心理には、犠牲者も遺族も、そして我々も、共に災厄に会ったのだから、事故に早くひと区切りを付け、元の日常に戻っていこうという戦術が隠されている。ここでは加害者と被害者の関係が、あいまいなまま中和される。そのためにも、信楽の合同慰霊祭ほど露骨でないとしても、社会の序列が強調されるのである。

しかし、待ってほしい。犠牲者が無念の思いを整理し、本当に此の世から去っていくのには時間が必要である。その間に、遺族は十分に喪を悲しみ、新たに故人なき後の人生を生きる意味を探さねばならない。さしあたって葬儀は、遺族の悲しみを共にし、残された人の心を清めるものであってほしい。加害者側は、謝罪と事故防止のための改善努力を行い、それによって犠牲者の死に意味を付与した後に、許される。

事故後一カ月たらずで合同慰霊祭、続いてあわただしい補償交渉、その後にはわけもわからず振り回された遺族の孤独な悲哀だけが残るといった、現代の不幸の処理の貧しい定形化は止めなければならない。喪はどうあるべきか、葬儀はどうあるべきか、私たちはもっと心豊かな儀式を考え直してみたい。

神々のダイレクトメール

四番目の喪のビジネスマンは、新興宗教の布教者や巷の神々である。

豊かな時代になり、昔のように「貧病争」からの救いを動機に入信する人は少なくなった、とよく言われる。だが、神々の側は、不幸はまだまだ布教の好機と思っているようだ。ほとんどの遺族が、様々な宗教団体から多数の手紙や電話を受け取っている。新聞や週刊誌が、被災者のリストに住所を入れて書きたてるために、事故から二、三週を経ずして、奇妙な手紙が山のように舞い込む。

どれだけ宗教家が現代の不幸に群がったか、遺族の話はほぼ同じである。

五八歳の夫を喪くした女性は、

一番驚いたのは、宗教団体から手紙や電話がいっぱい来たこと。九州とか、全国から来た。書いてあることは気持が悪い。すぐ捨ててしまった。わざわざ訪ねてくる人もいた。私に信仰心がなかったので、こんな不幸がおきた、このままでは成仏できないという話。断っても、何度も押し掛けてくるのに苦しめられた。

マスコミも予告なしに家に入りこんできて、遺族の気持とは無関係に取材する。そんなことが重なり、これまで物事を素直に受け入れてきた方だけど、他人に対して疑ぐり深くなってしまった。本当は何を考えているのか、うかうか信用できない、ひとりで判断しないと騙される、と警戒してしまう。

あるいは、三六歳の女性は、

いろんな宗教が、それはすごかった。

永いこと会っていない高校時代の同級生がお悔やみに来てくれたと思うと、新興宗教の勧誘だったりする。「入っていたらこんなことにならなかった」、「不信心だから災いがきた」、「入らないと祟が来る」まるで、脅されているみたい。そんなのは嘘だと断った。

遺族同士のお付き合いをしているつもりでいたら、突然「これ以上、不幸がおきないように」、「入ると気持ちが落ち着く」と熱心に誘われる。好意で言ってくれているのはわかるけれど。エホバの証人、創価学会、横浜に本部があるという団体、阪大の近くにあるという所などなど。鬱陶しくてかなわなかった。

お墓ひとつ立てるにも、蜜に群がる蟻のようにいろんな所から案内が来た。寄付をしろという手紙もいっぱい来た。「〇〇の孤児を救おう」という会とか。名刺が山のようになった。電話もすごかった。

まだ主人が見つかる前、毎晩男の声で「みちこ、みちこ」と呼ぶ電話もあった。一方的に会いたいと言ってきて、「群馬に行きますか、大阪にしましょうか」と聞いてくる。気味が悪かった。髑髏マークの手紙とか、庭に爆竹を投げ込まれたり。警察に言っても何もしてくれない。主人の木刀を側に置いて寝ていた。

宗教への誘いから、マスコミの乱入、未知の人のサディスティックな干渉。少し話は逸れたかもしれないが、遺族の目には一連のものとして映っている。彼らに共通しているのは、他人の極限的な不幸を必要としていることであり、遺族の精神的動揺から某かの利益を引き出そうとしていることである。

多くの遺族は外部に対して過度に身構え、自分を閉ざすことで、悪質な勧誘を遮断しているが、なかには身構えた内面の寂しさをふと突かれて、騙された人もいる。家族を喪って絶対的にひとりになった人よりも、例えば子供を喪ってなお、夫との関係に断絶のある女性といった、内面の孤独感の強い人の方が足元をすくわれやすかった。頼れる人がいるはずなのにいない、あの子を喪って自分はひとり、そんな相対的な孤独感の増強は、勧誘者への抵抗に強い所と弱い所の濃淡を作った。

何度か易者に引きよせられた、五〇歳すぎの母親は次のように語る。

宗教の誘いは相手にしなかったが、あの年の一二月、突然大阪の易者から電話がかかってきた。事故のことをよく知っていて、いろいろ言ってくる。「名前の付け方が間違っていた。画数が悪い。このまま放っておくと大変なことになりますよ」あまりひどいことを言われるので、一度会ってみようと思った。何度か行ったが、行く度に一万円くらい要求された。

そのうち、別の易者からも電話があった。火曜の夜のテレビにも出ていると言う。新聞、テレビに出てるくらいだから間違いないだろうと思って、診てもらうことにした。ここは五千円と一万円コースがあって、どちらを取るかあらかじめ聞かれる。せっかく遠くから行くんだからと、一万円コースをとった。暫くするとまた電話が掛かってくる。

「いいことあるから教えてあげる。いらっしゃい、いらっしゃい」——そう言われると、聞いてみたい。みなで五回くらい行った。

次は、京都の易者。これは自分で電話帳で探した。初めの易者に言われたことが気になって、較べてみたかった。ここは一度しか行かなかった。

一万円札がどんどん出ていった。自分でもいくら使ったかわからない。主人には内緒にしていたが、ある日、妹に話して、すごく怒られた。「いい加減にしてよ。どこまで大馬鹿になったの。余ったお金あったら私に頂戴」——そこで我に返った。「そのうちいろんな物を買わされるわよ」——後で遺族会の人にも言われた。

今は、変なところに引っ掛かって、悔しいと思うけれど、あの頃はわからなかった。世間には困っている人を狙って、ひどいことをする人がいる。憎らしいけれど、それが世の中なんだと、今は思う。引っ掛かる方も悪いのだが……。

かつてシャーマニズムの文化圏のなかでは、お盆のような祭儀の日に、シャーマン(巫女、神さんなど)が死者の霊と遺族との間を繋いだ。霊媒の口から語られる故人の想いやあの世の近況報告に、家族は慰められもした。しかし、シャーマンと遺族との交流は二者だけのものではなく、それを見守る共同体の人々のまなざしのなかでこそ成立していた。さらに共同体は、霊を呼ぶ日を成員の約束事として決めてもいた。

ところが、現代の「神さん」や易者は密室の二者だけの関係をつくり、しかも不幸に直面した人を動揺させ、引きつけるために、たたりや因縁を力説する。こうして、二者だけの閉ざされた関係は出口を失う。依頼者は不安に耽溺させせられていく。

他にも、奇妙な喪のビジネスが多々ある。例えば、遺族の家に「御巣鷹の土を五万円でお届けします。ご自分で取りにいかれるのは大変でしょう」、と電話をかけてきた人もいる。当時、この電話の話に心配した日本航空の世話役は、「消毒した御巣鷹の土を持っていきましょうか」と対応している。私は何人の遺族が、この土を受け取ったか知らない。

山よ、静かに

結局、まとめてしまえば、これら喪のビジネスは現代の不幸のお囃しなのだろうか。不快な雑音を越えて、自らの悲哀の道を進め、――そう囃しているのであろうか。

七回忌の夏、私は悲哀の研究を支えてくれた遺族と共に、御巣鷹に登った。山には、様々な記念物が増えている。石屋は観音像を建てることを勧めたのであろう、同じような顔貌の像が立っている。日本航空の社長や村長の氏名の入った碑も多い。こんなところにも、男の文化は名を求めるのか。

尾根道で、苦痛な体験を語ってくれた多くの遺族に会った。黙って、花を添えている家族もいる。成長した子供や孫も来ている。みんな登りなれた登山服姿である。職員にともなわれて、ひとり歩く当時の社長とも擦れ違った。若い職員に先導されているので、ひとりというのは不適当だが、その黒い礼服でうつむいて歩く姿はひとりに映る。彼とは別に、会長、社長、役員の式服の一団も尾根を歩いていた。登山用の服装の遺族たちにとけこんで、いつもどおり遺族の世話をしている日本航空の山男たちもいる。あいかわらず、テレビカメラが賑やかだ。

下山の途中、揃いの浴衣に赤い襷がけの若者たちに会った。太鼓をかかえて、一〇人ほどで登ってくる。明るく写真におさまる若者に、「どうして、御巣鷹に登るの」と尋ねてみた。理由をきかれたことに当惑し、「今日は皆が集まるんでしょう、僕たちも慰霊の太鼓を叩いてみようと思って」と行為についてのみ答えた。遠い他県からやってきた、という。意味を問うことのなくなった世代の身体は健康そうに輝いていた。

御巣鷹の尾根の墜落地点には、「1985年8月12日18時56分26秒　羽田発大阪行　日本航空123便　JA8119号機　ここに墜落　524名塔乗　乗客505名死亡　乗員15名死亡　乗客4名生存　1988年8月遺族これを建立す」とだけ彫って、大きく『碑』と結んだ石板がある。あえて誰の名前も死者の名前も、書きこまれていない『碑』は、それ以外の記念物と違って、遺族だけで建てたものである。

遺族たちは『碑』をなでるように拭きながら、「山は静かであってほしい」といった。

山は静かであってほしい、その姿も山らしくあってほしい。

おわりに

第二次大戦から半世紀がすぎ、社会は安定し、経済的には最も豊かな時代を迎えている。かつてのように、戦死や病いによる夭折が人生の傍に日常的にある時代ではなくなった。替りに、人々はゆっくりとやってくる人生の終末としての死について考えられるようになっている。癌による死、癌の告知、尊厳死、脳死と臓器移植、そして老人性痴呆。いずれも、自分の死との係わりにおいて、前もって考えることのできるようになった主題である。人は観念的に、いかにして死ぬか、いかにして充実した死をもつかと問うている。

しかし、私には、このような自分の死を永い人生の彼方に仮定して問う主題は、人生の意味や医療の社会的役割を問うことのなくなった時代と対応していると思える。生が技術になりつつあるように、死も死に方の技術になりつつある。自死の想像は死の問題ではなく、あくまで生の問題ではないだろうか。私はどのように生き、何をしてきたか。人間はどのような社会を作り、私は社会といかなる関係を持ってきたか。そう問い続ければ、人生の終末としての自死の問題は見えてくるのではないか。

だが死の主題は自死の側にあるのではなく、やはり他者の死の側にあると、私は思う。第二章でも述べたように、私たちは自分の死をしばしば想像するが、他者の死、愛する人の死は想像しない。一瞬脳裏をよぎることがあっても、その時に自分はどうなるかという、より大きな不安によって吹き消してしまう。

情報化が進み、便利で安全な生活になった。中規模の事故は少なくなっているが、巨大技術のなかで突然大事故が起こる。また豊かな生活に、不条理なミクロの死が闖入してくる。このような現代における死の変容のなかで、私たちは死をどう体験しているかを、私は描きたかった。

第一章、第二章は中高年の女性、第三章は比較的若い成人男性、第四章は若い女性、第五章は子供と母親、第六章は老人、第七章は年配の男性を中心におき、年齢や男女の違いによる悲哀を追っている。もちろん、そこではおかれた状況の差、各人の性格が書き込まれている。第八章は、事故死に意味を取り戻す過程を述べ、第九章、第十章では加害者の罪の意識の回復と償いについて考察し、第十一章、第十二章は法律家と喪のビジネスについて書いている。

こうして今日の事故後の喪については、ほぼ十全に描いていると思う。書くことを止めた主題は、家族の死や補償金によって、夫婦が別れ家族がさらに解体していく事例の分析と、死別後数年を経て出された多くの追悼集の分析の二つである。前者は遺族のふれられたくない問題にかかわるので、いくつかの相談を受けてよく知っているが、文章の形にはしないことにした。追悼集については、日航機墜落事故の遺族のものはすべて集めて目を通したが、残念ながら、故人を想いながら自分の生きる意味を問い直すに至ったものは数少なかった。

むしろ形式的な追悼集が多く、なかには豪華な装丁にもかかわらず、会社関係者の弔詞によって満されているものもあった。遺族や残された関係者のなかに見られる形式的な喪について分析がおよぶのが辛く、この章も公表からはずした。私は、娘を喪くした友人が編んだ少女の遺稿集に感動し、小さな文章をしたためたことがある。いつか、文学としての批評に耐えられる遺稿集が多く出る時代を望みたい。

日航ジャンボ機墜落事故に関して、出版された遺稿集で最も優れたものは、写真集『御巣鷹の草花たち』であったと思う。私はこの写真集の紹介を、今年の夏、こんな風に書きとめている。

八月四日の朝、私は日航ジャンボ機墜落事故の現場、群馬県上野村の御巣鷹山に遺族の石井さんと共に登った。七回忌の慰霊祭は多くの遺族が参加できるように、八月十二日の命日より早めに行われることになっていた。一九八五年の事故以来、遺族の精神的立ち直りを見つめてきた私も、巡ってきた今年の夏、故人と遺族が墜落の尾根でどのように出会うか、心にとめておきたかった。

スゲノ沢の手前のカラマツの林のなかに山小屋がある。ここからは、二つに折れた機体の後部が滑り落ちた沢は近い。私たちは山小屋で、天野さんからお茶をいただいた。慰霊祭で少しばかりざわついた林のなかに、尾根からは陽光が差している。ぽっと静かになった山小屋の一角で、傍らの石井さんと天野さんはどんな心の交流をしていたのだろうか。

山男(登山班とよばれてきた日本航空の年配職員)のひとり、天野さんは登山道や尾根に咲く草花を写真に撮り続けていた。ホトトギス、ヤマオダマキ、エンレイソウ……。ある日、石井さんらは山小屋の片隅に草花のアルバムを見付けたのだった。写真には草花ごとに、小さな文が添えられていた。

例えば四月のワサビの花には、「三月の月命日、登山口の山陰にはまだ雪が残っていました。沢筋の残雪に緑の葉が点々と見えたので寄り道して見たら、ワサビでした。四月中旬から下旬にかけて白い十字花を咲かせます。この頃は葉も茎も辛くないそうです」と添え、でも「場所はお教えできません」とウインクして結んでいる。説明は何もないけれど、山男は、皆さんの家族の霊はこんな草花と共に四季をおくっているのですと、そっと伝えていた。

誰も気付かないアルバムに感動した石井さん、中埜さん、小西さんの三人は、七回忌の「慰霊の園」の事業に写真集を作ることを提案した。上野村には五百二十人の霊を慰める財団「慰霊の園」が出来ている。この財団の事業として『御巣鷹の草花たち』は作られ、遺族のもとに送られた。

春から夏へ、夏から秋へ、秋から冬へ、七十九枚の草花が載る写真集には、写真を撮った人の名も、文を添えた人の名も、編集にたずさわった女性たちの名も記されていない。ましてや、この写真集が作られるに至った経過は書かれていない。山男たちは自分の名前が知られることを好まなかった。写真集の出版を喜ぶ天野さんは、あの日の山小屋で、他の遺族たちに「この人が写真集を作ったのですよ」と、石井さんを紹介したほどだった。

だが私は、亡き夫を想う遺族と加害企業の職員である山男たちが黙って交わした会話を、どうしても書き止めておきたかった。

遺族の変わってしまった人生に寄り添うように、自分の会社での人生を変えた男たちがいる。不幸な事故にもかかわらず、再び信じられる人間との出会いを持つ。それ以上の慰めはない。（「朝日新聞」九一年八月二一日、「人生を変えた日航の男たち」の部分）

こんな美しい話についてだけ書くわけにはいかないので、喪の文学についての考察は載せないことにした。

振り返ると私は、一九八〇年代後半のほとんどの大事故の遺族と何らかの形で接点を持ってきた。この本は、八五年から九一年までの大事故後の悲哀の記録であると同時に、現代において人はどのように悲しみ、どのように耐え、どのように再出発していくかを伝えるものである。

大事故は現代文明が作った。不幸に遭遇した人々の悲哀も、現代社会は文明的に、すなわち技術的に、産業的に処理して止まない。そこでは死別の悲しみは共感され、共に悲しむものではなく、ひとり耐えることが要求され、スケジュールや補償金によって置き換えられている。私は現代文明のなかの事故と悲哀を描き、それでもなおわずかに残る「共感された悲哀」を書きとめておいた。

この記録は日航機事故の阪神地区の遺族を中心として、いくつかの大事故の多くの遺族によって支えられている。日本では、組織の各部門の責任者から家庭の主婦に至るまで、官のトップから民のひとりに至るまで、それぞれが社会に背を向けた「秘密」を持っている。民主的な社会の情報環境は、各人が自分の知っている情報や意見を社会に伝える市民的努力と、他人に干渉されずひとりにしておいてもらう権利の確立の両者から成り立っている。自分の知り得たことを的確に社会に伝えることを拒む人は、プライバシーの意識も稀薄であると思う。このようなまだまだ未成熟な情報環境のなかで、自分の私的な体験を市民社会の共有の知識に変えようと努め、そのことによって愛する人の死を意味付けようとした人々の想いに支えられて、この本は書かれた。悲しみの永い時間に耐えた遺族のまなざしは、私のペンに極度の緊張を強いた。一九九〇年九月号から九一年一二月号まで、一年半にわたる『世界』への連載を終えることができたのは、多くの遺族の励ましに負うている。私は初め、日航機事故の遺族会が事務所をつくり、喪のすべての体験を、喪のビジネスへの対応も含めて、次の大事故の遺族に伝達していくことを望んだ。大事故の遺族が次の大事故の遺族へ体験をリレーしていくのである。そのような事務所作りはかなわなかったが、替りにこの本を書いた。この作品が、これから死別の悲しみに打ち沈む人々にとっての自己理解の本になることを、心から望む。それが遺族と私の共通の願いであり、共同作業の目的であったから。

私事にわたるが、この作品は永い間、病者の悲哀に付きあってきた精神科医としての私と、文化変容のフィールド・ワークにたずさわってきた調査者としての私と、現代を描く作家としての私が出会ったところで書かれた。それは人生のひとつの区切り、他者との死別も自分の死も認めなければならなくなった五〇年の人生の区切りの作品でもある。

激しい体験は、その時は濃淡の鮮やかなものであるが、人間の時間はそれに薄い膜をかけていく。私の仕事は、時間が風化した人々の体験を洗い、その時に感じたであろうものよりさらに明瞭に取り出し、濃い明暗をもって記述していくことにある。しかし、その作業を続けるには斜めからの光が必要だ。この作品を私が描いたもの以上に深く、陰翳をつけて読みとってくれたひとりの人にとどけよう。その人の批評なしには、私はこの悲哀を共にする仕事を仕上げることはできなかったのだから。

最後に、このような大部の作品になるまで、枚数の約束を守らぬ私の原稿の編集にたずさわってくれた岩波書店『世界』編集部の相良剛さん(現『よむ』編集部)、山本慎一さんに心からお礼を述べたい。おふたりは、『世界』の連載が終ると同時に、本の編集まで担当してくださった。著者として、喜びにつきる。

一九九一年一一月　洛北・長谷の里にて

野田正彰

本書は一九九二年一月、岩波書店から刊行された。

用語および概念の索引

た 行

な 行

は 行

ま 行

や, わ 行

参考文献

＊印は，悲哀の研究について比較的入手しやすいもの

第1章

日本赤十字社編『救護体験記―60・8・12 日航機墜落事故現場から』1986.

群馬県歯科医師会編『遺体の身元を追って ―― 日航ジャンボ機墜落と歯科医師の記録』1986.

群馬県医師会編『日航機 123 便事故と医師会の活動』1986.

ラファエル，B. ＊『災害の襲うとき ―― カタストロフィの精神医学』When Disaster Strikes ―― How Individuals and Communities Cope with Catastrophe, 1986，石丸正訳，みすず書房，1989.

吉岡忍『墜落の夏』新潮社，1986.

第2章

トインビー，A. ほか『死について』Man's Concern with Death, 1968，青柳晃一ほか訳，筑摩書房，1972.

フロイト，S.『悲哀とメランコリー』Trauer und Melancholie, 1917，井村恒郎訳，『フロイト著作集 6』人文書院，1970.

第3章

Lindenmann, E.: Symptomatolgy and Management of Acute Grief, American Journal of Psychiatry, 101, 1944.

パークス，C. M.／ワイス，R. S.『死別からの恢復』Recovery from Bereavement, 1983，池辺明子訳，図書出版，1987.

スピッツ，ルネ・A.『母子関係の成り立ち』Die Entstehung der Ersten Objektbeziehungen, 1962，古賀義行訳，同文書院，1970.

野田正彰『都市人類の心のゆくえ』 日本放送出版協会，1986.

Drotar, D., et al.: The Adaputation of Parents to the Birth of an In-

fant with a Congenital Malformation: A Hypothetical Model, Pediatrics vol. 56-5 p. 710, 1975.
キューブラー＝ロス，E.『死ぬ瞬間』 On Death and Dying, 1969, 川口正吉訳，読売新聞社，1971.
カプラン，G.『地域精神衛生の理論と実際』An Approach to Community Mental Health, 1961，山本和郎訳，医学書院，1968.
フルトン，R. 編 *『デス・エデュケーション ── 死生観への挑戦』 Death and Dying, 1984，斎藤武，若林一美訳，現代出版，1984.
Parkes, C. M. : *Bereavement-studies of grief in adult life, Penguin Books, 1975.
小此木啓吾 *『対象喪失』 中公新書，1979.
ケイン，L. *『未亡人』Widow, 1974，曽野綾子，鶴羽伸子訳，文藝春秋，1975.

第4章

Lystad, M. ed. : Innovations in Mental Health Services to Disaster Victims, Center for Mental Health Studies of Emergencies ── National Institute of Mental Health, 1985.
ルシャン，ローレンス『ガンの感情コントロール療法』You Can Fight with Your Life，田多井吉之介訳，プレジデント社，1979.
Nagy, Maria, H.: The child's thories concerning death, Journal of Genetic Psychology, 73, 1948.
ファイフェル，H. 編著『死の意味するもの』 The Meanings of Death, 1959，大原健士郎，勝俣暎史，本間修訳，岩崎学術出版社，1973.

第5章

フロイト，S.『夢判断』 Traumadeutung, 1990，高橋義孝訳，『フロイト著作集 2』人文書院，1968.
エリス，H.『夢の世界』 The World of Dreams，藤島昌平訳，岩波文庫，1951.

第6章

フランクル，V.『夜と霧』 Ein Psycholg Erlebt das Konzentrationslager, 1947，霜山徳爾訳，みすず書房，1956.

第7章

日本交通公社旅行情報開発センター・海外旅行部「海外旅行事務の手引・事故対応編・海外死亡事故処理対応基準」1988.

ヘネップ，ファン・A.『通過儀礼』綾部恒雄，綾部裕子訳，弘文堂，1977.

第8章

運輸省航空事故調査委員会「航空事故調査報告書—日本航空株式会社所属・ボーイング式747SR—100型JA8119・群馬県多野郡上野村山中・昭和六〇年八月一二日」1987. 6.

日航123便墜落事故遺難者遺族有志(上野村セミナー組織委員会)編「上野セミナー」1989.

同上　(航空安全国際ラリー組織委員会)編　「航空安全ラリー」1990.

同上　「第3回　航空安全国際ラリー」1991.

川北宇夫『墜落事故のあと』文藝春秋，1992.

川北さんは京子さんを想って歩んだ記録をまとめた.

第9章

野田正彰「近藤万治船長の心境をきく —— なだしお・第一富士丸衝突事故から一年半」『世界』1990，4月号.

第10章

全日空広報室編『航空用語集』 全日本空輸株式会社，1984.

ジョーンズ，M.『治療共同体を超えて』Beyond the Therapeatic Community, 1968，鈴木純一訳，岩崎学術出版社，1976.

クラーク，D.『精神科医の役割』 Administrative Therapy，鈴木淳

訳，医学書院，1968.
(財)航空医学研究センター「パイロット・指定医の身体検査手引き」1985.
永峯正義『ゼロの確率を求めて』ぺりかん社，1987.
加藤寛一郎『壊れた尾翼』技報堂出版，1987.

第11章

谷川久，原田尚彦，星野英一，町野朔，西村康雄「日航機事故の法律問題」『ジュリスト』1986，6，1.
中田喜美子『シルクのブラウス ── 「高知学芸高校上海列車事故」を知っていますか？』リブロの森，2013.
中田さんは25年後に，娘・恵子さんを想い，高校と闘った裁判の記録をまとめた.

第12章

朝日新聞社会部編『日航ジャンボ機墜落 ── 朝日新聞の24時』朝日新聞社，1985.
8・12連絡会(日航機事故被災者家族の会)編『おすたかれくいえむ』毎日新聞社，1987.
同上『再びの，おすたかれくいえむ』 毎日新聞社，1991.
鶴岡憲一，北岡行孝『悲劇の真相 ── 日航ジャンボ機事故調査の六七七日』読売新聞社，1991.
後藤正治『私だけの勲章』 日本経済新聞社，1990.
村上興匡「STUDY・新しい葬祭学をめざして」「SOGI」第1巻1，2，3号，表現社.

おわりに

UINの会編『御巣鷹の草花たち』 慰霊の園，1991.

喪の途上にて―大事故遺族の悲哀の研究

2014年4月16日　第1刷発行

著　者　野田正彰《のだまさあき》

発行者　岡本　厚

発行所　株式会社　岩波書店
〒101-8002 東京都千代田区一ツ橋 2-5-5
案内 03-5210-4000　販売部 03-5210-4111
現代文庫編集部 03-5210-4136
http://www.iwanami.co.jp/

印刷・精興社　製本・中永製本

ISBN 978-4-00-603269-2　　Printed in Japan
JASRAC　出 1402282-401

岩波現代文庫の発足に際して

新しい世紀が目前に迫っている。しかし二〇世紀は、戦争、貧困、差別と抑圧、民族間の憎悪等に対して本質的な解決策を見いだすことができなかったばかりか、文明の名による自然破壊は人類の存続を脅かすまでに拡大した。一方、第二次大戦後より半世紀余の間、ひたすら追い求めてきた物質的豊かさが必ずしも真の幸福に直結せず、むしろ社会のありかたを歪め、人間精神の荒廃をもたらすという逆説を、われわれは人類史上はじめて痛切に体験した。

それゆえ先人たちが第二次世界大戦後の諸問題といかに取り組み、思考し、解決を模索したかの軌跡を読みとくことは、今日の緊急の課題であるにとどまらず、将来にわたって必須の知的営為となるはずである。幸いわれわれの前には、この時代の様ざまな葛藤から生まれた、人文、社会、自然諸科学をはじめ、文学作品、ヒューマン・ドキュメントにいたる広範な分野のすぐれた成果の蓄積が存在する。

岩波現代文庫は、これらの学問的、文芸的な達成を、日本人の思索に切実な影響を与えた諸外国の著作とともに、厳選して収録し、次代に手渡していこうという目的をもって発刊される。いまや、次々に生起する大小の悲喜劇に対してわれわれは傍観者であることは許されない。一人ひとりが生活と思想を再構築すべき時である。

岩波現代文庫は、戦後日本人の知的自叙伝ともいうべき書物群であり、現状に甘んずることなく困難な事態に正対して、持続的に思考し、未来を拓こうとする同時代人の糧となるであろう。

（二〇〇〇年一月）